U0869251

方图

四方图志·心安一隅

非一般的唐诗课

江南弄

蔡朝阳　著

中国出版集团
東方出版中心

图书在版编目（CIP）数据

非一般的唐诗课：全三册 / 蔡朝阳著. -- 上海：东方出版中心，2025. 6. -- ISBN 978-7-5473-2751-7

I . I207.227.42-49

中国国家版本馆CIP数据核字第2025ZP2916号

非一般的唐诗课（全三册）

著　　者　蔡朝阳
责任编辑　荣玉洁
封面设计　木木夕
插　　画　许南翔

出 版 人　陈义望
出版发行　东方出版中心
地　　址　上海市仙霞路345号
邮政编码　200336
电　　话　021-62417400
印 刷 者　苏州工业园区美柯乐制版印务有限责任公司

开　　本　880mm×1240mm　1/32
印　　张　22.25
字　　数　325千字
版　　次　2025年7月第1版
印　　次　2025年7月第1次印刷
定　　价　114.00元

版权所有　侵权必究

如图书有印装质量问题，请寄回本社出版部调换或拨打021-62597596联系。

序言一

诚实的老师，带孩子读诚实的诗歌

文／郭初阳

大家好，我是郭初阳。作为阿老师（即本书作者蔡朝阳）的好朋友，我知道最近阿老师在讲唐诗，总共要讲 99 课。那么，为什么大家要听阿老师的唐诗课呢？

他自己有三点理由。第一点，他认为唐诗可爱，唐代人很有亲和力。第二点，他说唐朝的疆域非常辽阔，所以唐诗也带出了一个非常开阔的心灵世界，能够让我们心灵充实、心胸广阔。第三点，他说唐诗的传承可以帮助我们进行自我定位，知道自己的来龙去脉，更容易获得幸福的人生。

这三点讲得挺好。关于为什么要读唐诗，为什么要听唐诗课，我觉得还可以补充一点，那就是三个字——

思无邪。这三个字来自孔子的一句话，孔子评价《诗经》说：“《诗》三百，一言以蔽之，曰：‘思无邪。’”那么，思无邪是什么意思呢？根据杨伯峻先生的解释，所谓思无邪，就是思想纯正。当然也有不同的理解，学者罗庸解释说，所谓思无邪，就是自然无邪，或者说天真无邪，也就是诚实、不绕弯子，读者跟作者心有灵犀、一点就通。唐诗就给我们这样的感觉：它是天真之诗，是诚实的作品，是和我们没有间隔、没有阻碍、没有距离的作品，是和我们心有灵犀、一点就通的作品。

钱锺书先生在《谈艺录》的第一篇里面说，诗歌可以分成两种，一种是唐诗，一种是宋诗。诗分唐宋，唐诗是高明的诗歌，而宋诗是沉潜的诗歌。换句话说，唐诗是往上的，宋诗是往下的。这个区分很有意思。唐诗属于少年人，因为蓬勃向上；宋诗属于老年人，慢慢入土。唐诗有神韵，宋诗有思想。所以从这个意义上讲，青少年应当多读唐诗。

说起唐诗，我头脑里面蹦出来的第一首就是李白的《独坐敬亭山》：“众鸟高飞尽，孤云独去闲。相看两不厌，只有敬亭山。”我觉得这首诗真的很好：有鸟有云，有“看”有山，都是儿童很喜欢的。小朋友最喜欢鸟了，最喜欢云了，最喜欢山了，最喜欢看来看去了。这首诗小朋友不用看，就是听人读一遍就能全部都明白，多么天真的作品啊！而且这首诗里面也有人生的经验，但这种经验是一种很天真的经验，老年人喜欢，小朋友也喜欢，这就是深者见深，浅者见浅。另外，特别有意思的是，这首诗也是一个代表——几乎好的唐诗都是这样的，有一个眼前的境界，但同时也呈现了一个内心的境界。李白的这首诗歌里面，如果有一个“我”的话，这个“我”是融化到山里面去的，进入了那种宁静的、悠远的，鸟也飞走了，云也飘走了的境界。这个“我”与山完全合而为一，他是忘我的，甚至到最后进入了一种无我之境。

因此，好的唐诗是可以把人带到永恒里去的，也是可以把人带到宇宙里去的，也确实可以帮助人在这种永恒之中获得一个非常小的，但是很充实的定点。唐诗让人懂得什么是美，也懂得什么是谦卑。所以，阿老师讲唐诗，就是一个思无邪的老师带领同学们读思无邪的诗歌，一个诚实的老师带领同学们读诚实的诗歌，一个天真的老师带领同学们读天真的诗歌。无论如何，同学们应该是很有收获的。就是这样，谢谢大家。

序言二

唐诗，是历久弥新的民谣

文 / 李青

大家好，我是李青，一个电台从业者。我喜欢音乐，常常对歌词很敏感。优秀的歌词创作，离不开扎实的文学功底和对世界精准的观察。歌词不仅需要押韵，使精练的文字有韵味，更需要写作者对诗歌有基础认知和自我感受。

一首好的歌曲，一定具备了文学素养和音乐情感。好的歌词也是诗歌，也可以让创作者获得诺贝尔文学奖。比如，美国的民谣和摇滚音乐家鲍勃·迪伦就曾获得这个让全世界文学家为之追求一生的荣耀。鲍勃·迪伦的歌词，创作基础是传统的美国文学，同时加上了民谣音乐里所需的叙事性，在文字的韵律上符合音乐创作的特征。文学传统与音乐特性二者兼得，便是优秀的歌词或者优秀的诗歌必备的素养。

唐诗，是中国传统文学的精华。在其他文学样式远没有登峰造极的时期，诗歌已经领先了一步。在唐代，诗歌是文学，也是音乐。这些文字，几千年来一直流传。古人用天真的意象，用彼时还在发展中的汉语词汇，以精练而充满想象力的表达，写出了歌咏山与水、物与人的不朽诗篇。

阿老师是我的好朋友，是我非常敬佩的儿童教育专家。他不仅能从雅致的古典主义角度对唐诗进行观察，还擅长用现代的眼光来解读唐诗。很多中国音乐家，一直以来都以唐诗为词谱曲演唱。民国时期的教育家、音乐家李叔同，还用中国古典诗歌的手法改编了美国歌曲，创作了脍炙人口的歌曲《送别》，将一首西方的作品变成了典型的中国风格的音乐作品，这实在是得益于李叔同先生过硬的古典诗歌文学功底。

后来的中国风音乐作品，也常常从唐诗中汲取营养。如早期的邓丽君，今天的民谣歌手，都将唐诗纳入自己的演唱和创作范畴，这是古典和现代的碰撞，也是对经典的致敬和尊重。在西方，唐诗同样受人尊敬。例如，古典音乐大师马勒就选用唐诗谱曲，创作了经典作品《大地之歌》。在如今这个时代，我们不可不知唐诗，更不可对唐诗熟视无睹。

在民谣里，在摇滚乐里，在流行歌曲里，在古典音乐里，我们都可以试图想象唐诗长什么样，甚至可以用说唱的形式试着唱出唐诗。但在尝试之前，创作者必须先读懂唐诗。这些分行的古代文字，不只有美，字里行间还有中国历史。

在艺术得到普遍崇尚的时代，文学不可或缺，我们今天重新解读、领略唐诗之美，像是用今天的水冲泡古代的茶，而一首首唐诗，就是一杯杯无与伦比的上等茶。阿老师的《非一般的唐诗课》，即是精雕细琢的茶艺本身，他娓娓道来，用天真、用诚实、用美学、用新鲜的手法泡出一杯孩子和家长都可以一饮而尽的好茶。

我听过阿老师的《非一般的唐诗课》的构想，也读过他写的充满情趣、理念深刻的教育书籍。我知道阿老师一直有一个梦想，就是把“文化”两个字，以解读诗歌的迷人的方式来重新梳理，以文学的、艺术的、历史的、情感的方式汇集思想，认知古代和现代的关联。

如今，《非一般的唐诗课》出版，我期待它能让唐诗不仅活在我们的记忆中，更跃动在我们生活的每一个角落。

目录

说“江南弄”

《非一般的唐诗课》一共三册，每册均以一个旧题来命名，却希望写出新意。

本册名为“江南弄”。

“江南弄”是乐府旧题，相传为南朝梁武帝萧衍所制，一般以江南风物与宫廷宴乐为题材，通过采莲、游女、凤笙等具有鲜明地域特征的意象，将民歌传统和文人风尚结合起来。逮至唐代，仍有诗人以“江南弄”为题创作诗歌，留下不少名句，如王勃的“江南弄，巫山连楚梦”、李贺的“江中绿雾起凉波，天上叠巘红嵯峨”等。

“江南”这个词，本身就带着一种文化的乡愁。从“莼鲈之思”，到“游人只合江南老”，历代文人往往会把江南看作肉身和灵魂的归依之地。或者说，在古典文学中，“江南”并不仅仅是一个地域概念，更意味着一种观念的认同。

本册正是以“江南”为引，广收佳作，以供和读者诸君聊聊唐朝诗人们的生活及情怀。

谈论唐诗很容易，也很难。容易在于，凡华夏儿女，谁不会吟咏几句、品评一番呢？而困难则在于，唐诗蔚为大观，垂一千多年，历代学者皓首穷经，建立了规整的研究范式。后人的阐述需要建立在前人的思想精华之上，来体现最慎重的学术态度。不谈别的，仅从唐诗的分类而言，如“边塞诗”“隐逸诗”等，就有学术界的规则，为千古不易之见。

笔者无意于推翻先贤确论，只因从小热爱唐诗，随着年龄的增长，人生经验渐趋丰富，对唐诗又有了崭新的认识，因此不揣谫陋，提笔著书，呈于读者诸君面前。即便如此，心中仍不免有些许踌躇。

“江南弄”所选诗歌 33 首，始终指向诗人以及我们这个民族的思想高地：历史的荣光和当下的热望。就这个意义而言，“江南”，正是我们永恒的精神家园。

第一讲
长歌怀采薇：王绩《野望》

野　望

王　绩

东皋薄暮望，徙倚欲何依。
树树皆秋色，山山唯落晖。
牧人驱犊返，猎马带禽归。
相顾无相识，长歌怀采薇。

一般而言，唐诗选本的第一首总要选最有名、最漂亮的诗歌，给人深刻的印象，开个好头。阿老师却选了王绩这首看起来有点平常的《野望》，这是为什么呢？

因为唐代的诗歌蔚为大观，成为一时之盛，不是凭空而来的，而是经过一代代诗人的不断创造、实验，慢慢形成的。王绩就是奠定律诗基础的一位关键人物，开盛唐诗歌之先河。

打个不恰当的比方：就像我们还处在石器时代，停留在打制石器的阶段，大家随便砸开一块石头，用锋利的一面来做刀刃。有一些聪明的人，却开始磨制石器，要把这块石头打磨得更为精细，更为美观，更为有用。王绩就是这些聪明人里的一个。在王绩所处的那个年代，律诗还没有完全成熟，但是王绩已经写出了工整、合辙的诗歌，是可贵的先行者。所以，我们要把这首诗作为整个诗歌选本的第一首。

王绩，字无功，号东皋子，绛州龙门（今山西省河津市）人。他大约生活在公元 589 年（一说为 585 年）到公元 644 年之间，一生横跨隋、唐两个朝代，在两个朝代都做过官，是文中子王通的弟弟。我们为什么要说到王通呢？因为这会涉及另一位诗人——王勃，“初唐四杰”[①]之一。王通是王勃的爷爷，王绩是王勃的叔祖。这是一个文学世家。

王绩先是在隋朝出仕，隋朝末年天下大乱，战火频仍，王绩就辞官归隐。后来唐朝建立，又征召前朝官

① “初唐四杰”指王勃、杨炯、卢照邻、骆宾王四位唐代初年的文学家，简称为“王杨卢骆”。

吏，起用他们。在武德（618—626）初年的时候，王绩就以原来的官职待诏门下省。

按照门下省的待遇，王绩每天可以得到三升好酒。有一天，王绩的弟弟王静问王绩："你在门下省待诏快乐吗？心情怎么样？"王绩回答说："有好酒三升使人留恋。"有一个人叫陈叔达，担任侍中，职位比王绩高，欣赏王绩的才华，他听说了这件事情，就把每天给王绩的酒由三升加到一斗[①]，时人就称王绩为"斗酒学士"。

王绩个性简傲，最终还是离职了，隐居在东皋（今山西省河津市的东皋村），自号为东皋子，相当于"东皋先生"。

其实，我们要是读了很多唐诗的话，就会觉得这首《野望》语言朴素，不事雕琢，没什么特别的。但我们要以发展的眼光来看，如果把这首诗放在诗歌史里，你就会知道它的价值和地位。因为在之前的几百年里，诗歌不追求这样的风格。

王绩所处的年代是隋末唐初，如果沿着诗歌史的顺序，从南朝宋、齐、梁、陈一路看下来，再看到王绩这

---

① 升、斗均为古代的容量单位。唐代的 1 升约为现在的 600 毫升，1 斗约为现在的 6000 毫升。

首诗，我们就会眼前一亮。因为南朝的诗风华美艳丽，多数是写宫廷生活，或者是写贵族的宴游生活之类的，我们现在会觉得空洞无物，没法读。王绩没有受到这种奢靡诗风的影响，而是独出机杼，以朴素取胜，极大地扭转了当时诗坛的审美风气，这是很了不起的。

此外，南朝齐的永明年间（483—493），有一个学者叫沈约，他和当时的诗人、学者一起，开始将汉语声律的理论用在诗歌创作中，这就是我们学习唐诗会接触到的平仄、格律之类。这个时期，律诗这种新的文学体裁就已经呼之欲出了。

唐朝的律诗在宋之问、沈佺期等人手里开始成熟。而王绩，比他们更早地写出了《野望》这样工整的律诗，所以我们要从诗歌史的角度来看，才会明白这首诗歌的地位。阿老师现在用的工具书叫《唐诗鉴赏辞典》，里面收的第二首诗歌就是《野望》。

王绩的《野望》属于五言律诗，简称五律。这首诗一共有四联，写的是诗人所见的山野秋景，在闲逸的情调中带着几分彷徨和苦闷。

首联（第一联）为“东皋薄暮望，徙倚欲何依”。“东皋”就是王绩的隐居之地。“徙倚”就是徘徊的意思。“欲何依”化用的是曹操《短歌行》中的诗句“绕树三匝，何枝可依”，表达了王绩弃官之后百无聊赖的、彷徨的心情。前面我们说王绩为人简傲，不拘礼法，但当时的官场需要为官者遵循很多礼法，这就对王绩造成了困扰。可是，一旦辞职归隐，他又有了“无所归依”的惆怅，真是进退两难。

那么，这样的惆怅何以解脱呢？无非就是寄情于山水与村居。所以颔联（第二联）和颈联（第三联）都是写景，描写诗人所看见的隐居之地的景色：“树树皆秋色，山山唯落晖。牧人驱犊返，猎马带禽归。”这是一幅乡村隐居的图景，其中包含着恬淡无求的心态，寄托了他对美好、宁静生活的赞颂。这样的情感也是真实的，隐居的日子总是这样平静祥和，这种平静祥和能抚慰诗人失落的内心。

尾联（第四联）为“相顾无相识，长歌怀采薇”。其中，“采薇”有一个典故。根据《史记》记载，周武王建立周朝后，商代孤竹国的公子伯夷和叔齐决定不吃周朝的粮食，他们在首阳山隐居，“采薇而食之”。后世就用“采薇”来比喻隐居。典故之所以是典故，就是因为典故具有大家所熟知的特定含义，这里提及“采薇”，读者就明白，诗人是在表达自己孤独无依、壮志难酬的心情。

这样看来，王绩自己不矛盾吗？确实矛盾。或者说，这些矛盾本身才是他这首诗歌所要表达的那些惆怅的由来：一则想要归隐，这种情感是真实的；二则想要人生有所建树，这种情感也是真实的。这种矛盾两端的情感互相拉扯，才是这首诗歌的张力之所在。

我们读诗歌，不能光理解字面意思，像“欲何依”“怀采薇”这样的短语，包含着典故，要去理解其背后蕴含的道理，那样才叫读懂了诗歌。所以我们读唐诗，最好找令人信服的学者所作的注本，遇到不明白的地方，去查阅前人学者的注释，这有助于我们了解唐诗的真正含义。

第二讲
曲项向天歌：骆宾王《咏鹅》

咏　鹅

骆宾王

鹅，鹅，鹅，曲项向天歌。
白毛浮绿水，红掌拨清波。

唐代的格律诗，有五言诗，有七言诗。骆宾王的《咏鹅》，开头只有三个字“鹅，鹅，鹅”，这是怎么回事？

阿老师小时候就有这个疑问了。“鹅，鹅，鹅”三个字，我可以看懂诗意，但格律上我大惑不得其解，于是去问老师，老师也不知道。当时，阿老师是在乡下上的小学，阿老师的老师恐怕也没那么高的古典文学修养。所以，阿老师在念高中的时候，自己读了王力先生的《诗词格律》一书，才解开了《咏鹅》的这个疑问。

其中的道理，跟诗歌的发展变化有关。唐朝的诗歌要到宋之问等人手里，才发展出格律严谨的近体诗。近体诗也叫作格律诗，一般分为律诗和绝句两种。而在初唐时期，这种诗歌体制还不完备，骆宾王等诗人也写古体诗，格律相对自由。因此像“鹅，鹅，鹅”这样的句子，就可以放到诗歌当中。你看后代的诗人，像李白这样才华横溢的，往往不受格律的约束，所以李白写了很多古乐府的诗题，每一句的字数也没有定规，可以更自由地发挥。

而且，中国的古诗，最早也并不都是五个字一句或者七个字一句的，也有四言诗、三言诗，甚至还有二言诗。《诗经》中大多是四言诗，每句四个字。曹操也写四言诗，比如“东临碣石，以观沧海”(《观沧海》)。古诗中也有杂言诗歌，我们在《诗经》里经常可以看到，比如《摽有梅》:“摽有梅，其实七兮。求我庶士，迨其吉兮。”第一句只有三个字，后面每句都有四个字。

两个字一句的诗歌，出现在更早的时期，比如《弹歌》:“断竹，续竹；飞土，逐宍。”

就这样，《咏鹅》这首诗带给我的疑问渐渐地得到了解答。

这首诗的作者骆宾王，是“初唐四杰”之一。杜甫的诗中说“王杨卢骆当时体”[《戏为六绝句》(其二)]，“王杨卢骆”的“骆”就是骆宾王。

骆宾王是婺州义乌（今浙江省义乌市）人，少有才名，据说这首《咏鹅》是他七岁的时候写的，那可真了不起！

故事是这样的：小时候的骆宾王，住在义乌城北的一个小村子里。村外有个池塘叫骆家塘。每到春天，塘边柳丝飘拂，池水清澈见底，水上鹅儿成群，景色格外迷人。有一天，骆宾王家中来了一位客人。客人见骆宾王面容清秀、聪敏伶俐，就问了他几个问题。七岁的骆宾王对答如流，使客人惊讶不已。骆宾王跟着客人走到骆家塘时，一群白鹅正在池塘里浮游，客人有意试试骆宾王，便指着鹅儿要他以鹅作诗，骆宾王不假思索便创作了此诗。

这首诗好在哪里？好在用白描手法，用色彩的对比、准确的动作描写，刻画了一只大白鹅在水面上嬉戏的样子。这其实就是一首咏物诗。你看，“白毛”“绿水”“红掌”都是有颜色的，颜色很明丽，而色调对比又非常鲜明，给人一种眼前一亮的感觉。然后，诗人用两个干净利落的动词——一个“浮”，一个“拨”——描摹了大白鹅的形态，以及它在水面上游戏的动作，活脱脱一幅白鹅戏水图。

这只是骆宾王的一首小诗，是小学生必背的篇目，我们当过小学生的，也都记忆犹新。我经常带朋友去绍兴的兰亭景区游玩，那里有个鹅池，也养了很多只大白鹅。我们知道，王羲之特别喜欢鹅，他还从鹅的造型里悟出了书法的奥秘。阿老师去兰亭玩，经常会在鹅池边上看到络绎不绝的游人，他们当中很大一部分人会指着这群大白鹅，背诵骆宾王的《咏鹅》。

其实在诗歌史上，除了《咏鹅》，骆宾王最被称道的作品还有《咏蝉》：“西陆蝉声唱，南冠客思深。不堪玄鬓影，来对白头吟。露重飞难进，风多响易沉。无人信高洁，谁为表予心？”

这首诗写于骆宾王系狱期间。骆宾王为什么会进监狱呢？骆宾王此人命途多舛，根本原因在于，他得罪了武则天。

唐朝的时候，出了一个女皇帝，叫武则天。骆宾王刚好生活在武则天的时代。公元 678 年，骆宾王任侍御史，他多次上书讽谏，得罪了武则天，就被罗织罪名，关到监狱去了。

他为什么要上书呢？因为中国古代有一种男尊女卑的思想，认为女人是不能掌权的，尤其不能当皇帝。如果女人掌权了，用一个词语来形容，就是“牝鸡司晨”。传统社会基本上就是一个男权社会，但是武则天偏偏不信这个邪，她要自己掌权。她登基之后，还改国号为周。骆宾王这一生，就跟武则天较上劲儿了，在武则天还没当皇帝时，他就因上书讽谏而入狱，在狱中作《咏蝉》以抒悲愤。这首《咏蝉》，讲的就是他当时被罗织罪名关进监狱的事。

“西陆蝉声唱”，“西陆”指的是秋天。“南冠客思深”，“南冠”指楚冠，这里是关在监狱里当囚徒的意思。“蝉声唱”，骆宾王在狱中听到了秋蝉的声音，于是勾起了一些联想，触景伤情。诗人歌咏蝉的高洁，其实是用蝉来比兴，用蝉来比喻自己，寓情于物。这种写法，其实跟屈原流传下来的那种借物喻人的写法很接近。

不过，第二年骆宾王就遇到了大赦，出狱了，之后他被贬官到临海（今浙江省临海市）担任县丞，所以我们也叫他骆临海。

临海市离阿老师生活的小城很近，阿老师也有很多朋友在临海市，阿老师经常去临海市，去了就会到骆临海祠看看。骆宾王虽然被释放，贬官到临海，但是他的悲剧命运并没有就此停止。公元684年，武则天废唐中宗，这一年，徐敬业在扬州起兵反对武则天。骆宾王就成了徐敬业的属下，因为诗文俱佳，被任命为艺文令，掌管文书机要。于是他就起草了一篇檄文，叫作《为徐敬业讨武曌檄》，简称《讨武曌檄》。武曌，就是武则天给自己起的新名字。这个“曌”字，读作“zhào”，字形结构是上下结构，上面的左边是一个“日”字，上面的右边是一个“月”字，下面是一个“空”字，“日”“月”当“空”，即为“曌”。

《讨武曌檄》既是一篇非常著名的文章，也是一篇毁誉参半的文章，有人说它好，也有人说它不好。其中有一些句子广为流传，比如“请看今日之域中，竟是谁家之天下！”直指武则天篡夺了李家的天下。从此，骆宾王就走上了不归路。这一年的十一月，徐敬业兵败被杀，骆宾王下落不明，有人说他死于乱军之中，也有人说他从此出家，遁入空门，骆宾王的一生就此落幕。

骆宾王所写的诗歌，小朋友需要背诵的是《咏鹅》，诗歌史上称道的是《咏蝉》，但是阿老师最喜欢的是另一首诗歌——《于易水送人一绝》：“此地别燕丹，壮士发冲冠。昔时人已没，今日水犹寒。”

这首诗笔调苍凉，风格豪迈，讲的是荆轲刺秦的故事，算是咏史的诗歌吧，但其实是怀古伤今之作，抒发的是作者的感慨：一生才华横溢，却没有用武之地。千古之下，我们读来仍是扼腕不已。

第三讲
寂寂寥寥扬子居：卢照邻《长安古意》

长安古意

卢照邻

长安大道连狭斜，青牛白马七香车。
玉辇纵横过主第，金鞭络绎向侯家。
龙衔宝盖承朝日，凤吐流苏带晚霞。
百尺游丝争绕树，一群娇鸟共啼花。
游蜂戏蝶千门侧，碧树银台万种色。
复道交窗作合欢，双阙连甍垂凤翼。
梁家画阁中天起，汉帝金茎云外直。
楼前相望不相知，陌上相逢讵相识？
借问吹箫向紫烟，曾经学舞度芳年。
得成比目何辞死，愿作鸳鸯不羡仙。
比目鸳鸯真可羡，双去双来君不见？

生憎帐额绣孤鸾，好取门帘帖双燕。
双燕双飞绕画梁，罗帷翠被郁金香。
片片行云着蝉翼，纤纤初月上鸦黄。
鸦黄粉白车中出，含娇含态情非一。
妖童宝马铁连钱，娼妇盘龙金屈膝。
御史府中乌夜啼，廷尉门前雀欲栖。
隐隐朱城临玉道，遥遥翠幰没金堤。
挟弹飞鹰杜陵北，探丸借客渭桥西。
俱邀侠客芙蓉剑，共宿娼家桃李蹊。
娼家日暮紫罗裙，清歌一啭口氛氲。
北堂夜夜人如月，南陌朝朝骑似云。
南陌北堂连北里，五剧三条控三市。
弱柳青槐拂地垂，佳气红尘暗天起。
汉代金吾千骑来，翡翠屠苏鹦鹉杯。
罗襦宝带为君解，燕歌赵舞为君开。
别有豪华称将相，转日回天不相让。
意气由来排灌夫，专权判不容萧相。
专权意气本豪雄，青虬紫燕坐春风。

自言歌舞长千载，自谓骄奢凌五公。
节物风光不相待，桑田碧海须臾改。
昔时金阶白玉堂，即今惟见青松在。
寂寂寥寥扬子居，年年岁岁一床书。
独有南山桂花发，飞来飞去袭人裾。

“初唐四杰”又叫“王杨卢骆”，其中的“卢”指的是卢照邻。“初唐四杰”基本上都生活在公元7世纪，跟武则天当权的时代重合。

卢照邻是幽州范阳（今河北省涿州市）人，字昇之，自号幽忧子。他的具体生卒年现在已不可考，可推知他大概生活在公元630—683年，也曾出仕，与王勃相酬唱，后感染风疾，最终因为不堪病痛折磨投水而死。其作品有七卷本的《卢昇之集》、明代张燮辑注的《幽忧子集》存世。

《长安古意》是卢照邻的成名作，也是他最富盛誉的作品。这首诗托名“古意”，写的却是当时的社会现实，客观上描绘了当时长安（今陕西省西安市）现实生活的广阔画卷。我们知道，在贞观（627—649）、开元（713—741）年间，长安成为当时世界上首屈一指的大城市，其繁华、壮观、阜盛，令人赞叹。卢照邻所生活的时代，虽然还在初唐，但是因为唐朝的开国君主推行休养生息的政策，经过数十年的发展，战争的创伤渐渐平复，国力日益强大，长安城作为首都，更是物阜民丰。

古典文学中，历来有描述都城阜盛的文章，如左思的《三都赋》，铺陈排比，列举魏都、蜀都和吴都的繁华，一时洛阳纸贵。卢照邻这首长诗，也受到左思的影响，从《三都赋》得到了某些灵感。

当然，诗人更多的是用传统题材写自身的真实感受，以铺陈的笔法，描绘当时长安的现实生活场景，流露出对美好生活的热爱和向往之情，同时抒发了其怀才不遇的寂寥之感和牢骚不平之气，亦揭示了世事无常、荣华难久的生活哲理。

诗歌文本很长，可以分为四个部分。

第一部分，从“长安大道连狭斜”到“娼妇盘龙金屈膝”，铺陈长安豪门贵族争竞豪奢、追逐享乐的生活。当然这也是唐朝承平日久，物质生活变得丰富的一个征兆。这里有一个名句——“得成比目何辞死，愿作鸳鸯不羡仙”，后人一般用它来形容爱情。

第二部分，从“御史府中乌夜啼”到“燕歌赵舞为君开”，主要以市井为中心，写形形色色的人物的夜生活，场面极其繁华。当然这是假托古长安，并非写当时的长安。其实唐代的长安是有宵禁的，晚上二更（大约等同于晚上九点至十一点）之后，街上不准有人，我们需要了解这一点。

第三部分，从“别有豪华称将相”到“即今惟见青松在”，写长安权贵阶层的生活。欲壑难填，有一种欲望叫作权力欲，而权力欲是没有上限的，这是一些权力斗争的根本原因。诗人在这里对其做了入木三分的刻画。

第四部分，即最后四句，在上文今昔纵向对比的基础上，再做横向的对比，以穷愁著书的扬雄比喻诗人自己，与长安豪门人物对照作结，可以看出左思“济济京城内”[《咏史八首》（其四）] 一诗的影响。

第四部分是这首诗中阿老师最喜欢的部分，这几句就像有一段时间阿老师生活的写照。

1992 年，我如愿以偿，考进了中文系。为什么我要读中文系？因为我是个傻孩子，喜欢读书——各种闲书，涉及天文地理、志怪小说，尤其喜欢中国古典文学。而中文系是一个可以读“闲书”、读小说的专业：你读小说，居然没人骂你玩物丧志；不读小说，才叫不务正业。念中文系对我来说，就像是老鼠掉进了米缸。

我上的大学在杭州，学校有图书馆，当时湖滨还有家三联书店，于是阿老师自己的书也渐渐多了起来。

要注意，那是 1992 年，是 20 世纪 90 年代，离现在三十多年了。大学里，学生宿舍的条件还不是很好，一个很小的房间要住六个人。每个人都只有一点点空间，单人床，上下铺。单人床宽度大概只有八十厘米。那么，我那么多书，堆在哪里呢？堆在床上，床的里边就是一排书。我睡觉的空间宽度大概只有四十厘米。

后来读唐诗，读到卢照邻的《长安古意》，我不由得笑了：“寂寂寥寥扬子居，年年岁岁一床书。”这不就是在讲我吗？年长之后，我更喜欢最后一联：“独有南山桂花发，飞来飞去袭人裾。”因为繁华落尽是沧桑。不论长安有多繁华，最后我们喜欢的，都是清冷、孤独。孤独，才是人生至味。任何你想做的事，都要在孤独之中默默耕耘，才会有建树。懂得享受孤独的人，可以与之聊空寂。

“独有南山桂花发，飞来飞去袭人裾。”这种孤独多么美好，多么令人神往！阿老师近年来困于书斋生活，经常腰疼，为了锻炼身体，于是慢慢发展出一个爱好，就是一个人去郊外的野山上乱走。

山不高，但已经离城区有些距离，没有人来特意打理，于是就有了一种野趣，一种野蛮生长的茂盛和生命力。

去年秋天的一天，我在山上闲逛，不觉误入野山深处，树色昏暗，我正要回头，突然一阵山风吹来，带着一缕扑鼻的异香。我抬头一看，在幽深的林间，有一树银桂，开得甚为明亮。那一瞬间，我呆住了，想起来这两句诗：

独有南山桂花发，飞来飞去袭人裾。

很对，唐诗从不过时。

第四讲
乡音无改鬓毛衰：贺知章《回乡偶书》

回乡偶书

贺知章

少小离家老大回，乡音无改鬓毛衰。

儿童相见不相识，笑问客从何处来。

贺知章的绝句脍炙人口，比如《回乡偶书》和《咏柳》，几乎人人会背。前几年有一部根据小说改编的电视剧，叫作《长安十二时辰》，剧中有一个角色叫何执正，我推测其原型就是贺知章。当然，小说家言，不可全信；虚构之人，不可等同于真实之人。

贺知章这个人，大约生于公元659年，卒于公元744年，他是阿老师的老乡，绍兴人。贺知章原籍越州永兴（今杭州市萧山区），早年迁居越州山阳（今绍兴市）。绍兴有贺知章的故居，也就是现在的贺秘监祠，在绍兴市区的劳动路，周恩来祖居的西侧。

我家有个菜虫同学，他念小学的时候，也要背诵贺知章的诗歌。我就跟他说："这个贺知章，就是绍兴人，他的故居还在绍兴城里呢。"菜虫同学就很好奇："啊，绍兴人？"他觉得绍兴出了个唐代的大诗人很神奇。于是，有天下午，我就带着菜虫同学去了贺知章的故居，他还跟贺知章的塑像拍了一张合影。

贺知章从小就以文采著名，武则天证圣元年（695），贺知章中乙未科状元。所以贺知章是状元出身，他是浙江历史上第一位有文字记载的状元，很了不起。

关于贺知章，其实有很多传说，他与张若虚、张旭、包融合称"吴中四士"，与李白、李适之等七人合称"饮中八仙"。杜甫有一首著名的《饮中八仙歌》，第一个说的就是贺知章："知章骑马似乘船，眼花落井水底眠。"诗句夸张得很，说他喝醉了以后，骑在马上前俯后仰的，就像坐在船上一样；醉眼昏花掉到了井里，他干脆就在水底下睡着了。

这怎么可能？他又没有腮，在水底怎么呼吸？其实这就是杜甫夸张的写法，用来说明贺知章嗜酒如命，就是一个酒仙。

贺知章对李白有知遇之恩。我们知道，李白被称作“谪仙”，意思就是从天上被贬谪下来的神仙。这个称号就是贺知章给的。那是唐朝天宝元年（742），李白第二次来到长安时发生的事。

唐朝的时候，诗人们来到京城长安，一般要去拜访文坛领袖。当时的文坛领袖，就是贺知章，他已经八十多岁了。李白带着自己的诗稿，去拜访贺知章。一个年轻人去拜访贺知章，这样的情况很常见，贺知章最初不以为意，但是读到《蜀道难》一篇时，不由得击节赞叹。读到“蜀道之难，难于上青天”一句，贺知章感慨道：“啊，你这个人，真是谪仙人啊！”于是“谪仙”这个称呼不胫而走，李白也就在长安有了名声。

还有一个“金龟换酒”的故事，讲的也是贺知章和李白的交往。贺知章非常欣赏李白的才华，请李白喝酒，但是到了酒店才发现没带钱。于是，他就解下了身上佩戴的金龟袋来抵酒钱。

“金龟”是什么东西？不能望文生义，它不是金子打的乌龟，而是袋名，指的是唐朝高级官员身上的一种配饰，它可以彰显身份的尊贵。连贵重的配饰都可以拿来换酒，足见贺知章的高义，足见贺知章对李白的喜欢。

李白也很感念贺知章，后来贺知章去世，李白怀念贺知章，专门给他写了两首诗，叫作《对酒忆贺监二首》。这两首诗的序言里说：

> 太子宾客贺公，于长安紫极宫一见余，呼余为“谪仙人”，因解金龟换酒为乐。殁后对酒，怅然有怀，而作是诗。

第一首正文如下：

> 四明有狂客，风流贺季真。
> 长安一相见，呼我谪仙人。
> 昔好杯中物，翻为松下尘。
> 金龟换酒处，却忆泪沾巾。

贺知章号四明狂客，所以李白有“四明有狂客”之句；贺季真也指贺知章，季真是他的字。李白在这两首诗和一篇序言中讲的，就是贺知章称他为“谪仙”，以及“金龟换酒”的故事。

天宝三载（744），贺知章身体有恙，就上了一个奏折，大意是说："我老了，想要出家当道士。皇上，让我回老家吧。"然后贺知章就把他原来的家捐出来当作道观，在周边又开挖了很多池塘为放生池。皇帝无奈，准许他请辞，贺知章就回老家去了。回去之后，贺知章写了《回乡偶书》，但没多久就病逝了，终年八十六岁。

我们来看《回乡偶书》，它写的都是实情，都是口语，很容易读懂。

"少小离家"说的是贺知章于公元695年去参加科举考试，考中了状元，自此离开家乡。"老大回"就是年纪老了才回来。"乡音无改鬓毛衰"，说的是口音没有变化，但是两鬓风霜，头发都白了。"笑问客从何处来"，儿童看到他都不认识，但是很有礼貌，笑着问："这位客人，你是从哪里来的呢？"

这个"客"字，用得真是巧妙。贺知章明明不是"客"，而是一个在这里出生的人——八十多年前就在这里出生了。贺知章出生时，问话的这个儿童还不知道在哪里呢。但是现在，因为贺知章离乡日久，儿童不认识他，问他从哪里来的，他反而变成客人了，"反认故乡是他乡"。这样一句诗，寄托了贺知章无限的感慨。

贺知章的《回乡偶书》其实有两首，我们刚刚讲的是第一首，第二首也写得很好，大家可以参看一下：

离别家乡岁月多，近来人事半消磨。
惟有门前镜湖水，春风不改旧时波。

其实，阿老师对第二首也很有感觉，为什么？因为相对于宇宙的无穷与无限，人的个体真的很短暂，也很脆弱。

“离别家乡岁月多，近来人事半消磨”，人世沧桑，但是大自然居然没有什么变化。镜湖，又名鉴湖，是绍兴这个地方的标志性景区之一。李白说“一夜飞度镜湖月”，里面的“镜湖”就是这个湖。“惟有门前镜湖水，春风不改旧时波”，镜湖什么都没有改变，镜湖水也跟当初是一模一样的，但人已经变老了。这两句诗写尽了人间的沧桑。

唐诗有一个特点：一个人在不同的年龄段读同一首诗，感受都会不同。诗句还是那四句，为什么读者的感受不同？因为，岁月会给你馈赠。

第五讲
江畔何人初见月：张若虚《春江花月夜》

春江花月夜

张若虚

春江潮水连海平，海上明月共潮生。
滟滟随波千万里，何处春江无月明。
江流宛转绕芳甸，月照花林皆似霰。
空里流霜不觉飞，汀上白沙看不见。
江天一色无纤尘，皎皎空中孤月轮。
江畔何人初见月？江月何年初照人？
人生代代无穷已，江月年年望相似。
不知江月待何人，但见长江送流水。
白云一片去悠悠，青枫浦上不胜愁。
谁家今夜扁舟子？何处相思明月楼？
可怜楼上月裴回，应照离人妆镜台。

玉户帘中卷不去，捣衣砧上拂还来。
此时相望不相闻，愿逐月华流照君。
鸿雁长飞光不度，鱼龙潜跃水成文。
昨夜闲潭梦落花，可怜春半不还家。
江水流春去欲尽，江潭落月复西斜。
斜月沉沉藏海雾，碣石潇湘无限路。
不知乘月几人归，落月摇情满江树。

《春江花月夜》可谓是绝美的作品，号称“孤篇盖全唐”。

我们先来讲讲诗人张若虚的生平和《春江花月夜》这首诗的“前世今生”。因为这首诗在后世广为人知，具有某种传奇的性质，所以关于它的流传也有很多故事。

张若虚其人，阿老师在讲贺知章的时候提到过，说他和贺知章齐名，是“吴中四士”之一。这绝对是因为张若虚极具才华，所以他才能跟当时的名流交往——包括像贺知章这样的高官。张若虚一生没有担任过高级官员，我们只知道他出任过兖州兵曹。唐代的兖州，在现在的山东；兵曹只是一个很小的官，大概相当于八品或者九品。我们知道，古人一向是官本位的，像张若虚这样的人，官职不高，通常不被人重视，所以关于张若虚的个人资料少之又少。现在，学者一般认为，他生于公元 660 年，卒于公元 720 年。但这也仅是后代学者的推定，没有确实的史料记载。

《春江花月夜》这首诗的流传，其实也很奇特。明代之前，没有人特别看重这首诗，这首诗也不像现在这么出名。现在，我们认为这首诗属于极品，但这个认证也就是在最近这三四百年时间之内才出现的，此前它湮没无闻的时间接近一千年。比如在唐代，根本没有张若虚的诗集传世；从唐代到元代，《春江花月夜》这首诗也一直没被人看重。

根据著名学者程千帆先生的考证，现在留存的《唐人选唐诗（十种）》、唐人的杂记小说、宋人编纂的《文苑英华》《唐文粹》《唐百家诗选》《唐诗纪事》等唐代诗文选本，以及元朝的《唐音》等唐诗选本，里面都没收录张若虚的诗作。不仅唐诗选本没有记载，而且在从唐代到明代的二十多种诗话当中，也没有一个字提及张若虚。最早收录《春江花月夜》这首诗的选本，是宋朝人郭茂倩的

《乐府诗集》。《乐府诗集》第四十七卷收录了《春江花月夜》同题诗五家七首，张若虚的这首就在其中。

或许冥冥之中自有天意，好的作品最终还是会闪光的。到了明朝中期，《春江花月夜》就被推到了一个崇高的地位。明朝的文学家钟惺说："将'春江花月夜'五字，炼成一片奇光，分合不得，真化工手。"这是极高的评价。

随着时代的发展，人们对于这首诗的评价越来越高。清代文学家王闿运评此诗"用《西洲》格调，孤篇横绝，竟为大家"。到了现代，诗人闻一多盛赞《春江花月夜》，说这首诗是"诗中的诗，顶峰上的顶峰"。

我们来看两个数据：《全唐诗》一共收录唐、五代诗歌四万余首，诗人两千余人。那我们一共能记住几个诗人，能背诵几首诗？张若虚的诗歌流传到现在，只留下两首，其中一首《春江花月夜》，就因为特别美、特别杰出而广为流传。

有的诗人，终其一生都在写诗，写了几万首，但是没有一首作品流传后世；而有的诗人，留下来的作品只有几首，却流传千古。所以，张若虚也是一个很幸运的人，能被我们后人所知晓。

《春江花月夜》原为乐府旧题，相传为南朝陈后主所作，原词已经不传了。在《旧唐书·志·音乐二》里面有相关记载："《春江花月夜》《玉树后庭花》《堂堂》，并陈后主所作。"《乐府诗集》中记载："后主常与宫中女学士及朝臣相和为诗，太常令何胥又善于文咏，采其尤艳丽者，以为此曲。"隋炀帝也写过这个曲子的作品。《乐府诗集》第四十七卷收《春江花月夜》七首，其中隋炀帝有两首。

这首诗创作的具体年份已经难以考定了，但是关于这首诗写的是哪里，是在什么地方写的，后代学者却多有考证——主要是扬州的一些学者，他们认为，这首诗写的就是扬州这一带。

扬州文化研究所有一任所长姓韦，他说，张若虚是站在扬州南郊曲江边赏月观潮，有感而发创作了此诗，此诗表现的是唐代扬州曲江一带的景色。

有一位学者叫作高惠年，他在考证之后说，这首诗作于瓜洲。哪个瓜洲？就是王安石诗句"京口瓜洲一水间"中的那个瓜洲。他说这首诗歌表现的是千年古镇瓜洲江畔清幽如诗的意境之美。

还有一位学者，其名不具，他说，这首诗写于扬子江畔，具体的地点在扬州市江都区大桥镇南部。

关于这首诗的创作背景也有各种说法，学者们各执一词。但是我们可以断定，这首诗写的是长江，这是没有异议的。

无论如何，这首诗千古流传，为后人所喜欢，包括阿老师。

阿老师有多喜欢呢？我在给别人签名的时候，经常喜欢引用《春江花月夜》里的句子，它的每一个句子都可以引用。为什么？因为它每一句都特别漂亮，每一句都是名句，值得传诵，也经常和后人的诗句不谋而合。

比如崔颢写的“黄鹤一去不复返，白云千载空悠悠”（《黄鹤楼》），这两句跟“白云一片去悠悠，青枫浦上不胜愁”很接近。

张九龄的名句“海上生明月，天涯共此时”（《望月怀远》），跟“春江潮水连海平，海上明月共潮生”的意境，是不是很接近？

李白的“青天有月来几时？我今停杯一问之”（《把酒问月》），苏轼的“明月几时有？把酒问青天”（《水调歌头》），都很接近“江畔何人初见月？江月何年初照人？”的意境。

在意境和结构方面，这首诗也是独具一格的——江天一线、明月一轮、白云一片、枝叶扶疏、人影绰约……孤独的明月楼和它们形成强烈的对比，所以整首诗既像一幅画，又像一首歌，以夜的寂静为背景，把诗人想象中的海潮声、江流声、捣衣声交织在一起，编织成了一种旋律，所以这首诗有一种音乐美。

为什么闻一多说这首诗是“诗中的诗，顶峰上的顶峰”？就是因为它跟闻一多主张的诗歌的“三美”很贴切，很吻合。诗歌的“三美”指诗歌最重要的三种美：绘画美、音乐美、建筑美。这首《春江花月夜》为我们描绘了一幅“春江花月夜”的优美图景，这是绘画美。什么是音乐美？就是刚才我们讲的，朗读起来音韵铿锵、声音婉转，跟音乐一样。还有建筑美，就是结构上的美感。这是闻一多的主张。《春江花月夜》跟闻一多的主张非常契合，所以闻一多才会对它评价极高。

就诗歌的意境而言，阿老师有个看法：《春江花月夜》其实与陈子昂《登幽州台歌》有某种相近之处，有种得风气之先的伟大的孤独的美。

初唐时期，国力渐盛，加上政治气氛较为宽松，统治集团推行休养生息的政策，国家在各方面都显示出了蓬勃向上的朝气。尤其在文学上，人们已经厌倦了六朝诗歌的雕琢堆砌而无生机的那种风气，他们想要挣开那种靡丽之风的束缚，去呼吸新鲜空气。这一点，我们在讲王绩的《野望》的时候也已经说到了。

在唐朝，因为时代背景的不同，因为生活方式的不同，因为潮流风尚的不同，人们的诗歌审美终于也迎来了伟大的转变。张若虚这首《春江花月夜》就是其中最重要的代表作。

著名学者李泽厚先生在《美的历程》一书里面说："诗歌随着时代的变迁，由宫廷走向生活，六朝宫女的靡靡之音变而为青春少年的清新歌唱，代表这种清新歌唱成为初唐最高典型的，正是闻一多强调的刘希夷和张若虚。"

虽然刘希夷的《代悲白头翁》也是代表作之一，但张若虚这首诗无疑是更加令人赞叹的。

阿老师最喜欢的还是张若虚这首诗的前半部分，即从开头到"江畔何人初见月？江月何年初照人？人生代代无穷已，江月年年望相似"这部分。

到这里，这首诗的内涵升华到了对于人生哲理的思考，从而具有了一种宇宙意识，而且这种思考并没有局限在单独的人，也没有落脚在男痴女怨、郎才女貌上面，而是超越了尘世的繁杂，把目光放在了无限宽广的天地之间，尝试站在自己的角度去理解天地的道理，是一种充满了哲理的天问——对，就像屈原的《天问》一样，具有一种超拔的格局。

“江畔何人初见月？江月何年初照人？人生代代无穷已，江月年年望相似。”我们人类，一代代地繁衍生息，虽然生生不息，但是流逝的时光终究带走了一代又一代的生命，可是那天上的明月，却是千百年来都没有变化的。你看，“天地玄黄，宇宙洪荒”，自然的永恒和人类的短暂、孤独，都被张若虚敏锐地捕捉到了。我们在读这首诗的时候，会有一种心灵的投射，有一种情感的共鸣。个体渺小而又渴望永恒，千百年来莫不如此，这就是这首诗最打动人的地方。

当然，从诗歌的技巧而言，这首诗也有很值得一说的地方。

首先，来看用韵。这是一首长诗，长诗基本上都需要换韵，也就是说，其中的韵脚会有多次的变化。这首诗一共三十六句，分为九组，每四句为一组，每组一换韵，就像九首绝句一样，这是它非常整齐的一面。

而其错综复杂的一面，则体现在九个韵脚的平仄变化上。第一组和第三组用的是平声韵，第二组和第四组用的是仄声韵，随后的第五组、第六组、第七组和第八组用的都是平声韵，最后一组用仄声韵来结束。错落穿插，音韵整齐而不呆板，这是它在押韵上的讲究。

其次，在句式上，这首诗大量运用排比句、对偶句，起承转合非常巧妙，诗歌气韵无穷，再加上用词——诗歌题目当中“春”“江”“花”“月”“夜”五个字，是五个主题词，错落重叠，伸缩变化，反复出现——把读者引入了一个目眩神迷、浑然忘我的境界。

最后，我们再来看这首诗是怎样抓住主要的意象来展开描述的。在这首诗中，“江”与“月”这两个主题是中心主题，被反复地拓展，不断地变化。“春江”“江流”“江天”“江畔”“江水”“江潭”“江树”，都跟“江”有关，意象非常繁复。

“明月”“月明”“孤月轮”“江月”“明月楼”“月华”“落月”“斜月”非常复杂，都跟“月”有关，夹杂着月亮的光与色，并通过与“春”“夜”“花”“人”的巧妙组合，构成了一幅绚烂的春江夜月图。

诗人没有局限于一轮江月，而是把一种复杂的人类情感贯串始终。这首诗不但是一首传世之作，而且是一首旷世之作。《春江花月夜》在思想上和艺术上都超越了以前那些单纯写景的诗歌，做到了情景交融，为屡见不鲜的传统题材注入了新的含义，熔诗情、画意、哲理于一炉。它凭借着对“春江花月夜”的描述，赞叹大自然的奇丽景观，讴歌人间纯洁的情感，把对游子思妇的同情心扩大开来，扩大到对人生哲理的追问和对宇宙奥秘的探索，形成了一种情、景、理水乳交融的优美而邈远的意境。

自《诗经》开始，一直到张若虚，其间有一千几百年，始终没有人把江月写得如此凄美而多情，张若虚是第一人。

而在诗歌的表现形式上，南朝的民歌和声律之学，经过多年的酝酿，发展到张若虚手里，就像炼丹术已成，丹炉里面发出了奇光——语言、声律、形式技巧和谋篇布局被完美地熔铸在了一起。

在诗歌还没有完全找到前进方向的初唐，《春江花月夜》本身就像光耀千古的一轮明月，照亮了盛唐诗歌的道路，催生了唐诗的灿烂。所以张若虚在唐代诗人当中的地位也就可想而知了，这首诗歌被称为“孤篇盖全唐”的原因也就可想而知了。

第六讲
解落三秋叶：李峤《风》

风

李　峤

解落三秋叶，能开二月花。

过江千尺浪，入竹万竿斜。

今天我们来讲一首简单的诗歌，李峤的《风》。

读过了张若虚的鸿篇巨制《春江花月夜》，再来读李峤的《风》，就会觉得很轻松，很愉快，很简单。

一首五言绝句，二十个字，才开头，就结尾，让人读得特别欢乐，而且解压。

这是一首著名的咏物诗，写的对象是风。但是，风这个东西是无形的，只有剧烈的龙卷风才可以让你看到形状。因此，风其实很难写，基本上，风只能让我们有体感，让我们感受到气流的存在，可是看不见摸不着，也抓不住。

聪明的你，可以思考一下：该如何描写这种看不见摸不着的事物呢？

李峤想了一个特别有意思的写法，就是侧面描写，通过写风的作用、风的价值、起风的现象，让我们来理解风这个事物的存在。

这首诗本身就像一个谜语。如果我们盖住这首诗的诗题，念一遍诗歌本身，来猜这是什么景象，或者是什么事物，那么这四句诗二十个字就是一个谜面。所以诗歌真的很有趣，有各种各样的写法，谜语是一种，侧面描写也是一种。像这首诗，不着一字，尽得风流，没有一个字是直接写风这个事物的，但是每一句都让我们想起风。

阿老师先来解释一下，“解落三秋叶”的“解”字，一般认为是能够的意思。

能够让三秋的树木落叶，能够让二月的植物开花，经过江上能掀起千尺[①]巨浪，经过竹林能让一万竿竹子

① 尺，中国传统计量单位，所代表的实际长度在各个历史时期略有不同，现 1 尺约等于 0.33 米。

倾斜。请问这是什么东西呢?

这当然就是风了。

这首诗只有二十个字，却很有讲究。

第一个特点是选取了四种景物，能够让我们看到它们在风的作用下的状态。这四种景物非常有代表性，分别是秋叶、春花、波浪、竹林，能够显示风的存在。

第二个特点是数词的运用。“三秋叶”“二月花”“千尺浪”“万竿斜”中的“三”“二”“千”“万”都是数词。这首诗只有四句，但是在这四句当中，每一句里都有数词。奇妙的是，诗句虽然都用了数词，但读来并不枯燥，这又是为什么?因为，第一联里的“三秋”和“二月”，讲的是时间；第二联里的“千”和“万”，讲的是数量。两个是时间，两个是数量，所指不同，尽管都是数词，却并不单调。所以我们说，用数词也是有讲究的。

第三个特点是全对仗。第一联对仗，第二联也对仗。“解落三秋叶，能开二月花”对仗，“过江千尺浪，入竹万竿斜”对仗，整首诗很工整，很规范，就是一首合规合矩的五言绝句。

据说，类似《风》这样的诗歌，李峤写了不止一首。李峤曾作杂咏诗一百二十首，这组诗分为乾象、坤仪、居处、文物、武器、音乐、玉帛、服玩、芳草、嘉树、灵禽、祥兽十二大类，各以一字为题，又称“单题诗”，一诗咏一物，如《日》《月》等，做成了诗歌的类书形式。

这组杂咏诗在天宝六载（747）由张庭芳作注，后来流传到了日本，在平安时代（794—1192）成为日本贵族和士族阶层重要的幼学读物。我们现在的语文教科书里也收录了《风》这首诗。

不过，这些都是小诗，每首二十个字，讲的多是小趣味，不是鸿篇巨制，也没有特别深远的审美意境，所以，对于这一组诗歌的评价也褒贬不一。说好的人，表扬说李峤把诗歌写绝了；说不好的人，批评说这些诗歌匠气十足。例如，清代的一个学者叫作王夫之，他在《姜斋诗话》中谈到咏物诗的发展，他认为：“李峤称‘大手笔’，咏物尤其属意之作，裁剪整齐而生意索然，亦匠笔耳。至盛唐以后，始有即物达情之作。”他说，李峤这个诗人有匠气，写出来的诗是匠笔。匠人之笔，这是很不好的评价。诗人得有才气，才气纵横、才华横溢，这样才对。你要说一个诗人有匠气，假如我是那个诗人，我就会很生气。当然，这是王夫之的评价，仁者见仁，智者见智，钦佩李峤的人就不这么看。

有个关于李峤的传说：李峤幼年时曾经梦到过一个神仙送给他两支笔，从此他学业大进，终成一代文豪。后世遂用“双笔”比喻一个人文才出众。

这个故事跟“江郎才尽”的故事有点像。据说江淹在冶亭（今属江苏省南京市）午休，梦到一个自称郭璞的人对他说：“我的笔放在你那里很多年了，现在你应该还给我了。”郭璞是前一个朝代的大文豪。江淹听到他这么说，就往怀里摸了一下，果然摸出一支五色的笔，于是只好把笔还给了郭璞。从此以后，江淹就再也写不出好文章来了。

当然，无论是李峤梦见“双笔”，还是江淹梦见郭璞来问他要笔，这些都是传说。传说，未必都是真的。古人只是觉得文学创作艰难，所以才会有这样的美好的想象，这都是很有趣的传说。

关于写作，关于写诗，阿老师认为，唯一的真理就是勤加练习，仅此而已。写诗也是如此，非有长时间的磨炼、多年的深思不行。

李峤能有这样的建树，跟他做的梦其实没什么关系，而是跟他一生的热爱有关。李峤是河北人，大约生于公元645年，卒于公元714年，还曾担任过宰相。他生前就以文辞著称，和苏味道并称“苏李”，又与苏味道、杜审言、崔融合称“文章四友”。

唐玄宗本人就很喜欢李峤的诗歌。他晚年曾夜登勤政楼，命梨园子弟唱歌，那些伶人就唱了一首李峤的旧作，叫作《汾阴行》，诗中有这样四句：“山川满目泪沾衣，富贵荣华能几时。不见只今汾水上，唯有年年秋雁飞。”唐玄宗听了以后，百感交集，不由得潸然泪下，连连赞叹道：“李峤真是才子！”

诗无定法，诗无定评，一首诗，有的人认为它好，有的人认为它不好。你的美味佳肴，可能是他人的断肠毒药。我们可以有自己独立的评价。

第七讲
闻歌始觉有人来：王昌龄《采莲曲》

采莲曲

王昌龄

荷叶罗裙一色裁，芙蓉向脸两边开。

乱入池中看不见，闻歌始觉有人来。

“诗家天子”“七绝圣手”，都是对王昌龄的褒奖之词，千百年来，我们服为确论。今天我们要讲的《采莲曲》，是王昌龄的一首七绝，它别有韵味，是王昌龄诗风多变、题材丰富的一个表现。不要以为王昌龄只会写边塞诗，边塞诗自然豪迈雄壮，但既然王昌龄被称为“七绝圣手”，就意味着，无论哪一种题材，他都能信手拈来，比如咏物写人。

这首《采莲曲》，大概是王昌龄被贬龙标时所写，可能是在唐玄宗天宝七载（748）的夏天。龙标在现在的湖南一带，大约在怀化附近，在唐代还是一个蛮荒之地。关于这首诗，其实还有一个故事。

此时，王昌龄任龙标尉已经有一段时间了。王昌龄被贬官到这里，不免内心苦闷，经常游山玩水，以纾解愁怀。有一次，王昌龄独自一人在龙标城外游玩，在东溪的荷池里，见到了当地酋长的公主——蛮女阿朵。阿朵在荷池里采莲唱歌，光景明丽，歌声悠扬，王昌龄被她深深地吸引，于是就写了这首《采莲曲》。

这首诗清新可喜，令人过目不忘。诗歌写阿朵采莲，莲叶的颜色和裙子的颜色是一样的，所以叫作“一色裁”。荷花、荷叶向着人脸扑过来，又因为小舟而荡开，若隐若现、若有若无，使得采莲少女和美丽的大自然融为一体。只有听到采莲的歌声，人们才知道，荷花池中原来还有人，声音伴着人过来了。这种物我两忘、物我融合的境界，是很高超的写作手法，一方面写出了采荷少女的活泼可爱、青春靓丽，另一方面将大自然之美和人情之美熔为一炉。两两相合，相得益彰。

这首小诗尽管只有二十八个字，但也是格律整饬、押韵准确的，念起来像音乐一样铿锵动听，不亏负诗人“七绝圣手”的名号。那为什么诗歌押韵，就会好听呢？

我们先从一段顺口溜说起。有一次，阿老师经过一个小区，小区的公共绿地上有一群小朋友在玩，嘴里念念有词，内容如下：“因为所以，科学道理；天文地理，蜘蛛蚂蚁；天经地义，苹果鸭梨。”他们一边念叨，一边跳个没完，阿老师在边上听了一会儿就不由得笑了起来。

这些小朋友念的那些顺口溜，上句和下句之间一点逻辑关系也没有。“因为所以”怎么就跟“科学道理”扯到一起了？这段话最后怎么又拐到“苹果鸭梨”上去了？虽然如此，但孩子们念得可起劲了，就像念咒语一样，沉迷于顺口溜，不能自拔。确实，顺口溜有“魔力”，阿老师跟着念了一下就记住了，欲罢不能。

我们来破解一下这个顺口溜为什么有一种语言的快感。其中一个奥秘是，每一个词组的最后一个字，韵脚是一样的。这里蕴藏着汉语修辞里的一个小秘密，叫作押韵。押韵是诗歌的一个重要特点，我们在日常生活的语言现象中也经常可以看到。

学过汉语拼音，再来说押韵就很简单了。在汉语拼音里，拼音字母分为两类，一类叫声母，一类叫韵母。比如说“科学道理”的“理”字，拼音写作“lǐ”，“l”就是声母，“i”就是韵母。同一个韵母的字，叫作同韵字。凡是韵母相同的字，基本上都可以用来押韵。所谓押韵就是把同韵的两个字或者更多的字放在不同句子的同一个位置，一般都是把同韵字放在句末，就像句子的“脚”，所以叫作韵脚。

上面我们所举的顺口溜，哪几个字是韵脚？“因为所以”的“以”、“科学道理”的“理”、“天文地理”的“理”、“蜘蛛蚂蚁”的“蚁”、“天经地义”的“义”、“苹果鸭梨”的“梨”，这几个字是韵脚，都是押韵的。

押韵是为了声韵的和谐，同类的乐音在同一个位置上反复出现，就构成了声音回环的音韵之美。这就是“因为所以”这首童谣有“魔力”的原因。

中国古代的诗歌自从《诗经》开始，基本上都是押韵的。随便举个例子，我们都可以来找一找它是怎么押韵的。比如李白《望庐山瀑布》：“日照香炉生紫烟，遥看瀑布挂前川。飞流直下三千尺，疑是银河落九天。”第一句、第二句、第四句的最后一个字都是押韵的。押什么韵？押“an”韵。“日照香炉生紫烟”中的

“烟”，“遥看瀑布挂前川”中的“川”，“疑是银河落九天”中的“天”，这几个字的韵母都有“an”。再比如杜甫的《绝句》：“两个黄鹂鸣翠柳，一行白鹭上青天。窗含西岭千秋雪，门泊东吴万里船。”这首诗里第二句和第四句的最后一个字是押韵的，“天”和“船”也是押“an”韵。

其实关于押韵，我们在流行歌曲、童谣和儿歌里经常可以见到。因为归根到底，它们都具有诗的特质，只有押韵才会有那种音韵的回环之美。我们再举个例子。小朋友们一定听过一首儿歌——《数鸭子》。阿老师家里也有一个小朋友，所以这首儿歌我也很熟。

门前大桥下，游过一群鸭。快来快来数一数，二四六七八。咕嘎咕嘎，真呀真多呀。数不清到底多少鸭，数不清到底多少鸭。　　赶鸭老爷爷，胡子白花花。唱呀唱着家乡戏，还会说笑话。小孩，小孩，快快上学校。别考个鸭蛋抱回家，别考个鸭蛋抱回家。

这里我有一个问题要问。儿歌里唱道：“门前大桥下，游过一群鸭。快来快来数一数，二四六七八。”我发现这首童谣的作词者不会数数。数数不是应该按“一二三四五六七”这样的顺序吗？为什么这里是“二四六七八”这样的顺序？难道作词者和小朋友们都没学过数学吗？

大家今天听了阿老师讲押韵，就会明白，这首童谣的作词者当然不是没学过数学，当然也不是不会数数，因为这首儿歌押的韵是“ɑ”，“门前大桥下，游过一群鸭”中的“鸭”，“赶鸭老爷爷，胡子白花花”中的“花”，“唱呀唱着家乡戏，还会说笑话”中的“话”，这几个字都是押“ɑ”韵。

而我们数数，在“一二三四五六七八”这个序列里，只有“八”这个字是押韵的，而只有押韵，这首歌唱起来才好听。所以我们在听这首歌的时候，就觉得这首童谣的作词者像不会数数一样。“快来快来数一数，二四六七八”的奥秘就在这里。

作为近体诗重要体裁的绝句，会在第二句和第四句押韵（第一句可以押韵，也可以不押韵），而且押的是平声韵。押平声韵还是仄声韵，这是区别古绝和律绝的重要根据。好了，阿老师讲了这么多，你来读一读这一首《采莲曲》，找找这首诗的韵脚是什么，押在哪几句上。

第八讲
曲径通幽处：常建《题破山寺后禅院》

题破山寺后禅院

常　建

清晨入古寺，初日照高林。
曲径通幽处，禅房花木深。
山光悦鸟性，潭影空人心。
万籁此都寂，但余钟磬音。

今天，我们要从《红楼梦》说起。《红楼梦》作为中国四大古典名著之一，你即使没有通读过，总也听说过。这部小说成了后代很多文艺作品的母题，被拍成电影，改编成电视连续剧、连环画，还有越剧等各类戏剧节目，多种呈现样式，不一而足。林黛玉和贾宝玉的爱情故事，大家肯定都很熟悉。

这部小说当然是极好的，我也知道有些小朋友很沉迷于这部小说，这是好事。但其实，初读《红楼梦》，对于青少年朋友而言，还是有点语言障碍的。因为这是清代的作品，其语言形式和现代的白话文区别蛮大，带有很多文言文的痕迹。因为这些语言障碍，有些青少年朋友往往不喜欢《红楼梦》，这也可以理解。

不过，如果你念初中了，那么再读《红楼梦》应该问题不大。尤其是我们现在学唐诗，积累了一些古典诗歌知识，就可以去读《红楼梦》。这部长篇小说里不仅有生动曲折的爱情故事，还有一大堆古典诗歌，写得非常棒。其中，"香菱学诗"的故事讲了诗歌创作原则，对我们学习中国古典诗歌也很有帮助。

《红楼梦》的第十七回回目叫作"会芳园试才题对额，贾宝玉机敏动诸宾"①，故事讲的是为迎接贾元春省亲，贾府新造一座大观园，各处的楼观匾额都还没有命名，贾政就带了一帮清客相公，一边游览，一边草拟匾额。恰好这天，贾宝玉也刚好和一群小伙伴在大观园里玩，被父亲抓个正着。这下好了，贾政是个严厉的父

① 《红楼梦》版本众多，不同版本间回目差异较大，此处回目取自《乾隆抄本百廿回红楼梦稿》（简称"梦稿本"）。

亲，刚好要趁这个机会来考考贾宝玉，看看他这些日子读书学习都学了些什么。贾宝玉猝不及防，只好仓促应试了。

贾宝玉果然才华横溢，居然一点也不怯场。大观园正门进去有一座假山，山上有镜面白石一块，就是留给人们来题字的。贾政回头笑着跟诸位清客相公说："诸公请看，此处题以何名方妙？"众人听说，就纷纷提议，这里应该写"叠翠"，或者"锦嶂"，或者"赛香炉"，或者"小终南"，等等。但我们读者也知道，这些名字挺平庸的。为什么清客相公拟不出好的？因为大家都知道，这个时候，贾政正在考查贾宝玉，他们说的都不算，必得让贾宝玉说了才行。

贾政于是就回头，让贾宝玉来拟一个。贾宝玉说："尝闻古人有云：'编新不如述旧，刻古终胜雕今。'况此处并非主山正景，原无可题之处，不过是探景一进步耳。莫若直书'曲径通幽处'这句旧诗在上，倒还大方气派。"

贾宝玉建议在这里题一句"曲径通幽处"，大家听了，都称赞宝玉天分极高、才情高远。清客相公们盛赞贾宝玉，一半当然是贾宝玉确实有才情，另一半也是在拍贾政的马屁。

阿老师绕了半天，讲《红楼梦》的故事，其实就是为了点出常建这句“曲径通幽处”。这句诗在《红楼梦》里，借贾宝玉之口被引用了。

阿老师初读《红楼梦》的时候，大概也刚念初中，十二岁左右。那已经是四十年前了，当时的出版物还没有现在这么丰富，少年可以读的书，无非就是些中国古典小说，比如《红楼梦》《封神榜》之类，我读得囫囵吞枣、半生不熟。在读《红楼梦》这一回时，我读到贾宝玉引用的这句诗，这是我第一次读到这句诗，我觉得很好，一下子就记住了。

这就是诗歌的力量，大家想，“曲径通幽处”这句诗本身就是极好的，然后放在一座假山上作为题字，非常合适。这里不但显示出贾宝玉读书很杂，也体现出了贾宝玉的才情。

所以我一直说，好的诗句根本不需要死记硬背，你读一遍就会记住。《红楼梦》里面引用过的诗句不少，阿老师从来没有刻意去背诵过，但那些闪光的金句——就像这句——阿老师一下子就记住了，留在脑海里了。

当时在 20 世纪 80 年代的浙江农村，没有网络，甚至没有一个较大的公共图书馆，我没有办法去查找这句诗到底出自哪里。一个好奇的小孩，只好把这份好奇放在心里，一直到后来我念大学中文系，才有机会在古代文学的课堂上完完整整地读完常建这首诗。

现在有一个成语叫作“曲径通幽”，也来自这首诗。所以诗人是很伟大的，诗人的伟大在于，他用自己的思考，创造了一个独特的语言世界。阿老师也是一个写作者，要是有一句诗，或者一句话，是我自己“发明”的，是原创的，能流传下去，丰富当代以及后代的汉语，我也会死而无憾。

我们来说说常建这个人。他跟王昌龄是同榜进士。什么叫同榜进士？就是同一年参加科举考试，同时考中了进士，发榜时，两个人的名字写在同一个榜上。那是开元十五年，即公元 727 年。

虽然中了进士，但常建的仕途不怎么顺利，他跟王昌龄差不多，命途多舛，反正就是不得志，一辈子只能当个小官。

常建的诗歌见仁见智，有的人觉得写得好，比如在唐代文学家、诗选家殷璠看来就是很棒的，殷璠在他著名的《河岳英灵集》里首推常建，说他“其旨远，其兴僻，佳句辄来，唯论意表”。但是到了宋、明以后，人们对常建的评价却低了很多，常建就跌出唐诗大家的行列了。大概因为，每一个时代的审美倾向不同，对诗歌风格的喜好也各有不同。

《题破山寺后禅院》是一首题壁诗。什么叫题壁诗？就是写在墙壁上的诗。古人喜欢在墙壁上写诗，很多酒楼，甚至客栈，都会准备诗板，专门供诗人们题写。

很多大诗人都有题壁诗，比如崔颢的《黄鹤楼》，再比如苏轼的《题西林壁》。

为什么古人喜欢在墙壁上写诗呢？原因有很多。一方面，在唐宋时代，尤其是在唐代，诗歌和书法非常兴盛，题壁诗很多，这是当时诗歌创作和书法活动繁荣的体现。另一方面，在唐宋时代，虽然雕版印刷术已经出现，到宋代毕昇又发明了活字印刷术，但其实，印刷的规模还是有限的，大量的诗歌不能及时地被刻印出来，以便捷的方式流传。于是，把诗写在墙壁上，写在诗板上，就成为诗人即兴发表诗作的最佳方式。

在唐代，很多著名的饭店和著名的寺庙会专门留一堵大白墙，用来给到此游览的诗人题写。

常建这首诗是题在常熟虞山的破山寺（如今叫兴福禅寺）墙壁上的，这首诗描写了这里幽静的环境，也描写了作者感受到的禅意空灵的境界。

颔联“曲径通幽处，禅房花木深”特别工整，引人入胜，为我们创造了一个想象的空间。颈联“山光悦鸟性，潭影空人心”也很有意境，被广为传诵。王国维在《人间词话》中说诗歌有两个境界，一个叫作“有我之境”，一个叫作“无我之境”：“有我之境，以我观物，故物皆著我之色彩；无我之境，以物观物，故不知何者为我，何者为物。”阿老师觉得，这首《题破山寺后禅院》所表现的意境也堪称“无我之境”，这就是这首诗歌的好处。

最后，阿老师讲一个关于题壁诗的笑话。古人喜欢在墙壁上写诗，写得好的，自然令人服气，从而千古流传。但也有喜欢卖弄的，写得不好，真是污染了读者的眼睛，也弄脏了墙壁。有一个好事之徒，为人滑稽，也有几分才华，看到墙壁上有人写了一首半通不通的题壁诗，就很生气，于是在下面跟了两句来讽刺他：“放屁在高墙，缘何墙不倒？”意思是说，这首题壁诗写得很烂、很臭，像放屁一样，但是这堵墙居然没有被崩倒。

这个讽刺实在太辛辣了，大家看到以后都要哈哈大笑。

过了几天，另一个滑稽之士看到了这两句，觉得不过瘾，于是又加了两句："那边也有屁，把它撑住了。""放屁在高墙，缘何墙不倒？"不是一个疑问句吗，现在有人给出答案啦！

你看，题壁诗写得好，千古传诵；写得不好，就会变成千古笑料。

第九讲
花落知多少：孟浩然《春晓》

春　晓

孟浩然

春眠不觉晓，处处闻啼鸟。

夜来风雨声，花落知多少。

讲到孟浩然，就意味着王维、李白、杜甫近了，盛唐时期也近了。

王维和李白都是孟浩然的好朋友，李白写诗说“吾爱孟夫子，风流天下闻”（《赠孟浩然》），这个“孟夫子”，就是孟浩然。

孟浩然当时名气很大，一方面因为他文名很盛，诗写得好；另一方面因为他是著名的隐士，不汲汲于仕途，别有高致，大家都以结识他为荣。

唐代有这么多诗人，读者经常会弄混：这都谁跟谁呀？谁跟谁是一个时代的，谁跟谁是好朋友？正好，我们这次讲唐诗，基本上是按照时间顺序排列的：初唐、盛唐、中唐、晚唐。顺着这条时间线，同时代的诗人就显现出来了。

那么，生活在同一个时代的诗人，他们彼此之间是不是认识、有没有交往呢？

我们来了解一下唐朝诗人的世代。有位著名的学者叫尚永亮，他有一本书叫作《诗映大唐春：唐诗与唐人生活》。按照此书的说法，有唐一代，根据诗人的“生活年代、创作量及后世推许程度”，可以将诗人分为七个代群。[1]

第一个代群：主要活动于唐太宗贞观年间到唐高宗龙朔年间，大概是公元627—663年，其中最著名的诗人就是王绩、李世民、许敬宗、杨师道和上官仪等人。我们讲到了王绩。

第二个代群：主要活动于唐高宗乾封年间到唐中宗景龙年间，大概是公元666—710年，其中著名的诗人

① 尚永亮：《诗映大唐春：唐诗与唐人生活》，北京大学出版社，2017年。

有“初唐四杰”王勃、杨炯、卢照邻、骆宾王，还有杜审言、李峤、宋之问、沈佺期、陈子昂等。唐诗的基本风格就是在这个时期奠定的。提到的这一批诗人，我们大多数都讲到了，遗憾的是没有讲到杜审言。杜审言其实很重要，他是杜甫的祖父。

第三个代群：主要活动于唐玄宗先天年间到唐代宗永泰年间的诗人，大概是公元 712—766 年，主要有孟浩然、王昌龄、李颀、高适、岑参、王维、李白、崔颢、储光羲、杜甫等，这就是盛唐时期了，这一讲我们要讲的孟浩然就在盛唐。

第四个代群：活动时间以唐代宗大历年间为标志，前后延伸，大概是公元 766—779 年，其中有不少诗人在唐德宗的时候还活着，代表诗人有戴叔伦、韦应物、钱起、郎士元、李益、司空曙等。这个时候最著名的一个诗人群体是“大历十才子”，一共有十位诗人。

第五个代群：主要活动于唐德宗贞元年间到唐穆宗长庆年间，大概是公元 785—824 年，代表诗人是孟郊、贾岛、韩愈、柳宗元，还有张籍、王建、刘禹锡、白居易、元稹、李贺等。

第六个代群：主要活动于唐敬宗宝历年间到唐宣宗

大中年间，大概是公元 825—859 年，著名的诗人有许浑、张祜、温庭筠、杜牧、李商隐、方干、李群玉等。

第七个代群：主要活动于唐懿宗大中年间到唐哀帝天祐年间，大概是公元 859—907 年，代表诗人有贯休、罗隐、陆龟蒙、皮日休、韦庄、司空图、韩偓、杜荀鹤等。

这样，作为读者，作为唐诗的爱好者，你在脑子里就会有一个时间轴，按照这个时间轴，诗人们依次登场。你也可以按照我们选篇的顺序绘制一个思维导图，或者把唐朝诗人按先后时间绘制成一个表格，就一目了然了。

这些差不多活在同一时代的诗人，他们彼此之间认识吗？其实不一定彼此全认识，也不一定都是好朋友。但在每个时代的诗人当中，总有几位诗人是彼此熟识，并且经常在一起酬唱的。讲到孟浩然，他是盛唐时代的大诗人、大隐士，跟王维、李白、王昌龄等人都有深交，可谓冠冕过从，往来无白丁。

孟浩然（689—740），湖北襄阳人，人称孟襄阳。孟浩然是个隐士，但你要说他一点也不追求功名，那也未必。一方面，他确实比较喜欢隐逸闲散的生活，这也是当时读书人比较向往和追求的生活。另一方面，他又的确去参加了科举考试。《旧唐书》里这么记载：“孟浩然，隐鹿门山，以诗自适。年四十来游京师，应进士不第，还襄阳。张九龄镇荆州，署为从事，与之唱和。不达而卒。”也就是说，孟浩然四十岁才去参加科举考试，相比之下，王维十五岁就去长安求仕了。当然，王维是有家族的责任在肩的。

孟浩然四十岁才去长安，也算是不太想仕进的人。他不是特别上进，性格之中就有这种归隐、闲逸的气质，但也不是说他就讨厌做官，因为当时的读书人唯一的出路就是做官，所以他还是去长安参加科举考试，可惜没考中。后来，他还给张九龄写过一首干谒诗，希望张九龄引荐他，但最终没有得到施展抱负的机会。

四十岁，孟浩然来到长安，这对他来说是非常大的一件事情。这一年，他认识了王维，两人结为莫逆之交。这两个人在文学史上并称“王孟”，私交很好。

有这么一个故事。孟浩然去找王维，王维刚好在朝中当职，两个人就聊天，聊得很开心。这个时候，唐玄宗突然驾到，孟浩然就躲了起来。按照当时的礼仪，孟浩然是布衣，没有功名，是不适于见天子的。但是王维不敢隐瞒，就把孟浩然介绍给唐玄宗。唐玄宗挺高兴，因为他早就听说过孟浩然的大名，认识了以后就问孟浩然最近写了什么诗。孟浩然朗诵了最近写的一首诗，其中有两句是“不才明主弃，多病故人疏”（《岁暮归南山》）。“不才明主弃”的意思就是自己没有才华，被英明的国君抛弃了。这其实是一种自我怨艾、自我排遣，但是在皇帝听来，就好像在讽刺皇帝识人不明。唐玄宗就很不高兴，说：“朕不弃卿，卿自不求进尔！”意思是“我没有抛弃你，你只是自己不求上进罢了”。从这以后，孟浩然就告别了长安，回到了自己的故乡，从此，仕进的心也就慢慢淡了。

今天我们要讲的五言绝句《春晓》，是孟浩然最为经典的小诗，是他隐居鹿门山时写的。在山水田园诗里，仅此二十个字，卓绝千古。而且这二十个字都是最为普通的字，但组合在一起，就创设了一幅春天早晨绚丽美妙的图景。

在春天一个晴朗的早上，诗人睡到自然醒，所以叫作“春眠不觉晓”。“处处闻啼鸟”是写声音，前一句是写画面。“不觉晓”，即自然醒，什么叫自然醒？就是被大自然吵醒，自然而然地醒来。诗人被大自然中的什么吵醒？鸟鸣声。人我合一、物我两忘，是一种非常和谐的人和大自然相融的状态。

接下去两句，追忆昨天晚上的风雨之声，诗人想到春花应该已经落了一地了，所以叫作“夜来风雨声，花落知多少”。这里有惋惜之情，但也为我们描绘了一幅春天山野里百花烂漫的图景，在伤春和惜春之外，更有一种顺应大自然节律的闲适与豁达，也表现了诗人开朗的心胸。

你看，区区二十个字，语言平易浅近，每个字你都认识，但是，它整个境界浑然天成，就像从心底自然涌出，不用经过诗家的刻意雕琢。这就是诗人的高妙之处。孟浩然之所以为后人所喜欢，是因为他的诗艺水准很高——他的诗歌语言很简单，意境却很深，朴素而隽永，是永恒的诗歌经典，至今传唱不已。

第十讲
把酒话桑麻：孟浩然《过故人庄》

过故人庄

孟浩然

故人具鸡黍，邀我至田家。
绿树村边合，青山郭外斜。
开轩面场圃，把酒话桑麻。
待到重阳日，还来就菊花。

有唐一代，田园诗颇为兴盛。孟浩然自然属于田园诗人，是继陶渊明之后最著名的田园诗人。这首《过故人庄》，就是孟浩然最著名的田园诗代表作。

说田园诗，必然要说陶渊明，陶渊明的田园诗开一代风气之先，最著名的就是《归园田居》五首，大家都能随口吟诵几句。阿老师最喜欢其中的第三首："种豆南山下，草盛豆苗稀。晨兴理荒秽，带月荷锄归。道狭草木长，夕露沾我衣。衣沾不足惜，但使愿无违。”

你看，每天“带月荷锄归”，是不是很诗意？诗人劳动到晚上，背着锄头回家，月光照在身上，好像很有诗意，你是不是也兴起了“归园田居”之意呢？但其实，做农活是很累的，也是很苦的。阿老师本人就是农村出身，干过很多农活，就像孔夫子说的，“吾少也贱，故多能鄙事”（《论语》）。你想，八月里骄阳似火，去地里割稻子，面朝黄土背朝天，干两个钟头，你就开始怀疑人生了。

其实陶渊明也写出了他的辛苦，比如“晨兴理荒秽”，一大早天不亮就起来去田里劳动，打理土地，把荒芜的杂草除掉，到了晚上才回来，多辛苦。我们只看一句“带月荷锄归”，觉得很有诗意；看完整首诗，设身处地地想一想，才知道这有多么辛苦。

阿老师小时候读书不用功，母亲就教育我：“你不好好读书，长大了只能做农民。”后来阿老师稍微懂事了一点，就开始用功，结果考上了师范学院，就不用再干农活了。所以，在那个时代，我们用功读书是为了改变自己的命运。

干农活很累，而且读书人对此很外行，干不好。陶渊明是怎么写的？“种豆南山下”。结果是什么？“草盛豆苗稀”。草比豆苗还要茂盛，真可谓“百无一用是书生”。

阿老师的书房后边也有一个小园子。开始的时候，我看别人家的园子好看，也想把它弄得那么美，就种了几株月季，没多久，叶子全被虫子吃光了；也铺了草坪，没几天都被杂草淹没了。还好后院还有一棵柿子树，孤独的一棵柿子树，去年居然结了三个柿子——虽然少，但阿老师爱若珍宝，每天早晚都要去看看，只要这三个柿子还挂在树枝上，阿老师心里就很安定，就心满意足了。不过，后来，没等这三个柿子红透，狡猾的鸟儿就把它们吃掉了。

我们在讲诗歌之前说了这么多，为什么？因为像孟浩然这样写的诗歌，像孟浩然这首《过故人庄》里描述的农村生活，其实是很少见的。做隐士，享受农家之乐，在一个生产力不够发达的时代，其实是挺奢侈的，你要有很多的家产去维持。真的像陶渊明那样，穷，凡事亲力亲为，就特别辛苦。

我们来看《过故人庄》这首诗。

“故人具鸡黍，邀我至田家。”这两句的字面意思是，老朋友杀了鸡，准备了黄米饭，邀请孟浩然去他们家做客。“鸡黍”指代丰盛的饭菜，这确实很丰盛。我们知道，在古代中国，哪怕是盛唐时期，农民一般也吃得不好，很难见到荤腥。也就是说，在古代，荤菜是很难吃到的，只有逢年过节的时候普通人才有机会吃。

唐朝的时候人们一般吃什么？吃的东西也不少，面食已经有了，也有小米、黄米，诸如此类的。当时有一种很流行的东西，叫作胡饼——名字里有一个“胡”字，大概就暗示这是从西域传过来的，所以才叫胡饼。

据说安史之乱时长安陷落，唐玄宗往西跑，他在路上吃什么？他手下的人给他买了二十斤[①]胡饼。饶是皇帝，情况紧急，也只能用胡饼充饥。所以“故人具鸡黍，邀我至田家”，这是很高级的待遇了，即便是在富农家里，“鸡黍”也未必是每天都能吃到的，必须是贵客来了，才会杀鸡。

① 斤，中国传统计量单位，所代表的实际重量在各个历史时期略有不同，唐朝时 1 斤约为现在的 662 克。

“绿树村边合，青山郭外斜。”“合”就是围合，“郭”就是城郭。在村落的周围，绿树围合；在城郭之外，远处有青山斜卧。这是直接写景，写这个村庄的风光，山水田园之间，归于自然，也寄托了作者平和愉悦的心情。

“开轩面场圃，把酒话桑麻。”“轩”就是窗子，“开轩面场圃”就是打开窗子，面对着打谷场和菜园子。这里写的是主客会面的场景，面对着场圃，主客二人畅快地聊天。他们聊的是什么？聊家常。“话桑麻”，就是讲今年收成好不好。用我们现在的话来讲，这是非常“接地气”的一句，因为生活最大，生活之中，柴米油盐、烟酒糖茶之中，有真意存焉。

“待到重阳日，还来就菊花。”孟浩然和老朋友约好了，下一次重阳节，他还要来，一起看菊花。这两句描写农家恬静闲适的生活情趣，也写老朋友之间的情谊，同时说明这个时间段人们的生活比较平静，丰衣足食，表达了孟浩然对乡居生活的热爱。

这首诗里的归隐之乐是真实的，他的另一首诗——《夜归鹿门歌》里的隐逸之乐也是真实的。这都是孟浩然人格高妙的地方。

在本书“长歌行”一册中，我们讲到了孟浩然的另一首名作——《望洞庭湖赠张丞相》，这是一首干谒诗，孟浩然把它投给张九龄，希望张九龄引荐自己步入政界，从而实现自己的梦想。

你们看，《过故人庄》属于田园诗，《夜归鹿门歌》可以看作隐逸诗，而《望洞庭湖赠张丞相》则是干谒诗。孟浩然一会儿想归园田居，一会儿又想出人头地，他不矛盾吗？

是的，矛盾。可能矛盾就是那个时代每位知识分子的内在结构吧。不过，矛盾并非不能自洽，反而表现了孟浩然人格的丰富性。通过不同的作品，读者可以看到不同的孟浩然：一个渴望求取功名的孟浩然，一个因为理想受挫而消沉的孟浩然，一个向往田园之乐的孟浩然，一个会因为落花而惜春的孟浩然……恐怕把这些侧面拼起来，才是一个完整的孟浩然，也才是一个真实的孟浩然。

第十一讲
怅然吟《式微》：王维《渭川田家》

渭川田家

王　维

斜光照墟落，穷巷牛羊归。
野老念牧童，倚杖候荆扉。
雉雊麦苗秀，蚕眠桑叶稀。
田夫荷锄至，相见语依依。
即此羡闲逸，怅然吟《式微》。

《渭川田家》这首诗，大概写于王维的中年时期，估计那时王维已经在蓝田（今陕西省蓝田县）的辋川买到了宋之问的旧别墅，开始在那里隐居了。

王维虽然中了状元，但是官运不顺。他才气大，名气大，脾气也大，期望值也高，却没有得到什么可以济世经国的高级职位，后来受到宰相张九龄的提携，做了一个还算不错的右拾遗，但是很遗憾，不久张九龄就被李林甫排挤出了长安，赏识王维的人没有了。没过多久，王维也就被罢了官。

此后，王维便隐居蓝田，继续过一种半仕半隐的生活。蓝田这个地方风景极佳，有“小江南”之称，这是有科学依据的。根据气象学的资料，在初唐、盛唐时期，现在的关中平原一带气候温暖潮湿，平均气温要比现在高不少。那个时期，中原地区不仅有大片的茂密的竹林，还盛产柑橘，像洛河、渭河基本上很少结冰。整个中原地区，冬天都基本上不下雪。据说，整个唐朝，不下雪的冬天居然有19年之多。而从唐代的水果分布来看，在今天的四川剑南、眉山以南，以及陕西南部、重庆涪陵等地都有荔枝的种植。

现代关于中国历史气候的研究，是从竺可桢开始的。这给我们后人研究历史、研究文学提供了崭新的思路，了解历史气候的特点，就可以理解很多历史的真实性。

比如王维在《积雨辋川庄作》这首诗里说：“漠漠水田飞白鹭，阴阴夏木啭黄鹂。”你看，水田、白鹭，这简直是江南风光的“标配”。阿老师常住绍兴，在绍兴郊外，就是水田密布，水稻广泛种植，田埂上种植各种树木，而白鹭就在田陌上翻飞。这种景致实在是太好看了，我很喜欢，往往沉醉于此，认为这才是江南的景致，不想离开这里。原来，在唐朝开元年间，陕西就有这种景致，就在王维隐居的地方——蓝田辋川。

可我们知道，辋川那个地方的纬度跟江南是相差很大的。现在，那里属于黄土高原。2023年春天，为了找寻王维的踪迹，阿老师和朋友们一起还专门去了辋川。不得不说，我看到的景观跟王维的描述完全不一致。现在的辋川，除了那条夹在两山之间的河流依稀可辨，王维笔下所有的风景基本无处可寻。

我们根据以上历史地理学的考证，再来读《渭川田家》。

“渭川”就是渭河，《渭川田家》写的是王维所见的农居之景。全诗的特点在于，王维纯用白描，描绘了一幅恬然自乐的田家暮归图。虽然这首诗写的都是平常事物，却表现出诗人高超的写景技巧，也抒发了诗人渴望有所归依、羡慕平静悠闲的田园生活的心情，流露出诗人在官场的苦闷。

非常值得一提的是，这首诗里用了很多《诗经》里的典故，也有很多陶渊明的影子。我们总是喜欢将王维和陶渊明相提并论，这也是有根据的。

“斜光照墟落，穷巷牛羊归”，这两句的诗意，确实就像《诗经·王风·君子于役》里面的“鸡栖于埘，日之夕矣，羊牛下来。君子于役，如之何勿思”，后者的意思是说，太阳下山了，牛羊都回家了，可是“我”家的那个男人在外打仗，什么时候回来呢？“我”怎么能不想念他呢？王维化用了《诗经》的意境，这就叫用典。当代有个民谣歌手叫周云蓬，他是一位盲人，也是一位诗人。他有一张音乐专辑就叫作《牛羊下山》，里面有一首歌也很有这种意境，歌名叫作《不会说话的爱情》，大家可以去搜来听一听。

“野老念牧童，倚杖候荆扉。雉雊麦苗秀，蚕眠桑叶稀。田夫荷锄至，相见语依依。”这三联真是有陶渊明的流风余韵。

“野老念牧童，倚杖候荆扉”，运用白描手法，写一个老人家在柴门边上等待着牧童的归来。诗句中有闲适，更有亲情。

“雉雊麦苗秀，蚕眠桑叶稀”，这也用了《诗经》的典故。《诗经·小雅·小弁》里有“雉之朝雊，尚求其雌”的句子，“雉雊”就是山鸡鸣叫的意思。而后一句，像不像陶渊明的“草盛豆苗稀”？

“田夫荷锄至，相见语依依”，像不像陶渊明在跟他的乡亲讲那些家常话？《归园田居》中有“相见无杂言，但道桑麻长”的诗句，因此王维这两句也是化用了《归园田居》的诗意。

“即此羡闲逸，怅然吟《式微》”，是全诗最后两句，而这两句，也用了《诗经》的典故。《诗经·邶风》里面有一首诗叫《式微》：“式微，式微，胡不归？微君之故，胡为乎中露？”

这两句话表露了王维真实的想法——不如归去，归隐于田园，归隐于山水。因为《式微》这首诗本来就是一首苦于劳役的人发出的怨词，让人生出不如归去之心。

《渭川田家》这首诗当然是很不错的，但是在阿老师看来，还不是王维最佳的作品，因为在这里，王维还隐隐约约流露出了一种抱怨，或者说，还处在一个“有所待”的层面，他的见识、他的造化、他的修为，还没有达到他的最高层级。毕竟，写作这首诗歌时，他才四十岁左右，真理会随着时间给他更多馈赠。

我们知道，王维有个称号叫作“诗佛”。他后来的诗歌当中，完全没有了物我之分，进入了一种寂灭之境，这才是王维最高超的诗歌境界。这也是阿老师现在这个年纪最喜欢的王维。在年轻一点的时候，阿老师更喜欢《使至塞上》这样的诗歌——壮阔、豁达。

诗如其人，一个人是会成长的，王维也终将进入他的至高无上的境界。他经历过的荣耀、浮华、流离、缧绁、后悔、自戕，都是用来成就他的，使他成为这样一个不可复制、独一无二的王维。

第十二讲
空山不见人：王维《鹿柴》

鹿　柴

王　维

空山不见人，但闻人语响。
返景入深林，复照青苔上。

王维在《辋川集》的序里面说："余别业在辋川山谷，其游止有孟城坳、华子冈、文杏馆、斤竹岭、鹿柴、木兰柴、茱萸沜、宫槐陌、临湖亭、南垞、欹湖、柳浪、栾家濑、金屑泉、白石滩、北垞、竹里馆、辛夷坞、漆园、椒园等，与裴迪闲暇，各赋绝句云尔。"

意思就是说，他和裴迪两个人，以这二十个景点为名，写了很多诗歌。裴迪是王维的好朋友，当时就在这附近闭门读书，但恐怕他也没好好读书，王维经常叫他一起玩。比如著名的《山中与裴秀才迪书》，就是王维为叫他出来玩而写的信件。

后世大画家仇英以王维的这些“水晶绝句”为蓝本，创作了著名的画作《辋川十景图》，这些传说和艺术品，使得辋川这个地方成为不朽的存在。

但正如上一讲所说，阿老师2023年春天去了辋川，结果却很失望。因为时移世易、沧海桑田，王维笔下的那些景点已经很难复原了，只留下一些标牌，表示这里曾是辋川二十景中的哪一景。我在那里待了大半天，一一寻访，心中默默念叨着王维的这些“水晶绝句”，但又怎么样呢？艺术和现实之间，确实是有区别的。比如辋川本身，就是一条河流，从两山之间的峪口流出。在《山中与裴秀才迪书》里，王维写到“辋水沦涟”。可是我看到的，只是一条断流的河。

但我们要理解这一点。诗歌本身的魅力，可能比大自然更为久远。这真是令人想不到的奇迹。所以近现代大学者吴宓才有一个名句，宣示了文字和思想的价值——“终信文章胜甲兵”。

今天我们主要以《鹿柴》为例，来讲这一组写辋川胜景的诗歌。

《鹿柴》当然是一首格调高致的诗歌。甚至可以说，这首诗区区二十字，却达到了极高的艺术境界——一个后人很难企及的高度。真可谓“不着一字，尽得风流”。什么意思？就是全诗不刻意，全部从天然涌出，甚至看不到作者其人，就像是大自然在为你写诗。前面我们说王维是“诗佛”，“佛”讲究的就是一个“无”。这首诗，就有“无”的境界：无我，也无物。

这首诗流传极广，在海外也受到喜爱，我来介绍一下外国人是怎么看待这首诗的。

有一个美国人叫艾略特·温伯格，生于1949年，是一位诗人、散文家，同时也是一位翻译家。有意思的是，这位美国人为了王维的这首《鹿柴》专门写了一本书，叫作《观看王维的十九种方式》。我们想想看，《鹿柴》是一首五言绝句，只有二十个字，可是，温伯格这个人，却为这首只有二十个字的诗写了整整一本书！

之所以如此，当然是因为王维这首汉语诗歌实在太美了，被很多人翻译成了英语、法语、德语等。每一种翻译都有不同的理解，更重要的是，诗歌的内容是有限的，但因其隽永与深刻，诗歌的诠释却可能是无限的。

温伯格在其书里面列举了比十九种还要多的翻译，

作为观看王维的方式之一，温伯格一一为我们介绍。

“诗是值得翻译的”，温伯格在其书的开篇第一句就这么说，我来引用温伯格的一段原话：

> 比如，1200年前的这首四行诗：一座山，一片森林，为落日所照耀着的一方苔藓。这是一小段文言文，作者曾经说的一种语言，而今人们读它时的发音已有变化。它已永远地自成一物，与其语言密不可分。
>
> 然而，与之有关的种种却让它过着游牧般的生涯：它潜身于读者内心，寻求着理解（但总以读者的言辞为媒介），启发人们的思索，间或激发出另一种语言的写作。伟大的诗歌正是在不断的变形、不断的翻译之境中活着：诗作死于穷途末路。①

他说，翻译是每一首伟大的诗歌必须经过的一个考验的流程，如果一首诗歌不能翻译，那么这首诗歌有可能就会僵死。这也符合戴望舒的一种看法。很多人认为诗歌是不可以翻译的，但戴望舒认为，翻译是诗歌的滤

① 艾略特·温伯格著，光哲译：《观看王维的十九种方式》，商务印书馆，2019年。

箩（一种过滤用的竹制器具），能经得起翻译的诗歌才是不朽的。

我们来看温伯格所列举的第一种翻译，译者是弗莱彻，译于1919年。我想我们都是粗通英文的，也许可以读懂这个译文：

The Form of the Deer

So lone seem the hills; there is no one in sight there.

But whence is the echo of voices I hear?

The rays of the sunset pierce slanting the forest,

And in their reflection green mosses appear.

—W.J.B. Fletcher, 1919

然后我们再来玩一个游戏，把这首英文的诗歌译作重新翻译成汉语，看看会是怎么样的。

"The form of the deer"，鹿巢。它已经不是鹿柴了，而是鹿巢，字面直译就是这样。

似乎如此的寂寞，这山：看不见有人在那里。

但我听到的人语声从何而来？

落日之光斜斜刺入森林，
而在它们的映照中，青苔显现。

我不想去评论这首诗本身的翻译如何，“文章千古事，得失寸心知”（杜甫《偶题》），诗歌翻译也是如此，见仁见智，存乎一心。

艾略特·温伯格用了一整本书介绍了不同的英译、德译、法译的得失，目的是对诗意本身进行更为深入的探讨。他的观点是，好诗一定是可以翻译的。我们今天学习这首《鹿柴》，我给大家介绍了《鹿柴》的英文翻译文本，目的无非是让大家了解这样的翻译。我们有了新的视野，再去阅读这些诗歌的时候，也许就会有一些崭新的视角。

在这一组辋川诗歌中，《鸟鸣涧》《竹里馆》《辛夷坞》等也都是极佳的篇章，尤其是《辛夷坞》：

木末芙蓉花，山中发红萼。
涧户寂无人，纷纷开且落。

阿老师实在太爱这首诗了，不能割爱，还是要来讲一讲。其实，对于王维的小诗，读就是最好的鉴赏，朗读、默读、诵读都很好。但又因为它有音乐之美，所以，朗读更好。我们朗读的时候，就像唇齿之间含着一种芬芳，读完就齿颊留香，就像在秋天的时候吃了一种特别新鲜的水果一般，在你的嘴里留下美好的回味；或者就像在春天的时候喝了一口最新鲜的绿茶，喝完之后你满口回甘，所以朗读就好了，一个字一个字地念出来。

现在我们把“木末芙蓉花”这一句再念一遍，为什么这句诗朗读起来让人觉得很舒服，有一种快感呢？我们之前说过，诗歌之所以具有美感，是因为它有格律，有声调，有平仄，有押韵。

但这首诗的第一句还有一个特别的奥秘。阿老师曾经讲过一些汉字结构的基本常识，其中有一篇讲的就是“木末芙蓉花”，讲到了这句诗的音韵之美。

你重读一遍，仔细听，去感受，会发现这句诗中文字的发音，是从双唇紧闭到嘴巴打开的一个过程。“木末芙蓉花”，这五个字，就有这么一个神奇的过程，有这样的一种魔力，就像芙蓉花盛开一样。

你试着念一下“木末”，这两个字的发音，嘴巴是微微张开的，但基本还是闭上的；“芙蓉”，嘴巴稍微张开了一点，中度张开；“花”，嘴巴完全张开。

这句诗为什么那么好，因为里面有奥秘。这个奥秘之一就是这句诗本身，它的发音就是一个花朵绽开的过程。神奇不神奇？好玩不好玩？

第十三讲
天气晚来秋：王维《山居秋暝》

山居秋暝

王　维

空山新雨后，天气晚来秋。
明月松间照，清泉石上流。
竹喧归浣女，莲动下渔舟。
随意春芳歇，王孙自可留。

《山居秋暝》是小学语文教材里的课文，我们今天主要来赏析这首诗歌。

到目前为止，我们讲诗歌，大多侧重诗歌的文化背景、历史知识，或者诗歌里面包含的全球史的视角。我们似乎已经忘了，诗歌作为一门精妙的语言艺术，也需要我们去理解其语言的精妙之处，即诗歌的诗性究竟在哪里，为什么这么写是好的，而不这么写是不好的。这种语言艺术里面也是有技术层面的东西的。

在一些文章里，我们讲到了平仄、押韵、对仗，这些都是诗歌的基本原则，也是写格律诗的规则。须知，有规则才有自由，因为这些规则不是一个人闭门造车造出来的，而是历代诗人根据汉语的音乐性、节奏性等固有的特点总结概括出来的。只有依照这个规则来遣词造句，诗歌才会悦耳动听，否则就“呕哑嘲哳难为听”（白居易《琵琶行》），甚至会有音律层面的问题。

既然是格律诗，那自然要遵照格律诗既定的规则。我们说，有规则才有自由。写诗的自由就是遵循规则后的自由；没有规则，就可能是瞎掰，是放任自流。所以，今天阿老师也以这首《山居秋暝》为例，来讲讲押韵、对仗。

这首诗押的是“ou”这个韵[①]，偶数句的末字押韵，“秋”“流”“舟”“留”押平声韵。

律诗一共八句，分为四联，第一联叫首联，第二联叫颔联，第三联叫颈联，第四联叫尾联。对一首五言律

① 根据《汉语拼音方案》，韵母 iou 前面加声母时写作 iu，因此说秋（qiū）、流（liú）、留（liú）押的是“ou”这个韵。

诗而言，一般来说，颔联和颈联是对仗的。

知道了这些基本的术语和规则，我们再来聊这首知名的《山居秋暝》，就会比较方便。

你看，首联第一句“空山新雨后”，一句话，整个意境就出来了。我在写这篇文章的时候，正是寒露节气，江南已经有秋天的感觉了。想象一下，在秋天的深山，一场秋雨洗刷了天空和树林，该是多么清新的场面。王维捕捉到了这一点，并且敏锐地表达出来，这一表达就成为永恒的经典。因为这是独特的，同时又是普遍的，王维将其如此恰如其分地表达出来，就是诗歌的价值。诗人就是敏锐地站在词语最前沿的那个人，也是站在感官系统最前沿的那个人，他负责将大自然的语言、神的语言，翻译为我们凡人能够接受的语言。

你想：大自然向我们展示了什么？就是这秋天的一派清新之感。我们这些普通人身处其间，虽然感受到了，但往往说不出，更说不好。也许有人会说：“啊，真爽！啊，真美！啊，真好！”他除了这三个“啊”“真”，就没有别的词语来表达了吗？这就是普通人和诗人之间的差距。

王维可没写“啊，真美！”，而是极其恰切地说“空山新雨后，天气晚来秋”。于是我们就明白，关于这个场景，王维说到了极致，后人几乎无法超越。这也是后来宋朝人不愿意跟唐朝人比着写诗的原因之一。因为“前人之述备矣”（范仲淹《岳阳楼记》），唐人都写完了，所以宋人要有所创建，非换个体裁不可，于是就有了宋词。

说句闲话，自从有了微信“朋友圈”，每个人都免不了有几个富有诗意的、充满文艺腔的微信好友。我其实也很喜欢观察那些熟悉或者不熟悉的微信好友都在“朋友圈”里面发些什么。比方说，你的“朋友圈”里面也许有一位中老年的男性朋友，他为了显示自己的音乐品位，每天晚上十点左右，会准时发布一篇聆听某段古典音乐的感受。小小的“朋友圈”承载了他近五百字的抒情长文。

但不知道为什么，可能是感情太过炽烈，而词汇量又太过贫乏，每天他发的那些音乐鉴赏片段里，五百字的篇幅中会屡次地出现“美”“感动”这两个词，而语气助词“啊”出现的频率也不低。你每天都看，每次都想在他的“朋友圈”下面留言：“啊，好美，感动死我了。”但我建议你不要这样做，这样会“友尽”。

阿老师这么描述，并不是刻薄，也不是为了取笑和贬低这位朋友，而是想要重复说明刚才的道理。诗人和我们普通人在语言上有差别，诗人有敏锐捕捉和准确表达的天赋，而我们往往只会说：“啊，真美！”而只有那些语言敏感和具有天赋的人，以及经过专业训练的人，才有可能成为诗人。

此外，判断自己的语言是妙语如珠，还是“狗嘴里吐不出象牙”，就只能靠自己领悟了。诗人能用独创的语言来表达唯一，而常人只能说“我也是”。

接下来是颔联和颈联：“明月松间照，清泉石上流。竹喧归浣女，莲动下渔舟。”这两联对仗很工整——我们说对仗对得好，就说工整。

“明月松间照，清泉石上流”，“明月”对“清泉”，“松间照”对“石上流”。名词对名词，动词对动词。这两句主要写静景，写安静。有人会问：“清泉石上流”，水流声哗啦啦的，怎么会是静景呢？只要没人，就是静的，不出现人就显得很安静，是不是这个道理？所以王籍才会写“蝉噪林逾静，鸟鸣山更幽”（《入若耶溪》），鸟鸣声、水声，衬托出这片森林的寂静。

“竹喧归浣女，莲动下渔舟”，这两句的对仗也很工整，这才是动的景物，是响的景物。所以，颔联和颈联放在一起叫作动静结合。“浣女”和“渔舟”出现了，人的活动才让画面热闹起来，这是这首诗唯一有声音的地方。

我们讲过孟浩然，他有一首《夜归鹿门歌》，首联写道：“山寺钟鸣昼已昏，渔梁渡头争渡喧。”起笔已经暗示了两种不同的人生意境，一种是方外的，以“山寺”“钟鸣”“黄昏”作为意象来体现；一种则是人间的，以渡口喧闹、人声鼎沸作为象征。在这个二元的世界里，孟夫子是如何选择的呢？

王维这首诗，是不是也显示了两种不同生活方式的选择呢？“明月松间照，清泉石上流”，这是隐居的生活，一种近乎自然、回归自然的生活。而“竹喧归浣女，莲动下渔舟”，则是人间的生活，充满了烟火气，是一种人间的日常。

在这两句诗里面，王维为我们呈现了类似于孟浩然《夜归鹿门歌》中的二元选择，但王维没有告诉我们他的最终选择，他也没有建议我们选择什么，只是说：“随意春芳歇，王孙自可留。”

请随意吧，春光已逝，秋景亦佳，但是王孙，您这位高贵的友人，愿不愿意留下来呢？随您的便。

王维不着一字，让你自己选择，顺其自然，这也是这首诗的高妙之处。

第十四讲
床前明月光：李白《静夜思》

静夜思

李　白

床前明月光，疑是地上霜。

举头望明月，低头思故乡。

今天我们又讲到人见人爱的李白了。

李白，字太白。很多初学唐诗的小朋友，一听到这句话就糊涂了：“李白，字太白？他为什么要把字写得这么白？李白不用蓝墨水写字吗？”

古人的名字，跟我们现代人的有所不同。古人有姓有名有字，如李白：姓李，名白，字太白。今人有姓有名，但一般不给自己起字。阿老师姓蔡，名朝阳，没有字。其实，阿老师上初一时，因为喜欢古典文学，所以给自己起过一个字——初白。“朝阳一出，天下初白”，是不是很有道理？但这只是个玩笑，阿老师的这个字从来没地方用。而古人很重视姓名之外的字，名是名，字是字，名和字之间有某种关联，字通常是用来解释名的。如诸葛亮，名亮，字孔明，字来解释名。关羽，字云长，“云长”表示在云端，寓意为展开羽翼高飞。张飞，字翼德，“翼”就是翅膀，“翼之德”不就是“飞”吗？

还有一点，古人称呼自己和他人时有讲究：称呼自己，要称自己的名，以表示谦逊；称呼别人时，要称呼他的字，以表示尊重、礼貌。所以李白自称“白”，而别人称呼李白，要称“太白”“太白兄”。诸葛亮自称“亮”——如《隆中对》中的“亮躬耕陇亩”——别人叫他，得叫“孔明”“孔明先生”，否则就失礼了。中国是礼仪大国，我们需要懂点相关的中国古代文化常识。

因此，“李白，字太白”，不是李白的字写得很白的意思。这也有一个典故。《唐才子传》里，有一篇李白的传记，其中说，李白的妈妈怀孕时，梦见太白金星入怀，所以就让这个孩子单名一个“白”字，字太白，“太白”就是太白金星。

以上这则小小的掌故，也是蛮有意思的。

有学者考证，李白出生在中亚的碎叶城，现在大致是在吉尔吉斯斯坦境内。小朋友们初学李白，又会好奇，问：那为什么说李白是中国的诗人，还是中国数一数二的诗人，而不说李白是伟大的吉尔吉斯斯坦诗人呢？

这个问题问得好，有“脑洞”。可能孩子们提问时带着几分玩笑，但我们还是需要认真地解释一下原因：其一，李白是汉人，民族就是汉族，他是中国人，这是没办法改变的。其二，唐朝的疆域很大，六个都护府，对天山南北麓有实际控制，当时碎叶城还在唐朝势力控制范围之内。其三，李白后来随父亲回到了四川，据说他五岁入川，是在绵州昌隆（今四川省江油市）这个地方长大的，那里现在还有李白读书台。其四，此后李白的一生都在中国活动，其行踪踏遍祖国大地。其五，最后一个也最为重要的原因，那就是李白的母语是汉语，他一生的创作都是用汉语创作的。

基于以上种种，我们可以斩钉截铁地说，李白是如假包换的中国诗人，是深受中国人民喜欢的民族诗人，他和他的不朽诗篇，是我们的民族瑰宝。

又因为李白出生在西域，所以后来有很多人附会。冯梦龙在《警世通言》里有一个“李谪仙醉草吓蛮书”的故事，说西域有一个国家拿了一道国书来，但是满朝文武没有一个人能看懂这种文字，所以完全不知道这个西域国家到底在提什么要求。该国威胁唐玄宗：如果看不懂这道国书，不能满足他们的要求，就要发兵攻打唐朝。

恰好这个时候李白还在长安，唐玄宗急忙召见李白，李白就来到朝堂，叫高力士脱靴，叫杨国忠磨墨，趁着酒兴写了一篇檄文，而且是用这个国家的语言写的，瞬间慑服了这位使者：天朝上国，果然能人辈出。使者磕头如捣蒜，诚惶诚恐地回去了。这就是“李谪仙醉草吓蛮书”的故事。

当时的科举取士，跟我们现在的高考可不一样，是不需要考外语的，所以满朝文武自然都不懂外语。但在这个故事里，李白为什么会懂外语？就因为他出生在碎叶城，冯梦龙认为李白耳濡目染，懂一点西域的语言，也是有可能的。当然，这只是一种附会，但不得不说还有几分道理。但传说故事毕竟有虚构的成分，我们不能认为这一定是事实。

《静夜思》大概是中国人最熟悉的诗歌了，很多三岁的小孩都能把它背出来。但是读了那么多年，我们真的理解了这首诗吗？

比如说，关于“床前明月光”这一句，你有没有疑问？

不要想当然，以为这个“床”就是我们睡觉的床。这个“床”究竟是什么，到现在还是有争议的。现代读者很容易想当然，看到“床”，就想起卧室里用来睡觉的床。你需要进一步思考：要是这个“床”指睡觉的床，那么李白躺在卧室的床上，又怎么“举头望明月，低头思故乡”呢？

这首诗写的显然不是室内的场景。我们要知道，在那个年代，门多是板门，是用木板做的，不透光。窗户呢，也很小，不是现在的推拉窗、大型的落地窗。贾谊在《过秦论》里写陈胜、吴广起义，讲陈胜是“瓮牖绳枢之子”。什么叫“瓮牖”？就是拿个罐子当作窗户，可想而知是透不进来多少光的。我们去看现存的古代建筑，即便到了唐朝，窗户也是木制的，透光性都不好。

还有，诗人看见月光，以为是地上结的霜，可知此时很可能是秋天。这个季节，为了抵御寒风，窗户上还会蒙上窗户纸，那月亮还能照得进来吗？

因此这首诗写的一定不是室内场景。

那这个“床”究竟是指什么呢？对此有几种解释，比如其中一个说法是指井台；还有一种说法是指水井的栏杆，也就是井栏。古人的水井边上有栏杆，有木头做的，也有石头砌的。从考古发现来看，中国古代最早的井栏，是木结构的。古代这种水井，它的井栏有数尺高，呈方框形，围住井口，防止人跌入井内。

以上是对“床”的两种解释。还有一种说法，说这个“床”是唐代的一种胡床。胡床是什么呢？杜甫在《树间》里面说：“几回沾叶露，乘月坐胡床。”这个胡床是用来坐的，它不是我们现在的眠床，而是一种可以折叠的、轻便的坐具，跟现在的小马扎或者小板凳相似。了解了这些，我们才可以真正地去理解，李白是在有月光的室外，才有了思乡之情。

“床前明月光”，一个寻常的意象；“疑是地上霜”，一个天真的联想；“举头望明月”，一个自然的动作；“低头思故乡”，诗人被突如其来的忧伤击中。

一般而言，《静夜思》这首诗被认为创作于唐玄宗开元十四年（726）九月十五日，当时，李白应该在扬州的旅舍里。李白生于公元701年，当时年仅二十六岁，就写下了不朽名篇。

当然，这一类思乡怀人的作品，李白写过不少，另有一首《子夜吴歌·秋歌》，也值得一说。

长安一片月，万户捣衣声。
秋风吹不尽，总是玉关情。
何日平胡虏，良人罢远征？

古诗《子夜吴歌》一组四首，分别讲春、夏、秋、冬，《子夜吴歌·秋歌》是其中的一首，描写的是秋天。这首诗一共六句，跟我们常见的唐诗不同。这是李白依照古代民歌曲调创作的作品，不是律诗，也不是绝句，总之不是近体诗，不属于唐以后形成的格律诗，而是符合古代民歌曲调的五言古诗。

更确切地说，《子夜吴歌》是六朝乐府中的吴声歌曲，相传是晋代一位叫作子夜的女子创制的，多写哀怨眷恋之情，分为春、夏、秋、冬四季。李白依格写了四首。什么叫依格？就是按照原来曲调的格律。

一直到初唐、盛唐时期，近体诗——也就是格律诗的严格规定才逐渐成型，才有“七绝圣手”王昌龄、诗圣杜甫的规制。杜甫是在规矩之中得大自由的人。而李白则是天纵之才，这个人是拘束不得的，他自然也会写律诗，但是严格的律诗经常无法装填他的才华。

有个成语叫才华横溢。什么样子才叫才华横溢？打个比方，假设你的身体是一个容器，才华这个东西，就装在你的身体这个容器里。才华横溢就是说，你的身体这个容器，已经容纳不下你的才华了。你的才华就像溢出来的水或者溢出来的酒一样，到处流淌，满桌子满地都是，这才叫才华横溢。

李白就是才华横溢的，加之他有一个自由的灵魂，经常要“越狱”而去。他的《将进酒》《蜀道难》都是长篇，句式长短不一，但是蔚为壮观，文气不可阻挡，所以贺知章才说他是“谪仙”。

李白的《子夜吴歌》四首，每一首都写得轻盈曼妙，尤其是阿老师今天讲到的这首，真是起首不凡、下笔有神，虽是李白按照乐府旧题写的，但是清妙可人，让人一旦读过，就再难忘记这种缠绵惆怅的思念之情，真是一唱三叹，余音绕梁，三日不绝。那句“秋风吹不尽，总是玉关情”，就像一直在你的脑海里盘旋、盘旋再盘旋一样，这就是好的汉语的力量。

第十五讲
耶溪女似雪：李白《越女词五首》（其五）

越女词五首（其五）

李　白

镜湖水如月，耶溪女似雪。
新妆荡新波，光景两奇绝。

李白《越女词五首》都是五言古绝，写得相当精妙。作为绍兴人，阿老师喜欢这一组诗歌，那是很可以想见的，这叫作桑梓情深。李白一生中数次来到越地，留下了很多歌咏越地风光的佳篇，而《越女词五首》是其中最有特色的一组。今天我们主要讲其中的第五首。

我们讲过，绝句有律绝，也有古绝。什么叫古绝？就是古体诗中的绝句。古体诗和近体诗，区别蛮多的，其中最重要的一点，就是押韵。近体诗通常押平声韵，

《越女词五首》（其五）押韵的三个字“月”“雪”“绝”，在当时都是入声字，入声属于仄声。所以我们说，这首诗是古绝。

什么叫入声字？那就涉及古汉语读音里的四声，我们今天有机会，先来介绍一下。

要了解四声，先要知道声调是怎么构成的。声调是汉语以及某些语言的一个发音特点，语音的高低、升降、长短构成了汉语的声调，而高低和升降则是主要的因素。

以“ā”“á”“ǎ”“à”为例，这是现代汉语的四声。用专业的话来讲，这四声分别有自己的名称：第一声叫作阴平，第二声叫作阳平，第三声叫作上声——在这里上字要读作“shǎng”，第四声叫作去声。

古代汉语里也有四个声调，但是和现代汉语普通话里的声调不完全一样，古代汉语里的四声分别叫作“平”“上”“去”“入”。

古代的四声究竟应该怎么念，其实现在已经无从知晓，因为古代没有录音设备。随着地域和时间的变迁，古代人究竟怎么说话，现在已经没有办法确切地知道了。

打个比方，假如李白有了穿越时空的能力，嗖的一下穿越到了你我中间，然后他说要吟诵一首诗歌给大家听："床前明月光，疑是地上霜。"即便他把这首诗歌念给我们听，我们也未必听得懂。为什么？因为李白所处的那个年代的语音、语调跟我们当下的语音、语调完全不同。也许李白到了我们中间，我们就会发现这个穿着古装的奇怪的男人，讲着一口奇怪的方言。幸好汉字一直传承下来，使我们可以从前人的书面描述当中，约略知道古代的四声是怎么样的。

《康熙字典》里载有一首歌诀，名为《分四声法》："平声平道莫低昂，上声高呼猛烈强，去声分明哀远道，入声短促急收藏。"

这种对"四声"的描述当然很不科学，也不完备、不详尽，只是描述了一个大概，但也让我们知道了古音四声的一个概貌。

幸好有语言学家和专门的学者研究考证，他们发现，古代的四声和现代的普通话四声还是有联系的。比如平声，古代的平声到了现代分成了阴平和阳平两种。基本上也可以这么说：现在的第一声和第二声合起来就是古代的平声。古代的上声基本上就是现在的第三声，但是也有一部分变成了第四声。古代的去声保留到现代，也仍然是去声，即第四声。

入声，就是一个短促的调子。入声的变化比较复杂，一般叫作“入派四声”。什么意思？就是古音里面的入声，在现代的普通话里面基本上已经没有了，古代的入声字都被分到现代汉语的四声里了。就比如上面讲到的“月”“雪”“绝”，在古代是入声字，在现代的读音就分别属于去声、上声、阳平。

“入声短促急收藏”到底应该怎么理解呢？入声的发音究竟是怎么样的呢？不要着急，现在的江苏、浙江、福建、广东、广西、江西等地的一些方言里面，还保留着入声。如果有朋友是这些地方的人，就可以去研究一下你们方言里是否还有入声，哪些字的发音属于入声。

如果你使用的方言还保留了入声，你去学习古典诗歌，就会有那么一点点优势，可以区分四声里面的入声字。这个技能对我们学习古典诗歌非常有用。

我们以一首著名的宋词——苏轼的《念奴娇·赤壁怀古》为例：

大江东去，浪淘尽，千古风流人物。故垒西边，人道是，三国周郎赤壁。乱石穿空，惊涛拍岸，卷起千堆雪。江山如画，一时多少豪杰。　　遥想公瑾当年，小乔初嫁了，雄姿英发。羽扇纶巾，谈笑间，樯橹灰飞烟灭。故国神游，多情应笑我，早生华发。人生如梦，一尊还酹江月。

按照“念奴娇”这个词牌的格律，每一句的最后一个字都是要押韵的。我们来找这些韵脚，每一句的最末一个字分别是“千古风流人物”的“物”、“三国周郎赤壁”的“壁”、“卷起千堆雪”的“雪”、“一时多少豪杰”的“杰”、“雄姿英发”的“发”、“樯橹灰飞烟灭”的“灭”、“早生华发”的“发”、“一尊还酹江月”的“月”。这几个字是韵脚，是需要押韵的。但押韵不是说这些字的韵母必须一样吗？可你看，这里每个字的韵母都不一样，却还算押韵，这是什么道理？

这里还有一个“冷知识”：古人写诗是参照专门的韵书的，其中官方颁布的韵书叫作官韵。写诗押韵，就得按照韵书上的来。比如东、同、中、茸、公、熊、冯等字，在中古时代的韵文里是押同一个韵的。宋代所编的韵书《广韵》就把它们归在一起，合为一个韵部，叫作“东部”。“东部”作为韵书的第一个韵部，所以写作“一东”。和诗相比，词用韵更宽，往往把相近的韵合为一个韵部。“念奴娇”这个词牌一般用仄韵，也有用平韵的。这首《念奴娇·赤壁怀古》，押韵的字“物”“壁”“雪”“杰”“发”“灭”“月”，在当时都是入声字，属于仄韵。

回到李白的这首诗。

根据詹锳《李白诗文系年》考证，在天宝元年，李白“春夏间居东鲁，旋携妻子入会稽，与道士吴筠隐于剡中”。《越女词五首》中所说“长干吴儿女”“吴儿多白皙”之句，都涉及吴地，而且所属的两首诗又都被列在前边，故其游历路线当是由吴入越的。从泰山下来到会稽正当循此路线，故我们可以认为本组诗当作于是年。

我们选的这首诗歌很简单，宛如白话，读了就懂。所以世界上并不存在所谓的好词好句，每一个字词都是好的，只看你是不是用得合适、用得恰当。当你恰如其分地驱使这些字词的时候，你就能像李白一样编织出“水晶绝句”、锦绣篇章。

“镜湖”，我们在讲贺知章的《回乡偶书》时也提到过。镜湖也叫鉴湖，“镜”就是镜子，也就是“鉴”。

鉴湖何以得名？传说因黄帝在这里造镜子而得名。但这只是一个传说，在考古资料中缺乏证据。真实的史料是这样的：东汉时，会稽太守马臻将山阴和会稽两地之水汇集成湖，是为古镜湖，总面积达二百多平方千米，最终使得这一块土地成为鱼米之乡。至今，绍兴仍有马太守庙，以纪念这位为民众谋福利的太守。李白诗歌中多次咏及鉴湖，可见他对这里的喜爱。

“耶溪”就是若耶溪，自从王籍写了一首《入若耶溪》之后，这条溪流的名气就不胫而走，成为著名的文化景点。而王籍诗中“蝉噪林逾静，鸟鸣山更幽”一联则传唱千古，成为反衬这种写法的典范。

前几篇讲王维，王维也曾到过这条溪流附近，写下了一些不朽的诗篇。李白则用鉴湖之月和若耶溪的采莲女相比，极言这个地方风景之好、人情之美。“耶溪女似雪”说女子肤白貌美，“新妆荡新波”说她们刚刚化了妆就摇着船出来，这种美妙的光景真是奇绝。

越地是水乡，主要交通工具是船只；采莲女歌声曼妙、姿态柔美，真是好看。所以有李白《越女词五首》

这么漂亮的诗歌来赞美这个地方的风景和人情，作为绍兴人，阿老师真的非常开心，也非常骄傲。

阿老师现在住的地方，离若耶溪不远。这条溪流，现在叫作平水江。我骑自行车过去需要十五分钟。春秋季凉快的时候，这里是我散步的好地方。阿老师漫步其间，也是思绪万千。

若耶溪如今完全没有“蝉噪林逾静”的意境，因为它已经在城市之中了，没有了野趣。黄州赤壁都已经不在长江边上了，若耶溪又有什么好遗憾的？这才叫沧海桑田。不过，若耶溪也算本地的一张名片。在绍兴老城里有一条巷子，也叫若耶溪；有很多农副产品，其品牌也叫若耶溪。有了李白和王籍的“赋能”，这条小溪，厉害了！

第十六讲
飞流直下三千尺：李白《望庐山瀑布》

望庐山瀑布

李　白

日照香炉生紫烟，遥看瀑布挂前川。

飞流直下三千尺，疑是银河落九天。

有一年“五一”放假期间，一条短视频火了，它拍的就是庐山瀑布——庐山在一片云雾缭绕之中，一条白练似的瀑布从浓雾之中一泻而下，蔚为壮观。这一定是用无人机拍的视频，拜现代科技所赐，才能隔着那么远、那么高的距离，而又那么清晰地拍摄这条庐山瀑布。

确实，这条瀑布应该是全中国最著名的瀑布了吧。因为李白写过，因为我们从三岁开始就背过，这条瀑布就成为中国人最心驰神往的瀑布，是中国人的“灵魂”

瀑布。所以你看，每逢节假日，庐山总是人山人海。我敢肯定，很多人都是冲着这条瀑布来的。

阿老师去过两次庐山，可惜都没看到这条瀑布壮观的样子：第一次是自驾去的，当时刚好长时间没下雨，瀑布水量很小，我满怀失望地回来了；第二次仍是自驾，重点看了陶渊明隐居的柴桑附近。

《望庐山瀑布》其实有两首，我们熟悉的是第二首。第一首其实是一首长诗，我们接触得不多；第二首就广为人知了。

庐山，也叫匡庐山，位于现在江西省九江市北部的鄱阳湖盆地，耸立于鄱阳湖和长江的边上。这里是历代公认的风景名胜，从先秦开始就有文字记载了。在战国的时候，这里叫作“庐邑”。到了魏晋的时候，陶渊明隐居的柴桑就在庐山脚下。

在“一生好入名山游”的李白到庐山之前，这里就已经是风景名胜了，再让李白这么一写，就更加出名了。此外，庐山的夏季，每年七到九月份，平均温度在20摄氏度左右，夏季极端天气下最高温度也就30摄氏度左右。庐山非常凉爽，是中国非常有名的避暑胜地，所以，后代的骚人墨客都喜欢到庐山旅游——或者隐居，或者避暑。

《望庐山瀑布》以写景的高明而脍炙人口，那么这首诗究竟好在哪里？我们简要分析一下。

第一句“日照香炉生紫烟”，“香炉”指的是庐山的一座山峰，叫作香炉峰；不是指寺庙里焚香的那种香炉。“紫烟”指的是日光穿透云雾，远远望去，像紫色的烟云。大家注意这个“生”字：为什么是“生长”的“生”，而不是“上升”的“升”？我们不由得想起了“海上生明月”（张九龄《望月怀远》）这个句子，用的也是“生长”的“生”，不是“升起”的“升”。这有什么讲究？

因为“生”字不是单纯的位移，而是有一种从无到有的诞生感。这一点，古人敏锐地把握到了，他们都是这样用的，在本书“长歌行”一册讲张九龄诗歌的那一篇里，我有详细的描述，两者颇有异曲同工之处。

末两句“飞流直下三千尺，疑是银河落九天”，极尽夸张。李白是喜欢夸张的，你看他的诗句，“白发三千丈，缘愁似个长”（《秋浦歌》）、“飞流直下三千尺，疑是银河落九天”，都是三千起步的，不管是三千尺还是三千丈，都极言其长。

李白还写过雪，如“燕山雪花大如席”。就算你是北方人，也未必看到过像席子那么大的雪花吧。但李白写出来，大家都会信，因为李白是一个神奇的诗人，他说什么，都那么有意思，大家几乎相信他说的都是真的。

最后一句“疑是银河落九天”，这是一个神奇的想象，而且如此天真，对于全诗来说也是曲终奏雅——当然远不止于此，正所谓余音绕梁，给人很多的联想。银河从天上洒落下来，那是什么状态？李白在写这句诗时，有了“上帝视角”、全景镜头。而这个现实的场面，我是在2024年的视频里才看见的，可见李白的笔力，一经写成，万世不易。我们至今仍在追寻李白的游踪，以看到李白所看到、所描绘的景物为荣。

很多年前，阿老师一家和朋友一家结伴去庐山自驾游。那一年，菜虫同学大概四岁，而同行的友人有个小女孩，她比菜虫大三岁，已经念小学了。我们两家自驾游，开同一辆车。从浙江开到庐山其实也不远，我们的速度不快，中间还停下来吃饭什么的，开了六个多小时就到庐山了。

在这不那么漫长的旅途中，这个小女孩一直都在妈妈的帮助下背唐诗，一首一首地背。妈妈并不讲解，也不说这首诗的背景、内涵什么的。

关键是，小女孩的妈妈也不看看边上坐着的是谁，那就是阿老师本人。但出于我过分的边界感，我没有阻止这位妈妈，也没有帮助这个小女孩。

这位妈妈就只是单纯地让小女孩背唐诗，上车背，下车背，背不出，重复读一遍再背。我在一旁看得“心服口服”：怪不得孩子们那么讨厌唐诗，因为我们的家长，我们的老师，把这件本来很好玩、很有趣的事情，生生变成了苦役。

亲爱的朋友们，你要是读完这一篇，我想告诉你一个真实的心理动因：为什么我要发愿，花好几年写几十万字，来完成这套《非一般的唐诗课》，还录这么多音频，讲这么多故事？我每次都会想起很多年前那个苦恼的小女孩。我想把这套唐诗课，献给那个小女孩，尽管她现在已经念大学了。我也是为了当时还不明白，但也会面临背诵唐诗的学业压力的菜虫同学而讲这些课。

如果他们能读到有趣、好玩，里面有很多故事的唐诗课，可能就不用那么辛苦乃至痛苦地去背诵唐诗了。因为兴趣才是最好的老师。

第十七讲
春风花草香：杜甫《绝句二首》（其一）

绝句二首（其一）

杜　甫

迟日江山丽，春风花草香。

泥融飞燕子，沙暖睡鸳鸯。

杜甫的诗歌，向来以沉郁顿挫著称，有人说，一个人可能要到三十岁之后，才能真正读懂杜甫。阿老师也写过一篇文章，叫作《读懂老杜时，鬓已星星也》。这种说法有一定的道理，因为杜甫受到儒家思想的影响比较多，充满家国情怀，自认可以“致君尧舜上，再使风俗淳”（《奉赠韦左丞丈二十二韵》）。但杜甫一生都过得郁郁不得志，甚至有一段时间甚为潦倒，所以他的诗歌往往比较悲凉；加上杜甫也比较喜欢用典故，所以读者若没有一定的人生经验，没有一定的古典文学修养，理解起来确实会有一定的难度。

比如阿老师自己年轻时，喜欢李白多于杜甫，对李白的句子——比如“木兰之枻沙棠舟，玉箫金管坐两头”（《江上吟》）——中的豪迈与潇洒十分向往。但中年之后，阿老师所经世事越多，就越来越喜欢杜甫。

虽然阿老师这么讲，但读者朋友们也不需要紧张，因为诗人是有很多层面的，杜甫有沉郁顿挫的部分，他也有一些清新可喜的小绝句，我们完全可以从这些小制作开始阅读。

比如我们要讲的《绝句二首》（其一），这首诗十分脍炙人口，篇幅短小而意味无穷，简单优美而充满喜悦，让人读一遍几乎就能记住；诗句本身太美好了，让人怎么都忘不掉。《绝句二首》（其二）也非常有名，其中的“江碧鸟逾白，山青花欲燃”也是千古名句。这首诗大家可以自己欣赏一下：

江碧鸟逾白，山青花欲燃。

今春看又过，何日是归年？

这组绝句写于杜甫旅居成都时期。杜甫在成都居住时间不短，从公元 759 年到公元 765 年，一共住了近六年，至今成都仍有杜甫草堂。多数时候，杜甫都在严武的幕府里工作，但就杜甫一生的漂泊而言，在成都的五年多，至少是杜甫一生中难得的安宁岁月，所以这一时期他的诗歌也往往显示出沉静恬淡的气氛，也有快乐的底色。

阿老师个人非常喜欢成都这个城市，在短短的前半生里不多的旅行之中，去过成都七八次之多。这有很多原因：一是成都有很多非凡的文化景点，比如武侯祠、金沙遗址等；二是成都人文荟萃，很多我尊敬的师长都在这里；成都还有我很好的朋友在，人数很多，两只手的手指头并起来数都不够用。

还有特别重要的一点，就是因为杜甫。阿老师喜欢杜甫，成都的杜甫草堂也是我喜欢成都的原因之一。我们聊到杜甫，不可能不涉及成都，这是有非常复杂的心理情感的。

《绝句二首》（其一）这首小诗像一幅画，画出了锦城（成都的别称）的春色，叫作以诗为画。我们推断，这片景色就在当时杜甫所居之处的浣花溪附近。全诗写春，用笔简洁而色彩浓艳，以意象胜出——明净绚丽的春景，阳光普照，春风骀荡，吹来花草的香气。“迟日”，指的就是春天的太阳。《诗经 · 豳风 · 七月》里说“春日迟迟，采蘩祁祁”，从此“迟迟”这个词就用来形容春天的太阳。全诗基本上就是意象的罗列叠加，非常好地展现了中国诗的特点：以意象取胜。

全诗一共只有两个动词，“泥融飞燕子”中的“飞”、“沙暖睡鸳鸯”中的“睡”。要是没有动词，这首诗描绘的景色就会显得安静有余而灵动不足。用燕子“飞”、鸳鸯“睡”这两个动作，就会出现一种动静结合的效果。这使得这首小诗有了动画的感觉。

春天、和平、喜悦，总是老泪纵横的杜甫也有这温暖和煦的一面，让我们感觉到非常欣慰。

杜甫的绝句作品中，最著名的当数“两个黄鹂鸣翠柳”这首（以下简称《绝句》）：

> 两个黄鹂鸣翠柳，一行白鹭上青天。
> 窗含西岭千秋雪，门泊东吴万里船。

《绝句》与《绝句二首》（其一）差不多写于同一时期，也在成都，也在浣花溪边。在难得的宁静岁月中，杜甫也有了呈现岁月静好的作品。《绝句》既是一首动静相称的诗，也是一幅画，但尤其值得一说的，当数这首诗的对仗。杜甫的诗歌都是很工整的，平仄格律，严丝合缝；尤其是那些对仗，真的是绝妙之极。杜甫为我们诠释了“有规则才有自由”的真谛。

绝句也叫截句，有的学者认为律诗才是完整的近体诗，而绝句就是律诗的一半，相当于把律诗给截成了两半。我们知道，律诗一共是四联，第一联叫首联，第二联叫颔联，第三联叫颈联，第四联叫尾联。律诗是讲对仗的，其中的颔联和颈联一般都是对仗的。绝句如果截了律诗的首联和颔联，那么就是一联对仗，一联不对仗；要是截了颔联和颈联呢，那么就是两联对仗。

我们今天讲的两首——《绝句》与《绝句二首》（其一），都是对仗的，作为绝句，这两首截的都是颔联和颈联。当然这也是聊备一说而已，也有学者不同意这种理解，他们觉得这种说法不正确。但阿老师很喜欢这种说法，因为它很形象，有助于我们理解律诗和绝句中的格律问题。

你看，“两个黄鹂鸣翠柳，一行白鹭上青天”对仗很工整：“两个”对“一行”，数量词对数量词。“黄鹂”对“白鹭”，两个都是鸟名；而且黄鹂是黄的，白鹭是白的，“黄”和“白”都是色彩。“鸣翠柳”对“上青天”，“鸣”和“上”都是动词，“翠”和“青”又都是颜色，也很工整。

第一联色彩鲜明，情绪饱满，让人一看就知道正是春末夏初的时节。为什么？因为黄鹂和白鹭的出现都是有季节性的，只有在春末夏初的季节才有。“黄鹂鸣翠柳”，时间刚刚好，有一种欣欣向荣的感觉。

“窗含西岭千秋雪，门泊东吴万里船”，这一联对仗历来为人称道。“千秋雪”和“万里船”正是绝对（对仗工整、空前绝后的对句），一个是历史时间的概念，一个是路途空间的概念，纵向和横向，一下子就把宇宙时空拉进来了。

这首诗中，杜甫用非常简朴的词语创造了无与伦比的诗歌境界，这就是杜甫的高超之处、旁人不可及之处。为什么杜甫被称为“诗圣”？因为他关心人民，诗歌里饱含感情；同时，这也是对杜甫诗艺的称颂。“读书破万卷，下笔如有神”（《奉赠韦左丞丈二十二韵》），这是夫子自道。事实上，杜甫的诗歌每字每句皆是经千锤百炼而成的。

“窗含西岭千秋雪”一句，我一直不理解。毕竟这首诗也是阿老师小学时候学的，老师言之不详，也没好好解答小学生的疑窦。我就在那里瞎想：这个“西岭”上，真的有“千秋雪”吗？如果有雪，人们在成都市区真的能看到吗？

还真能。我曾经在春天去成都，就亲眼在成都市区看见过皑皑雪山。此外，我有很多朋友在成都工作，有一年初春，有朋友突然就在微信群里发了一组在成都拍的雪山的照片。我记得那是2016年的初春，这组照片拍的就是著名的四姑娘山的雪峰。“窗含西岭千秋雪”，不朽的诗句成了现实。

你看，在成都工作，可以享受到春天的美好，可以抬头眺望杜甫的“千秋雪”，可以望见穿越千年而来的风景。成都是世界上唯一能让人眺望海拔五千米以上的雪山的千万级人口的大城市，而诗中的“西岭”，有人推测就是四姑娘山的最高峰幺妹峰，最高海拔6250米。我到现在还记得，那一天，大自然至美的景色把我给感动哭了。老杜，诚不我欺也！

第十八讲
随风潜入夜：杜甫《春夜喜雨》

春夜喜雨

杜　甫

好雨知时节，当春乃发生。
随风潜入夜，润物细无声。
野径云俱黑，江船火独明。
晓看红湿处，花重锦官城。

很巧，我在写这一篇稿子的时候，刚好是一个春回大地的季节。我敲击着键盘，不知何时，外面传来淅淅沥沥的雨声，就像在给我的键盘敲击声伴奏。所以我有时候会在写作时放一点轻柔的钢琴曲，双手的手指头敲击着键盘，与钢琴曲相配，就像自己成了演奏家、艺术家。

尤其是雨夜，雨声、音乐声和键盘敲击声，就像一曲轻柔的交响乐，再加上我所阐释的还是唐诗——唐诗本身就是艺术。这春天，这雨声，自然会令你联想起两句诗。一句是孟浩然的“夜来风雨声，花落知多少”，我们之前已经讲过了。另一句则是杜甫的“随风潜入夜，润物细无声”，写春雨不知不觉化育万物，简直是神来之笔。

因此我们就知道，为什么好的教育被形容为“春风化雨”，那是因为“润物细无声”，不需要急风暴雨，在我们不知不觉之间，教育就完成了，这是一种高级的教育。所以老杜这句诗一经写出，就变成了伟大的象征。这句诗本来是写春雨的，但其象征性让这句诗有了永恒的生命力，可以象征教育，也可以象征商业。我的一个朋友是开网站的，他的网站的口号就是“随风潜入夜，润物细无声”，意思是要像春雨一样沁人心脾，沁入客户的内心，这个口号也很好地化用了这句诗的象征意义。

《春夜喜雨》这首诗写于上元二年（761）的春天，作此诗时，杜甫已经在成都杜甫草堂定居两年了。杜甫经过一段时间的流离转徙的生活之后，终于来到成都，在严武幕下任职，定居下来，过上了他这一生中难得的静好的岁月。

他亲自耕作，种菜养花，与农民交往。作为一个知识分子，他开始有了一种躬耕陇亩的感悟——就像诸葛亮一样，因而写下了这首描写春夜降雨润泽万物的诗作。

这首诗名叫《春夜喜雨》，情感基调是“喜”，杜甫过上了稳定的生活，这个“喜”字在一定程度上也是杜甫当时心情的写照。而诗歌开头的第一个字就是用来呼应这个“喜”字的，“好雨知时节，当春乃发生”，那为什么是“好雨”呢？很简单，因为它“知时节”。这是一种拟人化的写法，春雨就像知道人间冷暖一样，在我们需要它来化育万物的时候，春雨就应时而落，所以叫作“好雨知时节，当春乃发生”，这个时节就是春季。

颔联“随风潜入夜，润物细无声”是千古名句，我们后人经常拿它来作为象征。这两句诗本身要有莫大的艺术魅力，才会有千古流传的影响力。那么这个艺术魅力在哪里呢？

首先，颔联紧承首联而来。首联用拟人手法写春雨

“知时节”，有“知”；而颔联沿用拟人手法，把春雨人格化了，就是俗话说的“把春雨写活了”。

其次，关于用词，有两个字把春风化雨那种不知不觉之间沁人心脾的感受写出来了：一个字是“潜”，一个字是“润”。“潜”指的是悄悄降下的雨，不大，甚至让人听不见雨声，就随着春风潜滋暗长。“润”，浸润、濡润，它不是大雨打湿，而是微雨渐染，仍然是一种不知不觉的状态。正因为这个不知不觉而泽被万物的状态，后人才会不断地沿用其象征意义，用到教育上，用到商业上。这是一种自然而然的生发，而非一种催逼或者强迫。

最后，需要着重来讲一讲的，就是这一联对仗的高明。我们知道，律诗的颔联和颈联一般都是对仗的，那“随风潜入夜，润物细无声”是怎么对仗的呢？这是流水对。流水对是一种奇妙的对偶，其出句与对句之间有因果传承的关系，在意义和语法结构上不是相对的，而是上下相承的，两句不能互相脱离，更不能颠倒，在语言结构上有一定的前后顺序。因为是“随风潜入夜”，所以才会有“润物细无声”，对不对？这是一种很高级的对仗。

杜甫是一个精通音律、深谙汉语魅力的诗人，所以他驾驭文字，就如臂使指，随心所欲而又恰到好处。一句诗好不好，能不能流传，关键在于这句诗本身是否具有艺术魅力。诗句本身具有艺术魅力，这是流传的基础。后人苏轼曾自我评价，说他写文章“常行于所当行，常止于所不可不止”（《答谢民师书》）。这句话也可以用来描述杜甫的诗艺。

“野径云俱黑，江船火独明”，这是颈联，这里颇有色彩感；“黑”和“明”词意相对，给人黑夜中的希望之感。这是从视觉的角度描写雨夜的景色。

尾联“晓看红湿处，花重锦官城”，是想象雨后的情景，紧扣诗题中的“喜”字，写想象中的雨后清晨锦官城（即成都）迷人的景象。这样的好雨下了一夜，万物都得到了润泽，更加地发荣滋长。万物之中，花朵最能够代表春色，雨后开放，红艳欲滴。这种写法也跟孟浩然的《春晓》相近，“夜来风雨声，花落知多少”，诗人没有亲自看到，而是猜测和想象。只不过一个是写花落，一个是写花开。

末句“花重锦官城”，“重”是因为花瓣被雨打湿了，很形象，很准确，来自真实的观察。种花的人知道，花开时节，不能老是下雨，花朵需要充足的阳光。阿老师种了几株月季，春天开花，煞是好看，我就剪下来，插在我的书桌前。花瓶不是别的，正是一个玻璃瓶——我喝了苏打水，瓶子没扔，就成为花瓶。写稿累了，我看看桌上的花朵，就像在休息。

今春，虽然听雨令人喜悦，但雨水又太多，导致我的花太重了，绽放不出来。这不由得令我想起杜甫的另两句诗："黄四娘家花满蹊，千朵万朵压枝低。"[《江畔独步寻花》(其六)] 种花，也是一个技术活。阿老师种不好花，只好读读古人的诗，遐想一番，也算安慰。

第十九讲
城春草木深：杜甫《春望》

春　望

杜　甫

国破山河在，城春草木深。
感时花溅泪，恨别鸟惊心。
烽火连三月，家书抵万金。
白头搔更短，浑欲不胜簪。

公元756年六月，安禄山、史思明的叛军攻入长安，大肆抢劫，又纵火焚城，繁华壮丽的京城变成了废墟。七月，杜甫将妻子儿女安顿在鄜州（今陕西省延安市富县）羌村；八月，北赴灵武（今宁夏回族自治区灵武市），途中被叛军俘虏，又被押送到沦陷后的长安。第二年三月，杜甫触景伤怀，创作了这首五言律诗。这首诗写于安史之乱时，其中的悲悯与痛苦不言而喻。我们在了解了这首诗的时代背景和诗人的个人遭际之后，再来阅读这首诗，就会更多地了解诗歌背后那种无与伦比又深沉动人的艺术力量。

“国破山河在，城春草木深”，“国”不是指国家，而是指都城。都城被攻破了，但是山河还是旧山河。你想，杜甫年轻时也曾经在都城长安游历，结识了一大帮人，当时正值盛唐，一干名流如李白、高适等，都跟杜甫是故知旧交；如今，国都破败，朋友星散，不知何处。

“国破山河在”里包含了巨大的感慨，这个感慨是过去和现在的对比，也是物是人非的对比。但光写“国破山河在”显然还不够，诗人又加上“城春草木深”。后一句尤其有力。你看，国都破败，那些往日热闹繁华的勾栏瓦肆，居然长满了青草，所以叫“城春草木深”。

在诗人感慨的过程中，春天居然盛大地来临了。春天真是无情，它不知道人的悲伤，不知道时代的变迁，不知道乱离的现实。本来，春天应该是快乐的时候，但此时此景，尤其令人悲伤。因为人类知道悲欢离合的痛苦，而草木无情，它们还是应时而生，不可遏止，生机勃勃——这尤其反衬了诗人的悲情。

因此，开头这两句有黍离之悲。往日的皇城，如今居然都是荒烟蔓草，这种感慨在杜甫心里尤为沉重，因为他曾经见过盛世繁华，他的眼里，有“忆昔开元全盛日”[《忆昔二首》(其二)]，这种沉重无法言喻。

杜甫诗艺的高超就在这里，他的丰富而深沉的情怀，没有用一个字来直接表达，只用这样的景物描写，用白描便表达出来了。这比直接抒情更为高明，我们于千载之后，还在为这不朽的首联而感慨。尤其是“城春草木深”一句，其中该有多少的感慨，才能够打动一个人！

“感时花溅泪，恨别鸟惊心”两句，可以一说。这是一种移情：不是“鸟惊心”，也不是“花溅泪”，而是“人惊心”，是“人溅泪”。尤其是这个“溅”字，它不是流泪，而是“溅泪”，简直像动画片中孩童哭泣的眼泪，突出悲伤之大。但这个悲伤，主要是用移情来表现的，又移情，又拟人，使得这一联既活灵活现，又忧思深广。

“烽火连三月，家书抵万金”两句，前一句是国事，后一句是家事。不要认为战争是别人的事，战争跟每个人都有关。官军暂时还没有获得有利的形势，至今尚未收复都城，不知道这场战争什么时候能够结束，还要持续多久。然而，诗人自己流落被俘，被扣留在敌营，好久没有妻子儿女的音信，他们生死未卜，尤其令人挂念。

“白头搔更短，浑欲不胜簪”，“簪”就是簪子。我们知道，古代男性留长头发，要用个簪子把头发别成一个发髻。自离家以来，杜甫一直在战乱中奔波流浪，而又身陷长安数月，搔首踟蹰，顿觉头发稀少，简直连发簪也簪不住了。这是一种夸张的写法。

从国事到家事，再到个人，个体的悲剧命运紧密地跟时代联系在一起，描绘了一种创巨痛深的情感，使后世读者不得不为诗人所感动。

这首诗历代评价都非常高，司马光在《温公续诗话》里说:“古人为诗，贵于意在言外，使人思而得之，故言之者无罪，闻之者足以戒也。近世诗人，为杜子美最得诗人之体，如‘国破山河在，城春草木深。感时花溅泪，恨别鸟惊心’。山河在，明无余物矣；草木深，明无人矣；花鸟，平时可娱之物，见之而泣，闻之而悲，则时可知矣。他皆类此，不可遍举。”

同时，这也是一首世界知名的古诗。墨西哥诗人奥克塔维奥·帕斯对杜甫这首诗的翻译，向来被学界推崇。当代诗人西川，把这首由西班牙语译为英语的杰作，再度译回汉语，也叫《春望》，读来你可有感觉？

帝国已然破败，唯有山河在。
三月的绿色海洋覆盖了街道和广场。
艰难时事，泪洒花间，
天上的飞鸟盘旋着人世的别情。
塔楼与垛堞，倾诉着火的言语，
家人的书信堪抵万金。
搔首时，才觉细细的别针，别不住稀疏的白发。

就阿老师自己而言，与这首诗真实地发生关联，也是在一个春天。那个春天，注定会是一个记忆中难以磨灭的春天。在那个春天，我们听闻了太多关于死亡的消息。当然，死亡是一件时刻都在发生的事，当这件事离我们很远的时候，确实很难让我们感同身受。而一旦死亡的事件发生在我们的身边，发生在我们的至亲好友身上，那么，读再多的书，也难以纾解我们的痛苦和悲伤。

日本导演北野武说："灾难并不是死了两万人这样一件事，而是死了一个人这件事，发生了两万次。"而每一次，都需要我们去直面，我们不能视而不见。这是那个春天最令人感到煎熬的地方。尤其是，如果这个死亡的数字中，有一个是你的至亲，那你又如何接受这个必然会发生的事件？

死亡是艰难的，无论是对于经历死亡的那个人，还是在身边目睹却无能为力的旁人。但也只有亲身经历之后，清明这个节日，才会从日历上走下来，真正跟我们有了血肉联系。

那个春天，清明节，我在上海。上海的春雨，带来一场倒春寒。街上稀稀拉拉的行人撑了伞慢慢走，都重新穿上了羽绒服。只有我这个外地来的人，单衣单衫，在雨中瑟瑟发抖。但我看到人民公园的绿树，已经不可遏止地茂盛起来了。这瞬间，我想起了老杜的诗句：城春草木深。

第二十讲
野渡无人舟自横：韦应物《滁州西涧》

滁州西涧

韦应物

独怜幽草涧边生，上有黄鹂深树鸣。

春潮带雨晚来急，野渡无人舟自横。

这一首小诗——韦应物的《滁州西涧》，别有高格。

韦应物，生于公元737年前后，京兆长安人，也有人说他是京兆万年人，总之在今天看来他就是西安本地人。他的家族是西汉以来的大家族，历数百年而不绝，号称“城南韦杜，去天尺五”，意思是说城南的韦家和杜家地位之高，只差五尺就到天上了。

到了唐代，这一家族又成为“李武韦杨”婚姻集团的一个成员。韦应物的曾祖父叫韦待价，在武周朝里担任过右丞相。因为有这样显赫的家世，韦应物靠着门荫入仕，十五岁左右，他就成了唐玄宗的亲随。大概是在天宝十载（751）前后，韦应物担任唐玄宗的近侍，出入宫闱。也就是说，韦应物一直都跟皇帝走得很近，地位不凡。

但是，公元755年，安史之乱爆发了；公元756年，唐玄宗逃到了蜀地，韦应物就丢了这个近侍的职位。这个时候，他大概才十九岁。

因为门第高贵、出身不凡，韦应物年轻的时候，颇有些纨绔子弟的习气。但安史之乱这个变故，对韦应物也是一个重大的打击，荒唐的少年时代戛然而止。这之后，官军收复长安，韦应物开始发愤图强，读书参加科举考试。这也是很神奇、很励志的一件事，韦应物从一个纨绔子弟变成了一个自强上进的“学霸”。

当然，韦应物中举是中举了，但之后的仕途却并不顺利。他二十七岁担任洛阳丞，又几度赋闲，其间他挚爱的妻子去世，对他打击甚大。韦应物的妻子叫元苹，也出身名门，是个非常贤惠的女子，他们于安史之乱爆发的那一年结婚，夫妻感情非常好。元苹去世之后，韦应物亲自撰写了墓志，也写了很多悼亡诗。此后，韦应物立身严谨，甚至都没有续弦，可见其忠贞，可见妻子离世这件事对他的影响。

唐德宗建中四年（783），韦应物出任滁州刺史，开始了创作上的高峰时期。这首《滁州西涧》就是写于这个时期。

这时候，韦应物已经不年轻了，少了年少时的狂放，也不再追求更高的功名，尤其是妻子死后，他深感落寞。但是他对国家大事还是很关心的，尤其是在滁州时，他作为一州的父母官，拿着朝廷俸禄，看到老百姓生活不好，经常流离失所，就会感到自己未尽职责。加上安史之乱后，大唐盛况不再，国家艰难，民众流离，韦应物也都看在眼里。他作为知识分子，关心国计民生，也是儒家思想的影响之所在。

韦应物跟杜甫、白居易等诗人一样，深受民本思想的影响，作为一个正直的官员，他的诗歌虽然沿袭了王维、孟浩然那一派的田园诗风格，但是没有了盛唐田园诗的那种和谐自适，而是开启了像白居易那样的对农村生活的现实关怀。

滁州四面环山，一片平畴沃野，城西郊外有一条小河，正是诗中这条西涧。韦应物在公务之余时常徒步到此地，清幽的景色给了他心灵的安宁。涧边长满青草，树上的黄鹂不时鸣叫，春雨淅沥，野渡无人，只有一条孤舟系在岸边。他被眼前的风景所吸引，置身其中，心中没有期待，更没有欲求，物我为一。

这是一首纯粹自然的七言绝句，但在物我两忘之际，其实还有一个明确的“我”。这个“我”，还是存在的。

之前我们提到过王国维《人间词话》里说的“有我之境”和“无我之境”。因为“有我”，所以景物都带上了“我”的情感色彩。我们可以从第一句“独怜”两个字里看出端倪。“怜”就是怜爱，这首诗里有诗人个人情感的全部投射，“独怜”两字，情感色彩非常鲜明，是诗人别有会心的感受。

起首两句，第一句写静，第二句写动。“上有黄鹂深树鸣”，树丛深处，莺啼婉转。黄莺的啼鸣似乎打破了刚才的沉寂与悠闲，其实在诗人静谧的心田里，也荡起了一层层的涟漪。

末一联“春潮带雨晚来急，野渡无人舟自横”，则是名句。春雨淅沥，春潮上涨，西涧水势顿见湍急，所以叫作“春潮带雨晚来急”。这一句里面每一个字都有用，都是在勾勒环境、渲染气氛。气氛有一点急迫，郊野渡口荒凉落寞，此时此刻，难觅人踪，只有空荡荡的一条船随波纵横。

这两句以飞转流动之势，衬托闲淡宁静之景，可谓诗中有画、景中寓情。所以我们才说，大自然幽静无人，却有诗人在这里，因为诗人能发现这种被忽视的自然之美，并借由细致的描写和高超的艺术手段表达出来。

历代都有诗评家评论这首诗究竟在讲什么，比如有人认为后两句在水急舟横的悠闲景象中，蕴含着一种不在其位、不得其用的无奈、忧虑、悲伤的情感。我觉得这也属于“诗无达诂”，我们这些读者，只要能在阅读中领会到这种美，就已经足够了。

最后我们要说一下韦应物身处的时代。他写这首诗的时候，李白、杜甫、王维等盛唐时期的大诗人基本上都已经去世了。随着这一代大诗人群体的退隐，盛唐时期如群星闪耀般辉煌的诗坛就留下了一片空白。

韦应物是在由盛唐向大历年间诗风转变过程中最为重要的那个诗人，就像黝黑的天际还有一颗孤星闪耀，这就是韦应物存在的价值。但我们也需要有一点体会：到大历年间，盛唐之气已经渐渐衰落了。我们看王昌龄、高适、岑参、李白、杜甫、王维，他们都有一种不可一世的英雄气魄，如今这种英雄气魄再也难以寻觅。而韦应物，则以他的细腻和委婉为我们开创了中唐诗歌的先风。

第二十一讲 故穿庭树作飞花：韩愈《春雪》

春　雪

韩　愈

新年都未有芳华，二月初惊见草芽。
白雪却嫌春色晚，故穿庭树作飞花。

讲唐诗，一般都会按照唐诗的时间顺序来选篇，就像沿着一条历史的长河顺流而下；读诗歌，如同一直航行在瑰丽的诗篇中。

上文我们讲了盛唐群星的陨落，但历史总是曲折向前的，文学创作也是如此：会有低谷，也会有高潮；有初唐的锋芒毕露，有盛唐的如日中天，也有转折期的低回徘徊，但一定会迎来再次的绽放，这是历史的铁律、历史的必然。

为什么阿老师以文学史的时间顺序来讲唐诗呢？因为唐朝国祚 289 年，虽然皇帝姓李，但是唐诗的江山属于每一个诗人。读唐诗，也就像读历史。杜甫的诗歌被称为“诗史”，因为他的诗歌饱含现实主义的色彩，是历史的见证。

从这一篇开始，我们就要讲到中唐诗人了。以韩愈、孟郊、柳宗元、刘禹锡等人为代表的唐代诗人的第五个代群，是唐诗的又一座高峰。我们今天先来讲韩愈的一首七绝。

韩愈，字退之，河南河阳（今河南省孟州市）人，自称郡望昌黎，世称韩昌黎或者昌黎先生。他出生于公元 768 年，殁于公元 824 年，是中唐时期最知名的文学家、思想家和哲学家。

韩愈生平坎坷，三岁丧父，是由长兄韩会夫妇抚养长大的。韩愈为人正直，他一生为官，刚正不阿，但这个脾气也给他自己招来了不少麻烦，其中最重要的一件事，就是写《论佛骨表》反对皇帝迎佛骨。

其实迎佛骨这件事，不该归韩愈管。韩愈当时任刑部侍郎，而这事照理归礼部管。好不容易过上了几天安稳日子，韩愈偏又强出头，给自己招来了厄运。

韩愈这个人就是死不悔改，他确实知道做了这件事会有不好的后果，然而道义让他不得不去发声，不得不去做。就这一点而言，有不少后人喜欢并钦佩韩愈。他是个硬骨头，也是个理性之人，知道后果仍会去担当。

当然，这也有中国传统儒家知识分子的气节在里面起作用。中唐时朝，韩愈已经是学术界和文学界的领袖，而儒家是讲究气节的。韩愈的学术见解、诗歌和散文成就都很高，在节操上也无可挑剔，是当时读书人的精神领袖。所以，后来韩愈做到了最有影响力的国子监祭酒。这个职位广受尊重，因为这个职位就相当于当时最高学府的首脑。韩愈是凭借自己的学识、才华和人品，才获得此任命的。

我们现在说韩愈，一般重在说他三个方面的成就。第一个方面，他是古文运动的倡导者，苏轼说他“文起八代之衰”，说的就是这点。“唐宋散文八大家”中，他列首位，开一时之风气。

第二个方面，他是儒学的推广者。韩愈不仅是个文学家，他还是个思想家，是唐代儒学复兴的重要人物。我们知道，唐朝的国教是道教，然后到了唐宪宗时代，统治者又崇信佛教，韩愈以一己之力去反对，想要弘扬儒家的精神，所以后代儒家对韩愈的评价很高。像上书《论佛骨表》这件事，其实就是韩愈基于对儒学的信仰而采取的行动。再比如韩愈首倡的古文运动，古文运动的核心也是儒家思想，如文以明道、经世治国。

第三个方面，是诗歌的成就。韩愈的诗歌刚健质朴，一改大历以来的萎靡诗风，将唐诗发展到了一个新的境界。从《春雪》这首清新可喜的小诗，就可见一斑。

《春雪》写于元和十年（815），当时韩愈在朝，任史馆修撰。

韩愈三岁丧父，后因兄长韩会贬官而随之一起到了广东，所以韩愈感受过亚热带的气候。“新年都未有芳华”，这是在嫌弃北方的冬天漫长，春天来得迟。“都”就是竟然的意思，表示诧异。我们需要明白这里的语义，一个曾经在亚热带待过的人，对春天来得慢有意见，而一个常住北方的人恐怕不会有这样的惊讶。

“二月初惊见草芽”，这里的“惊”不是惊异，而是惊喜。前面说一直没有春色，到了二月才开始有草芽，星星点点的绿色令人惊喜，所以说“惊”。

好玩的是后两句。春天不是来了吗，可是突然下雪了，这就是春雪。春雪和冬雪不一样，冬雪寒冷阴沉，而春雪给人喜悦的感觉。所以这后两句的情感基调，基本上也是积极向上的，是喜悦的，紧承前面两句。

“白雪却嫌春色晚，故穿庭树作飞花”，作者将情感移植到了飞雪上：明明是自己在嫌春色晚，却说是白雪嫌春色晚，于是白雪化作了飞花，纷纷扬扬，在庭院的树间翻飞，装点出一派春天的景色。虽然真正的春色还没有到来，不免令人感到有些遗憾，但这“故穿庭树作飞花”的春雪也照样给人以春的气息。

韩愈另一首写早春的诗也脍炙人口，就是《早春呈水部张十八员外》，这里可以顺便说一下：

天街小雨润如酥，草色遥看近却无。
最是一年春好处，绝胜烟柳满皇都。

“呈水部张十八员外”，“呈”就是献给的意思。这首诗写赠的对象，即水部员外郎张籍。为什么张籍叫“张十八”？张籍在家里的兄弟中排行十八，因而得名。

同样写早春，这一首和上一首颇为不同。上一首写春雪，这一首写春雨。

“天街小雨润如酥”，以“润如酥”来形容春雨的细滑润泽，准确地捕捉到了春雨的特点。汉语里有一种特别重要的修辞手法，叫作比喻。比喻可以说是衡量诗人语言好和不好的一个重要指标。比喻一定要好玩，它需要在两个不同的事物之间展开，这两个不同的事物要有关联，有相似性，这样比喻才得以成立。

这一句里，“酥”就是酥油，有细滑柔软的感觉，又有“春雨贵如油”的寓意，所以“天街小雨润如酥”很准确、很形象、很特别，而且有奇妙的契合点。韩愈起首一句用一个杰出的比喻，就把春雨的宝贵给写出来了。

因为有了这样的春雨，才会有下一句“草色遥看近却无”，这就是“润物细无声”“春雨贵如油”的感觉。诗人一定要有高超的观察力，他要对物候、对大自然、对人间社会有敏锐的感知。没有观察到位，决计写不出这样的句子。

初春，你去看看田野，远看好像有点蒙蒙的绿意，走近看却什么也没有。这是大自然向我们呈现的一个谜语，需要诗人以自身杰出的观察力去领会。这恰恰是早春的景象，没有细致到位的观察力，是写不出这样精彩绝伦的句子的。

最后两句“最是一年春好处，绝胜烟柳满皇都”是论断，在前两句的描绘之下，韩愈说，这是一年春光最好的时候，比满城烟柳的时候还要好。有人说，这首诗最高明的地方就在于写出了“早春之魂”。这个“早春之魂”是什么呢？就是“草色遥看近却无”，草色已经萌发，却若有若无，被我们感受到了，但我们还不能十分明确地把握住，尽管春天已经势不可当了。这两首小诗，都是写早春，却细腻而区别甚大，就凭它们，你看韩愈当不当得起时代的桂冠诗人之名？

第二十二讲
芭蕉叶大栀子肥：韩愈《山石》

山　石

韩　愈

山石荦确行径微，黄昏到寺蝙蝠飞。
升堂坐阶新雨足，芭蕉叶大栀子肥。
僧言古壁佛画好，以火来照所见稀。
铺床拂席置羹饭，疏粝亦足饱我饥。
夜深静卧百虫绝，清月出岭光入扉。
天明独去无道路，出入高下穷烟霏。
山红涧碧纷烂漫，时见松枥皆十围。
当流赤足踏涧石，水声激激风吹衣。
人生如此自可乐，岂必局束为人鞿。
嗟哉吾党二三子，安得至老不更归！

这首诗歌题为《山石》，但这只是随便起的标题，选用了全诗第一句的头两个字。这是古人给诗歌命名的常见手段，跟《诗经》或者《论语》一样。《诗经》里就经常有这样的起名，如《蒹葭》，标题就是“蒹葭苍苍，白露为霜”开头的两个字。《论语》里的一篇之所以叫“学而篇”，无非是因为这一篇第一句就是“学而时习之”。

《山石》是一篇记游踪的诗歌，而非专门写物，比如着力描写山石。根据资料可知，作者所游的是洛阳北边的惠林寺，同游的人有李景兴、侯喜、尉迟汾等，时间在唐德宗贞元十七年（801），具体日期是七月二十二日。

这首诗吸取了散文中有悠久传统的游记的写法，按照行程的顺序，写了从“黄昏到寺”到“夜深静卧”再到“天明独去”的所见、所闻、所感，是一篇诗体的山水游记。在韩愈之前，纪游诗一般都是截取某一个侧面，选取某一个重点，即景抒情。而在吸收游记散文的特点之后，这首诗就显得很独特，游踪记录得颇为详细，同时诗意盎然。这样一首《山石》，在体制、内容和风格上都有其独创性。

从诗句来看，选用的意象颇为古怪。山石、蝙蝠、百虫……这一类景物并不是特别美的，但也说不上丑，只是比较特殊。形容词也独具特色，你看“山石荦确行径微”，“荦确”是指山石险峻不平的样子，“行径”就是路径，“微”就是狭窄。路径很狭窄，诗人到达的时候已经是黄昏，天色偏暗，因为久无人迹，这里住满了蝙蝠，给人阴森之感，所以有“黄昏到寺蝙蝠飞”一句。

评论家说韩愈诗风奇险，表现在三个层面。一个是景物选择上的奇险，一个是形容词选用上的奇险，还有一个就是意象本身的奇险——用这类意象、这类意境往往是写不好诗歌的。但是，韩愈独辟蹊径、独走险路，还真是艺高人胆大，写出了这个地方的荒僻、冷清与孤寂。就这样，两句诗一出，独有的风格便呈现出来了。

再看“升堂坐阶新雨足，芭蕉叶大栀子肥”两句，到了堂上，坐下来，诗人看见了什么？芭蕉和栀子花。这其实也是很优美的两种植物，但你看用的形容词是什么？一个“大”，一个“肥”，真是朴实无华，似乎不事雕琢，但就是写出了山寺的野趣。在荒野里生长的芭蕉和栀子是没有人照管的，自顾自地生长。其实从这里我们就已经可以看出韩愈对自由自在的生活的向往，读者可以捕捉到这一点点暗示。

下两句也很幽默，“僧言古壁佛画好，以火来照所见稀”。和尚说庙里古老的墙壁上的佛画很好，拿火把来照明，但诗人基本上什么也没看到。“所见稀”，基本上没看到什么。这很有趣，有一种幽默在里面，但也不是怪罪和尚，毕竟荒野之中也有野趣。

“铺床拂席置羹饭，疏粝亦足饱我饥”，和尚准备的饭食很粗粝，但诗人不在意，觉得这也很好，既因为随遇而安，也因为已经远离尘嚣了。

以上种种都在渲染一种气氛，也都在描绘一种心态，这种心态是韩愈的一种人生追求，渐渐地在他的诗歌描述当中浮出水面，直到最后两联，表现他的真实追求：“人生如此自可乐，岂必局束为人鞿。嗟哉吾党二三子，安得至老不更归！”

因为山中的自然美和人情美，跟“为人鞿”的幕僚生活相对照，使得诗人萌发了归隐的念头，所以结尾诗人抒发自己的情感，表达自己的人生追求和志趣，我们就可以理解了。

就这首诗歌而言，阿老师自己特别喜欢，尤其是

“黄昏到寺蝙蝠飞”和“芭蕉叶大栀子肥”这两句，实话实说，秉笔直书，有一种韩愈特有的机智、幽默和恶作剧。

韩愈的这种写法，在后代被传为美谈。元朝的批评家元好问就很喜欢这首诗，也喜欢韩愈的笔法，认为他笔力奇崛。元好问用这首诗，去对照批评宋朝著名词人秦观的诗句“有情芍药含春泪，无力蔷薇卧晓枝”，说秦观这两句没有骨力。但我觉得这是苛责。因为诗歌之美有很多种，比如李白的浪漫夸张和杜甫的沉郁顿挫完全不同，但我们后人都很喜欢。两种完全不同的审美风格，我们是可以同时喜欢的。

韩愈的诗意在于，于极其险峻之处获得平衡。这是一种有预谋的、有把握的炫技，像一个高手在走钢丝，观众出了一身冷汗，而炫技者自有把握。清代刘熙载有一本书叫作《艺概》，里面评价韩愈说：“昌黎诗陈言务去，故有倚天拔地之意。《山石》一作，辞奇意幽，可为《楚辞·招隐士》对，如柳州《天对》例也。”

什么叫“陈言务去”？就是说写诗、写文章一定要把陈旧的话语系统都去掉，要有新意。《山石》的新意确实太新了，我们读着也如履险境，幸好，诗歌到了结尾还是“转危为安”，于是读者便能获得艺术鉴赏的大满足，这就是《山石》这首诗的高明之处。

《山石》这首诗极受后人重视。苏轼与友人游南溪，朗诵《山石》，慨然知其所以乐，因而依照原韵作诗抒怀。他还写过一首七绝：“荦确何人似退之，意行无路欲从谁？宿云解驳晨光漏，独见山红涧碧时。”［《王晋卿所藏著色山二首》（其二）］诗意、词语都从《山石》化出。

第二十三讲
独钓寒江雪：柳宗元《江雪》

江　雪

柳宗元

千山鸟飞绝，万径人踪灭。
孤舟蓑笠翁，独钓寒江雪。

这首《江雪》，你一定会背，它就像《静夜思》一样有名，一样脍炙人口。如果外国人来学汉语，要考汉语的“雅思”，我们可以把这首诗作为一个测评标准——会背这首诗，大概就算汉语入门了。

这首诗和《静夜思》一样，是一首古绝。为什么？看押韵。这首诗押韵的特点跟《越女词》一样，都是押入声韵。“绝”“灭”和“雪”，这三个字，都是入声字。入声属于仄声。判断一首诗是律绝还是古绝，一个重要的判断标准，就是看韵脚。律绝一般押平声韵，而古绝可押仄声韵。

我们知道，现代汉语普通话里，已经没有入声字了，因为“入派四声”。有同学就要问了：阿老师，你为什么可以断定，“绝”“灭”和“雪”这三个字都是入声字呢？这很简单，因为阿老师生活在吴语区，吴语里保留的古音非常多，入声字的读音，基本被完整地保留了。除了吴语，粤语里也保留了入声。所以，学习古典诗歌，吴语区的同学们就比较方便一点。一旦你吃不准这个字到底是入声字还是平声字，你就用方言念一遍，“入声短促急收藏”，这样就区分出来了。

《江雪》作为一首古绝，仅有二十个字，然而其艺术境界有特别高妙之处，让我们后人沉吟至今。那种天地苍茫、宇宙洪荒的辽阔，非胸中有大格局的人，是写不出来的。这就是柳宗元以此诗独步天下的关键之所在。

柳宗元在散文上和韩愈齐名，他们都是古文运动的先驱，史称“韩柳”；而在诗歌艺术上，柳宗元则与刘禹锡齐名，并称“刘柳”。

《江雪》这首诗作于柳宗元谪居永州期间，大概是公元805—815年间，具体时间不可考，但我们能从诗歌中，窥见柳宗元当时的境遇和心情。

唐顺宗永贞年间（805），柳宗元参与了王叔文集团发动的永贞革新，以王叔文为首的改革集团，采取的主要革新措施如下：抑制藩镇势力，加强中央的权力；废除宫市，罢黜雕坊、鹘坊、鹞坊、狗坊、鹰坊的宦官——他们被称为五坊小儿；贬斥贪官污吏；整顿税收，废除地方官吏和盐铁使的额外进奉，并试图收回在宦官手中的兵权；等等。但随着体弱多病的唐顺宗被迫禅位，唐宪宗继位，不久，永贞革新就失败了，历时仅一百多天。

失败就有后果，柳宗元一再被贬，在永州的十年中，他实际上过着被管制、被软禁的生活。不过，也就是在这一段时间里，柳宗元的诗文创作到了一个非常高产的时期。清代评论家沈德潜曾说，柳宗元的山水诗得到了陶渊明的“峻洁”之气，情致深沉委婉，描绘细致简洁，艺术成就很高。

这首《江雪》，就以白描手法勾画了一个寒江独钓的老人，由此传递诗人高怀绝世的人格风貌，表面上是一首山水诗，但是山水之间有人情——人的思想感情，人的见解和认知，都隐含在其中。这正是自古以来中国文人运用最普遍的方法，即寄情于山水之间，做一名风花雪月之下的隐者或者隐士。这自然也成了落难的柳宗元排遣悲愤的方法。

柳宗元一生中写过很多清幽的散文和山水诗，苏东坡说他的诗是“寄至味于淡泊”，《江雪》这首诗，正能够说明苏东坡评论的精准。当时柳宗元被贬永州，心情自是郁闷，寄情于山水，聊以寄托内心的不安与落寞，也抒发自己遗世而独立的高洁情怀。江雪，恰好就能贴切地表达他当时复杂的情感。

诗歌的境界很大，落笔有高致，“千山”与“万径”，这是从高处俯视的视角，为我们勾画了一个寂静无声的白雪世界。在这个纯粹洁白的世界里，鸟儿都飞绝了，周遭没有一点点人影，这两句诗是浩大的寂静的总结，就像一个电影镜头，首先推给我们一个鸟瞰式的全景，以“千山”和“万径”勾画了一个辽阔的场景。这是“上帝视角”，也有相当的宇宙意识。

在这个宏大的背景之下，在千山万径之间，一个独特的意象吸引了读者的视线。这个意象，就是苍茫江雪中的一个老渔翁。

“孤舟蓑笠翁，独钓寒江雪”，如果说绝句的前两句是一个宏大的宇宙背景，那么，这两句中的渔翁形象则是一个渺小的个体。前两句是宏观的视角，这两句突然推镜头，聚焦在一个“蓑笠翁”身上，形成巨大的反差：宇宙洪荒，个体渺小。

远离尘嚣，置身于绝对寂静和空无之中，柳宗元究竟要给我们传达什么样的意思呢？当然，一方面是诗歌的意境，呈现为一种寂静之美，排除一切烦嚣，独与天地相往来。另一方面，也不是了无生气，“千山鸟飞绝，万径人踪灭”之外，还有一个“蓑笠翁”，是空无之中的一个“有”，是寂灭之中的一点生气。

背景宏大，而渔翁个体渺小。但可贵的是，这一个渺小的渔翁是可与天地独往来的。他一个人便单挑了“千山”与“万径”。个体虽渺小，而其灵魂的绝对宏大，不输给整个宇宙。

这个渔翁，可以说是柳宗元自身人格的投射。有人觉得他是“处江湖之远”的风雅隐士，有人觉得他是笑傲天地的孤独英雄。诗歌在那里，意境在那里，任由后人评说。而在我看来，全诗二十个字，核心在于“独钓”二字，其实这个渔翁并不在乎有没有收获。天寒地冻，一人独钓，这不是为有所得而来，恰恰就是不在乎，恰恰就是享受那种天地孤绝的美感。这种境界，孤绝而又骄傲，渺小而又博大，遗世独立而又恬然自得。

中国文人评诗，爱说“只着一字便境界全出”或“不着一字，尽得风流”，而柳宗元此诗题为《江雪》，主旨是寂寞和孤独，江雪是背景，是衬托，而“独钓”才是诗歌的灵魂，不仅可见柳宗元精神世界的高超，也可见他作诗手段的高妙。他仅仅用二十个字，便将一幅静中有动、动中有静、寂中有音、虚中有实、实中有虚的江雪垂钓图呈现在我们的眼前。

美国意象派诗人庞德特别推崇中国诗歌，中国诗歌纯粹以意象取胜的写法令他心醉。他曾说：“与其写万卷书，不如一生只写一个意象。”从他最著名的作品《在地铁车站》中，我们可以看到《江雪》一诗对他创作的影响。

第二十四讲
欸乃一声山水绿：柳宗元《渔翁》

渔　翁

柳宗元

渔翁夜傍西岩宿，晓汲清湘燃楚竹。
烟销日出不见人，欸乃一声山水绿。
回看天际下中流，岩上无心云相逐。

这首《渔翁》和《江雪》写于差不多相同的时期——柳宗元遭到了贬谪之后，居于永州一带。

“史法骚幽并有神，柳州高咏绝嶙峋”，这是清代姚莹在《论诗绝句》中对柳宗元的评价。我们知道，柳宗元写山水诗，虽情景各不相同，但处处都有他清俊高洁的人格，以及由此生发的内心的忧愤之气。所以沈德潜评论他的诗“长于哀怨，得《骚》之余意”。这个《骚》

指的就是《离骚》。

但是柳宗元在哀怨之外还有清新，比如这首《渔翁》，明显与《江雪》有不同的心境。《江雪》是孤独的，是物我为一的，甚至将中国古人所追求的高洁的人格形象，凝固在了一个“独钓寒江雪”的老翁身上。这个老翁本身就成了象征，凝固在江上，也凝固在中国的诗史上，成为一座雕像，一座永恒的丰碑。

这首《渔翁》却写得闲适轻松，给人一种世外高人自风流的感觉。如果说《江雪》是出世的，那么《渔翁》就在出世和入世之间，获得了某种不凝滞于外物的自由。

渔翁生活在山水之间，来去自如，先是夜宿西岩之下，然后清晨去湘江里打水，并点燃竹子做饭，接下来便是泛舟江中。这就是日常生活本身。这样的生活经诗人写出来，却颇令人神往，为什么呢？因为渔翁只是在生活而已，生活该如何，他便如何，没有柳宗元所遭遇的那些烦恼。

尤其是“烟销日出”之时，也正是青山绿水历历在目之时，渔翁却突然不见了。为何不见了？因为他随波逐流，顺着大自然的节奏，泛舟江中去也。这种自如的境界，正是柳宗元所神往的。

因此我们说这首诗得其自然，有深意存焉，就像看山是山，看水是水。这个关键点在哪里？就在观看的个体心中。中国有个佛教流派叫作禅宗，信奉禅宗的和尚喜欢打机锋，总是说吃饭穿衣即是道。这里，柳宗元也颇有几分禅意。可见很多的人生境界，都是彼此相通的。

我个人认为全诗最高妙的句子，乃是“欸乃一声山水绿”一句，真是绝妙好诗！“欸乃”是拟声词，用来形容桨声，出自前辈诗人元结的《欸乃曲》。这句诗虽只有七个字，但声音与颜色、空灵与实景俱在，令人遐想。

尤其是这一句的通感的运用，十分高超。从“欸乃”的声音，到山水的碧绿，本来是没有任何关系的，但这么一说，似乎“欸乃”一声，山水就变绿了，是桨声的“欸乃”，造成了山水的碧绿，这正是诗意高明之所在。清幽的船桨声仿佛真的摇绿了山水，这就是通感，神奇而动人心魄。尤其是“绿”字，碧绿的天地，用我们现在的话讲，这叫“多巴胺配色”，鲜艳而明亮，光是这个颜色本身，就会令人心情愉悦。

这以后，文人写江南，写桨声，就都用“欸乃”了；似乎一用到“欸乃”，读者就进入了与自然合而为一的境界。

大历年间有位诗人叫钱起，他有一首著名的诗歌，叫作《省试湘灵鼓瑟》，其中末两句“曲终人不见，江上数峰青”，与这句有异曲同工之妙：好像瑟的音乐，使得江上的山峰更青了。这音乐突如其来，又倏然而去，只留下沉醉于音乐的诗人和数座山峰。不得不说，这也是很好的艺术手法。

钱起这首诗，苏轼也曾化用，以为致敬。苏轼在《江城子·凤凰山下雨初晴》下阕里写道：“忽闻江上弄哀筝，苦含情，遣谁听？烟敛云收，依约是湘灵。欲待曲终寻问取，人不见，数峰青。”

因此，有时候写诗就像猜谜，谜面就是诗歌本身，谜底就是诗歌所设置的意境，需要我们猜详。但有意思的是，其他诗人都知道这个谜底，或者说对这个谜底有所会心，于是又设置另一个谜面，来映射这个谜底。这里，钱起、柳宗元和苏轼，就是这样的制谜高手，而不同的诗歌所表现的意境，有很多近似之处。

《渔翁》末两句，“回看天际下中流，岩上无心云相逐”，写回望湘江上游的景致，岩上有无心的白云正在互相追逐。这两句化用的是陶渊明《归去来兮辞》中的一句“云无心以出岫”。这句关键在于“无心”。“无心”的意思就是说，不是故意的，顺其自然。这两句讲的还是与自然合而为一的心理状态，也表现了柳宗元此刻的闲适与自在。

唐汝询评价这首诗的末两句道：“泛舟中流与无心之云相逐，岂不萧然世外耶！”这高卧林泉、流连白云的渔翁真的很令人羡慕。而柳宗元自己，也恰恰在这山水之间抚慰了受伤的心灵。柳宗元在被一贬再贬的遭际之下，来到了南方荒蛮之地，也终于寻到了心灵的家园，得到了一点点灵魂的慰藉。这段时间，柳宗元佳作迭出，有诗歌也有散文，这是后代读者可以为他感到高兴的事情，同时也是后代读者的幸事。

第二十五讲
道是无晴还有晴：刘禹锡《竹枝词二首》（其一）

竹枝词二首（其一）

刘禹锡

杨柳青青江水平，闻郎江上唱歌声。
东边日出西边雨，道是无晴还[①]有晴。

刘禹锡的《竹枝词二首》（其一）很有意思，需要特别来讲一下。因为，我们把它算作唐诗，但是有学者编《唐五代词选》，也把这首选进去了。那这首到底是诗还是词呢？阿老师觉得不重要，只要艺术高超，我们就会记得。更何况，词有个名称叫“诗余”，可见，词不也还是诗吗？

① 还：一作“却”。

这首诗大概写于唐穆宗长庆二年（822），刘禹锡当时在夔州任刺史。夔州位于现在的重庆市奉节县一带，三峡附近，各民族杂居，民歌很兴盛。刘禹锡非常喜爱当地的民歌，竹枝词其实就是当地的一种民歌。

有人认为，民歌是底层人民的创作，怎么能跟刘禹锡这样的大文豪、大诗人扯到一起，怎么上得了大雅之堂呢？这个观念相当错误。其实，中国文学的源头之一《诗经》，内容有一大半是民歌。《诗经》的作品按照内容来分，可分为“风”“雅”“颂”三类。其中的“风”，也叫“国风”。“国”，是各地区的意思；“国风”，就是各地民歌的意思。当时，在中央朝廷，有一个部门专门负责采集各地的民歌，这些采集民歌的官员拿着一种叫木铎的响器，在乡间小路穿行。在田地里劳动的人们听到木铎的声音，就聚拢过来，围在采集民歌的官员身边，唱歌给他听。这就是“采风”这个词的由来。

《诗经》有“十五国风”，就是十五个不同地区的民歌，它们经过了孔子的编订，变得“乐而不淫，哀而不伤”。

从民间采风，吸取民歌不朽的生命力，赋予文人创作以崭新的灵感，是我们的老祖宗一直在做的事。汉代做这件事的部门叫乐府，这个名字大家都很熟悉。所以你看，汉朝留下来的很多诗歌叫作乐府诗，就是这个道理。汉乐府，也成为某一类诗歌的总称。

刘禹锡也是如此。他在夔州任职时，深入民间，听了很多“俚俗”之曲，觉得很好很动听，于是依据曲调来填词，一共写了两组十一首。我想，大概是因为刘禹锡的参与，竹枝词才流传下来了。这也属于抢救性整理的一种，只不过刘禹锡自己没意识到而已。所以你看，为什么有后代学者把《竹枝词二首》（其一）归入唐五代词里，这是一个很重要的原因，这就是典型的“倚声填词”。

我们选讲的这一首，大概是刘禹锡所写的竹枝词里最有名的一首了，它特别有趣，因为刘禹锡用了谐音与双关的“梗”。

不知道各位朋友有没有看过前两年很热门的脱口秀节目。脱口秀演员逗大伙笑，而这个“谐音梗”，就是他们的“必杀技”之一。什么叫“谐音梗”呢？我们来看《竹枝词二首》（其一），想要找出“谐音梗”在哪里，不妨把这首诗再读一遍：“杨柳青青江水平，闻郎江上唱歌声。东边日出西边雨，道是无晴还有晴。”

“杨柳青青江水平”，描写少女所见的景象：江边柳条青翠，江水平如镜面，这很美，很容易引起人的情思。当然，这也承袭了民歌的写法，或者说《诗经》的写法：起兴。前面说，《诗经》的内容分为“风”“雅”“颂”三类，而《诗经》的表现手法，则分为“赋”“比”“兴”三种。“兴”就是起兴，先言他物，以引起所咏之词。“杨柳青青江水平”，这是所见，也是起兴，目的是引发下文的抒情。这个写法，跟《诗经》中的“关关雎鸠，在河之洲”是一样的。

第一句很自然地引出了第二句——“闻郎江上唱歌声”。前一句写景，后一句叙事，讲的是这位少女听到了情郎的歌声。江景美妙，歌声动人，少女心中不免有起伏难平的心潮涌动。

后两句“东边日出西边雨，道是无晴还有晴”，是非常巧妙的隐喻，用的是语意双关和谐音的手法。

“东边日出”是“有晴”，对不对？“西边雨”是“无晴”，对不对？“晴朗”的“晴”和“情感”的“情”谐音，一语双关：“有晴”“无晴”表面上是在讲有没有晴天，其实是在讲有没有感情，有没有爱情。这种心情，甚为忐忑。情郎的歌声，让这位少女听了之后感到难以捉摸，心情不安。

但这位少女是一位极其聪明的女子，辨明了江上唱歌的那位情郎对她是有情的，因为最后一句中的“有”“无”二字，更着重的是“有”字。“道是无晴还有晴”，“还”字后面的“有晴”才是更重要的。于是，她的内心又不禁喜悦起来。这就是谐音双关的手法，也就是脱口秀里面的“谐音梗”，这是一种语言技巧，确实很好玩，不是吗？

这首诗常让我想起《诗经》里的《汉广》：“南有乔木，不可休思。汉有游女，不可求思。汉之广矣，不可泳思。江之永矣，不可方思……”两者都是在大江大河之上，追求自己心仪的对象，然后都以绝美的诗篇流传。广西有个刘三姐，善于唱山歌，这些山歌讲述的多为爱情。你现在去广西的一些地方，会看到“刘三姐家乡”这样的宣传语，或许还会碰上山歌演唱会。如果你有时间，不妨去听听，也许能听出竹枝词的风味。

第二十六讲
白银盘里一青螺：刘禹锡《望洞庭》

望洞庭

刘禹锡

湖光秋月两相和，潭面无风镜未磨。

遥望洞庭山水翠，白银盘里一青螺。

《望洞庭》写于唐穆宗长庆四年（824），当时刘禹锡赴和州（今安徽省和县）任刺史，经过洞庭湖，见到波光云影、气象万千的景象，因而有此作。刘禹锡在《历阳书事七十韵》序中称："长庆四年八月，予自夔州刺史转历阳（和州），浮岷江，观洞庭，历夏口，涉浔阳而东。"这段话写的就是这个遭遇。

刘禹锡被贬谪，二十年间来去洞庭，据文献记载有六次，但其中只有转任和州刺史这一次是在秋天。这首诗，就是他这一次行程的生动记录。

跟好朋友柳宗元不太一样，刘禹锡是一个很达观的人，所以，他被叫作“诗豪”也就可以理解了。他的气质有豪气干云的一面，比如他的诗句“沉舟侧畔千帆过，病树前头万木春”（《酬乐天扬州初逢席上见赠》），这不是一般人能写出来的境界。

从这首《望洞庭》中，我们也可以看出刘禹锡当时的心境。整篇诗歌的基调是平和的、喜悦的，沉浸在大自然的美景里。可见刘禹锡其实很会自我调整，对于仕途的沉浮，自然也会有所感怀，但他总能及时地让自己免于受到太多羁绊。而一旦时移世易，他又能找到自己的契合点，这种人生态度，真的特别值得赞赏。

关于这首绝句，最负盛名的就是两个比喻，互相依存，彼此生发，起到了极佳的艺术效果，也使得这首七绝步入不朽之列。我们慢慢来讲。

“湖光秋月两相和，潭面无风镜未磨”，可见这是夜晚的洞庭湖，有月光照耀，月色和湖面互相映照，显得更加皎洁。此时没有风，于是，接下去就有一个神奇的比喻，把洞庭湖比作铜镜，而且是没有磨过的铜镜。这是为什么？

古人的镜子，多是用铜磨制而成，光亮可照人，所以叫铜镜。你看，“镜”这个字是金字旁，跟金属有关。

“镜未磨”三个字，就是说这个镜子不是光亮的，不是平滑的，而是有一种朦胧甚至毛茸茸的感觉。这个感觉其实特别准确，因为这是夜晚，而非白天，千里洞庭风平浪静，安宁而温柔，在月光下，别具一种朦胧之美，所以叫“镜未磨”。这个“镜未磨”，指的是洞庭湖夜晚的朦胧之美。这个切入点如此之准确，我们不得不佩服刘禹锡的观察力和表现力。

最后两句，基于这个天才的观察而来。“遥望洞庭山水翠，白银盘里一青螺”，前两句写湖面，这两句写君山。

君山原名洞庭山，取意神仙的“洞府之庭”，其实就是洞庭湖里的一座岛屿。关于它有很多传说，比如：“洞庭山浮于水上，其下有金堂数百间，玉女居之，四时闻金石丝竹之声，彻于山顶。”（王嘉《拾遗记》）有了这些神奇的传说，这座君山也给人神奇的感觉。刘禹锡在诗歌中写到此山，给诗歌增添了很多神秘色彩。

我们需要知道的是，在皓月银辉照耀之下，洞庭山的青翠是偏暗的，因为月光毕竟不像阳光，能够照彻君山的青绿。洞庭的水当然也是清澈的，但在夜晚，月光也不能使得湖水明亮发光，湖水也是暗沉沉的，色泽偏重。

但山与水，在月光的银辉之下，浑然一体，看上去就像一只玲珑剔透的银盘里放了一颗小巧的青螺，这个比喻就特别高级了。青螺的这个青色，偏于暗黑色。这才是夜晚的君山和洞庭湖。诗人的比喻和用词，精准如斯。

浩瀚的洞庭湖，挺拔的君山，在刘禹锡的笔下，在秋月的照耀之下，竟然变成了一件盆景，可以说精美绝伦。洞庭山水奇迹般地缩小了，就像摆在了诗人的书桌之上。

“白银盘里一青螺”真是匪夷所思的妙句，是一种缩小的夸张。这恰是我们要讲的另一个巧妙的比喻。夸张有两种，一种就是变大、变雄伟，比如李白的“白发三千丈”(《秋浦歌》)、“燕山雪花大如席”(《北风行》)；还有一种就是缩小夸张，例如“白银盘里一青螺”，把洞庭湖和君山比作一件盆景。不得不说，“诗豪”的豪气，无时无刻不在呈现。

这种气度，当然是诗人壮阔不凡的想象力的表现，也是诗人的性格、情操和美学趣味的反映。在诗人眼里，千里洞庭不过是妆楼奁镜、案上杯盘而已，他举重若轻，把人和自然的关系表现得十分亲切，把湖山的景物描写得就像在自己的书桌前摆着一样，这样的诗人真可谓胸中有大丘壑。陆机所写的“笼天地于形内，挫万物于笔端”(《文赋》)，说的大概就是这种境界吧。

第二十七讲
半江瑟瑟半江红：白居易《暮江吟》

暮江吟

白居易

一道残阳铺水中，半江瑟瑟半江红。

可怜九月初三夜，露似真珠月似弓。

今天我们讲白居易的一首为人所称道，同时也有一点点争议的小诗——《暮江吟》。这首诗色彩鲜明，对比强烈，有强烈的视觉效果，历来被认为是白居易的佳作，但在诗意的诠释上，很多学者的看法略有分歧。

一般推断，《暮江吟》这首诗写于公元822年，是在白居易被贬为江州司马，又被召回之后。白居易倦于朝中的党争，自请外放，于是获得了外任杭州刺史的机会。这首诗应该写于赴任路上，白居易经过长江，时值日暮，被眼前壮丽的景色震撼，因有此诗。

“一道残阳铺水中，半江瑟瑟半江红”，写夕阳映照中的江水。“一道残阳铺水中”，残阳照射在江面上，不说“照”，却说“铺”，说明夕阳已经很斜了，接近水平线，几乎是贴着水面照射过来，确实像“铺”在江上。这属于一流的炼字。

“半江瑟瑟半江红”，天气晴朗无风，江水缓缓流动，江面皱起细小的波纹。受光多的部分，呈现出一片红色；受光少的地方，呈现出深深的碧色。这是一种解释。对这首诗歌的分歧，其实就在这个“瑟瑟”的含义上。

许多大学者对“瑟瑟”有不同的看法。王力先生在《古汉语常用字字典》里解释“瑟瑟”为暗绿色。这一看法也有旁证:《辞海》(第七版)引用《新唐书·于阗国传》中的“德宗即位，遣内给事朱如玉之安西，求玉于于阗，得……瑟瑟百斤，并它宝等”，证明“瑟瑟”指“碧色珠宝”。

但是林庚、冯沅君等人编写的《中国历代诗歌选》，将“瑟瑟”解读为“寒意”，将后面的“红”解读成“暖意”，这也很有道理。毕竟，有一个词叫“瑟瑟发抖”，就是用来形容寒冷的。

学者的观点不同，我们采信哪一位的，其实都无所谓。这恰恰说明了白居易诗艺的高超。“半江瑟瑟半江红”一句，寓意无限，象征性无限。这就是诗人的高妙之处。

接下来两句，“可怜九月初三夜，露似真珠月似弓”。“可怜”，就是可爱的意思；“九月初三”，点明时间；“露似真珠月似弓”，意思是露水像珠子一样晶莹光亮，弯弯的月亮像弓一样。秋天的江边夜色降临，空气湿润，草木上都凝结起露珠，“露似真珠”，写出秋夜的特点。九月初三，月亮刚出现，还是月牙儿，弯弯的，所以说像一张弓。这两句重点写了秋夜的露珠和新月，连用两个新颖贴切的比喻，描绘出深秋月夜的迷人景象。

我们要注意的是，“露似真珠”的“真”字，是“真实”的“真”，而不是“珍宝”的“珍”。真珠和珍珠有什么区别和联系呢？《现代汉语词典》（第7版）里解释：“真珠”同“珍珠”。但其实，真珠比珍珠的含义要广一点。那些珠子状的、品质比较贵重的，都可以叫作真珠。塑料珠子，怕是称不上真珠的。韩国有一种白酒叫真露，这个“真”字的用法，当与白居易此诗同。

白居易的佳作很多，就像满地珍珠，俯拾即是，而且每一首都很好，值得我们珍藏于记忆中。像这首《花非花》，颇有玄妙之处，值得跟《暮江吟》相提并论。

花非花，雾非雾，
夜半来，天明去。
来如春梦几多时？
去似朝云无觅处。

这首诗极负盛名，明代著名文学家杨慎在《词品》里甚至说：“白乐天之辞，予独爱其《花非花》一首，盖其自度之曲，因情生文者也。”

《花非花》并非常见的格律诗，乃是白居易的自度曲。但这首诗在诗意的委婉曲折上，跟《暮江吟》有很多相似之处。全诗都由一连串的隐喻构成，寓意朦胧，像一个谜语，初读之下，我们实在不知道诗人究竟在说什么。

虽然这首诗没有明说究竟在歌咏什么，但在白居易的《白氏长庆集》里，它被作者编在“感伤”这一部里，同部还有情调接近的作品。一首是《真娘墓》，诗中写道："霜摧桃李风折莲，真娘死时犹少年。脂肤荑手不牢固，世间尤物难留连。难留连，易销歇，塞北花，江南雪。"另一首是《简简吟》，诗中写道："二月繁霜杀桃李，明年欲嫁今年死。""大都好物不坚牢，彩云易散琉璃脆。"这几句，也是非常著名的诗句，流传至今。

这两首诗均为悼亡之作，它们末句的比喻，尤其是那"易销歇"的"塞北花"和"易散"的"彩云"，与《花非花》末两句的比喻非常相近，它们都表现出一种对于生活中存在过而又消逝了的美好的人与物的追念、惋惜之情。

因此，《花非花》很可能是一首悼亡之作，也可能是一首对逝去的美好时光的惋惜之歌。

我们一般说白居易倡导新乐府运动，是同情劳动人民疾苦、关心国计民生的，像《卖炭翁》这样的诗歌，直接书写底层人民的苦难，在唐朝的诗歌中，其实并不多见。但白居易的诗歌风格也很多样，艺术审美力无与伦比，他在每一个创作方向，都留下了佳作，让后人沉迷。像我们今天提及的两首，同具扑朔迷离之美，而又各具特色。

这令我想起安德烈·莫洛亚在《追忆似水年华》序言里写的句子："世界不是一个，而是成千上万；'每天清晨有多少双眼睛睁开，有多少人的意识苏醒过来'，便有多少个世界。因此，要紧的不是生活在这些幻觉之中并且为这些幻觉而生活，而是在我们的记忆中寻找失去的乐园，那唯一真实的乐园。"

第二十八讲
最爱湖东行不足：白居易《钱塘湖春行》

钱塘湖春行

白居易

孤山寺北贾亭西，水面初平云脚低。
几处早莺争暖树，谁家新燕啄春泥。
乱花渐欲迷人眼，浅草才能没马蹄。
最爱湖东行不足，绿杨阴里白沙堤。

今天讲的这首《钱塘湖春行》，是白居易非常著名的七律，也是阿老师珍爱的作品之一。

公元822年，五十一岁的白居易由中书舍人改任杭州刺史，从此和杭州结下了不解之缘。年少时，他曾孤身游历，来过这里。杭州给他留下了深刻印象，自此成为他向往的地方。如今他终于能够来到杭州为官，于是诗兴大发，写下了很多脍炙人口的诗句，比如这首《钱塘湖春行》。

我们现在去杭州看西湖，会看到西湖有一条白堤，一条苏堤。苏堤是苏东坡修建不假，而白堤常有讹传是白居易在杭州刺史任上修建的。我们看这首诗的末句“绿杨阴里白沙堤”，可知白堤在白居易担任刺史的时候就已经有了，它本名叫“白沙堤”，并非白居易所建。但白居易在杭州时，还是做了很多好事，后人为了纪念白居易，就把“白沙堤”改名为“白堤”，这也是后人喜爱白居易的表现。

整首诗歌的气氛是轻快而欢愉的，里面包含了白居易对这个城市、这种景致的由衷的喜爱之情，白居易借助最恰切的景物将这种情感传达出来。我们一句一句来说。

“孤山寺北贾亭西，水面初平云脚低。”孤山其实是西湖中的一个岛，经由白堤与岸上相连。在白居易所处的时代，孤山便已是西湖风景名胜。到了宋代，林和靖在此隐居，留下“梅妻鹤子”的典故，这个地方就更加有名了。林和靖写了“疏影横斜水清浅，暗香浮动月黄昏”（《山园小梅》）的诗句，是描写梅花的名句。此后，在孤山踏雪寻梅，就成了来此地的文人雅士最喜欢做的事情之一。

当然，关于孤山，可以讲的故事何止“梅妻鹤子”。你若去杭州，去西湖，孤山是必须去的。

阿老师是在杭州念的大学，现在记忆中还保留着骑行苏堤和白堤的记忆。前几天阿老师去杭州，天很晚了，也还要去苏堤看看。那是因为，这里一则是人文荟萃之地，二则有阿老师年轻时的记忆。

贾亭，又叫贾公亭，西湖名胜之一，唐朝贾全出任杭州刺史时所筑。该亭至唐代末年毁弃。

“孤山寺北贾亭西”，讲地点。“水面初平云脚低”，讲时间。“水面初平”，那是因为时值春天，春潮涨了。“云脚低”，白云重重叠叠，同湖面上的波澜连成一片，浮云看上去很低，所以说“云脚低”，这也是春天的景色。时间、地点交代完了，我们就明白这首诗的题目何以是《钱塘湖春行》了。

“几处早莺争暖树，谁家新燕啄春泥。”早莺和新燕，都是春天的动物，紧扣诗题中的“春”字。“暖树”，而非寒树，也紧扣一个“春”字。

賈公亭

“乱花渐欲迷人眼，浅草才能没马蹄。”上一联写动物，这一联写植物；上一联是动景，这一联是静景；上一联有声音，这一联则没有声音。“乱花”，只是自然而然地开放，但此时不是繁花盛开的仲春，而是早春，所以叫作“渐欲迷人眼”。“渐”是将要的意思。“浅草才能没马蹄”，草也不是疯长，而是刚刚高过马蹄。这一联，恰如其分地描绘早春，这个时间段拿捏得太好了。所以我们会想起韩愈《早春呈水部张十八员外》中的诗句：“天街小雨润如酥，草色遥看近却无。”两首诗写的都是早春，但是韩愈写的地方在西安，白居易写的地方在杭州，纬度不同，冷暖也不同。是以在白居易这里，草已经长到没马蹄了，而在韩愈那里，远看才能看到一星半点的绿意。

“浅草才能没马蹄”这句诗好，妙极。唐朝时，日本喜欢中国文化，派遣唐使来学习，他们就把白居易的诗歌也带回了日本。现在，东京有一个地方叫浅草，这个地名便出自白居易这首诗。阿老师喜欢的日本导演北野武也会唱歌，他有一首代表作叫《浅草小子》。白居易可能想破了脑袋也想不到，他的诗歌会在千年之后的异域流传。

“最爱湖东行不足，绿杨阴里白沙堤”，直抒胸臆。

“行不足”，就是每次来，都舍不得回去。白居易最爱湖东长满了杨柳的白沙堤，杨柳是白堤的“标配”。你现在去看，白堤也仍然长满了垂杨柳。这是西湖留给我们的历史记忆，也是历史留给我们后人的瑰宝，成为对西湖有感情的人的集体记忆。前段时间发生了一件事情：杭州的有关部门把湖边的几棵老柳树砍了，改种了月季花。这个举动，引发了杭州市民极大的不满。我在网上看到一个小视频，一位杭州的老人家慷慨陈词，指责有关部门乱作为，认为他们这是破坏了西湖的景观，是对西湖的不负责。这个视频的点击量和传播量巨大，足见杭州市民以及对西湖怀有深刻情感的人对西湖之美的定义。这个定义就是，白堤，一定是要有垂杨柳的。这个定义，可能就来自白居易的这句“绿杨阴里白沙堤”。

白居易在杭州待的时间不长，也就一任，三年而已。为此白居易也感慨，说虽然皇恩浩荡，让他能主政杭州，享受杭州的美景，但是皇恩也有个限度，只给了他三年。此后，白居易无时无刻不追念在杭州的三年，写了无数的诗篇，来追念江南。

其中最著名的就是《忆江南三首》，每一首都堪为绝唱。其中第一首总写对江南的回忆，第二首是专门追念杭州的。

江南好，风景旧曾谙。日出江花红胜火，春来江水绿如蓝。能不忆江南？

江南忆，最忆是杭州。山寺月中寻桂子，郡亭枕上看潮头。何日更重游？

这两首词，前者以色彩胜，后者以细节胜，脍炙人口，传唱千年，有不朽的文学艺术魅力。尤其是“日出江花红胜火，春来江水绿如蓝”两句，有“江碧鸟逾白，山青花欲燃”[杜甫《绝句二首》(其二)]的色彩对比，极具江南的特色。

这两首词一经写出，就成为杭州最有名的广告词。现在，你若是去杭州买丝织品，比如真丝的绢扇，你总会跟白居易的这两首词不期而遇。这就是汉语生生不息的力量。

公元834年，白居易六十三岁，离开杭州已经有整整十年了，在洛阳，他写了一首五言古诗，怀念杭州：“历官二十政，宦游三十秋。江山与风月，最忆是杭州……”(《寄题余杭郡楼兼呈裴使君》)

第二十九讲
僧敲月下门：贾岛《题李凝幽居》

题李凝幽居

贾　岛

闲居少邻并，草径入荒园。
鸟宿池边树，僧敲月下门。
过桥分野色，移石动云根。
暂去还来此，幽期不负言。

这首诗，就是“推敲”这个词的由来，也是这个重要典故之所在。

我们都知道这个故事：一天，贾岛在京城长安的官道上，一边骑着毛驴，一边思考《题李凝幽居》这首诗。其中有两句是“鸟宿池边树，僧敲月下门”，贾岛觉得，诗中的“敲”字用得不够恰当，想把“敲”字改为“推”字，可他又觉得“推”也有点不太合适，不如“敲”好。他不知是“敲”好还是“推”好，于是在驴背上一面嘴里念叨着，一面用手反复做着推门和敲门两个动作。不知不觉间，他撞上了京兆尹韩愈的仪仗队，随即被人押至韩愈面前。在唐朝，冲撞官员的仪仗队，是很大的罪行。贾岛慌忙向韩愈赔礼，并把自己刚才在驴背上作诗，因斟酌“推”“敲”二字，专心思考而来不及回避的情形讲了一遍。韩愈也是个大诗人，听完之后，不但没有责备他，反而开始帮贾岛一起思考，并建议贾岛用“敲”字。为什么呢？即使是夜深人静，你拜访友人，还是得敲门，说明你的身份是客人。“僧推月下门”的话，就说明这个僧人很可能是回家，而不是拜访友人。而且，一个“敲”字，使夜静更深之时多了几分声响，更加衬托出夜的寂静。

这就是“鸟宿池边树，僧敲月下门”两句诗的来历，我们后世也就多了“推敲”这个词。这个词，就用来形容斟酌字句、反复琢磨。我们写诗作文，还是要有一个技能，就是炼字，就像冶炼金属、沙里淘金那样，把最合适的那个词选出来。一旦得到了这个词，这句话、这首诗，就会放射出别样的光芒——“僧敲月下门”

中的“敲”如是，“春风又绿江南岸”中的“绿”如是，“红杏枝头春意闹”中的“闹”亦如是。

贾岛这个人，因为这场“交通事故”，倒是跟韩愈结识了。贾岛跟韩愈是一个时代的人，但贾岛比韩愈小十一岁，这个年龄差距相当于杜甫跟李白的年龄差距。

贾岛出生于公元779年，殁于公元843年，一般认为是范阳（今属北京）人，字浪仙，一作阆仙，自号碣石山人。他有一个称号叫“诗奴”，可见贾岛有多么热爱诗歌。

因为这个“推敲”的故事，贾岛认识了韩愈，也被看成是韩愈的重要弟子。但是贾岛一生过得很清贫，没有什么时来运转，可以用“穷困潦倒，时运不济”八个字来形容。

因为家贫，贾岛十几岁就被迫出家为僧，法号无本。即便当了和尚，他还是醉心于诗，也就是在这一段出家为僧的日子里，他写出了“松下问童子，言师采药去。只在此山中，云深不知处”（《寻隐者不遇》）的经典诗篇。

贾岛因带着一肚子牢骚出家，所以虽身在佛门，却未能忘却尘世的烦恼。他在洛阳为僧时，寺庙规定午后不得出寺。若换个出家人，不许出就不出，佛法无边，何处不可修身养性？然而贾岛觉得自己受到约束，不能忍受，于是叹道："不如牛与羊，犹得日暮归。"（《句》）

后来，在韩愈的劝说和资助下，贾岛还俗并参加科考，但屡试不中。长庆二年（822），贾岛因作《病蝉》诗讽刺公卿，而与平曾等人同时被贬，时称"举场十恶"。开成二年（837）九月，因诽谤之罪，贾岛被贬为长江县（今四川省遂宁市大英县）主簿，故他又被称为"贾长江"。

对于贾岛的诗作，历来有"奇僻"的评价。贾岛的"奇僻"，主要表现在诗歌意象的选择上。贾岛非常着意于对琐屑幽微乃至怪奇之物的描绘，他的诗集中随处可见"荒岸""穴蚁""藏蝉""废馆""秋萤""寒草""行鸿"等寻常诗人极少入诗的意象。贾岛选择的意象，基本是常见事物，但他表现的是这些事物的衰、败、病、残、怪，即为人所不喜的状态，如破阶、怪禽、枯株、羸马、树瘤等；或者是人们很少接触、不易亲近的事物，如蛇、虫、蚁等。贾岛能敏锐地捕捉到这些意象与他特定心绪或境遇的契合之处，并将其用在诗中以传递深幽的意境。

像这一首《题李凝幽居》，意象的选择也很有贾岛的特色。首联中“草径入荒园”一句，强调这个园子杂草丛生，很荒僻。颔联更有意思，世人都传诵“推敲”的典故，但是你看一下这一联，“鸟宿池边树，僧敲月下门”，为什么“鸟”和“僧”相对仗？鸟是禽类，僧是个人。这个对仗工整吗？从格律上讲，确实很工整。但作者选择“鸟”和“僧”来对仗，让人怎么都觉得有点不伦不类，也可能是贾岛对自己僧人身份的一种调侃。

这一首诗，历来论者多关注“推敲”这个词，而对颈联和尾联关注较少。我认为，事实上，正是因为有了颈联和尾联的存在，首联和颔联才结合得那么牢固。

颈联“过桥分野色，移石动云根”，“野色”，就是指原野的景色；“移石动云根”，指的是云脚低垂，缓缓飘动，似乎石头也在移动。这两句写的是归途所见。“僧”已经“敲”过这个门了，但是有没有见到李凝这个人呢？作者没明说。但你可以想象，可以猜测，贾岛究竟有没有见到李凝。阿老师想，大概没有见到。否则为什么这首诗的标题里有“题”字呢？很有可能他没遇见李凝，于是在李凝家的墙壁上或者门上题了这首诗，表示自己来过了，这也是一次“寻隐者不遇”。

尾联“暂去还来此，幽期不负言”，贾岛暗自约定，还会再来寻访的，表达了对友人的挂怀，以及对这种隐逸生活的向往。

在很长时间内，“瘦”都被认为是贾岛诗歌的主要风格。贾岛受到晚唐诗人普遍的尊崇和喜爱，在晚唐影响颇大。有学者统计，《全唐诗》中晚唐诗人怀念、追和贾岛的诗，达三十八首，大大超过了怀念、追和李白、杜甫、韩愈等人的诗。韦庄曾上疏请求皇帝追赐贾岛等一批诗人进士及第出身，并追授拾遗、补阙的官职。这件事最能体现晚唐文人对贾岛的爱慕。

贾岛与孟郊齐名，因其平生遭际大体相当，诗之风格同为清奇悲凄、幽峭枯寂，且讲究苦吟推敲、锤字炼句，往往给人以寒瘦窘迫之感，故被后世并称为“郊寒岛瘦”。最早提出这一评语的是苏轼，他在《祭柳子玉文》里写道：“元轻白俗，郊寒岛瘦。”这一句成为定评，流传至今。

第三十讲
霜叶红于二月花：杜牧《山行》

山　行

杜　牧

远上寒山石径斜，白云生处有人家。

停车坐爱枫林晚，霜叶红于二月花。

唐诗的璀璨星空里，有很多佳话，比如李白和杜甫合称“李杜”，王维和孟浩然合称“王孟”。而阿老师今天要讲的杜牧，则和李商隐合称“小李杜”。杜甫比杜牧早将近一个世纪，所以叫作老杜；而杜牧是后来者，则被叫作小杜。

杜牧生于公元 803 年，卒于公元 852 年，只活了五十年，但是留下了许多锦绣篇章。杜牧是名家之后，他的祖父杜佑也曾位极人臣，是一代高官显贵，也是著名的文学家。杜牧的父亲职位也不低，但没有达到杜佑那么高的位置。杜牧出生在这样一个显赫的家庭，可见起点很高。又因为他在兄弟中排行第十三，所以他也被叫作杜十三。他才华横溢，尤其醉心于军事，少年成名，非常自负。我们读过的《阿房宫赋》，就是杜牧的代表作。写这篇名文时，杜牧只有二十三岁。

因为杜牧生而早慧，又出身于名门世家，所以他的性格比较刚直，不懂得迎合。这也是杜牧这辈子郁郁不得志的原因之一。他虽然才华横溢，但是始终在官场受挫，没有机会施展他的抱负。

但杜牧最后留下了许多锦绣诗篇，也算是我们后人的福分。穷而后工，这就是整个文化史的密码。

这首《山行》，也是脍炙人口的诗篇，凡是读过书的中国人，几乎没有不会背的。

“远上寒山石径斜”的最后一个字“斜”，很多人在朗诵时念作“xiá”。这是因为，根据押韵的规律，我们现在推测这个字在当时念作“xiá”。随着历史的演进，我们的汉语也在发生变化，汉字的读音变化很大。

唐朝的时候，汉字的读音跟我们现代汉语的普通话是相当不同的。但是，一些语言学家根据方言，根据日语中汉字的读音，慢慢地也总结出了一些规律。

依据方言推断，我们可以理解，那为什么要依据日语呢？因为，日语其实深受汉语的影响，可以作为我们了解唐代汉字读音的媒介。

这个“斜”字的读音，可以作为古今语音变化的一个样本。像这样的古今读音不同的字，还有“乡音无改鬓毛衰”的“衰”字：我们现在读作“shuāi”，但是按照古音，应该读作“cuī”。

“白云生处有人家”，这第二句有个小小的争议，有的版本写作“白云深处有人家”。那么，究竟是“生”还是“深”呢？现在通行的版本，一般写作“生”。阿老师也是喜欢这个“生”字的。就像“海上生明月”的“生”一样，这个“生”字有一种动感，是一个从无到有的过程，有一种生命之感。“深处”，只是表明一个处所——在那白云的深处，还有人家；而“生处”，就是刚刚萌生的地方，初始生发之地。可见“深”不如“生”玄妙，“生”比“深”更能显示白云之高、之远。

“停车坐爱枫林晚，霜叶红于二月花。”前一句的“坐”字，在古代是“因为”的意思。

“坐”字这个用法的例子，大家比较熟悉的，大概就是《战国策》里“晏子使楚”的故事：齐国的晏子出使楚国时，楚王的手下押着两个齐国人经过，楚王叫住他们，问道：“何坐？”手下回答：“坐盗。”“何坐”，就是因为什么的意思。“坐盗”，就是因为偷窃的意思。“坐”，就是因为的意思。“盗”，不是抢劫，而是偷窃的意思。

“停车坐爱枫林晚”，怎么解释？就是说，“我”停下车子，是因为喜爱傍晚的枫林。为什么是傍晚？因为夜晚诗人就看不见霜叶了啊。以前，杭州有个枫林晚书店，就得名于这句诗。杭州还有一个晓风书屋，店名出自柳永《雨霖铃》中的“杨柳岸，晓风残月”。你看，书店的名字都这么有诗意。

“停车坐爱枫林晚，霜叶红于二月花。”这两句一定要连在一起读才有意境。“霜叶红于二月花”，因为枫树的叶子是会变红的，而经霜的叶子，就分外地红，比二月的花还红。这就令我们想起张继的《枫桥夜泊》，里面有一句“江枫渔火对愁眠”。这句话没有写到颜色，但是颜色呼之欲出。为什么？因为第一句“月落乌啼霜满天”，说明已经是深秋，有霜。经霜之后，枫叶变红，所以“江枫渔火对愁眠”就有颜色的对应。张继的诗歌没有明说红色，跟杜牧这首诗不同，但是我们从诗句中，看到了隐藏的红色。

那《山行》的主题是什么呢？从这首诗的字里行间，我们读出了喜悦和流连。可以想见，这是诗人旅途中的一次偶然经历，不是刻意的，而是随机的，就这么遇见了一处红叶飘拂的林子。于是，诗人就停下来，慢慢看，慢慢欣赏。这种豁达的胸襟，这种对生活中的美好的捕捉，也成了中国人生活方式的一种代表。

杜牧能用准确的语言来传达这种美好，不事雕琢而自然真切，使得这两句最终成为名句，并留存在了汉语之中。著名作家茅盾写过一部小说，小说的题目来自这首诗，叫作《霜叶红似二月花》，可见杜牧此诗的深入人心。

第三十一讲
二十四桥明月夜：杜牧《寄扬州韩绰判官》

寄扬州韩绰判官

杜　牧

青山隐隐水迢迢，秋尽江南草未凋。
二十四桥明月夜，玉人何处教吹箫？

《寄扬州韩绰判官》是我特别喜欢的一首诗。这首诗的意境疏阔而爽朗，又有淡淡的思念之意，令人心生怅惘。

韩绰当时似乎担任淮南节度使判官。唐文宗大和七年（833）至大和九年（835），杜牧在淮南节度使幕中做推官，后来转为掌书记，与韩绰是同僚。韩绰的其他事迹不传，但从这首诗里，我们能看出他和杜牧的友谊。

“青山隐隐水迢迢，秋尽江南草未凋。”这两句写的是江南秋天的景色。青山隐隐，江水悠悠，秋时已尽，但江南的草木还未凋谢。因为江南气候温暖，温度比较高，秋天已尽，但草还没有全部凋谢。

扬州因为地处交通枢纽，又属江南，在当时长安的诗人们眼中，简直是花团锦簇、四季如春。而杜牧此刻正在中原遥念扬州，“草未凋”与“青山”“绿水”组合在一起，正是江南之秋明丽高远、生机勃勃的特征。诗人非常怀念繁华的旧游之地，便在回忆中赋予扬州完美的艺术想象。首句“山”“水”相对，“隐隐”“迢迢”迭用；次句“秋尽江南”与“草未凋”之间的转折，构成了一种抑扬顿挫、悠扬有致的格调。诗人翘首遥望、怀恋繁华的旧游之地的感情也隐约表达出来了。

“二十四桥明月夜，玉人何处教吹箫？”这个“二十四桥”，是一座桥的名字，不是指二十四座桥。清朝李斗《扬州画舫录》卷十五载：“廿四桥即吴家砖桥，一名红药桥，在熙春台后……扬州鼓吹词序云，是桥因古二十四美人吹箫于此，故名。”

二十四桥之上明月依然，可是，老友啊，你人在何处听取美人吹箫呢？

这个“玉人”，当指美人，指的是吹箫演奏的歌女。那为什么叫“玉人”？“玉人”在表达上有什么好处？读者一看，就知道“玉人”是美人，可为什么不说“美人”？因为，美，是笼统的；美人，各有各的美。比如，赵飞燕和杨贵妃，各有不同的美。所以，高明的写作者，用词往往非常准确。“玉人”就给人一种独特的美感，至少是皮肤白皙的、玲珑剔透的，令人想起《诗经·硕人》一诗中“手如柔荑，肤如凝脂”的句子。

在中国，任何时代的审美都是不同的。阿老师老家在诸暨，我们那里有个名人叫西施，据说是中国古代四大美女之一。但是那时候没有照相机，西施长什么样，谁也不知道。诸暨有个西施殿，是纪念西施的，里面有各个时代的西施画像，你注意看，每一个西施长得都不一样，都是出于后人的想象而已。

但话又说回来，有一点还是一以贯之的，就是皮肤白皙，这一点是千年来公认的美人的标准之一。所以“玉人”这个词，准确得很。

这里讨论美人，并不是阿老师对女性的物化，只是讨论一种审美而已。事实上，“玉人”这个词，也并不单指女性。一开始被冠以“玉人”这个美称的，乃是一位美男子——卫玠。《晋书·卫玠传》载:“(卫玠)年五岁，风神秀异……总角乘羊车入市，见者皆以为玉人，观之者倾都。”

回到本诗，杜牧将回忆的时间和地点集中到“二十四桥明月夜”，因为这处景物最能体现扬州风物的繁华独绝、浪漫美丽。杜牧在扬州充当幕僚的两三年中，经常于夜间到繁华的二十四桥一带征歌逐舞，过着诗酒流连的风流生活。当时韩绰想必也常与杜牧一起游赏，以至于杜牧想起扬州，想起老友韩绰的所在，无非是二十四桥而已。

这一联是一个设问：此时此刻，你在二十四桥的“何处”教歌女们吹箫作乐、流连忘返呢？以“何处”照应“二十四桥”，表现了想象朦胧的特点，且以问句隐隐传出悠然神往的意境。这幅用回忆和想象织成的“月明桥上教吹箫”的生活图景，不仅透露了诗人对扬州的繁华景象以及令风流才子们醉心不已的生活的怀恋，而且借此寄托了诗人对旧游之地的思念，重温了与友人同游的情谊；既含蓄地表现了对友人的善意调侃，又对友人的生活现状表达了艳羡之情。

这两句诗意境高妙，令人击节，被后人传唱不已，甚至金庸在武侠小说《射雕英雄传》里也用到了。这是在《射雕英雄传》第十二回《亢龙有悔》中，黄蓉为了让酷爱美食的洪七公收郭靖为徒，施展浑身的能耐，每天为洪七公做不同的美味佳肴，看得人舌底生津。其中，最令阿老师惊讶的，就是黄蓉做了一道菜，菜名居然叫作“二十四桥明月夜”。

《射雕英雄传》里的原文如下：

> 那豆腐却非同小可，先将一只火腿剖开，挖了廿四个圆孔，将豆腐削成廿四个小球分别放入孔内，扎住火腿再蒸，等到蒸熟，火腿的鲜味已全到了豆腐之中，火腿却弃去不食。洪七公一尝，自然大为倾倒。这味蒸豆腐也有个唐诗的名目，叫作“二十四桥明月夜”。

杜牧诗歌一流，而金庸想象力也是一流，金庸对杜牧诗句的化用，可谓一段佳话。

第三十二讲
欲回天地入扁舟：李商隐《安定城楼》

安定城楼

李商隐

迢递高城百尺楼，绿杨枝外尽汀洲。
贾生年少虚垂涕，王粲春来更远游。
永忆江湖归白发，欲回天地入扁舟。
不知腐鼠成滋味，猜意鹓雏竟未休。

李商隐（约813—约858），字义山，与杜牧合称“小李杜”，与温庭筠合称“温李”，原籍怀州河内（今河南省沁阳市）人，后随祖辈移居荥阳。

唐元和十一年（816），李商隐三岁左右，随父李嗣赴浙。李商隐不到十岁时，李嗣去世，李商隐只得随母还乡，过着艰苦清贫的生活。李商隐在家中是长子，因此也就背负起了撑持门户的责任。李商隐在文章中提到自己在少年时期曾“佣书贩舂”(《祭裴氏姊文》)，即为别人抄书、舂米，挣钱贴补家用。李商隐自称“五年(岁)诵经书，七年(岁)弄笔砚”(《上崔华州书》)，回乡后曾跟从一位精通五经和小学的堂叔受经习文，至十六岁，便因擅长古文而得名。此外，李商隐也以一手秀丽的工楷而小有名气。

开成二年(837)，李商隐考中进士，之后参加博学宏词科考试而落第，应泾原节度使王茂元的聘请，去泾州(今甘肃省泾川县)做了王茂元的幕僚。王茂元对李商隐的才华非常欣赏，并将女儿王氏嫁给了他。从李商隐后来的经历中可以看出，这桩婚姻将其拖入了牛李党争的政治旋涡。

李商隐到达泾州之时，正是春风吹拂、杨柳婆娑的季节，他登上安定(唐代泾州治所)城楼，纵目远眺，写下这首七律遣怀。

这是一首特别高级的七律，尽管李商隐有那么多脍炙人口的诗篇，但这一首，按阿老师喜欢的程度可以位列前三。阿老师尤其喜欢这首诗的颈联：“永忆江湖归白发，欲回天地入扁舟。”那种心胸豁达，那种眼界开阔，那种旷达的精神世界，令人神往。这是我喜欢这首诗的第一个地方。我经常说，我的精神世界，很大一部分受到古典文学的滋养。中国的古典文学里，也有特别高级的东西，是可以滋养人的，并非只有鲁迅批评的那些“才子佳人”之类的陈腐思想，还有更加高蹈的精神维度，是对人生的一种超拔。

我们可以说，古代的诗人们都一直想要当官，李白、杜甫都不例外，李商隐也不例外。因为在那个时代，读书人只有这么一条出路。这是传统社会的人之常情，我们也没什么好议论的，知人论世就好了。同时，这也是很多古代读书人的痛苦之源。因为这条路很艰辛，用现在的话讲，叫作“卷”。读书人多，而职位不够。每个人都想济世经国，但机会稍纵即逝。李白说“仰天大笑出门去，我辈岂是蓬蒿人”（《南陵别儿童入京》），但他的结果是“赐金放还”。杜甫说“致君尧舜上，再使风俗淳”，而他的结果是贫病而死。

壮志难酬，难免会失意。李白和杜甫笔下最动人的，还是他们抒发愁怨的作品。李白说：“人生在世不称意，明朝散发弄扁舟。”（《宣州谢朓楼饯别校书叔云》）杜甫说：“名岂文章著，官应老病休。”（《旅夜书怀》）

虽然有失意与难受，但也有豁达，也会有超越，一旦进入了更高的精神世界，你也就同时获得了更大的自由，正如李商隐的这首《安定城楼》。

这首诗的难点有两个，一个是典故，几乎每一联都有典故；另一个是寓意，如果你知道了典故，也就懂得了寓意。

“迢递高城百尺楼，绿杨枝外尽汀洲。”这两句比较简单，为实写。《太平广记》载：“泾州之东二十里，有故薛举城，城之隅有善女湫，广袤数里。”意思是说泾州城东有“善女湫”。湫，是水池、水潭的意思。所以“尽汀州”说的就是这个。

“贾生年少虚垂涕，王粲春来更远游。”这里有两个典故，都是以之自况的。“贾生”，就是贾谊，其实如果同学们之前学过王勃的《滕王阁序》，就应该知道“贾生”的典故了。贾生献策的年纪，王粲作赋的年纪，都和作者李商隐作此诗时差不多，反正都很年轻。

贾谊上《治安策》，但不为汉文帝所采纳，后来他呕血而亡，年仅三十三岁。因《治安策》开头有“臣窃惟事势，可为痛哭者一，可为流涕者二，可为长太息者六”的句子，故李商隐化用这个典故，用“虚垂涕”三个字。李商隐本人应博学宏词科试而名落孙山，其心境应与贾谊上书而未被采纳同样抑郁。

王粲，是建安七子之一，避战乱至荆州。《三国志·魏书》里说，王粲年轻时曾流寓荆州，依附刘表，但并不得志，刘表不待见他。他曾于春日作《登楼赋》，其中写道：“虽信美而非吾土兮，曾何足以少留？”李商隐在此处以寄人篱下的王粲自比。王粲依刘表，作者赴泾州，入王茂元幕，都属于寄人篱下。

李商隐用两位古人的事比拟自己当前的处境和心情，十分贴切。

“永忆江湖归白发，欲回天地入扁舟。”这两句的典故来自《史记·货殖列传》。春秋时代，范蠡辅佐越王勾践灭吴后，乘扁舟归隐五湖。李商隐用此事，说自己总想着年老时归隐江湖，但人家是把治理国家的事业完成，功成名就之后才归隐的，看来自己时机还没到。

这两句的境界，还是非常高超的，有那种放眼宇宙、目空一切的大格局。虽然有怅惘，有怀才不遇、壮志难酬，但李商隐不是升斗小民，不会为五斗米折腰，他有更为高远的情怀，不可以世俗眼光判断。这才是阿老师喜欢他的最重要的缘故——不是因为他“诗可以怨”，而是因为他在这之上，别有高致。

“不知腐鼠成滋味，猜意鹓雏竟未休”二句，也有一个典故。“鹓雏”，一般而言，指的是凤凰一类的鸟。这个典故来自《庄子·秋水》。庄周的朋友惠子在梁国做相国，庄子去拜访惠子，有人就对惠子说：“庄子来，是想要代替你执掌相位。”于是惠子很担心，到处去找庄子，在国境之内搜了三日三夜。庄子见到惠子后，给他讲了一个故事：

> 南方有鸟，其名为鹓雏。……发于南海而飞于北海，非梧桐不止，非练实不食，非醴泉不饮。于是鸱得腐鼠，鹓雏过之，仰而视之曰：“吓！”今子欲以子之梁国而吓我邪？

李商隐以庄子和鹓雏自比，说自己有高远的心志，并非汲汲于官位利禄之辈，谗佞之徒却以小人之心度之。

阿老师年轻时，颇有点愤世嫉俗，也有很多人觉得我怀才不遇。如今时代已经改变了，变得更为开放，每个人都有机会从事自己最喜欢的工作。但年轻时，当不被人理解的时候，我也曾用李商隐的诗句来自勉，以度过漫长的幽暗年代。这是我喜欢这首诗的第二个地方。

许多论者认为，李商隐的诗歌，主要还是抒发壮志难酬、怀才不遇、英雄无用武之地的忧愤之情，这自然没错。但若李商隐仅停留在这些忧愤里，他也成不了晚唐诗坛最闪亮的星星。他有超越于自身所处世界的更高的追问，有向洪荒天地索要意义的冲动。这是李商隐不同于流俗的最重要的原因。

第三十三讲
桃花流水鳜鱼肥：张志和《渔歌子》

渔歌子

张志和

西塞山前白鹭飞，桃花流水鳜鱼肥。

青箬笠，绿蓑衣，斜风细雨不须归。

今天我们讲讲张志和的《渔歌子》。

阿老师说过，本书选唐诗，基本上是按照时间顺序来排列的。如果两个诗人所处的年代差不多，则以诗歌活动更早的那位诗人为先。同时，本书也参考了《全唐诗》的排序方式。但是张志和生于公元 732 年，卒于公元 774 年，他比白居易“老”，比李白、杜甫“小”。为什么要把他的诗放在最后一首来讲呢？

其实，我在考虑编排顺序时，也很犹豫。

因为这首《渔歌子》一般是作为词而被选进各种选本的，比如龙榆生的《唐宋名家词选》就收录了这首《渔歌子》。这是有依据的："渔歌子"原是曲调名，因后世文人据之填词，而又成为词牌名，单调二十七字，五句，四平韵。毕竟我们讲的是唐诗，所以这个唐五代词，也许可以另外再讲。

不过，为什么最后我还是把这首《渔歌子》选进来了呢？因为，广义的诗当然也包括词，词也被叫作诗余。唐代的诗人们把诗歌里不写的那些内容放在词里写，推动了词的发展。其实，像我们之前讲的刘禹锡的《竹枝词二首》（其一），也有很多选家是将其当作词看待的。所以，诗和词，其实都属于中国的古典诗歌，只是在格式上有区别而已。

我们说的广义的唐诗，自然指唐代的一切诗歌，包括格律诗，也包括古体诗，自然也应该包括张志和的这首词。此外，唐诗讲完了，我们还可以关心五代和宋代的词，王国维说一代有一代之文学，唐诗、宋词、元曲、明清小说，都是一时的代表。

我们接着讲张志和这首《渔歌子》。

张志和，初名龟龄，字子同，婺州金华（今属浙江）人，十六岁中进士，举明经科，唐肃宗时待诏翰林，后隐居江湖，自号烟波钓徒。张志和的词现存五首，这首《渔歌子》是早期文人词中较著名的作品。

这首词是写给谁的呢？是写给颜真卿的。对，就是那个著名的书法家、颜体的创始人颜真卿。当时，大概是唐代宗大历八年（773）春。大历七年（772），即张志和作词前一年的九月，颜真卿任湖州刺史，次年到任。张志和驾舟往谒，时值暮春，桃花水涨，鳜鱼肥美，他们即兴唱和，张志和首唱，作词五首，这首词是其中之一。

西塞山在今浙江省湖州市吴兴区境内的西苕溪上，从前叫道士矶，是一座突出在河边的大石岩。西苕溪北通太湖，南邻莫干山，风景优美。

“白鹭”是水鸟名，也叫鹭鸶，外形有点像白鹤，腿和脖子特别长，便于在水中寻找食物。白鹭是江南水乡的常见鸟类。所以，“西塞山前白鹭飞”就是江南常见的景色。不过，话又说回来，在阿老师小时候，这种白鹭却很少见。为什么呢？因为那时候，人们不懂得保护鸟类，白鹭又经常来吃谷子、稻米等粮食，往往被打死，后来就近乎绝迹了。所以，虽然我很小就知道“西塞山前白鹭飞”，但是这个场景，要在进入 21 世纪之后我才能见到。因为现在一则有了《中华人民共和国野生动物保护法》，二则老百姓的素质也高了，没有人会去伤害鸟类。

现在，到三四月春耕时分，你去看南方的水田，农民在耕作，开着手扶拖拉机，手扶拖拉机后面，翻飞着一大群白鹭，它们在等谷子吃呢。这令我想起《海鸥乔纳森》的故事片段——跟在渔船背后，找点死鱼烂虾吃，即是海鸥的命运。其实，白鹭的命运也差不多，即便飞得很好看，还是要每天自己觅食。

现在，这种白鹭多到什么程度呢？有一天，我开车去上海，在高速公路上行驶，居然看见一只白鹭施施然停在高速公路旁的交通标牌上。面对车来车往，那只白鹭居然单腿独立，用长嘴梳理着羽毛。我当时甚为诧异——莫非，这条高速公路建在湿地附近？这只白鹭，是在低调地宣示主权吗？

“桃花流水鳜鱼肥”一句，桃花盛开的季节正是春水盛涨的时候，俗称桃花汛或桃花水。鳜鱼，俗称花鲫鱼或桂鱼，肉质鲜美，鱼刺不多，是江南特别有代表性的鱼类。这两句当然是为了向颜真卿表明：这里物产丰富，您可以在这里安居。

鳜鱼，是淡水鱼中品质较高的一种鱼，堪比鲈鱼。因为“桃花流水鳜鱼肥”一句深入人心，为后世老饕们所喜爱，从而衍生出鳜鱼的各种做法，比如松鼠鳜鱼，比如徽州（今安徽省黄山市一带）的臭鳜鱼。

关于鲈鱼，还有一个“鲈鱼堪脍”的典故。《世说新语·识鉴篇》记载：张翰在洛阳做官，在秋季西风起时，想到家乡莼菜羹和鲈鱼脍的美味，便立即辞官回乡。后来的文人将思念家乡、弃官归隐称为“莼鲈之思”。鳜鱼也好，鲈鱼也好，都是本地人夸耀当地物产丰富的美谈。后世范仲淹有《江上渔者》一诗：“江上往来人，但爱鲈鱼美。君看一叶舟，出没风波里。”这首诗讲的也是鲈鱼之美。

“青箬笠，绿蓑衣，斜风细雨不须归。”一望便知，这三句写的是渔翁。渔翁头戴箬笠，身披蓑衣，在斜风细雨里欣赏春天水边的景物，体现了渔翁在捕鱼时的愉快心情，把渔翁捕鱼的情态与富有诗情画意的大自然完全融合在一起。

尤其是最后一句“斜风细雨不须归”，一个“不须”，表现了这个渔翁的自由自在的生活状态，其言外之意，是张志和对渔翁悠闲自在生活的向往。但事实上，渔翁有没有这么自由自在呢？我看未必。

张志和同时也是一位山水画家，据说他曾将《渔歌子》画成图画。词，是用语言画画；而画，则是形象的诗歌。这首词，是富于画意的。山岩、白鹭、桃花、流水、鳜鱼、斗笠、蓑衣，色彩鲜明，互相映照，构思巧妙，意境优美。

更重要的是，这首词在秀丽的水乡风光和理想化的渔人生活中，寄托了作者爱自由、爱自然的情怀，也反映了他高远、悠然脱俗的意趣，显现出一种出淤泥而不染的清纯和淡泊，成为一首千古流传、脍炙人口的词作。但其实，捕鱼是很辛苦的。我看过纪录片《风味人间》，其中讲出海捕鱼的渔民，很长一段时间吃住都得在渔船上，生活艰辛，劳动强度也很大，就是为了得到一些渔获。我们今天读张志和的诗，感受到的是自然之美、生活之美，但如果更深一层，透过这种美去看真实的人生，可能就有新的视角了。

非一般的

唐诗课

长歌行

蔡朝阳 著

中国出版集团
东方出版中心

方图

四方图志·心安一隅

目录

说“长歌行”

《非一般的唐诗课》一共三册，每册均以一个旧题来命名，却希望写出新意。

本册名为“长歌行”。

“长歌行”也是乐府旧题，著名作品如《长歌行（青青园中葵）》等。唐人也多喜欢用这个旧题创作，李白、王昌龄等诗人，均曾以此旧题翻出新声。

唐朝之所以是诗歌的朝代，是因为经过前辈诗人的多方探索，诗歌的格律逐渐工整，律诗和绝句有了严格的规范，同时也有大量的歌行体作品出现。所谓歌行体，是在汉魏六朝乐府诗的基础上建立起来的体裁，为初唐时期的新生事物。一般而言，歌行体的音节、格律较为自由，采用五言、七言、杂言，篇幅较长，形式也多变化，可以兼有叙事性、抒情性和思想性。

本册所收诗歌主要为歌行体作品，如李白的《侠客行》、杜甫的《茅屋为秋风所破歌》、白居易的《琵琶行》和《长恨歌》，以及李贺的《金铜仙人辞汉歌》。这些作品篇幅远长于律诗，能容纳更多的内容，表达更为丰富的情感，开拓更为深邃的诗歌世界。

当然，本册选诗也不尽如此。诗言志，歌咏言，凡是传情达意，而以韵律写出，更具备抒情或者哲理性质的作品，都尽量选在这一册之中。因而读者可以看到，本册选诗往往不拘一格，开篇第一首是诗僧王梵志的作品；而李商隐工整的格律诗，其中也有收录。

唐诗总会有这样的特质——不仅仅是当下的，也不仅仅是物质的，更是超越的，指向灵魂的彼岸。这种面朝永恒的精神追求，是超拔于体裁和题材本身的。

因此，伟大的唐诗才像一条蜿蜒绵长、静水流深的大河，歌唱着向前奔腾，流过崇山峻岭、高原湖泊、平畴万里，滋润中华大地，也灌溉着每一个中国人的心田。

第一讲
不可隐我脚：王梵志《翻着袜》

翻着袜

王梵志

梵志翻着袜，人皆道是错。

乍可刺你眼，不可隐我脚。

这首诗的作者叫王梵志，他是一个著名的诗僧。所谓诗僧，就是会写诗的和尚。在中国古代，会写诗的和尚并不多，除了王梵志，著名的还有寒山、拾得，他们也是唐代高僧，都在浙江天台的国清寺修行，也有多篇诗作传世。

那为什么诗僧人数不多呢？因为一般而言，只有家境贫寒、没有什么出路的人才会出家当和尚，所以他们没有什么机会受到正规的教育。毕竟殷实人家出身的人，谁会去做和尚呢？

在古代，让孩子受教育需要一定的经济基础，不是谁都上得起学的。因为那个时候，劳动生产率比较低，一个人不事生产，就需要更多的人通过劳动去供养他。所以，只有殷实人家才有实力供孩子上学。

但这个王梵志有所不同，他其实受过教育，后来年纪大了，家道败落才出家当了和尚。

关于王梵志其人，并没有多少直接的史料，我们现在看到的都是一些传说或者后人的考证，大概可以推知，这个人生活在隋朝末年到唐朝初年，是河南人。

有一个传说比较有趣，说王梵志是从树疙瘩里生出来的。我们知道有一个猴子，他是从石头缝里面蹦出来的，那就是孙悟空；有一个人，他是从树疙瘩里蹦出来的，他是王梵志。有一本书叫作《桂苑丛谈》，其中比较详细地记载了关于王梵志的这个传说。原文是这样的：

> 王梵志，卫州黎阳人也。黎阳（今河南省浚县）城东十五里有王德祖者，当隋之时，家有林檎树，生瘿大如斗。经三年，其瘿朽烂，德祖见之，乃撤其皮，遂见一孩儿，抱胎而出，因收养之。至

七岁能语，问曰："谁人育我？"及问姓名。德祖具以实告："因林木而生，曰梵天（后改曰志）；我家长育，可姓王也。"作诗讽人，甚有义旨，盖菩萨示化也。

这段话就是说，隋朝的时候，黎阳城东有一个叫王德祖的人，他们家有一棵林檎树——林檎树是一种开粉红色花、结红色小果实的小乔木。这棵树长了一个瘿子。什么叫瘿子？就是大疙瘩。"大如斗"，就是说这个瘿子很大，有斗那么大。过了三年，这个树疙瘩烂掉了，王德祖把树皮剥掉一看，里面有个孩子，就抱回家了。这个孩子就是王梵志，王德祖把这个孩子养大了。这个孩子到了七岁才能说话，他就问："是谁养育了我？我叫什么名字？"王德祖以实相告。王梵志能写诗，内含讽喻之意，人们认为，他大概是受到了菩萨的点拨。

当然这只是一个传说，并非事实。但从传说里我们可以知道，王梵志其实是很了不得的一个天才，因为只有那些天才，后代才会添油加醋，在其身世上附会很多传说，来证明他身世不凡。

例如，李白有母亲梦见太白金星入怀的传说，黄宗羲有母亲梦见麒麟的传说。这种所谓天人感应，就为了证明这些人天赋异禀——既然天赋异禀，那后天努不努力似乎也就无所谓了。

因此，阿老师每次看到这些传说，都很绝望，几乎这辈子就丧失了追求。小朋友也就有理由了，爸妈数落他学习不认真，他就反问道：“亲爱的母亲，您怀胎十月的时候，有没有梦见太白金星入怀啊？您要是没有梦见太白金星入怀，您还是从自己身上找原因吧。”

为什么王梵志身上会有这类传说呢？因为王梵志是一个诗僧，一个著名的、会写诗的和尚，后代的佛教徒就把这些传说安在他身上，说这是菩萨的神迹，是来宣示佛祖的教义的，以便推广佛教。当然这些都是穿凿附会的传说，姑妄言之，姑妄听之。传说和事实本身，还是需要区分的。

根据历史研究者的考证，王梵志真实的人生，和上述传说并不一致。

王梵志早年家境殷实，家里还有很多奴婢，生活富足而闲适。他读过儒家的经典，满腹诗书，这就是他能写诗的原因。在《非一般的古文课》里，阿老师讲过禅宗六祖惠能的故事。惠能目不识丁，要写一个禅悟的偈子，还要请人帮他写。因为惠能是打柴人出身，没有受过教育。

到了隋末，天下大乱，战争持续了很多年，王梵志家道中落，最后仅剩薄田十亩。为了生计，他农忙的时候种田，农闲的时候外出经商。但到了唐初，因为各种赋税、各种天灾人祸，王梵志家道败落，以至穷愁潦倒。到了晚年，王梵志甚至生活无着，成了一个穷光蛋，衣不蔽体，食不果腹。最后，王梵志只能出家，在五十多岁时皈依佛门，一则为了糊口，二则借信仰佛教来寻求解脱。

因为王梵志早年有受教育的背景，所以他当了和尚还能写诗，成为很少见的诗僧。

虽然王梵志沾了当和尚的光，但就其诗歌而言，即便放在唐代所有诗歌中，也仍然有独具一格之处，值得一说。并非由于他是个和尚，我们就降低了对其诗歌的要求。王梵志诗歌的特点，我们可以随便说出两个，一个是口语入诗，一个是其中饱含生活智慧和人生哲理。

这首《翻着袜》，就是王梵志特别有名的代表作。“着”，就是穿着的意思；“翻着袜”，就是反着穿袜子。

我们知道袜子是有正反两面的，正面光洁美观，也许还有刺绣、图案之类，挺好看的。反面就粗糙一点。一般而言，大家都是正常地穿袜子，对不对？王梵志却是反着穿袜子。

“梵志翻着袜，人皆道是错。”王梵志反着穿袜子，别人都说他穿错了。但是王梵志怎么回答呢？“乍可刺你眼，不可隐我脚。”“我”宁可让你感到刺眼，让你的眼睛难受，也不会让“我”的脚难受。

这首诗很口语化，一读就懂。那么，它的哲理何在？

你看，我们这些普通人经常会为了别人的评价而活着，反而忘掉了自己生活的真谛。世界上的很多人，往往在什么事情上都贪慕虚荣，而不顾实际效用。可怕的是，人们往往把这种贪慕虚荣的行为视为正常，将其作为他们生活和行事的原则，而忘掉了真正的生活、真实的感受。这就是这首小诗所包含的哲理。

人们年轻的时候，经常活在别人的眼光中，活在别人的评价里，这就是一种很不自由的心态。阿老师一度也是这样。比如，阿老师是一个很喜欢写作的人，但我一度很在意朋友们的评价，一直到中年以后才明白，写作，首先就是为了让自己舒服，让自己开心。写文章的第一动力，是我自己想要表达，我有话要说，而不是迎合别人的看法。这个道理，阿老师用了几十年去领悟。

而王梵志，这个聪明的、机灵的、智慧的诗僧，用穿袜子这件小事就揭示出深刻的哲理，看上去很好笑，细想起来却很奇妙。

王梵志的白话诗就是这样：他有感于日常生活的琐事，但是往往能够从中归结出某种生活真谛，具有禅理式的机趣。大家要是对他感兴趣，还可以去找他其他的诗来读读，多了解一下。

第二讲
宁为百夫长：杨炯《从军行》

从军行

杨　炯

烽火照西京，心中自不平。
牙璋辞凤阙，铁骑绕龙城。
雪暗凋旗画，风多杂鼓声。
宁为百夫长，胜作一书生。

“初唐四杰”，即“王杨卢骆”，我们今天来讲其中的杨炯。

对杨炯的标准版介绍，一般都是这样的：杨炯（650—约693），字令明，弘农华阴（今属陕西省）人。显庆六年（661）[①]，杨炯被举为神童；上元三年（676）

① 一说为显庆四年（659）。

应制举及第，补校书郎；如意元年（692）秋后改任盈川（今属浙江省衢州市）令，次年卒于任所。因此后人称他为“杨盈川”。

我们看古人对唐代诗人的介绍，感觉千篇一律，格式无非如此：生卒年，科举情况，任职情况，以及后人会以其最具有代表性的职位来称呼他。这就是一般古籍对唐朝诗人的介绍，其中有着很深的“官本位”思想。若仅仅按照这个格式介绍诗人，这个人最重要的一些生活细节，反而被忽视了。一个人之所以人格完整、个性鲜明，恰恰不是因为他的职位，而是因为他的日常起居、性格爱好。比如同属“初唐四杰”，为什么王勃的形象就更为鲜活？因为他有写《滕王阁序》时的那种初出茅庐、不知天高地厚的冲劲。

杨炯其实也有故事流传，其中比较著名的就是关于“初唐四杰”排名的故事。

初唐时，以诗文见称的王勃、杨炯、卢照邻和骆宾王被称为“初唐四杰”，排名为“王杨卢骆”。据《旧唐书》载，排在第二位的杨炯不服气地说：“吾愧在卢前，耻居王后。”

杨炯为什么这么说？因为他佩服写出了《长安古

意》的卢照邻，而看不上王勃。历来文人相轻，这也是一个证据。但有了这个表现个人爱憎与好恶的故事，杨炯的形象是不是更鲜明了一点？

杨炯生活的时代，基本上处于武周时期，他仕途平平，也不曾显达，最后任盈川令，并卒于任上。盈川，就在现在的衢州。关于杨炯在衢州的任职，史书也褒贬不一，《旧唐书》说他为官残酷。另一种说法是杨炯亲政爱民，浙江省衢州市盈川村（原盈川故址）建有杨炯祠一座，内有杨炯的塑像。杨炯祠内曾有对联："当年遗手泽，盈川城外五棵青松；世代感贤令，瀫水江旁千秋俎豆。"这说明当地百姓千百年来都是把杨炯当作贤令来奉祀的。

《从军行》是杨炯的代表作，《从军行》原为乐府旧题，属《相和歌·平调曲》，多写军旅生活，杨炯不落前人窠臼，写出了崭新的寓意。

"烽火照西京，心中自不平。"首联讲边塞的警报烽火传到了长安。"烽火"，指边塞告急的狼烟。"西京"，指的是长安。因为《从军行》是汉乐府古曲，杨炯这么写，也是一种托古讽今的写法。

"牙璋辞凤阙，铁骑绕龙城。"颔联讲主帅率军辞别京城，奔赴前线作战，铁骑初胜，包围了敌国的城池。这里需要解释一下，“牙璋”其实就是古代发兵用的兵符，分为两块，相合处呈牙状，朝廷和主帅各执其半，这里指代奉命出征的将帅。“凤阙”，指的是都城宫殿，汉建章宫的圆阙上有金凤，故以凤阙指皇宫。

“龙城”这个词也比较有意思，大家之前应该也读到过“但使龙城飞将在，不教胡马度阴山”（王昌龄《出塞》）。“龙城飞将”，这里指的是汉代的名将李广（一说为卫青）。

“雪暗凋旗画，风多杂鼓声。”颈联写景，两句诗有声有色，各臻其妙。有意思的是写景这两句的位置安排：诗人一般会把写景的句子放在前面，以衬托战斗的气氛，比如岑参的边塞诗，多是先写景，再抒情。但这首诗杨炯别出心裁，颔联写战役已经胜利了，颈联再回过头来写战争的惨烈、艰苦卓绝，这样才反衬出战士们的乐观和建功立业的强烈愿望。这是这首诗最具特点的写法。

“宁为百夫长，胜作一书生。”尾联是千古名句，也是一个时代的见证。我们一直说盛唐气象，那么这两句诗就可以说是整个盛唐气象的表征。初唐时期，人心向上，慷慨激昂，个人奋斗和爱国情怀是互相吻合的，是合而为一的。李泽厚先生评论这首诗，说：“从高门到寒士，从上层到市井，在初唐东征西讨、大破突厥、战败吐蕃、招安回纥的‘天可汗’（太宗）时代里，一种为国立功的荣誉感和英雄主义弥漫在社会氛围中。”（《美的历程》）

杨炯这两句诗，是当时士人阶层发出的最强音，有着时代的特色。这首诗写出书生投笔从戎、出塞参战的全过程，慷慨悲歌，意气风发，有一种时代的印记。同样的气概，在杨炯其他的诗里也有所反映。

到了晚唐，也有类似的诗句，比如李贺的《南园十三首》（其五）：“男儿何不带吴钩，收取关山五十州？请君暂上凌烟阁，若个书生万户侯？”但李贺这首诗的气氛和格调已经不同了。杨炯的诗句是乐观和喜悦的，是说成功在于“我”的信心。而李贺呢，只剩下建功立业的渴望和对现实的无奈。杨炯是“成功学”，而李贺是悲剧的慨叹。这就是盛唐和晚唐的区别。

第三讲
近乡情更怯：宋之问《渡汉江》

渡汉江

宋之问

岭外音书断，经冬复历春。

近乡情更怯，不敢问来人。

今天我们要讲的是宋之问的绝句《渡汉江》。这是一首脍炙人口的诗，尤其是“近乡情更怯”这句，现在已经变成了一个成语——近乡情怯，相信读者朋友们肯定听说过。全诗也很简单，没有什么典故，一看就懂。汉江又称汉水，是长江的支流，发源于陕西，主要流经湖北境内。这是一条非常著名的河流，历代诗人都有诗歌写到，从《诗经》开始就一直被歌咏，比如本书“江南弄”一册里提到过的《汉广》。

这首诗写的是宋之问遭到贬谪，又从贬谪地逃归，在襄阳附近渡汉江时的所见与所想。

“岭外”指的是五岭以南，是宋之问当时的贬谪地。神龙元年（705）正月，宰相张柬之与太子典膳郎王同皎等逼武则天退位，诛杀二张（张易之、张昌宗兄弟），迎立唐中宗。宋之问被贬谪为泷州参军，泷州，大概在现在的广东省罗定市，属于岭南地区。唐朝时，岭南还是瘴疠之乡，一些官员犯了错误，或者不受皇帝喜欢，就会被贬谪到岭南，比如中唐的韩愈。直到宋代还是如此，我们知道，苏轼最远被贬谪到海南岛。

为什么诗歌里不写“岭南”，而称之为“岭外”呢？因为，当时的政治、文化、经济中心在长安，从长安出发来看中国的版图，五岭就像是一道屏障，五岭之南就相当于在这个屏障之外，所以，岭南也就叫作岭外了。

“经冬复历春”也很好懂，就是过了冬天，又到了春天，表示他在岭南已经待了一段时间了。

“近乡情更怯，不敢问来人。”离故乡越近，心中越胆怯，不敢询问从家乡那边过来的人。当然，这里其实还有一个原因——宋之问是逃回来的。一般而言，官员被贬谪了之后，就得待在当地，接受当地官员的监督，除非遇到赦免。而宋之问没有得到赦免就自行回转洛阳，这就是违反唐律的逃归。所以他近乡情怯，心里有点战战兢兢，也是可以理解的。我们后人往往抛开这首诗的时代背景和宋之问的处境，单纯地阅读这首诗，所以“近乡情怯”这样的词语，被用来表达游子归乡时的复杂心情。

宋之问这个人有才华，尤其工于律诗，五言律诗和七言律诗都是在他手里逐渐定型的。就他在诗歌史上的地位而言，已有定论；但其人品，则历来颇受诟病，他甚至被视为小人。有个成语叫“文人无行”，说的大概就是宋之问这样的人。比如，宋之问特别会用诗歌拍马屁，其中有个故事，叫作“龙门夺袍”。

那是武则天当权的年代，有一次武则天到洛阳龙门游玩，春光很好，她心情舒畅，就让手下的官员赋诗，先写好的人可获赐锦袍，由她的文学侍从、著名的才女上官婉儿来主持这场文坛比赛，判定优劣。有关“龙门夺袍”的记载是这样的：

武后游龙门，命群官赋诗，先成者赐以锦袍。

左史东方虬诗成，拜赐。坐未安，之问诗后成，文理兼美，左右莫不称善，乃就夺锦袍衣之。（计有功《唐诗纪事》）

左使东方虬第一个写好了诗歌，题为《春雪》，脱颖而出，于是，武则天就把锦袍给了东方虬，他成为擂主。但这个时候，宋之问的《龙门应制》这首诗也写好了，大家读了都认为文理兼美，于是，武则天就把东方虬的锦袍赐给了宋之问，这就是文坛传说“龙门夺袍”。

宋之问的《龙门应制》共四十二句，二百八十六个字，几乎每一个字都在歌功颂德，拍武则天的马屁。所以尽管宋之问夺得了锦袍，大家心里还是不太看得上他。

此外，武则天宠幸张易之，宋之问就拼命讨好张易之，一时也是荣宠有加。但是，一朝天子一朝臣，武则天退位之后，唐中宗继位，神龙元年（705），深得武则天宠幸的张易之、张昌宗兄弟就被诛杀了。宋之问作为张氏兄弟的党羽，被贬为泷州参军，也是罪有应得。

这首诗写作的背景，就是如此。宋之问难以忍受岭南蛮荒之地的生活，就瞒着朝廷偷偷逃回洛阳，在路上顺便写了这首《渡汉江》，表达“近乡情更怯”的复杂心情。

因为是逃归，所以宋之问回到洛阳后，藏匿在好友张仲之的家里。当时虽然武则天已经宾天，但武姓的残余势力还在。有一个叫武三思的人声势显赫，包括张仲之在内的一些朝廷大臣对此愤愤不平。有一天，张仲之正在和人密谋要扳倒武三思，宋之问听到了，立刻派他的侄儿前去告发，结果张仲之全家都被杀了。你看，卖友求荣、恩将仇报，造成张仲之一家的悲剧，这就是宋之问的人品。

后来宋之问依附武三思，他擅自逃回洛阳的事情没有被追究，反而被提拔为鸿胪主簿。他的所作所为在当时都是为人所不齿的。

然而，武三思和他的党羽很快也倒台了，宋之问失去了依附的大树，惶惶无主，完全不知道应该去走谁的门路。他开始去依附唐中宗的妹妹太平公主，过了没多久，考虑到还是安乐公主这棵大树更可靠，于是又投靠了安乐公主。就这样，小人宋之问反复无常的行径终于惹怒了太平公主，她在唐中宗面前弹劾宋之问，把他的丑行全部抖搂出来。

唐中宗听说后，就把宋之问发配到了越州（今浙江省绍兴市）做长史，次年，唐睿宗又把他流放到钦州（今属广西）和桂州（今属广西）。公元712年，唐玄宗李隆基即位。这位皇帝对宋之问这个伪君子的恶行了如指掌，对他深恶痛绝，于是直接赐死宋之问。宋之问就这样结束了他的一生。

宋之问是一个有才华的人，写下了很多不朽的名句，但“文人无行”可能就是他一生的写照。不过，在宋之问的一生当中，最大的污点还不在这里，而在于他和另一位诗人刘希夷之间的公案。这段公案，留待后面讲刘希夷诗歌时再叙。

第四讲
年年岁岁花相似：刘希夷《代悲白头翁》

代悲白头翁

刘希夷

洛阳城东桃李花，飞来飞去落谁家？
洛阳女儿惜颜色，行逢落花长叹息。
今年落花颜色改，明年花开复谁在？
已见松柏摧为薪，更闻桑田变成海。
古人无复洛城东，今人还对落花风。
年年岁岁花相似，岁岁年年人不同。
寄言全盛红颜子，应怜半死白头翁。
此翁白头真可怜，伊昔红颜美少年。
公子王孙芳树下，清歌妙舞落花前。
光禄池台文锦绣，将军楼阁画神仙。
一朝卧病无相识，三春行乐在谁边？

宛转蛾眉能几时？须臾鹤发乱如丝。
但看古来歌舞地，惟有黄昏鸟雀悲。

《代悲白头翁》，这个诗题也有别名，叫《白头吟》《代白头吟》等。刘希夷这首诗非常著名，一是因为它表明在初唐时代，歌行体已经发展得这么成熟；二是因为诗歌本身的艺术高度，这首诗语言优美，音韵和谐，寄托着诗人深重的感慨。其中“年年岁岁花相似，岁岁年年人不同”一联，讲时光流逝、世事变迁，特别动人，被传为千古名句。

诗歌是非常有意思的。阿老师觉得，诗歌是一种命名。为什么这么说呢？你把某个意思用你独一无二的话语表达出来了，表达得非常贴切、非常准确，恰到好处，那么，这句话就会在中国的语言文化里面流传下来，成为我们表达类似情感的基本用语，成为我们生活的一部分。这就是一种命名。

像“年年岁岁花相似，岁岁年年人不同”这两句，我们可以在各种不同的情境中用到。比如，阿老师以前是学校里的语文老师，每一届“老生”毕业，新生来了，就会有老师感慨“年年岁岁花相似，岁岁年年人不同”。这两句诗早在一千多年前就被刘希夷“发明”出来了，我们现在居然还在用，一点都不过时，非常贴切，这是多么奇妙！

像这样的诗句其实还有很多，你随便想一想，脑子里就会有这样的句子闪现。比如“茕茕白兔，东走西顾。衣不如新，人不如故”（《古艳歌》），这是一首汉代的民歌，但你看一千多年过去了，我们还在说“衣不如新，人不如故”。所以写诗真的很过瘾，是一种无与伦比的创造。古代的诗人如此，现当代的诗人也如此。比如，徐志摩说“轻轻的我走了，正如我轻轻的来”（《再别康桥》），北岛说“卑鄙是卑鄙者的通行证，高尚是高尚者的墓志铭”（《回答》），顾城说“黑夜给了我黑色的眼睛，我却用它寻找光明”（《一代人》），海子说“面朝大海，春暖花开”（《面朝大海，春暖花开》）。你看，每一句话都是警句，提神醒脑，我们读过一遍，听过一遍，甚至都不用刻意去背诵，就记在心间。因为这些句子本身就具有刻印般的力量，印在我们的心底。

“年年岁岁花相似，岁岁年年人不同。”这两句也是这个道理，无须反复背诵，自然就留在你的心底。这就是汉语本身的力量。不止汉语，所有可作为思考工具的语言本身就有力量，所以西方的文学评论家把诗人比作炼金术士。诗歌就是语言的炼金术，有了这种炼金术，你就可以让平凡的文字在你的笔下闪闪发光，成为话语的黄金，成为话语的钻石。

学唐诗这件事情，阿老师一贯是不主张死记硬背的；我主张的是，如果你喜欢、愿意，那你就背出来。但怎么才会喜欢呢？像这样的句子，你读过了，如果它能够打动你，你自然就会喜欢，自然就会有深刻的印象；趁热打铁，多读几遍，这个时候，你的阅读、你的背诵就不是痛苦的，而是愉悦的。

刘希夷的这首诗歌，阿老师不知道读过多少遍，每次重读还是会喜悦。这些珠玑一般的文字连缀成诗篇，创造了缠绵凄婉的意境，给读者无穷的想象空间。

但其实，刘希夷写这首诗的时候还很年轻。诗歌写出来的那一年，大约是公元 680 年。刘希夷大约生于公元 651 年，所以写《代悲白头翁》这一年，他大概三十岁。三十岁就能有如此深刻的人生感悟，穿透生命的幽微，刘希夷可谓是天才般的诗人。

诗歌从“洛阳城东桃李花”开始写。洛阳是唐代的东都，十分繁华。繁华的东都盛开着美丽的鲜花，满城春色，生气勃勃，令人心醉神迷。然而时光易逝，诗人笔下，此时的洛阳已是落花时节，桃李纷飞，不知飘往何处。这样，由花及人，诗人的感慨就开始了。

诗的前半部分写洛阳女子感伤落花，抒发人生短促、红颜易老的感慨。后半部分写白头老翁的遭遇，抒发世事变迁、富贵无常的感慨。诗歌以“但看古来歌舞地，惟有黄昏鸟雀悲”总结全篇的意旨，而在前后的过渡当中，以“寄言全盛红颜子，应怜半死白头翁”两句点出红颜女子的未来不免是白头老翁的今日，而白头老翁的往昔实际是红颜女子的今日。诗人把红颜女子和白头老翁的具体命运加以对比，表现出这个时代男女老少共同的命运，实在是有点同病相怜。

才华横溢的刘希夷，最终因为才华横溢而遭到了妒忌，被奸人所陷害。这个奸人，据说就是那个有才无德的诗人宋之问。

据说宋之问是刘希夷的亲舅舅。刘希夷写《代悲白头翁》时还很年轻，而当时宋之问已经是蜚声诗坛的大家。刘希夷写出了这首诗，非常激动，就拿去给诗坛的前辈、自己的亲舅舅宋之问欣赏，希望他提点意见。

宋之问看到这首诗写得这么好，就起了嫉妒之心，想要据为己有。他就跟刘希夷说："你能不能把这首诗让给我，以后就说这首诗是我宋之问写的？"迫于压力，刘希夷就答应了，但是回去以后想了想，又后悔了。于是他又跑去跟舅舅说，想把这首诗歌的署名权要回来。二人言语不和，起了争执，宋之问鬼迷心窍，为了达到霸占这首诗歌的目的，他恶向胆边生，就用盛满泥土的袋子把自己的亲外甥活活压死了。

这就是一首诗歌带来的人间惨剧。刘希夷这位才华横溢的诗人，只活了三十岁；而宋之问本人呢，也在文学史上留下了千古骂名。这就可以解释为什么在《全唐诗》里面，这首《代悲白头翁》收在了两个人的名下——在宋之问的名下收了这首，在刘希夷的名下也收了这首。

读者朋友们要问了：那为什么刘希夷就不肯把署名权让给舅舅呢？

因为对于创作者而言，署名权是著作人的第一权利。当时虽然还没有现在的著作权法，但是著作权仍然需要被尊重，这也是对一个人基本权利的尊重。就像阿老师的唐诗课，也许不是讲得最好的，但书稿确实是阿老师一个字一个字写出来的，这里有阿老师自己的著作权，是断不肯让渡给别人的。

第五讲
独怆然而涕下：陈子昂《登幽州台歌》

登幽州台歌

陈子昂

前不见古人，后不见来者。

念天地之悠悠，独怆然而涕下！

我们终于讲到陈子昂和他的《登幽州台歌》了。上一讲我们说，诗歌就是语言的炼金术，能够化普通为神奇。陈子昂这首《登幽州台歌》就是这样，一共二十二个字，却具有穿越千古的力量。每个字都很普通，都是常用字，但一旦结合在一起，各安其位，就迸发出了超越性的魔力；语言就像拥有了恒星的属性，在历史的深处闪耀着光芒。

“幽州台”，顾名思义，就是幽州的一个高台；幽州，就是现在的北京。陈子昂登高望远，但奇怪的是，他看见的不是山水平原，而是什么呢？他有一双穿透历史的眼睛——“前不见古人，后不见来者”。明明是登高望远，看见的应该是自然地理，对吧？但是，陈子昂看见的却是历史风云。这就是诗人的眼睛，可以超越现实，可以超越物理真实。他通过登高望远，把自己的所思所想投射出来。更重要的是，这两句也写出了一种历史的纵深感。站在历史的永恒之轴上，陈子昂感觉到，他自己只是一个小小的点。那种沧桑感、悲凉感，自足底升起。

“前不见古人，后不见来者”，前两句讲的是时间。“念天地之悠悠”，第三句讲的是空间，“天地”就是乾坤的意思。大家一定学过坐标轴，坐标系的概念一定是有的。“前不见古人，后不见来者”，这是一条历史的时间线，就是一条时间的横坐标轴；“天地之悠悠”，这就是一条空间的纵坐标轴。两条坐标轴都是无限的，无限开阔，无限久远。而陈子昂作为一个个体，恰好坐落在这个无限的坐标系之中，是一个小小的点。其实，我们每个人都是其中的一个点，因为宇宙时空宏大，个体更显得渺小。

这是一种特别高级的对比的写法，衬托出个人的渺小。面对宇宙时空的无穷与无限，个体确实是微不足道的。这样就会让人发出哲学的追问：我是谁？我来自何方？我短暂一生的意义和价值何在？

陈子昂这首《登幽州台歌》，是很少见的具有哲学追问的诗歌，往上可以直追屈原的《天问》。当然，陈子昂并不是善于思辨的哲学家，他只是一个诗人。诗人的任务也许只是提出问题，不一定需要负责解答这个问题。

而更有意思的是，诗人不是以思辨的方式提问，而是以形象思维的方式去提问；是以诗的语言去提问，而非以哲学的语言去提问。这也是这首诗直指人心、洞彻幽微的关键所在。我们说这是一首好诗，而不说这是一篇好的哲学论文。

这个问题的答案本身，需要每一个敏锐地捕捉到这个问题的读者自己去解答。所以在“念天地之悠悠”之后，诗人写了一句结语，“独怆然而涕下”。“怆然”，悲伤的样子。“涕”，是眼泪，不是鼻涕。“涕”字，有古今词义的变化，现在主要指鼻涕，而古代主要指眼泪。

这句结语，陈子昂确实没有提出什么哲学思考，它只是一句情感的表达，但这已经够了。试想一下，在辽阔无边的华北平原，在一座高台之上，孤独的陈子昂面对着苍茫时空，一个人“怆然而涕下”，这已经是其情可感了。是以这二十二个字独步千古、震古烁今。我们讲唐诗，谁能够避开这二十二个字呢？

以上只是阿老师个人对《登幽州台歌》这首诗歌的阐释。具体来说，这首诗歌已经是作品大于其本身了，即诗歌本身太经典了，有无穷的阐释空间，我们可以架空时代背景来解读，而解读起来也很具有象征性。

但事实上，这首诗的产生是有其时代背景的。中国传统的学者谈论诗歌，讲究的是知人论世。读者需要知道这个人，需要知道这个人的生平，以及他写作这首诗歌的时代背景，不能完全架空其时代背景来解读。

其实，就陈子昂的本意而言，这首诗真正要讲的，是他的怀才不遇。

陈子昂，梓州射洪（今四川省射洪市）人，生卒年不可确知，大概生于公元 659 年，卒于公元 700 年。青少年时代，陈子昂轻财好施、慷慨任侠，长到十七八岁还不知道读书是怎么回事；后来因为好武，击剑伤到了别人，才弃武从文，慨然立志，谢绝旧友，发奋攻读。这个特点倒是跟宋代的苏洵——就是苏轼的父亲——有点像。这件事告诉我们，十七岁开始学习，也有可能成为大诗人。

陈子昂的家庭挺富有的，他是个“富二代”，父亲也当官。但他们家又不是地位特别高的贵族，这就有点问题了。因为在初唐时代，门阀制度还有很大程度的遗留，新兴的科举制度也不能做到完全平等。比如当时科举考试的阅卷不是匿名的，考官可以看见这个考生的名字。所以，有背景的考生、有名声的考生就更容易考上，比如比陈子昂晚一点的王维，就是这样考中状元的。这就是陈子昂必须面对的现实。

公元679年，陈子昂第一次从蜀地前往长安，参加了第二年的科举考试，失败了。公元682年，他第二次去长安参加科举考试，又失败了。第二次失败之后，陈子昂心情很不好，一个人在长安的街上瞎走散心，于是就发生了“伯玉毁琴”的故事。伯玉，就是陈子昂的字。故事是这样的——

有一天，陈子昂在街上乱走，碰到一个人在卖胡琴，要价百万。那些有钱人都在围观，但没有人敢去还价。陈子昂挤进人群，拿出了这笔钱，把胡琴给买下了。第二天，他在长安最著名的酒店宴请当时的文人墨客，邀请他们来听自己用这把胡琴演奏。人都到齐了，陈子昂却不弹琴，而是感慨道："蜀人陈子昂有杰出的文章一百卷，却不为人知；这个低贱的乐工的乐器，怎么就值得人们关心呢？"说完，他就把这把高价买来的胡琴给当场摔破了。接着，他把自己的诗文集拿出来，发给与会者。就这样，陈子昂的文名才被京城的人所知。陈子昂过了两年又去参加科举考试，终于考中。但是考中后，他仕途不顺，依然壮志难酬，英雄无用武之地。

万岁通天元年（696），契丹人李尽忠、孙万荣等攻陷营州（今辽宁省朝阳市）。这时武则天已经称帝，她就派武攸宜出兵征讨，陈子昂在武攸宜的幕府里面担任参谋。武攸宜为人轻率，不太有谋略。第二年，武攸宜遭遇败绩，情况非常紧急，陈子昂就请求派遣一万人由自己带领，作为前驱，去攻打敌兵。武攸宜没答应。随后陈子昂又向武攸宜进言，说了一些主将不爱听的话，武攸宜就把陈子昂贬为军曹。

陈子昂接连受到挫折和打击，眼看着他立功报国的宏愿成为泡影。于是，那一天，他登上了蓟北楼——就是诗中的幽州台——慷慨悲歌，写下了千古绝唱《登幽州台歌》。

这首诗直接的写作动因，是诗人对于自己遭际的不满，是对于这辈子壮志难酬的感慨。只是，这首诗写得实在太好了，早已经超越了陈子昂的本意，从而具有了永恒的象征意义。这就是经典诗歌不朽的价值之所在。我们现代人会读这首诗，我相信一百年后，五百年后，乃至一千年后，只要人类文明没有被摧毁，这首诗歌还是会一直流传下去。

第六讲
动如棋生，静如棋死：张说《咏方圆动静示李泌》

咏方圆动静示李泌

张　说

方如棋局，圆如棋子。
动如棋生，静如棋死。

唐诗其实有各种读法。审美，去感受诗歌的美，自然是一种常见的读法。比如《春江花月夜》《代悲白头翁》等抒情诗，再比如一些咏物诗，我们都可以这么研读。

但其实我们也可以换一种读法。唐朝的诗人都会写到当时的时代风尚，也会写到他们的生活习俗，化用陈寅恪先生“以诗证史”的说法，我们也可以从古人的诗歌中看到时代的风貌。

比如唐人喜欢喝茶，阿老师也喜欢喝茶，喝茶的风俗已经传承了上千年。唐代的陆羽写了《茶经》一书，这是饮茶人的“圣经”。喝茶这种风尚在唐人的诗歌中也经常会被提及。李白有诗歌写到茶，杜甫也有诗歌写到茶，感兴趣的话，你可以找来读一读。最有趣的是一个叫元稹的中唐诗人写的一首像金字塔一样的茶诗，诗歌的标题叫作《一字至七字诗·茶》，这首诗的第一句只有一个字，最末一联是两个七字句，叠在一起就是一座金字塔。大家可以看一下：

茶。
香叶，嫩芽。
慕诗客，爱僧家。
碾雕白玉，罗织红纱。
铫煎黄蕊色，碗转曲尘花。
夜后邀陪明月，晨前命对朝霞。
洗尽古今人不倦，将知醉后岂堪夸。

第一行，一个字；第二行，两个两字句；第三行，两个三字句；第四行，两个四字句；第五行，两个五字句；第六行，两个六字句；第七行，两个七字句。这首诗排列起来就像一座金字塔，太好玩了。

这是唐人爱好饮茶的风俗的证明，那今天我们要谈的这首诗是讲什么的呢？

这是一首四言诗："方如棋局，圆如棋子。动如棋生，静如棋死。"对，它讲的是下棋。什么棋？围棋。围棋这项活动在唐朝时就广受人们喜爱，一直流传至今。现在，中、日、韩三国也依然流行下围棋，还要举行擂台赛。每一次擂台赛都广受关注。

唐初有位大学者叫孔颖达，他注解了儒家经典，奠定了后学的基础。他在《左传》的注释中说："以子围而相杀，故谓之围棋。"意思是，所谓围棋，就是用黑白两色棋子互相围攻的一种棋类游戏。下围棋的时候，要用手拿起一颗颗棋子往棋盘上放，所以人们又把下围棋叫作"手谈"。风雅的文人想邀请对方跟他一起下围棋，就说："我们来手谈一局如何？"

张说这首诗中的典故，跟一位叫李泌的大政治家有关。李泌，字长源，大约生于公元722年，卒于公元789年。他日后是唐德宗时期的宰相，但故事发生的时候，李泌才七岁。

李泌聪明过人，七岁就以神童而著称。唐玄宗听说之后，就宣李泌进宫，一则看看这个神童究竟长得怎么样，二则想要考考李泌，看看这个小朋友到底有多少斤两。

据说唐玄宗是一个围棋迷，闲来无事之时，经常和手下的大臣手谈。李泌进去的时候，唐玄宗正好和张说在下围棋，张说就让李泌以“方圆动静”四字为题作一首诗。李泌思考了片刻，说道：“我希望知道题目的大意。”于是，张说就写了这首四言诗：“方如棋局，圆如棋子。动如棋生，静如棋死。”方的就像棋局，圆的就像棋子。动就像活棋，静就像死棋。李泌听完，马上就和了一首：“方如行义，圆如用智。动如逞才，静如遂意。”张说听完以后，特别赞叹，就起身祝贺唐玄宗得到了一位神童。他认为这个李泌有宰相之才，日后必定是国家栋梁。唐玄宗也非常高兴，对李泌大加赞赏，命李家对他善加抚养。后来，李泌果然成了栋梁之材，在平定安史之乱的时候，起到了重要的作用。

唐玄宗开元年间（713—741）的宰相张九龄也特别喜欢李泌，经常把他请到自己家中，甚至在卧室、书房这样的内室来和李泌交谈。这里也有件逸事。

张九龄与大臣严挺之、萧诚交情很好。严挺之为人正直，特别讨厌萧诚的谄媚，经常劝张九龄谢绝与萧诚的来往。有一天张九龄突然念叨："严挺之这个人，就是太刻板刚直了；而萧诚这个人，软美可喜。"他正想命令人把萧诚叫来聊天，旁边的小李泌马上就说："先生，您以布衣入仕，又因为正直而到了宰相之位，却喜欢那些软美的人吗？"张九龄听了以后非常惊讶，连忙改容认错，还表扬李泌说："你讲得对，你这位小朋友说得好。"从此，他就称李泌为"小友"。

有小朋友买阿老师的书，阿老师会在扉页签上自己的名字，此外还会做一件事，就是先写上小朋友的名字，再在后面写上"小友"两个字，即"某某某小友惠存"。小朋友就问："阿老师，你是不是少写了一个字？不应该是'某某某小朋友'吗？"

不，阿老师写的就是"小友"，就像张九龄称呼李泌为"小友"那样。李泌年纪虽小，却能够明辨是非，说出诤言，堪为诤友。《论语》里说，"友直，友谅，友多闻"，这是对我们有益的朋友。阿老师称小朋友们为"小友"，说明阿老师真的很在乎小朋友们的意见。

第七讲
天涯共此时：张九龄《望月怀远》

望月怀远

张九龄

海上生明月，天涯共此时。
情人怨遥夜，竟夕起相思。
灭烛怜光满，披衣觉露滋。
不堪盈手赠，还寝梦佳期。

在本书“渭城曲”一册里，我选了王湾的《次北固山下》，其中有“海日生残夜，江春入旧年”的名句，写的是“海日”，即海上的太阳。今天这首诗写的是“海月”，即海上的月亮。中国古代的诗歌，写月亮的特别多，张九龄这首《望月怀远》不拘一格、独领风骚，是其中最具有代表性的作品。

张九龄大概生于公元673年（一说为公元678年），卒于公元740年，字子寿，韶州曲江人。韶州曲江在今天的广东韶关。张九龄是唐朝开元时期的名相，也是中国历史上一位非常著名的、有决断的宰相，匡扶社稷，力挽狂澜。

这首诗是张九龄最有名的一首，佳句迭出，尤其是首联“海上生明月，天涯共此时”，简直称得上是脍炙人口。每年到了中秋节，大家都会说“海上生明月，天涯共此时”。在国内的中国人这么说，华侨也这么说，全球华人都会这么说，这两句诗在华人世界广泛流传，且已经潜移默化地融入华人的文化基因中。

关于这首诗，阿老师小时候初读有两个问题想不明白，一个是大问题，一个是小问题。今天有这个机会，我们就一起来解决这两个问题吧。先来解决大问题：为什么海上升起了一轮明月，就要“天涯共此时”了？就是说，为什么月亮升起来了，我们就会想念家人或者想念爱人？

阿老师小的时候，国内有一首流行歌曲叫作《月亮代表我的心》。在《非一般的古文课》里，我们提到过日本作家夏目漱石，他在课堂上让学生把英文“I love you”（我爱你）译成日语。夏目漱石说，日本人很含蓄，一般不会直接说“我爱你”，而是会说“今晚月色很好”。

那么问题来了：为什么月亮会成为普遍象征呢？友情、爱情、亲情、思乡之情……总之，人世间一切的情感，月亮都可以代表。月亮为什么会有那么大的魔力？它无非是地球的一颗卫星，仅此而已。

但中国的古人不是这么看的，古人用的不是科学思维，而是神话思维。古人认为，有个月亮神住在月亮里面，叫作望舒——月神望舒，就是现代诗人戴望舒的名字的由来。此外，还有“嫦娥奔月”“吴刚伐桂”“玉兔捣药”这些神话传说，月亮本来就被赋予了丰富的象征和意蕴，诗歌以月亮为意象，借助了月亮丰富的意蕴，就使得诗歌能够表达多重情感。

此外，“海上生明月，天涯共此时”这两句写出了一个真实的物理现象，或者说是天文现象，就是月亮升起来的时候，中国各个地区的人是可以同时看到的。中国是一个幅员辽阔的国度，东西、南北的跨度都有数千千米，但无论如何，大家都可以看到月亮。

举个例子，据说李白出生在碎叶城，即现在的吉尔吉斯斯坦境内，成长在四川。假设他在江南游历，离开亲人的日子久了，想念家乡，但距离遥远，怎么办？写信给家人是当时唯一可行的方式，但书信往来往往要数月乃至半年，甚至如杜甫所说“寄书长不达”（《月夜忆舍弟》）。

但有一个东西是李白和他所思念的人可以同时看到的，那就是月亮。古人认为，哪怕你是在天涯海角，在这一个时刻，大家都可以看到月亮，所以叫作“天涯共此时”。

张若虚的《春江花月夜》讲的是月亮，讲的是思念；李白的“床前明月光”讲的是月亮，讲的是思念；张九龄的“海上生明月”讲的是月亮，讲的是思念。这种思念缘何而起？有一个我们可以同时看到的景物，有共时性，就能够产生共情。共情也是阅读诗歌最重要的一个东西，所以我们一定要知道什么叫共情。

月亮引起思念之情，也跟古代交通工具的速度有关。因为“从前慢”，没有高铁、飞机；因为以前通信不便，没有微信和电话。所以，思念这种感情就会显得很浓厚，比现在浓厚得多。现在的小朋友要是出门在外，想家了，想妈妈了，可以打视频电话，或者直接打个“飞的”回去。可是古代不行，古人只能在心里默默地思念，然后借助这一轮共同的明月想象：我在看月亮，我思念的人儿也在看月亮。

因此，古人写月亮的诗歌不计其数，道理就在这里，我们今后也会不断地讲到。这个问题是阿老师小时候初读《望月怀远》就心生疑惑的，但是当时没有一个人能够写一本给孩子读的《非一般的唐诗课》。阿老师长大后，读了很多书，才能够想明白这个道理，然后再讲给你们听。

以上就是阿老师讲的大问题。

同时，阿老师还有一个小问题。大家看，“海上生明月”的“生”字，是“生长”的“生”，而不是“上升”的“升”，这是什么道理？为什么不是海上升起了一轮明月，而是生出了一轮明月？难道这不是错别字吗？

其实，这个小问题里也有大道理。古人写诗，有一个炼字的奥秘。诗歌因为字数的限制，五绝只能写二十个字，七绝只能写二十八个字，五律只能写四十个字，七律只能写五十六个字，所以每一个字都弥足珍贵，是不能乱填的。“海上生明月”，我们的理解还是海面上升起了一轮明月，但是一旦写作“生”，这句诗的意境就截然不同了。这也是阿老师年长以后琢磨诗句，寻思良久才悟到的道理。我来给大家解释一下。因为“生”有一个从无到有的过程，比如“出生”“创生”“诞生”……本来没有，现在有了，这是一个非常有生命感的意象。而如果是“升”，那就只是一种位移，没有创生的感觉，其诗歌的内蕴就会被减去大半。

本文一开头引用“海日生残夜，江春入旧年”这个名句，其中的“生”同样是“创生”的“生”，是“生长”的“生”，它有一种从无到有的过程，有一种生命感、力量感。

阿老师特意要跟你们讲这个小小的“生”字，也是想要告诉大家：读诗歌，可以多读几遍，慢慢地去推敲一些重要的字词。从这种推敲里，我们就会发现诗歌的新境界。

张九龄的这首诗，阿老师还特别喜欢尾联，即“不堪盈手赠，还寝梦佳期”。你看作者做了一个怎么样的天真的举动：“不堪盈手赠”，他想要用手去掬起一捧月光，像掬起一捧水一样，去赠给他想念的那个人。月光十分皎洁明亮，非常美好。在上一联中，他说“灭烛怜光满，披衣觉露滋”，他把蜡烛都给熄灭了，是因为怜惜、怜爱这皎洁的月光。这月光像水一样淌满了诗人的房间，天真的诗人就想把月光捧起来，送给他心爱的、正在思念的那个人。但是月光怎么能捧起来呢？诗人这个天真的、带着几分傻气的动作里，却包含了无比珍贵的真情。

因为，我们总是要把自己最喜爱的、最宝贵的东西，赠给最爱的那个人，不是吗？

第八讲

更上一层楼：王之涣《登鹳雀楼》

登鹳雀楼

王之涣

白日依山尽，黄河入海流。

欲穷千里目，更上一层楼。

关于王之涣这个人，其实有很多故事可讲。他一生没做过什么大官，历代传记中对他的记载也很少，我们仅能知道他大概的生卒年——生于公元 688 年，卒于公元 742 年。王之涣字季凌（一作季凌），祖籍并州晋阳，就是现在的山西太原。

现在流传下来的王之涣的诗歌仅仅有六首。他是一个大诗人，尽管流传到现在的诗歌只有六首，然而这六首当中几乎每一首都是杰作，由此可见王之涣的诗歌水准之高。

我们今天要讲的这首《登鹳雀楼》，还被很多人认为是唐人五言绝句的压卷之作——意思是说，有唐一代，五言绝句当中，这首最好。

鹳雀楼，位于山西省永济市蒲州古城西南、黄河东岸，因为经常有鹳雀栖息在此楼上，所以得名鹳雀楼。有一个“中国四大历史文化名楼”的总称，具体所指的楼宇又多有不同，不过其中有一种说法最为流行，就是滕王阁、鹳雀楼、黄鹤楼、岳阳楼。

楼以人而知名，诗人本人也因为咏楼的佳制而更加有名。历代的文人墨客登楼望远，写诗作文，与楼宇彼此“加持”。

这四句诗，仅仅二十个字，简单却永恒，广为流传，凡是中国人都耳熟能详。

这首绝句，历代学者的阐释已非常多，不需要过多解释，阿老师就讲两个小点。

第一个小点，就是这短短二十个字当中用词的特点。先说前两句，“白日依山尽，黄河入海流”。大家要注意，诗中的“黄河”就是指我们现在的那条黄河，但是这个“黄河”不同于现在的专有名词“黄河”。因为，在当时黄河不叫黄河，它有一个专有名词，叫作“河”。“黄河”这个称呼是后代才有的，在古代，“河”专指黄河。

你去看中国的历史地图，上面有一条几字形的河流，这就是黄河，但是历史地图上写的是什么？写的是“河水”两个字。“水”就是河流的意思。洛阳边上有一条河流叫洛河，在古代，它叫作洛水。渭河在古代怎么说？渭水。它们都不叫“河”，因为“河”是黄河的专称。

阿老师为什么要讲“河”这个词的意思？因为我要讲“黄河入海流”，“黄河”不是一个词，而是两个词：“河”指的是黄河，“黄”表示的是颜色，即黄色。黄色的河流向前流淌，流入大海，汇入天际，叫作“黄河入海流”。这样，这一句才能跟第一句“白日依山尽”形成对仗，营造出那种黄白相间的苍凉的气氛。

但问题又来了：“白日依山尽”，这不是写夕阳的吗？“依山尽”，就是快下山了，所以说这是夕阳。夕阳是红色的，为什么诗人写的是“白日”而不是“红日”呢？读者朋友们有没有想过这个问题？

落日是红的，比如白居易就有诗句说“一道残阳铺水中，半江瑟瑟半江红”（《暮江吟》），为什么到了王之涣这里，就变成“白日”了呢？

其实，“白日”不是王之涣的首创，而是中国古代诗人对落日的一种普遍描绘，是有渊源的。在《古诗十九首》里，有一首诗歌叫作《行行重行行》，这首诗就写到了“白日”：“浮云蔽白日，游子不顾反。”作为乐府诗创作文人化的显著标志，《古诗十九首》深深地影响了魏晋南北朝时期的诗歌审美风向，所以它讲了“浮云蔽白日”以后，历代诗人都开始纷纷写“白日”，比如曹植的“惊风飘白日，忽然归西山”（《赠徐幹》），阮籍的“娱乐未终极，白日忽蹉跎”[（《咏怀八十二首》（其五）]，陶渊明的“白日沦西阿，素月出东岭”[《杂诗十二首》（其二）]，等等，都是讲“白日”。

那为什么是“白日”而不是“红日”呢？因为红和白之间的区别非常大。人们奔波了一天，等到太阳要落山的时候，日色是一天当中最暗淡的时候，心情也是一天当中最劳累、最感伤的时候，所以人们眼中看到的景物，自然而然也就带上了自己的心情：黯淡无光、凄凄惨惨。太阳就变成了单调的白色，白色才能映衬那种不那么愉快的，甚至有一点点悲凉的心情。

王之涣说“白日依山尽”，而不是“红日依山尽”，是想要营造一种感伤的、惨淡的、凄凉的氛围。在这种情况之下，还有什么词比“白”更能够符合诗人的心情？“白日”是偏向于冷色调的，不是暖色调；它不是热烈的，而是悲戚的；它不是愉快的，而是凄冷的。

你看，当日即将没于山顶，黄河九曲延展无限，流向天边。仅仅十个字，诗人描绘了一种登高望远、思绪万千的情感。这个时候，唯有一轮白日才符合诗人此时的心情。

“白日依山尽，黄河入海流”，令人沉醉，不可自拔。正是“白日”与“黄河”这两个词，创造了这种辽远、苍凉而壮美的意境。

第二个小点，阿老师跟小朋友们讲一下对仗。这首绝句，两联都是对仗的。第一联很工整，“白日依山尽，黄河入海流”。第二联“欲穷千里目，更上一层楼”则很有特点，我们把它叫作流水对。关于流水对，我们在“江南弄”一册中讲杜甫的《春夜喜雨》时简单解释过，它是近体诗当中对仗的一种，又不同于一般的对仗。在流水对中，出句与对句在语法结构上是相对的，在意义上是上下相承的，具有一定的前后次序。前后两个句子有承接、因果、条件、转折等关系。

比如说“欲穷千里目，更上一层楼”，你想要看得更远，就需要登得更高。这两句属于条件关系，前者是后者得以成立的前提。

再举一例，王维在《终南别业》中说“行到水穷处，坐看云起时”，这两句之间也有前后承接关系：必须先行到水穷之处，然后才能坐看云起云落。这两句的先后次序是不能颠倒的，两句构成一个顺承的复句，同时形成对仗，就像水流从上游流到下游，所以才叫作流水对。

在一般的诗歌当中，流水对非常受人欣赏，因为它的艺术性很高，是比较不容易对出来的。如果一首诗里面有一联是流水对，那么这首诗歌就会灵动得多。相信我们读唐诗时一定遇到过这样有趣的流水对，除了“欲穷千里目，更上一层楼”和“行到水穷处，坐看云起时”，你还能想到别的流水对吗？

第九讲

烟波江上使人愁：崔颢《黄鹤楼》

黄鹤楼

崔　颢

昔人已乘黄鹤去，此地空余黄鹤楼。

黄鹤一去不复返，白云千载空悠悠。

晴川历历汉阳树，芳草萋萋鹦鹉洲。

日暮乡关何处是？烟波江上使人愁。

黄鹤楼是一座名楼。名楼而有名诗，诗以楼名，楼以诗名，相得益彰，成为一桩美谈。

黄鹤楼位于现在的湖北省武汉市武昌区，地处蛇山之巅，面临万里长江，是武汉市的地标建筑。黄鹤楼相传始建于三国时期吴国的黄武二年（223），历代屡加重修，现在遗存的黄鹤楼是以清代同治楼为原型重新建造的。

黄鹤楼

黄鹤楼的得名有很多说法，其中一个源于《齐谐》记载的一个传说：有一个叫子安的古代仙人，曾经骑着黄鹤经过这里，后来人们就在这个地方建了一座楼来纪念这个仙人，这座楼就是黄鹤楼。

唐朝诗人崔颢登临此楼，写了这首《黄鹤楼》，诗和楼都名扬四海。崔颢大概生于公元 704 年，殁于公元 754 年，汴州（今河南省开封市）人。他在唐玄宗开元十一年（723）中了进士，官至太仆寺丞，天宝中期为司勋员外郎。某年崔颢途经这里，看到黄鹤楼位于长江边上，吞吐波涛，非常壮观，于是就写了这首诗。

据说，李白也曾经登临黄鹤楼。当时的诗人都喜欢在墙壁上写诗，李白也不例外。李白登上了黄鹤楼，看到景色很美，也想在墙壁上题一首诗。结果他看到了崔颢这首诗，感慨崔颢写得实在太好了，他没有把握能比崔颢写得好，于是只写了两句顺口溜来表达当时的感想："眼前有景道不得，崔颢题诗在上头。"

崔颢这首诗都能叫李白搁笔，也可以从侧面反映这首诗的高超。宋代著名学者严羽在《沧浪诗话》里写道："唐人七言律诗，当以崔颢《黄鹤楼》为第一。"当然这也是见仁见智的说法，俗话说"文无第一，武无第二”，有更多的人说杜甫的七律才是第一。这里援引严羽的说法，无非是为了说明崔颢这首诗的地位。

“昔人已乘黄鹤去，此地空余黄鹤楼。”这两句讲的是传说，“昔人”指的就是仙人，仙人和传说都已经没有了，这里只留下历史遗迹黄鹤楼。美好的传说和无奈的现实形成一种心理落差，让人生出一种惆怅之情。

“黄鹤一去不复返，白云千载空悠悠。”这两句第三次说到黄鹤。“黄鹤一去不复返”，千年来，只有白云悠悠飘荡。这个“悠悠”，指的是白云，更指的是跨越千年的辽远时空，抒发了诗人那种岁月难再、世事茫然的空幻感，也为下文写乡关难觅做了铺垫。所以“黄鹤一去不复返，白云千载空悠悠”这两句诗，就成为在诵读当中需要至为关注、反复品味的名句。

阿老师读这首诗很多年，一直有一个疑问，想要跟大家探讨一番。这是一首著名的诗歌，可是为什么诗人的词汇量那么少呢？你看，首联、颔联仅四句，但“黄鹤”这个词出现了三次：“昔人已乘黄鹤去”是一次，“此地空余黄鹤楼”是一次，“黄鹤一去不复返”又是一次。这是不是诗人词语用光了，“理屈词穷”？

阿老师想要做一点阐释。这可能不是词穷，而是崔颢故意为之。为什么呢？你看，黄鹤的故事是一个神话传说，对于黄鹤楼来说是其得名的原因。所以“昔人已乘黄鹤去”这一句讲的是传说，这个传说本身给诗歌增加了神奇的色彩。“此地空余黄鹤楼”讲黄鹤飞走了，神仙也飞走了，留给我们的无非是一座现实的黄鹤楼和一个遗落的传说。所以这两句，前一句写的是传说里的黄鹤，后一句写的是现实中的黄鹤楼，虽然都是写黄鹤，但一虚一实恰成对照，特别有意思，创造了一种非常独特的意境之美。

接下来一句“黄鹤一去不复返”，还是写黄鹤，但读者居然不会感到重复累赘，反而会感受到一种重章复唱之美，感慨特别深。黄鹤飞走了，再也不回来了，到此游览的游客，有一种凭吊历史的感觉，看着“白云千载空悠悠”而思绪万千。

帕斯卡尔说，人是会思考的苇草。人类会意识到自己的有限性，从而去感慨自然界的无穷和永恒。在唐人的诗歌作品里，我们经常会看到很多游仙诗，这是为什么？因为当时的人们普遍都相信有神仙，那时还没有昌明的科学。但还有一点，游仙诗中蕴含的思考也意味着个人生命的觉醒：人一旦自我觉醒了，就会意识到肉身的有限，就会意识到生命的有限，于是就有一种冲动，想要突破这种有限，寻找更为恒定的价值。而仙界的永恒，就成为平凡人类所向往的彼岸世界。事实上，“嫦娥奔月”“徐福泛海”等故事，就是此类心理的一种反映。对于无限与超越的彼岸世界的追求，是人类永恒的追求，在诗歌里读来尤其令人动容。

这首诗中三个“黄鹤”循环往复，读者不会觉得累赘，只会感到一种怅惘在不断地加深，像涟漪一样在心头扩散。所以李白看到这首诗感到无能为力，没有把握能写得更好，只好在下面题了一联。但是后来，李白游历金陵（今江苏省南京市）凤凰台，还是写出来了。他模仿崔颢这首诗，写了一首《登金陵凤凰台》：

凤凰台上凤凰游，凤去台空江自流。
吴宫花草埋幽径，晋代衣冠成古丘。
三山半落青天外，一水中分白鹭洲。[①]
总为浮云能蔽日，长安不见使人愁。

“凤凰台上凤凰游，凤去台空江自流。”看，结构是不是非常相似？崔颢两联写了三个“黄鹤”，李白光

① 此句一作“二水中分白鹭洲”。

首联就写了三个“凤凰”，但他写得比崔颢更俭省，有自己独特的意味。这首诗在一定程度上受了崔颢的《黄鹤楼》的影响，但李白写出了新意，自然也有独特的价值，一点都不输给崔颢。

回到《黄鹤楼》的颈联，“晴川历历汉阳树，芳草萋萋鹦鹉洲”。前面写神话传说，对应的是虚拟的时空；颈联写登楼所见，则是现实的壮丽的江山，由虚幻的传说转为眼前的景物——晴空万里，树木郁郁苍苍，鹦鹉洲上芳草鲜美，描绘了一幅空明悠远的画面。这一句就让诗歌从仙界回到了人间，回到了现实之中，有了现实的依靠。

“日暮乡关何处是？烟波江上使人愁。”尾联，游子归乡，但是家乡又在何处？全诗以“愁”字作结，准确地表达了在日暮时分，诗人登临黄鹤楼的那种心情，真是辗转起伏、缠绵悱恻。崔颢的文笔一唱三叹，言有尽而意无穷。

多数读者都会觉得这是在写乡愁，写真实的思乡之情，这当然没错。但是阿老师还有一点自己的理解。你想，这是一首从仙界入手的诗歌，先是讲神仙，然后从仙界来到人间，结尾则归结到思乡，是不是诗歌的境界越来越低呢？

也不尽然。“日暮乡关何处是”，我们还是要从哲学和玄学的角度来解读。“乡关何处”可能有多重意蕴，首先指崔颢自己真实的那个家乡，这当无异议；但同时也象征着人类的普遍的精神家园。人类的精神家园又在何方？我们应该如何安放这有限的一生呢？这是借助“乡关何处”四个字发出的最深的追问。

在唐诗中，这样上升到哲学高度的追问一直不少，从张若虚的《春江花月夜》到崔颢的《黄鹤楼》，唐代的杰出诗人们一直都有着形而上的追求，一直都有着对生命本质的那种自觉追问。这也是值得我们后人尊敬和追随的人类特有的价值之问。

很多年以前，阿老师还是一个年轻人，也非常喜欢走遍千山万水，尤其喜欢有人文底蕴的山水。那是20世纪90年代中期，我孤身一人来到武汉，第一次登上了黄鹤楼，也正是在黄昏时分。我登上高处，想要在黄鹤楼上重温“晴川历历汉阳树，芳草萋萋鹦鹉洲”的诗意。可惜，现代社会早已来临，高楼林立，城市烦嚣，崔颢创造的那个诗意、想象当中的黄鹤楼的诗意，我一点都没看到。

这是一直以来我读崔颢这首《黄鹤楼》的最大的遗憾。

第十讲

徒有羡鱼情：孟浩然《望洞庭湖赠张丞相》

望洞庭湖赠张丞相

孟浩然

八月湖水平，涵虚混太清。
气蒸云梦泽，波撼岳阳城。
欲济无舟楫，端居耻圣明。
坐观垂钓者，徒有羡鱼情。

孟浩然是隐士，也是一位田园诗人。之前我们讲了他的《春晓》和《过故人庄》，这两首诗都是非常具有代表性的作品。《春晓》讲诗人在大自然中醒来，物我两忘的平静与喜悦；《过故人庄》讲友谊，也讲农业社会的和平与宁静，洋溢着一种人情之美。

今天要讲的《望洞庭湖赠张丞相》，是非常有名的一首干谒诗，是孟浩然投给张九龄的，大概写于唐玄宗开元二十一年，即公元 733 年。当时孟浩然在长安游历，张九龄官拜中书令，相当于丞相，两个人都和王维是忘年之交——张九龄比孟浩然大十多岁，孟浩然又比王维大十多岁。

张九龄为人很正直，在当时甚有名望，孟浩然投诗给他，就是希望得到张九龄的引荐，让自己进入政界，实现自己的理想。我们要是对孟浩然不熟悉，就会很奇怪：他不是隐士吗，不是田园诗人吗，怎么也汲汲于仕进？

这是无可厚非的，也不难理解。每个人都是很复杂的，有不被了解的一面。孟浩然也是如此。他一直隐居在襄阳，以隐士的身份出现，也写田园诗，表达归隐田园的心愿，这是真实的。

但孟浩然也不是一点做官的想法也没有，否则就不会把诗投给张九龄了。据说他后来见到了唐玄宗，却因为唐玄宗不喜欢他的诗句“不才明主弃，多病故人疏”，从此断了仕进之路。

孟浩然喜欢农耕生活，这是真实的；但他也想要读书求进，这也是很真实的。因为，在中国古代的皇权社会中，知识分子要有出路，只有这么一条：仕进。这是客观的历史和时代所决定的，基本上所有知识分子都跳不出来。所以黑格尔才说，每个人都是他那个时代的产儿。

这就造成了当时读书人的多面性，李白、杜甫莫不如此。李白一方面想要去寻找神仙，吃药炼丹，“一生好入名山游”（《庐山谣寄卢侍御虚舟》）；另一方面又很想要做官，济世经国，“仰天大笑出门去，我辈岂是蓬蒿人”（《南陵别儿童入京》）。这都是非常真实的情感。隐士未必就一定是高级的，渴望做官未必就一定是汲汲于功名利禄、是低级的。这一点我们要分清楚。其实，隐士也有真隐士和假隐士之分。有个成语叫“终南捷径”，讲的就是假隐士的故事。这个典故最早出自唐代刘肃的《大唐新语·隐逸》，讲的是卢藏用和司马承祯的故事。

> 卢藏用始隐于终南山中，中宗朝累居要职。有道士司马承祯者，睿宗迎至京，将还，藏用指终南山谓之曰：“此中大有佳处，何必在远！”承祯徐答曰：“以仆所观，乃仕宦捷径耳。”藏用有惭色。

因此在后世，“终南捷径”颇有贬义，甚至有很重的讽刺意味。

但无论如何，孟浩然这位隐士是真隐士。他隐居襄阳，终身不仕。这首《望洞庭湖赠张丞相》，即便是有求于人而作，也是一首佳制，历来以气势宏大而知名，尤其是颔联“气蒸云梦泽，波撼岳阳城”，写湖景之广阔，目光由远及近，从云梦泽写到岳阳城——湖上蒸腾的水汽吞没了云梦泽，汹涌的波涛似乎撼动了岳阳城。

“云”和“梦”是古代两个湖泽的名称，据说云泽本来在长江以北，梦泽在长江以南，后来都干涸了。这里用“云梦泽”来借指洞庭湖。洞庭湖波涛汹涌，就像要撼动岳阳城一样。这两句诗大气磅礴，隐隐有动地之势。

后两联“欲济无舟楫，端居耻圣明。坐观垂钓者，徒有羡鱼情”，诗人用了一个典故来向张丞相表达心意，说明自己目前虽然是个隐士，可是这并不是自己的心愿，自己对出仕还是向往的，只不过找不到门路。所以他说“欲济无舟楫”，言外之意就是希望对方为自己引荐。“坐观垂钓者，徒有羡鱼情”，最后两句更进一步地说明这个情况，诗人向张丞相剖明心迹：我坐在湖边观看那些垂钓的人，徒然地产生羡慕之情。诗人说的还是他想出仕，很羡慕这些官场之人。当然，他在这么讲的时候，也是很巧妙的，一点都不赤裸裸，而是很高级的，有自己的操守和格局。他巧妙地运用了“临渊羡鱼，不如退而结网”的典故。这个典故出自《淮南子·说林训》。

这就是孟浩然，一个多面的、真实的而又高蹈的孟浩然。要是他真的汲汲于仕进，甚至可以为此而不择手段，那么境界就落了下乘，他也就写不出那些传世的佳句了。

第十一讲

每逢佳节倍思亲：王维《九月九日忆山东兄弟》

九月九日忆山东兄弟

王　维

独在异乡为异客，每逢佳节倍思亲。

遥知兄弟登高处，遍插茱萸少一人。

《九月九日忆山东兄弟》是王维早期的诗歌代表作，大概写于他十七岁的时候，因为诗歌原有个小注：时年十七。

王维早慧，幼年攻读经史子集及《昭明文选》诸作，八九岁就能作文绘画、赋诗弹琴。《新唐书》说他“九岁知属辞”。王维与弟弟王缙年庚相若，幼年一同读书，青少年时期同游长安、洛阳。两兄弟文名皆高，有名满京华之誉。《唐朝名画录》说：“兄弟并以科名文学冠绝当时，故时称‘朝廷左相笔，天下右丞诗’也。”

年仅十五岁的王维，不仅开始交友，有了一定的社会活动，而且开始了在京城的宦游生活。一天，他在去京城长安的路上，经过临潼（今属陕西省西安市）骊山东北的秦始皇陵，看到规模宏大的陵墓，想起这位历史上赫赫有名的皇帝，便写下了五律《过始皇墓》：

古墓成苍岭，幽宫象紫台。
星辰七曜隔，河汉九泉开。
有海人宁渡，无春雁不回。
更闻松韵切，疑是大夫哀。

这首诗虽是王维少作，但律对工整，艺术性很高，表明王维的近体律诗写作已经成熟。

十五岁的王维身负振兴王家的重任。但按照现在的看法，王维当时还是个未成年人。这样一个少年，离家千里，想必是会想家的。所以，王维写出“每逢佳节倍思亲”这样的句子，真是情由心生、自然流露，非常能打动人。我们现在一旦遇到节日，尤其是中秋节，自然就会引用这句“每逢佳节倍思亲”，这就是杰出的诗人对我们的汉语的贡献。

开元四年（716），正是唐玄宗李隆基励精图治的时候，政治比较开明，经济迅速发展。特别是宋璟当了宰相以后，善于选拔人才，因才授任，使官员各称其职。宋璟直言敢谏，刑赏无私，是一位有政治长才的宰相。此时，王维正在京城长安，一边交游、学习，一边寻找机会，以图进取。

王维中进士以前的宦游大体分两个阶段：第一个阶段是独游；第二个阶段是在十八岁以后，与弟弟王缙同游。

十七岁的王维独自宦游，家中母亲领着几个弟弟妹妹，生活又不富裕，怎么会不使这位年纪虽小却已担负起家庭重任的诗人惦念呢？时逢重阳佳节，更令人思念远在故乡的亲人。王维郊游登高，遥望凝神，写下了这首名传千载的七言绝句。

标题为《九月九日忆山东兄弟》，九月九日是重阳节，属于中国传统节日。“山东”，大家要注意，此“山东”不是彼“山东”。这个“山东”在函谷关和华山以东，所以得此名，不是指现在的山东省。此时王维家已迁至洛阳或嵩山，因此可称“山东”。

“独在异乡为异客”，这句有一个“独”字、两个“异”字，可见诗人强烈的异地作客之感。在外越是孤独，诗人对家乡亲人的思念之情就越强烈，“每逢佳节倍思亲”这句就接得顺理成章。

当然，这种写法，怕也是少年王维的写法。他在中年之后，对情感的表达就变得非常内敛、有节制。这一点，就跟阿老师看自己年轻时写的文章一样。但我们在读这首诗的时候，应该理解少年王维真实的情感。

“遥知兄弟登高处，遍插茱萸少一人。”这两句讲的是当时的一种风俗。重阳登高，现在仍有风俗留存。古人认为，重阳节插戴茱萸，可以避灾克邪。但是，这两句诗的艺术之高明在于，明明是王维自己在想念家人，却写成是兄弟们在想念他。家人团聚，少了一个宦游的人，于是大家都在想念他。

事实上是不是这样呢？也许是的。这样写，显得曲折有致，出乎常情，合乎常理。当然，这种写法也不是王维的独创，而是继承了《诗经》的传统。

《诗经·周南·卷耳》写道：

采采卷耳，不盈顷筐。

嗟我怀人，寘彼周行。
陟彼崔嵬，我马虺隤。
我姑酌彼金罍，维以不永怀。

意思就是说，有一个女子，她在采摘一种叫作卷耳的野菜，心里却在怀念出门在外的丈夫。于是她索性就把篮子放置在道上，坐下来想念她的丈夫。她是怎么想的？她想道：丈夫出门在外，骑了一匹劣马在登山，越过高山的时候，马儿都没有力气了，我的丈夫非常疲劳，于是坐下来喝了一杯酒，开始想念妻子。

这个特点在于，明明是妻子在想念丈夫，却写出门在外的丈夫在想念自己。王维的《九月九日忆山东兄弟》，和这首诗的写法是很接近的。杜甫的“今夜鄜州月，闺中只独看”（《月夜》），道理也一样。

对王维这首诗的评价历来都很高，如清代沈德潜在《唐诗别裁集》里就说它“即《陟岵》诗意，谁谓唐人不近三百篇耶”。“三百篇”指的就是《诗经》。明代顾起经的《题王右丞诗笺小引》也说王维的诗是“上薄骚雅，下括汉魏”。宋代胡仔的《苕溪渔隐丛话》后集卷六说：“子美《九日蓝田崔氏庄》云：‘明年此会知谁健？醉把茱萸仔细看。’王摩诘《九日忆山东兄弟》云：‘遥知兄弟登高处，遍插茱萸少一人。’朱放《九日与杨凝崔淑期登江上山有故不往》云：‘那得更将头上发，学他年少插茱萸。’此三人类各有所感而作，用事则一，命意不同。后人用此为九日诗，自当随事分别用之，方得为善用故实也。”[①] 胡仔提到的三个人中，写诗时王维最年轻，诗写得却最好。

① 引文中的《九日忆山东兄弟》即《九月九日忆山东兄弟》，《九日与杨凝崔淑期登江上山有故不往》在《全唐诗》中写作《九日与杨凝崔淑期登江上山会有故不得往因赠之》。

第十二讲
天生我材必有用：李白《将进酒》

将进酒

李　白

君不见黄河之水天上来，奔流到海不复回。君不见高堂明镜悲白发，朝如青丝暮成雪。人生得意须尽欢，莫使金樽空对月。天生我材必有用，千金散尽还复来。烹羊宰牛且为乐，会须一饮三百杯。

岑夫子，丹丘生，将进酒，杯莫停。与君歌一曲，请君为我倾耳听。钟鼓馔玉不足贵，但愿长醉不愿醒。古来圣贤皆寂寞，惟有饮者留其名。陈王昔时宴平乐，斗酒十千恣欢谑。主人何为言少钱，径须沽取对君酌。五花马、千金裘，呼儿将出换美酒，与尔同销万古愁。

今天我们讲李白的代表作《将进酒》。

标题的第一个字，一般认为应该念“qiāng”，是请的意思。“将进酒”，就是请喝酒的意思。这是一首乐府古诗的旧题，李白沿用旧题，写下了这首他最负盛名的诗篇之一。后人为什么那么喜欢李白？大概就是因为李白是一个性情中人，他从不藏着掖着，喜怒哀乐形于色，就像这首诗一样。

本诗大概写于公元 752 年，但证据不够确凿，也有不同的意见。但一般认为这是李白天宝年间被“赐金放还”后，离开京城，漫游梁、宋之地，与友人岑勋、元丹丘相会时所作。诗歌直抒胸臆，气概豪迈，字字珠玑，堪为名篇。

遭小人的诽谤，在任何一个时代，任何人都可能遇到，但是在李白这里却不太一样。虽然李白是首屈一指的诗人，才华横溢，但对李白而言，写诗可能并不是一件特别重要的事情。这并不是说他诗写得好，就觉得这没什么了不起，就像有些球星，自认为球踢得好也没什么了不起；而是说李白有自己的政治抱负，即便受道教思想影响很深，也不可能不受到儒学的影响，要入世去建功立业。所以李白一出道，就给那些当权者上书。比如《上李邕》一首，一开头就说“大鹏一日同风起，扶摇直上九万里”，自命不凡，并且对自己的未来有一种乐观的期许。

在唐朝，写诗不是一个特别的职业，你不能给人家递一张名片，上面的身份写的是“诗人”。那是一个官本位的时代，诗人不是独立的职业。仕途上得志，能让君主赏识自己，从而推行自己的政治理念，帮帝王去治理天下，这才是一个儒家知识分子最重要的追求。

李白在长安时，虽一度蒙皇帝宠爱，但归根到底，唐玄宗并不器重他。李白自己后来可能明白了，皇帝把他看作一个文艺界人士——绝不是政治家，也许比倡优好一点。政治家是宰相李林甫那样的人，是可以指点江山的。

也就是说，即便人在长安，李白满腔的抱负也不能够实现，并且显然是被无视，甚至被羞辱了。被“赐金放还”之后，李白在各地游历，游山玩水，其实都是内心理想破灭之后的无奈之举。李白喝酒、炼丹吃药，好像是要追求长生不老，其实都是他理想破灭之后内心痛苦的自我安慰。我们要从这个角度去理解《将进酒》，才能把握李白在诗歌里的真实情感和这首诗的深刻内涵。

2023年夏天，动画电影《长安三万里》上映，掀起了一股观影热潮。据我所知，这是中国的电影人第一次以唐诗为题材，以盛唐诗人为对象，尤其是以李白和高适为主人公制作动画电影。据说，在每一个电影院里，小学生朋友们观看这部电影时，都在高声背诵唐诗。

这部电影的艺术性另当别论，我想说的是，唐诗的热度在国人心目中是无可比拟的。我也去看了这部电影，三个小时纹丝不动，全程没有开小差，也多次热泪盈眶，差点治好了我的干眼症。

电影中有一个高潮的部分，就是描述这首《将进酒》的诞生过程的。我相信电影制作者很想把这个片段做好，我也觉得他们尽力了。但是说实话，诗歌是极其抒情的，而要以动画电影的方式来呈现这种抒情，确实比较冒险。在这部影片里，这一段我觉得不太好。也许，我们需要更好地理解这首诗歌才行。

比如“君不见黄河之水天上来，奔流到海不复回。君不见高堂明镜悲白发，朝如青丝暮成雪”，这两句真是出语不凡、起笔惊人。有诗评家说这两句诗“挟天风海雨而来”。这样的长句最适合表达丰富饱满而又不可遏制的感情。这首诗的创作地，一般认为是现在的河南登封的颍阳山，离黄河不远。诗人登高纵目，用黄河起兴，逸兴遄飞。李白用一支“诗笔”，描摹波澜壮阔的现象，可称为“上帝视角”。

因此，“君不见黄河之水天上来，奔流到海不复回”并非目睹，更像是诗人的想象，是一种极度的夸张。而夸张恰是李白的本色。紧接着下一句，“君不见高堂明镜悲白发，朝如青丝暮成雪”，又来一个夸张，一波未平，一波又起。他照镜子，见有白发，不禁顾影自怜，徒唤奈何的神态近在眼前。将人生由青春到老的全过程说成是朝暮之间的事情，就把本来短暂的说得更为短暂；而放在极大的背景之上，你可以想见个体的命运何等渺小。

前一个夸张，瞩目于空间；后一个夸张，侧重于时间。空间与时间交互，就像建立了一个坐标轴，而把诗人自我的生命与命运，放置在这个宇宙无穷、时间永恒的小小节点之上。

我们学过陈子昂的《登幽州台歌》：“前不见古人，后不见来者。念天地之悠悠，独怆然而涕下！”这些有宇宙视野、有生命意识的先贤，总喜欢把个体放在时空的宏大背景之下，以时间为横轴，以空间为纵轴，来表现一种宇宙观，一则反衬个体之渺小，二则悲叹人生之短暂。如此往往动人，只因为你我也一般渺小。

这首诗里，最著名的句子大概是“天生我材必有用，千金散尽还复来”。李白被贬出京，按理说此时他是很不得志的，内心的失望与愤慨可想而知，但李白的可贵就在于，他升华了自己的痛苦。

但凡学过汉语的，应该都知道李白的“天生我材必有用”，这句诗也使我们国人对李白产生了刻板印象。但每一个人的身份都是多元的，是有丰富层面的。尤其是李白这样的人，一方面很世俗、很功利，另一方面又很超脱，特别不食人间烟火。文艺作品要把李白这种性格表现出来，确实有点难，但至少要有这份努力，绝不能欲迎还拒、浅尝辄止。

比如，李白为什么那么爱喝酒，很多小朋友都在问这个问题。酒是李白才华的来处，又是他用来消除痛苦的工具，还是他麻醉自己的“仙药”，也是他寻求顿悟的琼浆。这并不是说喝了酒，李白就一定神采飞扬。李白也会有痛苦，李白的痛苦非常之深。“天生我材必有用，千金散尽还复来”，其中痛苦与豁达是并存的。

接下去，“岑夫子，丹丘生，将进酒，杯莫停”四个短句，不但使得诗歌节奏富于变化，而且使我们似乎听到了诗人在席上频频劝酒的声音，真是人逢知己、酒逢对手，诗人甚至忘了自己在写诗，他笔下的诗歌已经被还原为生活，他还要“与君歌一曲，请君为我倾耳听”。

“古来圣贤皆寂寞，惟有饮者留其名。”这是一种人生观与价值观的渗透。下一句“陈王昔时宴平乐”，这个“陈王”指的就是曹植，诗人化用的是曹植《名都篇》中“归来宴平乐，美酒斗十千”这两句。

自古以来酒徒很多，李白为何偏举陈王？这又和李白的一向自命不凡分不开，他心目中的榜样是曹植、谢安这样的高人。尤其是陈王曹植，在曹丕、曹叡两朝备受猜忌，壮志难酬，激起李白的同情，他将自己的不得志投射在里面，所以一提“古来圣贤”，一提陈王曹植，便都是不平之气。

这首诗开始似乎只是涉及人生感慨，而不涉及政治色彩。其实，全诗都饱含了一种深深的忧愤和对自我的信念。你说，李白痛苦在哪里呢？单看李白的选择，无论是入赘，还是入幕，还是入翰林，都不得志。“大道如青天，我独不得出”[《行路难》(其二)]的那种痛苦，李白终其一生都在呼喊。而电影《长安三万里》在描述这首诗的时候，仅仅描写了这首诗的那种潇洒和豁达，表现力是远远不够的。理解这种痛苦背后的东西，以及李白如何超越这种痛苦，才是值得我们期待的。

《将进酒》篇幅不长，却五音繁会、气象不凡。李白感情悲愤而故作狂放，语言豪壮而又显沉着。全篇具有震动古今的气势和力量，同时内在的感情充实、深厚，郁结如波涛汹涌。全篇大起大落，诗情忽高忽低，由悲转乐，转狂放，转愤激，又转而狂放如大河奔流，有气势，亦有转折，纵横捭阖，终究汇入大海。

“五花马、千金裘，呼儿将出换美酒，与尔同销万古愁。”这是什么？这就是狂喜的极致。物我合一，臻于化境，将喜怒哀乐混同为一，这也是李白自我纾解的唯一出路了。对于这样的诗歌佳制，我们除了一遍遍地读，再难做别的什么了。我以为，这首诗就是我们汉语古典诗歌当中的最高峰。

第十三讲
使人听此凋朱颜：李白《蜀道难》

蜀道难

李　白

噫吁嚱，危乎高哉！蜀道之难，难于上青天！蚕丛及鱼凫，开国何茫然！尔来四万八千岁，不与秦塞通人烟。西当太白有鸟道，可以横绝峨眉巅。地崩山摧壮士死，然后天梯石栈相钩连。上有六龙回日之高标，下有冲波逆折之回川。黄鹤之飞尚不得过，猿猱欲度愁攀援。青泥何盘盘，百步九折萦岩峦。扪参历井仰胁息，以手抚膺坐长叹。

问君西游何时还？畏途巉岩不可攀。但见悲鸟号古木，雄飞雌从绕林间。又闻子规啼夜月，愁空山。蜀道之难，难于上青天，使人听此凋朱颜！连峰去天不盈尺，枯松倒挂倚绝壁。飞湍瀑流争喧豗，砯崖转石万壑雷。其险也如此，嗟尔远道之人胡为乎来哉！

剑阁峥嵘而崔嵬，一夫当关，万夫莫开。所守或匪亲，化为狼与豺。朝避猛虎，夕避长蛇，磨牙吮血，杀人如麻。锦城虽云乐，不如早还家。蜀道之难，难于上青天，侧身西望长咨嗟！

李白有个称号叫“谪仙”，大家都知道，这个称号是贺知章送给他的。而这个称号的由来，就跟这首《蜀道难》有关。

唐玄宗天宝元年（742），李白受到皇帝的征召，第二次来到长安。这回到长安，可不一样了。第一次去长安的时候，李白三十来岁，拜见了很多人，但大家都没把他当回事儿。而这次，李白早已经声名在外，所以得到了皇帝的重视。他在赴长安之前，写了一首《南陵别儿童入京》，其中就有那句著名的“仰天大笑出门去，我辈岂是蓬蒿人”。

到了长安，李白先是有幸在紫极宫见到了当时的诗坛领袖贺知章。当时贺知章年事已高，他比李白年长四十二岁，李白虽然已经四十二岁了，但跟八十四岁的贺知章相比，还是年轻的后生。

李白初见贺知章，就把自己的诗作拿出来给前辈看。贺知章读到《蜀道难》一首时，禁不住大发感慨，认为这是千古佳作，还称赞李白是“谪仙人”下凡，于是李白“谪仙”这个称号不胫而走。

《蜀道难》究竟好在哪里呢？我们今天来解释一下。

关于这首诗写于何时，现在已经不可考，但我们知道肯定写于公元742年之前，因为这年李白见到贺知章，就献上了这首诗歌。

《蜀道难》是沿用乐府的旧题，李白喜欢化用乐府的旧题，然后推陈出新，赋予诗歌新的生命力。这首《蜀道难》也一样，写作目的在于送友人入蜀，一直以来都被看作浪漫主义诗歌的代表作，想象雄奇、寓意丰富，再现了蜀道的峥嵘、突兀、崎岖等惊险奇观和不可逾越的磅礴气势，一则歌颂了蜀地山川的壮丽，二则表达了对时事的担忧。

对本诗更深的寓意，历来有各种不同的看法，然而就诗论诗，不一定需要附会它归根到底有什么深刻的含义，尽管从诗句“所守或匪亲，化为狼与豺”来看，在写蜀地山川俊美的同时，诗人似乎也在告诫当局蜀地险要，应好好地用人防守。还有人说这是李白对安史之乱的一种预见，当然这只是一种说法，未必有根据。不管怎么说，在艺术上，这首诗堪称极品。

诗歌起笔不凡，这真的跟李白的性格有关，他好为惊人之语。他的著名的长诗，每一首几乎都是先声夺人；不管是《将进酒》中的“君不见黄河之水天上来”，还是《宣州谢朓楼饯别校书叔云》中的“弃我去者昨日之日不可留”，开篇第一句一定要震慑你，叫你目瞪口呆。

《蜀道难》也是这样的，一开头就是三个语气词连用：“噫吁嚱。”

“噫吁嚱”是什么意思？三个表达语气情感但没有实在意义的词连用，相当于我们现在说的“哎呀呀”；如果再土一点，那就是“哎呀我的妈呀”；如果洋气一点，相当于“Oh my God”（天哪）。说到底，李白只是发出了惊呼。

他为什么要惊呼？因为蜀地的山峦实在太高了，这就是语气词之后的“危乎高哉”的意思。“危”，是高的意思；“危乎高哉”，就是“高啊，实在是太高了”。

“蜀道难”历来是常识。三国时刘备之所以能够安享蜀中之利，得以三分天下，就是因为这个地方易守难攻，敌人很难打进来。

如今，工业技术升级换代，山脉中也能开出隧道，从成都到西安的高铁仅需三四个小时，不知道诸葛亮和刘备若在世会作何感想，不知道嗟叹“西当太白有鸟道”的李白又作何感想。

“蚕丛及鱼凫，开国何茫然！尔来四万八千岁，不与秦塞通人烟。”这几句写历史。“蚕丛”和“鱼凫”都是传说中古蜀国的君主，他们建立的古蜀国距今有数千年。四川有很多文明遗址，像金沙遗址、三星堆遗址等，尤其是三星堆遗址，我们可以从中窥见当时古蜀国的文明之所在。目前学术界对于三星堆遗址也有争议，但不管怎么样，古蜀国文明的确很神奇。

“地崩山摧壮士死”一句讲的是五丁开山的典故。西汉扬雄的《蜀王本纪》中记载了一个关于蜀道的神话。据说当年秦惠王当政的时候，蜀王部下有五个大力士。秦惠王送给蜀王五个美女，蜀王就命令五个大力士移山开路，迎娶美女。在回去的路上，见一条大蛇钻入山洞，五个大力士上前拉住蛇尾，用力往外拖，突然地动山摇、山林崩塌，压死了五个大力士。而秦国的五个美女都奔上山去，化为了石人。

本诗的第一部分写“蜀道之难”的客观自然条件，一气贯注，气势宏伟。紧接着下面写了一句“问君西游何时还”，这就透露了这首诗送行的主题。但诗人不像一般的送行诗那样讲一些临别的话，而是在描写蜀道艰难中间突然插入一句“你什么时候才回来呀”，由此反映出川入川都不容易。

我们要知道，古代没有高速公路，没有高铁，没有飞机，行路真的是很难的。

“畏途巉岩不可攀”以下几句写山中的禽鸟。李白说，这许多不可攀登的峥嵘的山岩，真是旅人怕走的道，特别令人担心。在这一路上，你能看到的是古树上悲鸣的鸟，雄的雌的环绕着树林飞翔；还有蜀地著名的子规鸟，常在月下悲鸣。

再接下去，诗人先重复一句“蜀道之难，难于上青天”，接着又说“使人听此凋朱颜”，意思是人听了这些情况，会因惊骇而变了脸色。“凋朱颜”在这里解作因惊骇而色变。其实“凋朱颜”一般讲的是年华老去——李煜的“雕栏玉砌应犹在，只是朱颜改”（《虞美人》）中的“朱颜改”就是年华老去的意思——但是你想，在这个漫长的旅途中，人是不是也真的要老去了呢？

“嗟尔远道之人胡为乎来哉！”这又是一个出人意料的句子。如果从蜀地人的立场来看，这句话就是说：“我们这个地方路不好走，你何必要来呢？”但如果站在送行之人的立场来看，这句话就是说：“这么危险的旅途，你有什么必要非到那里去呢？”李白描写蜀道之难行，联系到蜀地形势，其中的政治意义实际上已经超出了乐府旧题《蜀道难》的范围。

接下去的“所守或匪亲，化为狼与豺”，李白化用西晋张载《剑阁铭》中的“形胜之地，匪亲勿居”。这或许是在劝人引以为戒，警惕战乱的发生，并联系当时的社会背景，表达了诗人对国事的担忧和关切。大唐天宝（742—756）初年，太平景象的背后正潜伏着危机，安史之乱就在不久之后发生了。如果李白真的是借这首诗发出警示，说明他的忧虑是有现实意义的，他有一种超越时代的敏感。

当然，对这首诗，历代的评论家也不是一个劲儿地称赞，也有对李白颇有微词的，说这首诗不合格律。但李白是谁？他怎么可能被格律所约束呢？李白根本不会管这些。他真是才华横溢，恣意而为。所以我们每次读李白的《蜀道难》，都会为李白的气势所倾倒。殷璠编的《河岳英灵集》中，称这首诗“奇之又奇，自骚人以还，鲜有此体调也”。

历代的文人都只能对这样的作品发出浩叹：“唉，真是才华横溢呀！”除了李白，谁也写不出这样的诗歌，而我们后代的读者，只有一遍一遍地去诵读它，去感受他诗歌当中的气势磅礴。我想这就是诗人给后人最好的馈赠。

第十四讲
纵死侠骨香：李白《侠客行》

侠客行

李　白

赵客缦胡缨，吴钩霜雪明。
银鞍照白马，飒沓如流星。
十步杀一人，千里不留行。
事了拂衣去，深藏身与名。
闲过信陵饮，脱剑膝前横。
将炙啖朱亥，持觞劝侯嬴。
三杯吐然诺，五岳倒为轻。
眼花耳热后，意气素霓生。
救赵挥金槌，邯郸先震惊。
千秋二壮士，烜赫大梁城。
纵死侠骨香，不惭世上英。
谁能书阁下，白首《太玄经》。

这首诗是李白著名的作品，非常棒。阿老师第一次读到这首诗，是在金庸的小说里。

阿老师小时候，儿童读物没现在这么多，也没人提分级阅读这事儿。现在想来，我的古典文学启蒙读物如雪泥鸿爪，东一榔头西一棒槌，比如外祖父的一本《千家诗》，比如邻居的一套梁羽生小说《云海玉弓缘》，再比如不知道哪里来的一套金庸小说《侠客行》。

金庸是一个时代的奇迹，如今的小朋友可能不太喜欢金庸了。这也没关系，一代有一代的作家。对阿老师这一代人来说，金庸举足轻重。

金庸的《侠客行》1965年首次在《东南亚周刊》连载，讲的是懵懂少年石破天的故事。

主人公石破天是个小乞丐，一个字也不认识。当时江湖上正在流传一个喝腊八粥的故事：中原的武林名宿都被请到海外的侠客岛上喝腊八粥，去了就回不来了。这十年一度的邀请，持续了三十年，江湖之人都很害怕，认为那里是龙潭虎穴。

而事实上，在这座海外荒岛之上有一部武学秘籍。岛上的一个山洞里，石壁上刻着李白所写的五言古诗《侠客行》。全诗的每一句都隐含着一项绝世神功，入岛参详神功的那些武林名士，都耽于对诗句的破解，见仁见智，歧见纷出。所以，始终没有人能够破解神功的奥秘，但他们又被这个神功所吸引，不肯离开山洞回到中原，也没有消息传回中原，所以江湖上的人以为他们都遇害了。

机缘巧合，石破天也去了。因为他不识一字，所以都不知道李白这首《侠客行》写的是什么，满眼望去，只看到石壁上所刻的文字，形状斧凿刀削的，像一幅幅简笔画。这首诗的诗句所构成的图形，在他眼中只是各种各样的符号。奇怪的是，他看着这些符号，就像有人在导引他的内息流动或剑势走向一样。

最后，石破天发现，整个山洞的文字并不需要按照字面意思来理解，而要根据笔法形状来理解。这些形状本身，才是打通内息，融会剑法、轻功、内功等高级武功的关键。他从头至尾看完一遍以后，竟然就在不知不觉当中练成了绝世神功，成为武林中的第一人，也破解了侠客岛的天大谜团。

这是阿老师最喜欢的金庸小说之一，它居然以李白这首诗为引，金庸可真有想象力。

今天我们就来讲讲这首诗，其中有很多典故，都是理解这首诗的关键。我们来逐句讲述。

“赵客缦胡缨，吴钩霜雪明。”“赵客”就是燕赵之地的侠客。自古燕赵之地多慷慨悲歌之士。《庄子·说剑》里也说：“昔赵文王喜剑，剑士夹门而客三千余人。”“缦胡缨”，是指那种做工粗糙的没有花纹的带子。“缦”，就是没有花纹的丝织品；“缨”，泛指带子。“吴钩霜雪明”，“吴钩”是一种宝刀，沈括的《梦溪笔谈》中说：“唐人诗多有言‘吴钩’者。‘吴钩’，刀名也，刃弯。”沈括认为，“吴钩”是一种弯刀。

“银鞍照白马，飒沓如流星。”这里我们要理解，“飒沓”的意思就是快速。赵客骑着马，他的速度非常快，像流星一般。

“十步杀一人，千里不留行。”读到这两句话，小朋友们心里可能会想：这是个江洋大盗，十步杀一人。当然，这是夸张的写法，极言这位侠客的厉害和勇敢。这也有一个典故，来自上面提到过的《庄子·说剑》，那个剑客说：“臣之剑十步一人，千里不留行。”这里表现的是一种豪侠之气。

“事了拂衣去，深藏身与名。”事情完结了，侠客掸掸衣服上的灰尘，就走了。这些侠客行侠仗义，事成之后连个姓名都不肯留下。

“闲过信陵饮，脱剑膝前横。”理解这两句，我们要知道“信陵”是谁。“信陵”就是魏国的信陵君，战国四公子之一，为人礼贤下士，门下食客三千余人。战国四公子，是我们学习古典文学必须知道的基本常识。战国四公子分别是谁呢？魏国的信陵君魏无忌、赵国的平原君赵胜、楚国的春申君黄歇、齐国的孟尝君田文。为了对付秦国的入侵，挽救本国，战国四公子竭力网罗人才，礼贤下士，以扩大自己的势力。因此，当时养士之风盛行。“闲过信陵饮”，就是有空闲的时候去拜访信陵君，跟他一起喝酒。“脱剑膝前横”，就是把剑解下来，横在膝上。

“将炙啖朱亥，持觞劝侯嬴。”这两句用了互文的手法，意思是拿着烤肉和好酒去给朱亥和侯嬴。朱亥、侯嬴都是战国时期的侠客。朱亥本来是一个屠夫，侯嬴原来是魏国大梁（今河南省开封市）夷门的看门人，两个人都受到了信陵君的礼遇，后来成为信陵君的门客。这两句讲的是信陵君礼贤下士，任用人才不拘一格。

“三杯吐然诺，五岳倒为轻。”“然诺”就是答应、承诺的意思。春秋战国时代，人们说话时表示认同，就说“然”；表示答应会这样去做，就说“诺”，相当于我们现在的“好的”。这两句是表扬那些侠客说话算话，几杯酒下肚就做出了承诺，并且把自己的承诺看得比五岳还要重。

“眼花耳热后，意气素霓生。”“素霓”就是白虹。古人认为，凡是要发生不平常的大事，就会有不平常的天象出现，如白虹贯日。这句话的意思是说，侠客重“然诺”、轻死生的精神感动了上天；也可以理解为，侠客这一承诺，天下就要发生大事了。

“救赵挥金槌，邯郸先震惊。”这两句紧承上面两句而来，用了信陵君窃符救赵的典故。秦军围攻赵国的都城邯郸，赵国的平原君向信陵君告急求救，于是信陵君就用了侯嬴的计策，窃得魏国的兵符。朱亥锤杀了魏国的将领晋鄙，信陵君带着魏国的军队去解救赵国，解了邯郸之围。而侯嬴为了报答信陵君的知遇之恩，也自杀而死。

“千秋二壮士，烜赫大梁城。”大梁是魏国的首都。朱亥和侯嬴的壮举，千秋之后仍然在大梁城传为美谈。

“纵死侠骨香，不惭世上英。”他们纵然死去，而侠骨犹香，不愧是盖世的英豪。

“谁能书阁下，白首《太玄经》。”做人就要做他们这样的侠士，流芳百世，为人所称颂，谁愿意像扬雄那样做一个儒生，白首著书，老死窗下？这里讲的是扬雄的典故，《太玄经》是西汉文学家扬雄的一部哲学著作，扬雄曾经在皇帝藏书的天禄阁任职。李白在这里用扬雄作为反例，来讲自己对行侠仗义、快意恩仇的人生的一种推崇。

这首诗大概写于唐玄宗天宝三载（744），李白游齐州（今山东省济南市）的时候。我们知道，唐代游侠之风颇为盛行，这跟当时的全国经济繁荣、城市商业兴旺、西域交通发达有关，是盛唐时代的风貌，特别是关陇一带的风习。陈寅恪先生在《唐代政治史述论稿》里说唐代皇室出身的“关陇集团”“融合胡汉文武为一体，故文武不殊途”，这就助长了当时少年喜剑术、尚任侠的风气。少年李白就曾学习击剑。

李白这首古风[①]，抒发的是他对侠客的倾慕，对扶危济困、入世立功的向往。他表面上是在礼赞侠客精神，但由于他自己就任侠尚气，所以这首诗实际上也是李白的一种自我写照。一览此诗，千古之下我们仍然可以听到铁骨铮铮之声。

① 唐代及其后世的诗人往往把所作的古体诗称为古风。

第十五讲
安得广厦千万间：杜甫《茅屋为秋风所破歌》

茅屋为秋风所破歌

杜　甫

八月秋高风怒号，卷我屋上三重茅。茅飞渡江洒江郊，高者挂罥长林梢，下者飘转沉塘坳。

南村群童欺我老无力，忍能对面为盗贼。公然抱茅入竹去，唇焦口燥呼不得，归来倚杖自叹息。

俄顷风定云墨色，秋天漠漠向昏黑。布衾多年冷似铁，娇儿恶卧踏里裂。床头屋漏无干处，雨脚如麻未断绝。自经丧乱少睡眠，长夜沾湿何由彻！

安得广厦千万间，大庇天下寒士俱欢颜！风雨不动安如山。呜呼！何时眼前突兀见此屋，吾庐独破受冻死亦足！

这首诗写于唐肃宗上元二年（761）的八月。

前一年，杜甫求亲告友，在成都浣花溪边盖起了一座茅屋，总算有了一个栖身之所。不料次年八月，大风破屋，大雨又接踵而至，杜甫一家暴露在雨水泥泞之中，可谓狼狈至极。

这是家事，此外又有国事。杜甫入蜀，本就为了躲避战乱。当时，安史之乱尚未全部平定，天下板荡。诗人感慨自身、感慨时事，就写下了这首脍炙人口的诗歌。

历代的评论都说这首诗歌满是沉痛。阿老师觉得，沉痛固然有之，但这首诗歌里面最重要的却是自嘲。杜甫有一种幽默的精神，会苦中作乐，对于接踵而来的厄运，居然还有心思自我调侃，这是一种特别高级的能力。

杜甫住的是个草房子，所以现在成都的杜甫故居叫作杜甫草堂。这不由得令我想起“三只小猪”的童话故事。第一只小猪用茅草盖了房子，结果大灰狼来了，只吹一口气，就把茅屋给吹倒了。

杜甫的茅屋也让大风吹破了。但是杜甫的高级体现在哪儿？他会把这件本来显得特别倒霉，令人讨厌、懊恼、生气的事情，写得很幽默、生动。这跟杜甫的心态有关。

屋顶的茅草飞走了，杜甫发现它们飞得很好看。“茅飞渡江洒江郊，高者挂罥长林梢，下者飘转沉塘坳。”它们飘飘转转，还很有曲线，各自有各自的归宿。你看，杜甫居然还有心思去欣赏它们飘走时的样子。

更有趣的是“南村群童欺我老无力，忍能对面为盗贼。公然抱茅入竹去”，这里实在令人忍俊不禁。杜甫确实很生气——被人欺负，谁不生气？但这里杜甫的写法很高级：杜甫虽然很生气，但他并不自怨自艾，也不仇视、憎恨这些孩子。他的诗句里有一种自我宽慰、一种对世事的理解，甚至有对这批小顽童的谅解。

你看，他写了“南村群童欺我老无力”，这些男孩的狡黠、顽皮，在一个老人家看来是可以理解的。为什么呢？孩子毕竟是孩子。而且，杜甫自己也曾经是个顽皮的男孩。所以，杜甫对自我的命运是接纳的，甚至有几分老顽童的心态。这一点，需要我们读者去捕捉、去把握。若不是对世间抱有满腔善意，他不会这么理解，不会这么写。

下一部分，正可谓“屋漏偏逢连夜雨”。晚上下雨了，杜甫只能住在屋顶残破的房子里，外面下大雨，里面下小雨。“床头屋漏无干处”，他却写自己的孩子睡姿恶劣，把被里都踢破了。

请原谅阿老师在这里笑出了声。读者小朋友，你注意过自己的睡姿吗？有些小朋友晚上睡觉的时候，脑袋是放在枕头上的，早上醒来一看：咦，怎么掉了个个儿，脚丫子放在枕头上了？这就是“娇儿恶卧”的表现。

如果读者是做父母的，那就更好理解了。每个做父母的读到这里都会会心一笑，因为自己家的“熊孩子”也是这样子的。早上父母去叫孩子起床，发现他掉了个方向，也不知道他晚上做了什么大闹天宫的梦。

但是，读者朋友，你们会有意见吗？

“阿老师，杜甫已经过得这么惨了，你为什么还要笑？真是人心凉薄啊！”

我要告诉你们，其实，杜甫这么写，本来就不是在“卖惨”，而是在自我调侃。杜甫过得不好，但杜甫是很坚强的，他随遇而安，而又超越物质生活。尤其是相对于杜甫之前糟糕的处境而言，这首诗里所描写的这些生活上的小事，已经不是最严重的了。于是他能够如此详尽地描述，并自我调侃。

同时，这也是杜甫不纠结于一己命运的达观之所在。因为杜甫能对自己遭遇的苦难有所觉解，并从中透视人类的普遍的悲剧命运，这才能成为“诗圣”。

杜甫的博大，杜甫的受人敬重，全在于这里。

“安得广厦千万间，大庇天下寒士俱欢颜！风雨不动安如山。”你看，最后杜甫写出了这样的不朽名句，从个体出发，达至全体。

杜甫写出这样的诗句，是真实可信的。杜甫心里有博爱，从不怨天尤人；他心中所系念的，从来都超越个人的悲欢离合。

因此，阿老师以前读到这里，就会发现杜甫自有庄严宝相。他吃尽了苦头，但从来不掉落他的尊严。

这个晚上，杜甫一家可能很狼狈，但杜甫用自嘲超脱了这一切。

他是一个高级的诗人，他从来都有一种包容天下的情怀。居者有其屋，是我们的梦想之一。杜甫作为儒家思想的信徒，其为民之心，与当代的我们仍有共通之处。

“呜呼！何时眼前突兀见此屋，吾庐独破受冻死亦足！”千古之下，这样的句子仍掷地有声。

第十六讲
漫卷诗书喜欲狂：杜甫《闻官军收河南河北》

闻官军收河南河北

杜　甫

剑外忽传收蓟北，初闻涕泪满衣裳。
却看妻子愁何在，漫卷诗书喜欲狂。
白日放歌须纵酒，青春作伴好还乡。
即从巴峡穿巫峡，便下襄阳向洛阳。

在中国古代，诗歌是可以唱的。在本书“渭城曲”一册中，我们讲了“旗亭画壁”的故事。那些表演的歌女抱着琵琶上来，并不是吟诵诗歌，而是将其唱出来。什么“奉帚平明金殿开”[王昌龄《长信秋词五首》(其三)]，什么“黄河远上白云间”(王之涣《凉州词》)，都有一定的曲调，可以演唱。但是，这些诗歌的曲谱年久失传，现代人已经不知道古人是怎么唱的了。

当代的一些民谣歌手也注意到了唐诗的这个特点，所以想要找回那种曲调，可是很难找回。他们就按照自己的理解，给一些唐诗谱曲，然后重新演唱。当代的民谣歌手周云蓬，就从杜甫的诗歌中选了三首，谱了曲，重新命名为《杜甫三章》。

周云蓬是一个盲人，九岁失明，却称得上当代中国最好的民谣艺人之一。他不但作曲、歌唱，还写诗、写小说。他非常喜欢中国古典文学，神往古代诗歌的演唱，但苦于没有办法复原曲调，于是就做了一件事——重新为我们喜欢的一些古典诗歌谱曲，创作了一张专辑，这张专辑叫《牛羊下山》。我很喜欢这张专辑，因为它很好地复原了古典文学的那种精神。

还有一个叫李建傧的歌手，也给好几首古诗谱了曲，其中有一首我们也讲到了，就是白居易的《钱塘湖春行》。感兴趣的话，你可以去搜来听听，一边读白居易的诗，一边听李建傧的歌，别有一番滋味在心头。

我的朋友李青为这本书写的序言题目叫作《唐诗，是历久弥新的民谣》。这真的是一个洞见。不仅唐诗是民谣，《诗经》、乐府诗也都是民谣。民谣其实不单单是民歌，这些民谣在后世被文人化了。那些著名诗人学习民谣的风格所创作的作品，我们也可以称之为民谣，不妨称之为“文人民谣”，比如刘禹锡创作的竹枝词。

这首《闻官军收河南河北》当然是四平八稳的文人创作，是杜甫的代表作，因为被周云蓬重新谱曲演唱了一遍，于是引出阿老师以上的论述。

这首诗是杜甫诗中难得一见的轻快的作品，当然这跟杜甫的心情有关，也跟当时的形势有关。

本诗写于唐代宗广德元年（763）的春天。当时，杜甫已经五十二岁了。

前一年，也就是宝应元年（762）冬季，唐军在洛阳附近打了一个大胜仗，叛军的头领薛嵩、张忠志等纷纷投降。

广德元年正月，史朝义自缢身亡。史朝义是谁？唐朝的安史之乱，是两个人为首的叛乱，“安”就是安禄山，“史”就是史思明。史朝义是史思明的长子。

史思明是突厥人。公元755年，史思明起兵，史朝义追随。公元761年，史朝义因兵败被父亲责罚，听说父亲欲废长立幼，于是一不做二不休，把已经称帝的父亲杀了，自立为帝。然而没两年，史朝义就兵败自杀。

此前，唐肃宗至德二年，即公元 757 年，安禄山已经被次子安庆绪杀死，安庆绪的目的也是篡位。公元 759 年，安庆绪又被史思明所杀。到公元 763 年正月，史朝义自杀，安史之乱宣告平定。

杜甫听到这个消息以后，欣喜若狂，写下了这首诗。这是对战乱平息、和平降临、家人团聚的期许。

首联“剑外忽传收蓟北，初闻涕泪满衣裳”，“剑外”就是剑门关以南，这里指四川，是当时杜甫暂居之地。“蓟北”泛指唐代幽州、蓟州一带，今河北北部地区，是安史叛军的根据地。

“却看妻子愁何在，漫卷诗书喜欲狂。”颔联继续直抒胸臆。上一联涕泪横流，这一联“喜欲狂”，这种写法对于含蓄深沉的杜甫来说是不常见的。杜甫的诗风号称“沉郁顿挫”，他的情感就像静水流深，一直是在底部缓缓流淌的。没有足够阅历的人，不一定能理解，阿老师自己也在四十岁之后才敢说懂得杜甫。这首诗中，“喜欲狂”是真的喜悦，这种喜悦是真的强烈。

“白日放歌须纵酒，青春作伴好还乡。”颈联仍然在直抒胸臆，这种快乐无以言表，诗人只好喝酒、歌唱以抒情。看，对诗人来说，酒真是少不了：不高兴了，喝酒，“潦倒新停浊酒杯”（杜甫《登高》）；高兴了，还是喝酒，“白日放歌须纵酒”。

“青春作伴好还乡”的“青春”两个字需要注意一下。“青春”不同于今天白话文中的意思，并非指青春年华，而是指美好的春天。这句诗的意思是说，趁着这个美好的春天，“我”可以和妻子、孩子一起回家。

此外，尾联“即从巴峡穿巫峡，便下襄阳向洛阳”也很有意思，值得一说。七言格律诗一般只是颔联和颈联对仗，首联和尾联不对仗。但我们看杜甫这首诗，尾联也对仗；这不仅是对仗，而且是流水对。流水对本身就很有意思，而且从巴峡穿巫峡，从襄阳下洛阳，给人一种很顺的感觉。人逢喜事精神爽，连旅途也变得顺当起来。

在本来不需要对仗的位置，杜甫写了一个流水对，真可谓绝妙。我想通这一点，更是对老杜佩服得五体投地。这不是狗尾续貂，而是锦上添花，是水到渠成。不对仗不足以表达老杜喜出望外之情，也不足以表达从此顺风顺水、一路顺利的意思。

这是了不起的高级。

第十七讲
孤舟一系故园心：杜甫《秋兴八首》（其一）

秋兴八首（其一）

杜　甫

玉露凋伤枫树林，巫山巫峡气萧森。
江间波浪兼天涌，塞上风云接地阴。
丛菊两开他日泪，孤舟一系故园心。
寒衣处处催刀尺，白帝城高急暮砧。

有句常见的话，叫作“诗无达诂”，意思是说，诗歌的阐释在很大程度上需要个人的感悟，不一定存在唯一的解释。所以古典诗歌的逐句讲解其实意思不大，最好的办法是自己读。读完有自己的感受，那你就读懂了；懂得多少，不一定要告诉别人。

关于《秋兴八首》，在阿老师眼里，讲得最好的是叶嘉莹。在我年轻的时候，叶嘉莹是我的偶像之一，她有一本著作叫《杜甫秋兴八首集说》。为了杜甫的这八首诗，她写了厚厚的一本书。

那是20世纪60年代，叶嘉莹看到中国台湾地区当代白话诗有很多弊端，就起兴要给他们讲讲古典诗歌。她希望能以《秋兴八首》为例，展现杜甫诗歌的成就，以供当代诗人借鉴。经过二十年之久，叶嘉莹先后收集了自宋代到清代的杜诗注本五十三家、不同的版本七十种，考订异同，对诗歌的内容和形式做了精细的说明。所以，从这本书是可以窥见叶嘉莹的学术精神的。叶嘉莹于2024年11月24日逝世，晚年生活在南开大学。有一部纪录片叫《掬水月在手》，介绍她的生平，也有同名书，大家有兴趣的话可以去看一看。

有一部纪录片，拍的是诗人西川重走杜甫之路，最终来到杜甫去世的那块土地。我没去过那里，但是看纪录片，似乎也跟着西川先生重走了一遍杜甫之路，一直来到了夔州，看江水浩荡，我也想起了《秋兴八首》。

什么叫“秋兴”？就是因秋天而起兴，有所感怀的意思。《秋兴八首》是一个组诗，一般认为是杜甫晚年为了逃避战乱而寄居在夔州时的代表作，大致写于唐代宗大历元年（766），杜甫时年五十五岁。

我们选讲的第一首，可以说是这组诗的序曲，通过对巫山巫峡的秋色的形象描绘，烘托出阴沉萧森、动荡不安的气氛，抒发了诗人的忧国之情和孤独抑郁之感。整首诗以秋来统率，写诗人暮年漂泊、老病交加、羁旅江湖，面对满目萧瑟的秋景而引发的国家兴衰、身世蹉跎的感慨；写诗人对长安盛世的回忆以及今昔对比所引起的哀伤；写诗人对国家命运的关注以及目睹国家残破而不能有所为的那种忧愁和抑郁。

“玉露凋伤枫树林，巫山巫峡气萧森。”“玉露”，即秋天的露，因为它是透明的，所以诗人以玉来比喻。“凋伤”，使草木凋落而衰败。“巫山巫峡”，指夔州，现在的重庆市奉节县一带。长江的峡谷萧瑟阴森，首句一出，全诗的情感基调就定了。

“江间波浪兼天涌，塞上风云接地阴。”颔联用对偶句展开“气萧森”的悲壮景象，“江间”承“巫峡”，“塞上”承“巫山”，波浪在地而“兼天涌”，风云在天而“接地阴”，极言阴晦萧森之状。这一联是景物描绘，却形象地反映了时局动荡不安以及诗人前途未卜的处境。

作者胸中翻腾起伏的忧思与抑郁不平之气，和深秋景色相融合，更把个人身世和国家命运融会在一起，波澜壮阔而又哀感深沉。

“丛菊两开他日泪，孤舟一系故园心。”此前一年的秋天，杜甫在云安（今重庆市云阳县）；这年秋天，他在夔州。从他离开成都算起，已经历两秋，所以叫作“两开”。“开”字双关，既是说菊花开，又是说泪眼开。“他日”就是往日，指多年来的艰难岁月。这里由描写景物转入直接抒情，所以我们要明白诗人写景以抒情的道理。

“寒衣处处催刀尺，白帝城高急暮砧。”这是尾联。“白帝城”，古城名，在今奉节城东的白帝山上，东汉初年由公孙述建造。公孙述自号白帝，所以这座城在后世得名白帝城。李白的《早发白帝城》，指的就是这个地方。

西风凛冽，傍晚时分天气更是萧瑟寒冷，意味着冬日即将来临，人们在加紧赶制寒衣。白帝城高高的城楼上，晚风中传来急促的捣衣声。白帝城在东，夔州府在西。诗人身在夔州，听到白帝城传来的砧杵之声。砧杵声，是妇女制作棉衣时捶打衣服的声音。“砧”，即捣衣石。

以上讲述，无甚可观，无非集合了各家注解。但我想说的是，杜甫对于我或者很多中国人来说，是一个非常特殊的存在，乃至于我专门写过一篇文章，讲我对老杜的理解，文章叫作《读懂老杜时，鬓已星星也》。

我自小喜欢古典文学，整个青少年时代，但凡古代诗人有一两个“金句”的，便令我惊艳，乃至迷恋。但我唯独对一个人敬而远之，那就是杜甫。我知道这很无理，但是我年轻时确实不亲近杜甫。

不过，我喜欢成都，大学时第一次孤身游历，便去了成都，去了杜甫草堂。但那时候，我其实已经走出古典诗歌的世界了。对所见到的草堂，我只有一个印象，就是大树底下成都人民在打麻将。大概也是千年之前成都人民这种对日常生活的热爱影响了杜甫，在成都的时候，杜甫写的诗歌居然有了前所未有的明亮感。

我仅是自己喜欢古典文学而已，当中学教师时，教过一些古诗，后来做儿童教育，却不太愿意给孩子们讲古典诗歌。原因其实有两点。

第一点，我曾经被古典文学这块彩绘玻璃折射的光深深地吸引，进而迷失多年，直到二十岁之后才开始读世界文学经典，打开更广阔的视野。

第二点，时移世易，我们的语言方式以及语言方式背后更深刻的思维方式都已经发生了巨大的改变。即便不是难懂的老杜，而是作品浅近的诗人，孩子们听起来还是会有隔膜。

但有时候我又觉得自己不对，因为唐诗的魅力实实在在存在于那里。

我一直对杜甫无感，三十三岁之后，却一下子被杜甫“抓”住了，读《秋兴八首》，突然有了崭新的感受。大概马齿渐长，逼近中年，我开始有了对某些人生况味的理解，是以跟别的学者一样，在“可爱深红爱浅红”[杜甫《江畔独步寻花》(其五)]一句中，也读出了悲怆；是以也开始特别喜欢叶嘉莹、顾随。读《秋兴八首》，我想到的是：家国之恨，此之谓乎？

我时常回忆起一个场景，大概是2015年，即我从中学辞职的前一年，我带最后一届高中生。有一次，我给学生讲诗歌，太投入了，讲到杜甫的“戎马关山北，凭轩涕泗流”(《登岳阳楼》)一句，居然悲从中来，瞬间哽咽。我站在讲台上，半晌不能说话，我的学生满脸诧异地看着我。

那一年，我已经四十二岁了。

第十八讲
百年多病独登台：杜甫《登高》

登　高

杜　甫

风急天高猿啸哀，渚清沙白鸟飞回。
无边落木萧萧下，不尽长江滚滚来。
万里悲秋常作客，百年多病独登台。
艰难苦恨繁霜鬓，潦倒新停浊酒杯。

这首诗的题目又写作《九日登高》，古代农历九月九日，各地均有登高习俗。之前我们讲过王维的登高诗，就是那首《九月九日忆山东兄弟》，可见重阳登高的习俗是我们的民族传统。杜甫此诗亦写于重阳节那天，时间为唐代宗大历二年（767）秋。

杜甫这首诗，横竖都可列入千古佳作之列，属于不朽的作品，也是阿老师特别喜欢的一首唐诗。我已经不止一次说“特别喜欢”这四个字了，没办法，因为好诗太多，喜欢不过来，每一首都值得我们去珍惜。

这首诗深沉、哀伤而隽永，可谓体现杜甫诗歌风格的代表性作品；情景交融自不必说，最主要的是将个人的身世、时代的动荡、人生的虚无以及价值的追寻等几个层面的意思融为一体，复杂多态、层次丰满又大气磅礴，有动人心魄的力量。

今天我们不针对诗歌展开具体讲解，你可以自己读一读，然后找民谣歌手周云蓬的《杜甫三章》听一听：读了阿老师讲的故事，听了周云蓬的歌曲，再自己去找各种资料来丰富对这首诗的认识，就足够了。毕竟，读懂一首诗歌，关键还在于自己。

但关于这首诗，我还想讲三点特别有意思的地方，跟大家讨论一下。

第一点，有关诗歌的首联，“风急天高猿啸哀，渚清沙白鸟飞回”。这个“哀”字，就是全诗的“诗眼”。“诗眼”就是用于表达整首诗歌基本情绪的那个字，像眼睛那么重要。

我更想说一说第二句中的“清”和“白”两个字。“渚清沙白鸟飞回”，构建的是一幅冷清、惨白的画面，诗人用这两个字来渲染诗歌的情感基调。再注意一下鸟是如何飞的——“鸟飞回”，不是说鸟儿回巢了，而是“回飞”的意思，有一种盘旋与缠绕的感觉。这种感觉，跟心情的惆怅、孤独、犹豫是同构的。这样，首联两句一下子就把全诗的情绪写透了，带人进入这样一个情感的场域之中。

第二点，我们来说“落木”。颔联“无边落木萧萧下，不尽长江滚滚来”中的“落木”是什么？“落木”不能顾名思义，它的意思并不是说木头一段段地掉下来，而是说落叶飘下来。按照句意，这句其实应该写作“无边落叶萧萧下”，但为什么诗人要把落叶写成“落木”呢？这是需要特别解释一下的。

阿老师很喜欢并尊敬一位前辈学者、诗人，他叫林庚。我写这套《非一般的唐诗课》，林庚先生的《唐诗综论》是我时刻放在案头的一本参考书。林庚先生专门写过一篇文章来说“落木”这个词，文章的题目就叫作《说“木叶”》。

为什么不是“落叶”，而是“落木”？因为“落木”

更能表现秋天的肃杀。中国的文字是表意的，每一个字都会给人画面感。举个例子，说起“树叶”这个词，你会有怎样的感受？对，会有一种饱满滋润的感觉。而说起“木头”，它唤起你什么感觉？一种焦黄枯干的感觉。杜甫在这首诗里为了表达“哀”这种情绪，就很自然地用了“落木”这个词，而非“落叶”。“落木”除了给人一种毫无生气的感觉，还有一种沉重的下坠感。这跟忧伤的心情是同构的。

我们如果读过屈原的《九歌·湘夫人》，记得开头两句千古绝唱——“帝子降兮北渚，目眇眇兮愁予。袅袅兮秋风，洞庭波兮木叶下”——马上就会了解：杜甫这首诗，其实是在化用屈原的诗句，并推陈出新。屈原说“洞庭波兮木叶下”，他用的是“木叶”而不是“树叶”，就是为了突出秋天的肃杀。

老杜就是这种人，每一个字都有讲究。我们若不仔细考虑，是不知道老杜的匠心的；但一经说破，马上就会明白老杜的了不起在哪里。

第三点，是一个小小的百科知识。尾联，杜甫说“艰难苦恨繁霜鬓，潦倒新停浊酒杯”。你看杜甫借酒浇愁，喝的是什么酒？浊酒。那浊酒是什么酒呢？

唐人喜欢喝酒，诗歌里也经常写到。李白有句诗叫“金樽清酒斗十千”[《行路难》(其一)]，他喝的是清酒；我们也记得王翰的诗歌《凉州词》，其中有一句“葡萄美酒夜光杯”，他喝的是葡萄酒。

唐朝的酒究竟有哪些呢？清酒和浊酒有什么区别？

其实，清酒和浊酒都是同一种酒，用粮食酿造，相当于米酒。清酒是经过澄清的，过滤掉酒里的杂质，酒色澄清透明；浊酒是没有经过澄清和过滤的，酒里面的杂质会比较多，看上去比较混浊。一般而言，清酒会稍微高级一点，而浊酒相对廉价一点。杜甫的家庭经济情况不好，所以只能喝点浊酒。他自己也写诗说：“酒债寻常行处有，人生七十古来稀。”[《曲江二首》(其二)]杜甫爱喝酒，但晚年贫病交加，为了喝酒到处欠债，这句诗也表达了他身世的飘零。

那为什么他很困顿还要喝酒呢？因为他很痛苦。就像童话《小王子》里的酒鬼，你问他为什么要喝酒，因为羞愧；为什么羞愧，因为喝酒。初读这个酒鬼的话，我只觉得很好笑；再想想，就觉得很悲凉。就像杜甫，“潦倒新停浊酒杯”，你说他是真的喜欢喝酒呢，还是别有怀抱呢？

第十九讲
风雪夜归人：刘长卿《逢雪宿芙蓉山主人》

逢雪宿芙蓉山主人

刘长卿

日暮苍山远，天寒白屋贫。

柴门闻犬吠，风雪夜归人。

刘长卿确切的生卒年已经不可考，一般认为他生于公元726年，逝世于公元789年或790年。这段人生，刚好和安史之乱碰个正着。有一种说法是，刘长卿运气不好，他大概在唐玄宗天宝十四载（755）登进士第，但是还没有等到揭榜，便爆发了安史之乱。

刘长卿生逢乱世，当时整个国家天翻地覆，自然是覆巢之下无完卵，他的命运就跟漂泊流离分不开了。安史之乱之后，他也做过一些地方小官，最高的一个职位是晚年获得的随州刺史，所以后人以官职称呼，叫他刘随州。此随州，大致是现在的湖北随州。

刘长卿工于五言，自称“五言长城”——他觉得自己写的五言诗像长城一样卓越。这个自诩不能说一定没道理，因为他的五言诗确实是一绝，往往用寥寥二十个字，或者四十个字，就能够创造高妙的意境，比如这首《逢雪宿芙蓉山主人》。

这首诗大约写于刘长卿去往睦州司马任所的途中。此前刘长卿受到鄂岳观察使吴仲孺的诬陷获罪，而后遭到贬谪，出任睦州司马。这个睦州，就是现在的浙江建德，新安江水电站所在的地方。

这首诗歌所描绘的风雪夜归图，大概就是此时诗人心境的表现。“日暮苍山远，天寒白屋贫”，一读之下，就有冷飕飕的寒意从脚底而来。这首诗现在是小学生必背的名篇，阿老师也是在小学时读的，对这首诗的感觉就是“好冷啊”。那为什么读诗会让人发冷呢？要先来看一下本诗的炼字。

“日暮苍山远”，讲了时间、地点，描绘了一幅宏大的背景图，而故事就在这个背景下展开。

“天寒白屋贫”，这里有三个字是渲染其意境的，“天寒”，“寒”讲的是冷，是冬天，点出季节。“白屋”不一定只是说这是间白色的屋子。当然，这么理解也没错，下雪了，雪盖住了屋顶，这就是白屋。但你想想：何以句末要加一个“贫”字？所以，白屋也可能是指空荡荡的屋子，没什么家具。同时在格律上，“白屋”又跟上一句的“苍山”相对仗，以“白屋”对“苍山”，强调这个屋子是简简单单、空空荡荡的。所以这种写法很高级，暗含双关，我们如何参详，就落脚到最后一个字——“天寒白屋贫”的“贫”字，这个“贫”字呼应了前面的“白”字。

由此可见，炼字就是在最适合的地方，填上那个只能放在这里的、最合适的、独一无二的字。“春风又绿江南岸”，只能用这个“绿”字；“红杏枝头春意闹”，着一“闹”字境界全出。这都是炼字。而刘长卿这两句，“日暮苍山远，天寒白屋贫”，十个字就渲染了一幅山野冬日的图景，就像电影镜头，先是呈现一个宏大的背景，然后聚焦到了一座白屋。一个“贫”字，点染全景。

后两句就更有意思了。“柴门闻犬吠，风雪夜归人。”朋友们来猜一下：这个“风雪夜归人”会是谁呢？是不是刘长卿本人？

初读这首诗，我们自然下意识地会以为这就是刘长卿本人。可是你看一下前面的句子，尤其是“天寒白屋贫”这句话，“白”和“贫”这两个字，就是对环境的描写，描写的就是这间屋子的内部装饰。这里已经说明，诗人已经进入这间屋子的内部了，他怎么还可能是“风雪夜归人”呢？

这个人，肯定另有其人，尤其是“风雪夜归人”有个“归”字，“归”就是回家的意思。所以“风雪夜归人”说的是回来的那个人，肯定是主人。我们可以推知，在一个风雪交加的夜晚，主人不在，刘长卿投宿，已经进了屋子。待了一会儿，刘长卿听到了犬吠声，就知道主人回来了。

“柴门闻犬吠”这句话也很有意思，狗为什么会叫？因为有人来了。养过狗的朋友一定会知道，狗是通人性的，看见主人回来了，或者闻到主人身上熟悉的气味，就会叫起来，但叫得比较欢快或者温和，甚至会跑出门迎接。要是陌生人来呢，狗就会叫得比较凶狠。总之，面对陌生人和熟悉的人，狗的吠叫声大为不同。

“柴门闻犬吠”这句诗，听起来这狗叫得不凶，并没有那种吠声如豹的威胁感，可见回来的这个人是一个熟人。所以，诗歌的谜底揭晓，这位“风雪夜归人”，可能恰恰就是这座白屋的主人。这种写法就叫作反客为主，也是颇有意味的。

刘长卿自诩“五言长城”，一首诗自然没有说服力。我们再举一例，看看情况如何。这一首，叫作《听弹琴》：

泠泠七弦上，静听松风寒。
古调虽自爱，今人多不弹。

“泠泠七弦上，静听松风寒”十个字，写出了音乐的境界。这是一首写音乐的著名诗篇，但关键不在这里，而在后两句：“古调虽自爱，今人多不弹。”诗人自称是一个落后于时代的人，喜欢古调，可惜今人多不弹。诗人的喜好，用我们现在的话讲，就是“out”——落伍了。

当代人经常这么说，有什么新鲜玩意儿我们不知道，就说我们“out”了。其实这也是阿老师经常自嘲的一句话。比如，就媒体传播方式而言，阿老师就认为自己是一个停留在文字时代的人，我完全不喜欢看视频类的节目，不习惯，没办法接受，只好自嘲“out”了。你看这算不算“古调虽自爱，今人多不弹”？

同时，诗人这样写也是有想法的，他是借古调被冷落的现实，来表达自己清高自持的志趣，这挺令人敬佩的。敬佩之处在于，他明知道自己“out”了，但是仍然接纳了自己被时代抛弃的命运。

这跟阿老师说自己“out”了有相似之处，也有不同之处。阿老师说自己“out”了，那是因为我接受了自己的年纪慢慢变老，接受了自己慢慢远离流行的圈子，甚至我以自身的这种“out”而感到喜悦。但同时，我并不拒斥新的表达方式，我并不认为文字表达才是唯一的、最好的，而鄙视现在流行的短视频之类的媒介。我知道，不同的媒介会有不同的受众，这样就足够了。

当下这个时代跟刘长卿的时代还是不同的，有着更多样的选择。刘长卿会自伤身世，但阿老师从来不觉得怀才不遇，这一点我在《非一般的古文课》里也提起过。只要遇到一个喜欢阿老师的读者朋友，我就心满意足了。

第二十讲
旧时王谢堂前燕：刘禹锡《乌衣巷》

乌衣巷

刘禹锡

朱雀桥边野草花，乌衣巷口夕阳斜。

旧时王谢堂前燕，飞入寻常百姓家。

说起刘禹锡，你的脑子里会想起什么？是《陋室铭》中的“山不在高，有仙则名。水不在深，有龙则灵”，还是著名的诗句“沉舟侧畔千帆过，病树前头万木春”（《酬乐天扬州初逢席上见赠》）？总之，刘禹锡的诗文名篇甚多，广为人知，他是中唐时代特别有代表性的诗文名家。之前我们讲过他好几首诗歌了，这首《乌衣巷》也是脍炙人口，我们不能放过。

刘禹锡生于公元772年，于公元842年去世，洛阳人，自称“家本荥上，籍占洛阳”；他也经常说自己是中山靖王刘胜的后代，这一点待考。

刘禹锡和柳宗元交好，是同榜进士——都在公元793年中进士，同年登博学宏词科，二人在诗歌成就上也相仿，并称“刘柳”。永贞革新时，刘禹锡又和柳宗元同案，一起被贬。柳宗元有首诗叫《登柳州城楼寄漳、汀、封、连四州刺史》，其中的连州（今广东省连州市）就是刘禹锡被贬的地方。刘禹锡跟柳宗元交情不浅，互信很深。柳宗元四十七岁就去世了，柳宗元的后人也是由刘禹锡帮忙抚养长大的。

刘禹锡和白居易也是好朋友，还是同龄人，互相之间多有酬唱之作，所以并称“刘白”。

在诗歌上，刘禹锡跟柳宗元不太一样。柳宗元写了很多自怨自艾的作品，当然也有像《江雪》这样的极品，具有超越性。而刘禹锡为人更加达观，他被后代尊为“诗豪”也是有原因的，大家多读他的诗歌自然就有所感；他的同龄人白居易则被叫作“诗魔”，这些称号都很有趣，也可以反映这个人的诗歌风格，因此容易被后人记住。

刘禹锡的诗歌风格多样，有各种题材。今天我们讲的《乌衣巷》，是一首怀古之作，直到如今，“旧时王谢堂前燕，飞入寻常百姓家”还在被我们传诵。

唐敬宗宝历二年（826），刘禹锡在和州刺史任上写了一组咏怀古迹的诗篇，总名为《金陵五题》，其中第二首就是《乌衣巷》。这组诗篇曾博得白居易“掉头苦吟，叹赏良久”的赞誉，是刘禹锡自己最得意的怀古名篇之一。

乌衣巷是金陵城内的街道名，位于秦淮河之南，与朱雀桥邻近。三国时期，吴国曾经设军营于此，此为禁军驻地。因为当时的禁军都穿黑色的军服，所以这个地方俗称乌衣巷。东晋时，以王导、谢安为主的两大家族也居住在乌衣巷，他们的子弟被称为“乌衣郎”。魏晋时代还实行门阀制度，王家和谢家都是当时的豪门贵族。然而时代变迁，繁华不再，到了唐朝以后，乌衣巷已经渐渐沦为废墟，令人心生感慨。

六朝时，金陵正南门叫作朱雀门，门外横跨秦淮河的大桥，就叫朱雀桥。如今此桥属于南京市的秦淮区，已经成为一个著名景点，每逢周末或者节假日，那里就人山人海。乌衣巷与朱雀桥因为刘禹锡的诗歌，而成为周边人文景点中较为知名的两个地方。游客去南京，都要去凭吊、去怀古。阿老师也不例外，前前后后去过三四次。

“朱雀桥边野草花，乌衣巷口夕阳斜。”这两句对仗工整，“朱雀桥”对“乌衣巷”，浑然天成；又是真实的地名，可谓绝对。

“朱雀桥边野草花”，“野草”表示什么？这个曾经最繁华的地方现在长满了野草，代表着一种人世沧桑，有一种黍离之悲。

什么叫黍离之悲？这个典故出自《诗经·王风·黍离》这首诗：

彼黍离离，彼稷之苗。
行迈靡靡，中心摇摇。
知我者，谓我心忧；
不知我者，谓我何求。
悠悠苍天，此何人哉？
……

这首诗讲的是周平王东迁不久，朝中一位大夫行役至西周都城镐京（今陕西省西安市），满目所见，已没有了昔日的城阙宫殿，也没有了都市的繁盛荣华，只有一片郁郁苍苍的黍子禾苗正在尽情地生长，偶尔还传来一两声野雉的哀鸣。此情此景，令作者不禁悲从中来，涕泪满衫，这就是所谓的黍离之悲。

昔日的繁华，如今变得一片荒凉。“朱雀桥边野草花”，就相当于昔日最繁华的街道上长满了荒草，这是多么苍凉的景象。

为什么接下来刘禹锡又要写“乌衣巷口夕阳斜”呢？为什么他要用“夕阳”这个意象，尤其要用“斜”这个字写出夕阳的照射呢？因为夕阳给人苍凉感，而朝阳给人朝气蓬勃的感觉。“夕阳”和“朝阳”，一字之差，情感的变化非常显著，诗歌的滋味都在这里。

接着，借助前两句对景物的描绘，刘禹锡写出了脍炙人口的名句——“旧时王谢堂前燕，飞入寻常百姓家”。

这里其实有一个问题：“旧时王谢堂前燕”，这个“旧时”指的是“燕”，还是“王谢堂”？当然，按照一般的理解，怎么可能是“旧时燕”？燕子不知道换了几茬了。诗人故意写了“旧时”两字，是因为无论换了多少茬，燕子还是燕子，而王谢这等豪门的华堂早已不复存在，这就是物是人非。

同样的燕子，昔日栖息在王谢豪宅的屋檐下，如今，这里已经是普通民众的聚居之地。“旧时”两个字赋予了燕子历史见证人的身份，“寻常”两个字又特别强调今日的居民这个身份是多么不同于往昔，由此可以看出诗人对这一变化沧海桑田的无限感慨。

刘禹锡的咏史诗，善于抓住微小的事物，赋予历史的意蕴。一首七绝，寥寥二十八个字，塑造了无与伦比的形象，蕴含着洞穿幽微的艺术力量。这就是这首小诗的妙处。

第二十一讲
粒粒皆辛苦：李绅《悯农二首》

悯农二首

李　绅

春种一粒粟，秋收万颗子。
四海无闲田，农夫犹饿死。

锄禾日当午，汗滴禾下土。
谁知盘中餐，粒粒皆辛苦。

李绅的《悯农二首》，因为其中有对劳动人民无尽的关怀和同情，所以历来被传诵。我们的小学课本里也收录了这两首诗，可以说，它们属于“国民级”的作品。

为什么李绅会写出这样的诗歌呢？因为他一度非常具有民本思想。李绅跟元稹、白居易交好，受到他们首倡的新乐府运动的影响比较大，他本人也是新乐府运动热情的参与者和倡导者，是得力干将之一。

李绅和白居易同岁，都生于公元772年。李绅字公垂，祖籍亳州谯县（今安徽省亳州市），后来则迁居到现在的无锡这个地方。李绅是名门之后，他的曾祖父做过宰相，也是当时有名的诗人，叫李敬玄。李绅还有个外号，因为他短小精悍，于诗最有名，时号“短李”。这也是很损的一个说法，个子长得矮，就被起了“短李”这个外号。李绅后来地位显赫，当过节度使这样的封疆大吏，最后则入朝，官拜宰相。

《悯农二首》是非常能体现新乐府风格的，就是我们说的有民本思想，写诗不用典故，都是口语，让人一看就懂。

第一首很好理解。春天播下一粒种子，秋天就可收获很多粮食。普天之下没有荒废不种的田地，却仍有劳苦的农民被饿死。

但是，读者会发问：为什么“秋收万颗子”，还是有人会饿死？这里蕴含了强烈的怀疑精神和批判意识，尤其是前后之间形成对比，这样批判的意味就更加明显。批判什么？诗人不直说，读者自会思考。这是很有现实意义的、催人深思的作品。就像宋代张俞的《蚕妇》里面讲的，“遍身罗绮者，不是养蚕人”。身上穿满了绫罗绸缎的那些人，却都不是养蚕的人。那么你说，这里暴露了一个什么问题？

第二首也都是口语，很好理解。但是关于这一首，阿老师却闹过一个不求甚解的笑话。阿老师小时候学这首诗，对于“汗滴禾下土”这个句子一直都大惑不解，因为我把“下”字理解成了动词，就是“下沉”的“下”的意思。禾苗怎么会下沉到土里去呢？难道是锄禾锄得太深了？

当时还是小学生的阿老师是很胆小的，老师又很凶，所以我也不敢去问老师，就这样囫囵吞枣，不解其意。混了三十年，一直到自己成了语文老师，忽然有一天，我恍然大悟，不禁哑然失笑。原来这个“下”字不是动词，而是方位名词，是“下面”的“下”。“汗滴禾下土”的意思就是说汗水滴到禾苗下面的土里去了。

你看，其实原文多简单，但是一字之讹，耽误了阿老师三十年。这是我自己闹的一个笑话。

“谁知盘中餐，粒粒皆辛苦”，这是名句。有谁知道碗里的饭，一粒一粒都是农民辛苦劳动得来的？言外之意就是说：世上的人们，难道你们不应该珍惜每一粒粮食，尊重农民的劳动吗？作为一个贵族、一个高官显贵，李绅能够关注农民的劳作和生活，这就是我们说的民本思想，也是这首诗值得记住的原因。

“谁知盘中餐，粒粒皆辛苦”这两句诗，现在已经被我们广泛引用了。在日常生活里，饭店劝人节约，就会在墙上写这两句诗。小朋友吃饭的时候若是剩很多饭，或者“下巴上有个洞”，将饭粒掉在桌面或地上，爸爸妈妈就会说教：“你看你看，不要浪费粮食哦！你要知道，粒粒皆辛苦！”

李绅写了《悯农二首》，名垂千古，也成为新乐府运动的重要代表诗人。但是李绅的私德却并不像这两首诗所表现的那么高尚；尤其是李绅得势之后，成了高官显贵，就变得不太一样了。他失掉了诗歌里的悯农之心，渐渐变为一个花天酒地、滥施淫威的贪腐官僚。

随着职位的高升，李绅渐渐变得豪奢，正如俗话说的，“由俭入奢易”。据传，李绅一餐的耗费经常多达几百贯甚至上千贯。他当淮南节度使的时候，其实对老百姓的疾苦极为漠视。在李绅治下，老百姓经常惶惶不安，纷纷渡江淮逃难。你看，这时李绅的做派，跟他的诗歌里写的完全不一样了。

和李绅同时代的那些诗人，韩愈、贾岛、刘禹锡、李贺，无不对他嗤之以鼻，不跟他交往。刘禹锡即将赴任苏州刺史的时候，李绅邀请他去参加一个宴会。刘禹锡看到李绅家里奢侈豪华，年轻漂亮的歌姬梳着高高的发髻，满面春风地唱着《杜韦娘》的曲子，他实在看不下去了，就写了一首诗来嘲讽李绅。这首诗叫作《赠李司空妓》："高髻云鬟宫样妆，春风一曲杜韦娘。司空见惯浑闲事，断尽苏州刺史肠。"意思是说，你李绅这么奢侈，而我这个苏州刺史心内却很焦灼，肝肠寸断，于心不忍。

因为李绅生活豪奢，为官又很暴虐，滥施淫威，死后被定为酷吏，受到了"削绅三官，子孙不得仕"的惩罚。

当然了，我们要将作品和人品分开：作品是作品，人品是人品，不要因为一个人私德有亏而任意看低他的作品，这是文学欣赏要做到的一条重要原则。尽管李绅私德不好，但这两首诗本身的艺术水准还是很高的，其中蕴含的民本思想也值得我们赞赏。

第二十二讲
桃花依旧笑春风：崔护《题都城南庄》

题都城南庄

崔　护

去年今日此门中，人面桃花相映红。
人面不知何处去，桃花依旧笑春风。

写诗这件事，有时候也真不公平。如王之涣，他的诗歌属于唐诗的第一序列，但是传世作品仅有六首——当然每一首都当得起“经典”两个字。我们要考虑到，作品在流传的过程中多有散佚。有的诗人可能一辈子就写了一首好诗，也被文学史记录，其名就流传了下来。苛刻地讲，崔护就是后者。他的诗歌在《全唐诗》里也仅仅收录了六首，但我们选唐诗，就是不能忽视他的《题都城南庄》。在《非一般的唐诗课》这套书中，我们选了李白近十首诗，选了杜甫近十首诗；即便限于篇幅，有很多优秀作品不能收录，崔护的这首《题都城南庄》也不能不收录。所谓一诗定诗名，崔护以这一首诗成就了他的名垂青史。

崔护，生卒年不详，字殷功，博陵（今河北省定州市）人，一说为蓝田（今属陕西省）人。他担任过高官，唐文宗大和三年（829）为京兆尹，同年为御史大夫、岭南节度使——这个职位很高，可以称得上封疆大吏。

关于崔护，历代流传最广的可能是他的爱情故事，也就是这首诗的来历。

唐代孟棨在《本事诗》里记录了这个故事。我们了解了这个故事，也就了解了这首诗。全文如下：

> 博陵崔护，姿质甚美，而孤洁寡合。举进士下第。清明日，独游都城南，得居人庄。一亩之宫，而花木丛萃，寂若无人。叩门久之，有女子自门隙窥之，问曰："谁耶？"以姓字对，曰："寻春独行，酒渴求饮。"女入，以杯水至，开门设床命坐，独倚小桃斜柯伫立，而意属殊厚，妖姿媚态，绰有余妍。崔以言挑之，不对。目注者久之。崔辞去，送

至门，如不胜情而入。崔亦睠盼而归，嗣后绝不复至。

及来岁清明日，忽思之，情不可抑，径往寻之。门墙如故，而已锁扃之。因题诗于左扉，曰："去年今日此门中，人面桃花相映红。人面不知何处去，桃花依旧笑春风。"后数日，偶至都城南，复往寻之。闻其中有哭声，叩门问之。有老父出曰："君非崔护耶？"曰："是也。"又哭曰："君杀吾女。"护惊起，莫知所答。老父曰："吾女笄年知书，未适人。自去年以来，常恍惚若有所失。比日与之出，及归，见左扉有字。读之，入门而病，遂绝食，数日而死。吾老矣，一女所以不嫁者，将求君子以托吾身。今不幸而殒，得非君杀之耶？"又特大哭。崔亦感恸，请入哭之，尚俨然在床。崔举其首，枕其股，哭而祝曰："某在斯，某在斯！"须臾开目，半日复活矣。父大喜，遂以女归之。

大意是这样的：

博陵人崔护，容貌和品质都很好，性情孤傲，不太爱交朋友。后来他去参加科举考试，没有考中。清明节这天，他一个人去都城南门外郊游，遇到一户庄园。房舍占地一亩左右，园内花木丛生，很安静，好像没人。崔护走上前去叩门，过了一会儿，有位女子从门缝里瞧了瞧他，问道："谁呀？"崔护报上了自己的姓名，说："我一人出城春游，酒后口渴，特来求点水喝。"女子进去端了一杯水来，打开门，让他进去坐下。女子一个人靠着小桃树静静地立在那里，似乎对客人有着极为深厚的情意。她长得很漂亮，神态妩媚，极有韵味。崔护就跟她搭话，她只是默默不语。两人相互注视了好久，崔护起身告辞。送到门口后，女子似有抑制不住的情意，默默回到屋里。崔护也不住地顾盼，然后怅然而归。此后，崔护没再去见她。

到了第二年清明节，崔护忽然思念起她来，思念之情无法控制，于是直奔城南去找她。他到那里一看，门庭庄园一如既往，但是大门上了锁。崔护便在左边一扇门上题诗道："去年今日此门中，人面桃花相映红。人面不知何处去，桃花依旧笑春风。"过了几天，他又来到城南，又去寻找那位女子，听到门内有哭的声音，叩门询问时，有位老人走出来说："你是不是崔护呢？"崔护回答说："正是。"老人就哭着说："是你杀了我的女儿。”崔护又惊又怕，不知该怎样回答。老人说：“我女儿已经成年，知书达理，尚未嫁人。自去年以来，她经常神情恍惚，若有所失。那天我陪她出去散心，回家时，见到左边门上有题字，她读完之后，进门便病了，绝食数日便死了。我老了，只有这么个女儿，迟迟不嫁的原因，就是想找个可靠的君子，让我老有所依。如今她竟不幸去世。这不是你害死她的吗？”说完他又扶着崔护大哭。崔护也十分悲痛，请求进去一哭亡灵。死者仍安然躺在床上，崔护抬起她的头让其枕着自己的腿，哭着祷告道：“我在这里，我在这里……”不一会儿，女子睁开了眼睛，过了半天竟复活了。老父大为惊喜，便将女儿嫁给了崔护。

这个故事当然有很神奇的色彩，小说家言，不可全信。人怎么会死而复生呢？文人编写这些故事的时候，只是希望给人留下一个光明的结局。但无论如何，这个美丽动人的故事还是流传了下来。我们读这个故事，就会想起这首诗。

这首诗最出彩的地方在于两处。第一处是“人面桃花相映红”一句。这句真是千古名句，写一个女孩长得漂亮，不直接写，而是用了一种映衬的手法。

我们不知道这个女孩脸形如何，眼睛大不大，眉毛又长得怎么样，总之，无法具体形容。但我们至少知道，她的脸颊红扑扑的，气色很好，和桃花一样红润。这是一种极高明的写法。古人特别擅长侧面描写人的美，形容一个女性漂亮的句子多是侧写，如“沉鱼落雁”“闭月羞花”。但是我们不知道这个“沉鱼落雁”“闭月羞花”的容貌，究竟是双眼皮还是单眼皮。这就很高超。一旦具体了，就难免有人不喜欢，因为审美是很个人化的。有人觉得单眼皮美，有人觉得双眼皮美；有人觉得瓜子脸美，有人觉得面若满月才美。既然太详细的描写会有争议，就来个侧面描写，给读者留下无穷的想象空间。

第二处是“人面不知何处去，桃花依旧笑春风”这两句。前面“人面桃花相映红”是映衬，是两个正面的事物交相辉映：桃花好看，人面也好看，放在一起，人面更好看了，桃花也更好看了。这是正衬。

还有一种写法，叫作反衬：把两个性质相反的事物放在一起，就使得其中一个事物的特质更加突出。“人面不知何处去，桃花依旧笑春风。”这里就用桃花的永恒和人面的短暂形成强烈的对比，有一种物是人非的感慨，一种青春难以把握、机会稍纵即逝的感慨，是有很深、很绵长的遗憾在里面的。

读者朋友要问：桃花哪里永恒了？桃花几天就谢，也是很短暂的，就像“林花谢了春红，太匆匆”（李煜《相见欢》）写的那样。但桃花每年春天都会重开，今年谢了，我们可以预料的是，在明年这个时节，桃花还是会再开的。就一棵桃树数十年的生命而言，它每年开同样娇艳的桃花，这是大自然的规律，这种规律是永恒不变的。而短暂的，则是人的生命，是人的青春，是人的容颜。所以“人面不知何处去，桃花依旧笑春风”两句才那么缠绵缱绻，令人柔肠百结。

此外，这里有一种对人生的偶然性的怅惘，有李商隐式的叹息，是对人生无常和无奈的感慨，真的是意犹未尽，让人一唱三叹。后来，苏轼在《和子由渑池怀旧》中说：“人生到处知何似，应似飞鸿踏雪泥。泥上偶然留指爪，鸿飞那复计东西。”这也是讲一种人生的偶然。崔护的不同在于，他在《题都城南庄》这首诗里留下了爱情的遗憾，而这种遗憾，在我们千千万万年的历史里，在人类的悲欢离合里，总是不停地上演。因而这首诗总能勾起我们相似的情感体验，让我们为之击节不已。

第二十三讲
唯见江心秋月白：白居易《琵琶行》

琵琶行并序

白居易

元和十年，予左迁九江郡司马。明年秋，送客湓浦口，闻舟中夜弹琵琶者，听其音，铮铮然有京都声。问其人，本长安倡女，尝学琵琶于穆、曹二善才，年长色衰，委身为贾人妇。遂命酒，使快弹数曲。曲罢悯然，自叙少小时欢乐事，今漂沦憔悴，转徙于江湖间。予出官二年，恬然自安，感斯人言，是夕始觉有迁谪意。因为长句，歌以赠之，凡六百一十六言，命曰《琵琶行》。

浔阳江头夜送客，枫叶荻花秋瑟瑟。

主人下马客在船，举酒欲饮无管弦。

醉不成欢惨将别，别时茫茫江浸月。
忽闻水上琵琶声，主人忘归客不发。
寻声暗问弹者谁，琵琶声停欲语迟。
移船相近邀相见，添酒回灯重开宴。
千呼万唤始出来，犹抱琵琶半遮面。
转轴拨弦三两声，未成曲调先有情。
弦弦掩抑声声思，似诉平生不得志。
低眉信手续续弹，说尽心中无限事。
轻拢慢捻抹复挑，初为《霓裳》后《六幺》。
大弦嘈嘈如急雨，小弦切切如私语。
嘈嘈切切错杂弹，大珠小珠落玉盘。
间关莺语花底滑，幽咽泉流冰下难。
冰泉冷涩弦凝绝，凝绝不通声暂歇。
别有幽愁暗恨生，此时无声胜有声。
银瓶乍破水浆迸，铁骑突出刀枪鸣。
曲终收拨当心画，四弦一声如裂帛。
东船西舫悄无言，唯见江心秋月白。
沉吟放拨插弦中，整顿衣裳起敛容。

自言本是京城女，家在虾蟆陵下住。
十三学得琵琶成，名属教坊第一部。
曲罢曾教善才服，妆成每被秋娘妒。
五陵年少争缠头，一曲红绡不知数。
钿头银篦击节碎，血色罗裙翻酒污。
今年欢笑复明年，秋月春风等闲度。
弟走从军阿姨死，暮去朝来颜色故。
门前冷落鞍马稀，老大嫁作商人妇。
商人重利轻别离，前月浮梁买茶去。
去来江口守空船，绕船月明江水寒。
夜深忽梦少年事，梦啼妆泪红阑干。
我闻琵琶已叹息，又闻此语重唧唧。
同是天涯沦落人，相逢何必曾相识！
我从去年辞帝京，谪居卧病浔阳城。
浔阳地僻无音乐，终岁不闻丝竹声。
住近湓江地低湿，黄芦苦竹绕宅生。
其间旦暮闻何物？杜鹃啼血猿哀鸣。
春江花朝秋月夜，往往取酒还独倾。

岂无山歌与村笛，呕哑嘲哳难为听。
今夜闻君琵琶语，如听仙乐耳暂明。
莫辞更坐弹一曲，为君翻作《琵琶行》。
感我此言良久立，却坐促弦弦转急。
凄凄不似向前声，满座重闻皆掩泣。
座中泣下谁最多？江州司马青衫湿。

《琵琶行》篇幅很长，但很多对古典文学情有独钟的朋友，都能把这首诗背出来，足见这首诗的魅力。尤其是其中的很多名句，千古流传，化入我们的现代汉语里，成为其有机组成部分。

这首诗有篇序言，讲诗之前阿老师要先说一下，它有助于我们理解这首诗。

“元和十年”，即公元 815 年。这年六月，京城出了件大事。平卢节度使李师道遣人刺死了宰相武元衡——因为武元衡力主削藩，触动了李师道的利益——同时还刺伤了御史中丞裴度，酿成大案，朝野哗然。藩镇势力又进一步要求罢免裴度，以安藩镇“反侧”之心。白居易上表主张严缉凶手，有“擅越职分”之嫌；而且，白居易平素多作讽喻诗，得罪了朝中权贵，于是被贬为江州（今江西省九江市）司马。

司马这个职位是刺史的副职，在唐朝属于从五品。但当时白居易的散官[①]为从九品的将仕郎，品级很低，服饰是黑色的，所以全诗末句说“江州司马青衫湿”。“青”是黑色的意思。我们读古文，这一点要知道，不能闹笑话。比如，黑发叫作“青丝”；欣赏一个人，叫作“青眼有加”。

白居易被贬为江州司马，所以叫作“左迁”。“迁”是调任的意思，“左迁”就是贬官。

“明年秋”，这个“明年”不是现代汉语里的“明年”，而是第二年的意思。第二年秋天，白居易在浔阳江头湓浦口送别客人，听到别的船上传来弹琵琶的声音，曲调有京都的风格。这里的京都，指的就是京城长安。原来，弹琵琶的是长安的歌女，年轻的时候曾跟穆、曹两位“善才”学习过。“善才”，指技艺高超的乐

① 唐代官员有职事官与散官的分别。与有明确职责权限的职事官不同，散官只是一种表示身份地位的称号，没有实际的职权。有学者考证，唐代官服颜色是以散官官阶的高低为标准的。

师。后来她年纪大了，就嫁给商人做妻子。白居易就请她弹奏了数曲。弹奏完，琵琶女讲述自己的身世：年少时在长安红极一时，如今飘零江湖，憔悴而孤独。

白居易听了琵琶女的话，反观自身，发现两人的命运真有相似之处，因此说："予出官二年，恬然自安，感斯人言，是夕始觉有迁谪意。"本来他在江州蛮好的，今天听了琵琶女的话，才开始有被贬的感受，于是就给琵琶女写了这首《琵琶行》。

宋人洪迈认为白居易夜遇琵琶女一事未必可信，诗人通过虚构的情节，抒发自己的"天涯沦落之恨"（《容斋随笔》卷七）。这也聊备一说。情节是否虚构，已经不重要了。因为无论琵琶女的不幸遭遇是不是真实的，就诗歌价值而言，这首诗都抒发了"长安故倡"的"天涯沦落之恨"。所以情节真假都无所谓，只要情感是真挚的，就能打动我们读者。

这首诗很长，阿老师主要讲讲它是如何描写音乐的。

音乐是一种直接的艺术形式，能直接打动人心，不需要用文字作为介质。而诗歌则是文学形式中最纯粹的一种，可以说是最接近音乐的文学形式。但诗歌还是以文字作为介质，其思想感情是通过文字来传达的，我们需要理解文字，才能理解其中的思想感情。现在问题来了：用诗歌来描写音乐，又会如何呢?

在古代，爱迪生还没有发明留声机，卢米埃尔兄弟也没有发明电影，技术人员也没有发明音乐播放器……总之，那个时代处于艺术能够机械复制的时代之前。我们听了一段音乐，想要描述给没在现场的朋友听，还是只能通过语言文字。

其实，在唐诗中，用诗歌来描绘音乐且达到极高水准的篇目还不少。比如李白的《春夜洛城闻笛》，其中有两句是“谁家玉笛暗飞声，散入春风满洛城”；再如杜甫的《赠花卿》，其中有两句是“此曲只应天上有，人间能得几回闻”。这些都是传世的名句，写得各有其好。

音乐是无形的，无色无臭，很难用语言去表达，尤其是直接描写。李白、杜甫这两首绝句都是短小的作品，以侧面描写见长，是虚写音乐。而白居易的《琵琶行》、韩愈的《听颖师弹琴》和李贺的《李凭箜篌引》，篇幅更长，运用的艺术技巧更加复杂，因而也更为人所称道。

尤其在《琵琶行》中，白居易迎难而上，正面展开对琵琶乐的描写，为我们描绘了气象万千的音乐体验。这是相当有功力、相当有水准的。

《琵琶行》一诗，阿老师个人觉得可以分为五个部分——当然也有人认为可以分为四个部分，这没关系。第一部分，从第一句到“别时茫茫江浸月”，是缘起。第二部分，从“忽闻水上琵琶声”到“唯见江心秋月白”，写诗人遇见琵琶女，属于正面描写琵琶乐的部分。第三部分，则从“沉吟放拨插弦中”到“梦啼妆泪红阑干”，讲琵琶女自述生平。第四部分，从“我闻琵琶已叹息”到“为君翻作《琵琶行》”，讲诗人自己触景生情。剩下的则为第五部分。

无论是全诗，还是每个部分，都有特别出彩的地方。“千呼万唤始出来，犹抱琵琶半遮面”“别有幽愁暗恨生，此时无声胜有声”“同是天涯沦落人，相逢何必曾相识”等都是名句，都是一读之后不能再忘的句子。

但我们今天只说描写音乐的部分，即第二部分。这一部分有正面描写，有侧面描写；有比喻，有夸张。无论是描写琵琶女的技艺，还是形容音乐本身，都令人叹为观止。我们没有听到琵琶曲，却在千年之后，在文字之中，感受到了这场音乐的盛宴。

这一部分是符合“起承转合”的完整结构的。起步渐入佳境，进入高潮，然后在最为高潮的部分戛然而止，正是最为高级的艺术享受。

“转轴拨弦三两声”，是写正式演奏前的调弦试音；而后“弦弦掩抑声声思”，写到曲调的悲怆；“低眉信手续续弹”，写到舒缓的行板。“拢”“捻”“抹”“挑”，都是弹奏琵琶的手法。“初为《霓裳》后《六幺》”，“《霓裳》”即《霓裳羽衣曲》，传说为唐玄宗创作的舞曲。“《六幺》”也是当时流行的舞曲。

从“大弦嘈嘈如急雨”到“四弦一声如裂帛”共十四句，描写琵琶曲的音乐形象，写它由快速到缓慢，到细弱，到无声，到突然而起的急风暴雨，再到最后一划，戛然而止。诗人在这里用了一系列的生动比喻，使得抽象的音乐一下子变成了形象的事物。

这十四句太漂亮了，值得一读再读。

大弦嘈嘈如急雨，小弦切切如私语。

嘈嘈切切错杂弹，大珠小珠落玉盘。

间关莺语花底滑，幽咽泉流冰下难。
冰泉冷涩弦凝绝，凝绝不通声暂歇。
别有幽愁暗恨生，此时无声胜有声。
银瓶乍破水浆迸，铁骑突出刀枪鸣。
曲终收拨当心画，四弦一声如裂帛。

这里有落玉盘的大珠小珠，有啼啭花间的莺语，有水流冰下的滞涩，有“此时无声胜有声”，有突然而起的银瓶乍破、铁骑金戈，使听者时而悲凄，时而舒缓，时而心旷神怡，时而又惊心动魄。

“东船西舫悄无言，唯见江心秋月白。”这两句是写琵琶女的演奏效果。大家都听得入迷了，演奏已经结束，而听者尚沉浸在音乐的境界里。周围鸦雀无声，只有水中倒映着一轮明月。

这令阿老师想起我去听过很多次的民谣演唱会。作为一个热爱音乐的人，那些令人沉迷的音乐现场总会让我久久徘徊。尤其是面对我所喜欢的歌手，尽管我曾无数次在 CD（激光唱盘）机里听过他的歌，但当我来到现场，全身心沉浸在他营造的艺术环境之中，我就会进入一种更加专注的状态，真可谓物我两忘。

《论语》里说孔子在齐闻《韶》，三个月而不知肉味。一场好的音乐演出结束，即便早已散场，你也会久久停留在音乐的世界里。就像《琵琶行》说的那样："东船西舫悄无言，唯见江心秋月白。"

第二十四讲
此恨绵绵无绝期：白居易《长恨歌》

长恨歌

白居易

汉皇重色思倾国，御宇多年求不得。
杨家有女初长成，养在深闺人未识。
天生丽质难自弃，一朝选在君王侧。
回眸一笑百媚生，六宫粉黛无颜色。
春寒赐浴华清池，温泉水滑洗凝脂。
侍儿扶起娇无力，始是新承恩泽时。
云鬓花颜金步摇，芙蓉帐暖度春宵。
春宵苦短日高起，从此君王不早朝。
承欢侍宴无闲暇，春从春游夜专夜。
后宫佳丽三千人，三千宠爱在一身。
金屋妆成娇侍夜，玉楼宴罢醉和春。

姊妹弟兄皆列土，可怜光彩生门户。
遂令天下父母心，不重生男重生女。
骊宫高处入青云，仙乐风飘处处闻。
缓歌慢舞凝丝竹，尽日君王看不足。
渔阳鼙鼓动地来，惊破《霓裳羽衣曲》。
九重城阙烟尘生，千乘万骑西南行。
翠华摇摇行复止，西出都门百余里。
六军不发无奈何，宛转蛾眉马前死。
花钿委地无人收，翠翘金雀玉搔头。
君王掩面救不得，回看血泪相和流。
黄埃散漫风萧索，云栈萦纡登剑阁。
峨嵋山下少人行，旌旗无光日色薄。
蜀江水碧蜀山青，圣主朝朝暮暮情。
行宫见月伤心色，夜雨闻铃肠断声。
天旋日转回龙驭，到此踌躇不能去。
马嵬坡下泥土中，不见玉颜空死处。
君臣相顾尽沾衣，东望都门信马归。
归来池苑皆依旧，太液芙蓉未央柳。

芙蓉如面柳如眉，对此如何不泪垂？
春风桃李花开夜，秋雨梧桐叶落时。
西宫南苑多秋草，落叶满阶红不扫。
梨园弟子白发新，椒房阿监青娥老。
夕殿萤飞思悄然，孤灯挑尽未成眠。
迟迟钟鼓初长夜，耿耿星河欲曙天。
鸳鸯瓦冷霜华重，翡翠衾寒谁与共？
悠悠生死别经年，魂魄不曾来入梦。
临邛道士鸿都客，能以精诚致魂魄。
为感君王辗转思，遂教方士殷勤觅。
排空驭气奔如电，升天入地求之遍。
上穷碧落下黄泉，两处茫茫皆不见。
忽闻海上有仙山，山在虚无缥缈间。
楼阁玲珑五云起，其中绰约多仙子。
中有一人字太真，雪肤花貌参差是。
金阙西厢叩玉扃，转教小玉报双成。
闻道汉家天子使，九华帐里梦魂惊。
揽衣推枕起徘徊，珠箔银屏迤逦开。

云鬓半偏新睡觉，花冠不整下堂来。
风吹仙袂飘飖举，犹似霓裳羽衣舞。
玉容寂寞泪阑干，梨花一枝春带雨。
含情凝睇谢君王，一别音容两渺茫。
昭阳殿里恩爱绝，蓬莱宫中日月长。
回头下望人寰处，不见长安见尘雾。
惟将旧物表深情，钿合金钗寄将去。
钗留一股合一扇，钗擘黄金合分钿。
但令心似金钿坚，天上人间会相见。
临别殷勤重寄词，词中有誓两心知。
七月七日长生殿，夜半无人私语时。
在天愿作比翼鸟，在地愿为连理枝。
天长地久有时尽，此恨绵绵无绝期。

这首诗作于元和元年（806），当时白居易三十五岁，在今陕西周至县担任县尉。一日，白居易与友人陈鸿、王质夫到马嵬驿（今陕西省兴平市西）附近的仙游寺游览，谈及唐玄宗李隆基与杨贵妃的事。王质夫认为，像这样突出的事情，如无大手笔加工润色，就会随着时间的推移而消没。他向白居易建议："乐天深于诗，多于情者也，试为歌之，如何？"（陈鸿《长恨歌传》）于是白居易写了这首长诗。因为长诗的最后两句是"天长地久有时尽，此恨绵绵无绝期"，所以就被称作《长恨歌》。同行的陈鸿在同一时期写了一篇传奇小说——《长恨歌传》（又名《长恨传》）。

我们读这首诗，也可以参看陈鸿的《长恨歌传》。这篇《长恨歌传》也是相当知名的篇章，阅读之后，我们会更了解这首诗在写什么。

读者朋友应该知道这首诗歌的历史背景。虽然诗里推说是"汉皇"，但大家一看就知道写的是唐玄宗和杨贵妃的故事。杨贵妃本名叫杨玉环，是中国古代四大美女之一。其实她本来是寿王李瑁的妃子。这个关系，其实有点乱。

李瑁的亲生母亲武惠妃是唐玄宗的妃子，开元二十五年（737）逝世。武惠妃生前深受宠爱，她死后，唐玄宗郁郁寡欢。当时后宫佳丽无数，却没有他中意的。有人进言说杨玉环"姿质天挺，宜充掖廷"（《新唐书》），唐玄宗就有意将她召入后宫之中。但杨玉环是他儿子的妃子，那可怎么办？

唐玄宗想了个办法。开元二十八年（740）十月，唐玄宗以为母亲窦太后祈福的名义，敕令杨玉环出家为女道士，道号“太真”。天宝四载（745），唐玄宗把韦昭训的女儿册立为寿王妃后，遂册立杨玉环为贵妃。就这样，杨玉环来到了唐玄宗的身边。

李白的《清平调词三首》，就是写杨贵妃的。某年春天，唐玄宗和杨贵妃在宫中的沉香亭观赏牡丹花，伶人们正准备表演歌舞以助兴，唐玄宗却说，赏名花、对妃子，不可用旧日乐词，于是急召李白进宫写新乐章。李白奉诏进宫，即在金花笺上作了这三首诗。可见当时杨贵妃的受宠，正如白居易诗里所说的“三千宠爱在一身”。

但这样也留下了祸患。因为杨贵妃得宠，他们全家都“鸡犬升天”。尤其是国舅爷杨国忠（杨玉环的堂兄），权势熏天、炙手可热，还跟安禄山成了政敌，这成为安禄山发动叛乱的借口之一。

天宝十四载（755），范阳、平卢、河东三镇节度使安禄山以清君侧、反杨国忠为名起兵叛乱，兵锋直指长安。这就是历史上著名的安史之乱。次年，唐玄宗带着杨贵妃与杨国忠等人逃往蜀地，途经马嵬驿时，以陈玄礼为首的随驾禁军要求处死杨国忠和杨贵妃，随即哗变，乱刀杀死了杨国忠。

唐玄宗说，杨国忠乱朝当诛，然而杨贵妃无罪，想要赦免她。无奈禁军士兵皆认为杨贵妃乃祸国红颜，安史之乱乃因杨贵妃而起，不诛之则难慰军心、难振士气，因而继续包围皇帝。唐玄宗接受高力士的劝言，为求自保，不得已之下，赐死了杨贵妃。最终杨贵妃被赐白绫一条，缢死在佛堂的梨树下，时年三十八岁。这就是白居易的《长恨歌》中“六军不发无奈何，宛转蛾眉马前死”的典故。唐玄宗在安史之乱平定后回宫，也曾派人去寻找杨贵妃的遗体，但未寻得。

白居易的《长恨歌》所咏唱的，便是这一段历史故事。诗歌佳句频出，世代传唱，成为后代歌咏爱情的佳制。我们举几个例子。

回眸一笑百媚生，六宫粉黛无颜色。

我们知道杨贵妃长得漂亮，倾国倾城，白居易描写杨贵妃的长相，是以侧面描写为主。像这句“回眸一笑百媚生”，只描写一个笑容。汉代李延年写了一首诗，诗中写道："北方有佳人，绝世而独立。一顾倾人城，再顾倾人国。"（《李延年歌》）后来人们就以"倾国倾城"来形容人美。这里"回眸一笑百媚生"，当是受了这首诗的影响；而后面一句"六宫粉黛无颜色"，则起到了衬托的作用。皇帝的后宫佳丽三千，当然不乏美女，但是在杨玉环的回眸一笑之下，六宫粉黛都黯然失色。

当然我们不是要在这里赞美杨玉环究竟有多美，要理解的是侧面描写这种写法与烘托这种技巧，至于一个女子美不美，一个男子帅不帅，另当别论。因为审美没有一定的标准，都是见仁见智的。在雨果的《巴黎圣母院》里，最丑陋的卡西莫多，恰恰是心地最善良的那一位。从心灵来看，他也是美的。

上穷碧落下黄泉，两处茫茫皆不见。

这两句讲之后唐玄宗对杨贵妃的搜寻之苦。"碧落"，是道家对天界的称呼。道教的典籍《度人经》里说："昔于始青天中碧落高歌。"又有注云："始青天乃东方第一天，有碧霞遍满，是云碧落。""黄泉"，即地下的泉水，这里指地下。杨贵妃死后，唐玄宗回到长安，希望能搜寻到杨贵妃的踪迹。这两句极言相思之苦，后代也用其形容某些追求，比如做学问、寻找真理，也可以用这两句话。

在天愿作比翼鸟，在地愿为连理枝。
天长地久有时尽，此恨绵绵无绝期。

比翼鸟，又名鹣鹣。相传此鸟仅一目一翼，雌雄须并翼飞行。意思就是这种鸟只有一只眼睛和一扇翅膀，需要两只鸟并在一起才能飞，所以叫比翼鸟。“比”，就是并列的意思。古人常用比翼鸟来比喻恩爱夫妻，亦比喻情深谊厚、形影不离的朋友。

那什么叫连理枝呢？就是不同根的草木，其枝干连生在一起。古人用“连理枝”来象征坚贞的爱情。南朝诗人江总在《杂曲三首》（其三）中说：“合欢锦带鸳鸯鸟，同心绮袖连理枝。”“理”，就是树木的脉理。

《长恨歌》那么长，其主题究竟是什么？

以我们现在的眼光来看，这首诗自然是歌颂唐玄宗与杨贵妃的爱情的，这一点确定无疑。在语言艺术上用词精美，情绪婉转动人、缠绵悱恻，这是这首诗最大的艺术特点。因为高超的艺术性，因为这种对坚贞的爱情的歌颂，这首诗吸引了千百年来的读者，使他们深受感染，其不朽的魅力即在于此。

但在白居易写作之初，可能还有另外的用意，比如讽谏。因为白居易所信奉的是“穷则独善其身，达则兼济天下”的儒家思想。在这个年龄段，白居易有着兼济天下的思想，这跟他在被贬谪到江州之后的思想有所不同。所以一开始，他就写“汉皇重色思倾国”，托名“汉皇”，其实读者心知肚明；“重色思倾国”，这五个字里已经包含了白居易的褒贬了。当时的白居易，还颇有挽唐室于既衰、救生民于水火的政治气概，才使得他有足够的气魄来处理这样一个重大的历史题材，并以此总结唐玄宗后半生的政治得失。这是《长恨歌》的写作意图之一。

白居易的高明之处在于，他并没有让杨玉环成为整个大唐由盛转衰的替罪羊。在当时的文人的心目中，狐媚误国还是一个很常见的观点。比如夏亡于褒姒，商亡于妲己。有很多文人也把安史之乱的发生归罪于杨贵妃，但这恰恰遮蔽了历史的真相。白居易的高明在于，在《长恨歌》的实际写作当中，他没有服从这一流俗之见，而是写出了爱情故事本身所表达的人类的向美本能和情感愿望，诗里有对真善美的永恒追求。这才是《长恨歌》超越历史、恒久流传的根本原因。

至于安史之乱，以及唐朝由盛转衰的国运，那是历史、地理、政治、文化等因素综合作用的结果。阿老师有另外一些文章——关于丝绸之路的，关于中国古代历史的，也曾经涉及这个主题。好的文学提升我们的审美能力。读历史使我们明智，而高级的读者，从文学之中也可以看到历史。

第二十五讲
云深不知处：贾岛《寻隐者不遇》

寻隐者不遇

贾　岛

松下问童子，言师采药去。

只在此山中，云深不知处。

这套《非一般的唐诗课》，我打算写九十九篇。但唐诗灿若云锦，九十九篇如何能讲完？因此本书在选篇和选人上必然有所舍弃，而每舍弃一首诗或一人，我都觉得是损失，有遗珠之憾。面对贾岛的诗歌，我的心态也是如此。

贾岛所处的时代，基本上跟白居易差不多。更确切地说，贾岛生于公元 779 年，跟元稹是同龄人，而白居易生于公元 772 年，他们三人都是当时的“70 后”。

贾岛诗风枯索，与孟郊齐名。苏轼一说“郊寒岛瘦”，这一评语就成为定评。贾岛喜欢写荒凉、枯寂的意境，多凄苦情味，这点跟他的人生遭遇有关，也跟他追求的诗歌风格有关。

我们知道，唐朝诗人之多，就像银河群星，灿烂无比。这些诗人，风格也各不相同。比如，李白属于才华横溢型，诗篇喷薄而出。杜甫属于规则工整型，而在这种严密的规制中，杜甫是获得最大自由的诗人。李白和杜甫的才华都很高，高到“文章本天成，妙手偶得之”（陆游《文章》）的境地。此二人当然也有区别：一个是浪漫主义的，才华就如长江水般滔滔不绝；一个是现实主义的，更喜欢雕琢字句。所以杜甫会说：“为人性僻耽佳句，语不惊人死不休。”（《江上值水如海势聊短述》）这个境界真的特别令人佩服，我就喜欢杜甫这种品格。

有的人写诗以才华胜出，那种天才不可比拟。有的人则以勤奋胜出，这一类，后人靠努力或许还可以追赶。像贾岛，不但勤奋，而且特别用力，是“苦吟派”。他自己写过一首诗，讲他是怎么写诗的：“二句三年得，一吟双泪流。知音如不赏，归卧故山秋。”（《题诗后》）

意思就是说，他写两句诗，要用三年的时间才能写出来，把这两句念出来的时候，两行泪水就流下来了。为什么流泪？因为苦吟——搜肠刮肚、绞尽脑汁，要把最合适的那个字放在最妥帖的位置，你说苦不苦？

这种对待写作的态度，我是很赞赏的。为什么？因为阿老师也是一个写作者。我认为，表达任何情绪、感想，描绘任何景物，都只有一个最妥帖的词语，我们必须把这个词找到，安放上去，这才是写作的奥秘。

任何一个对写作这件事有敬意的人，都应该有这种端正的态度。我们现在写作，多数发表在网上，有时候就不那么追求文字本身的妥帖。但这不是说，写作就可以随意。杜甫和贾岛的负责任的态度，都是值得我们学习的。

因为贾岛的这种态度，后人也给了贾岛一个称号，叫作“诗奴”——贾岛是为诗歌而生的，他就是诗歌的奴仆。这个称号，真的特别恰切。唐诗读多了，我们会发现唐代诗人中有“诗仙”（李白），有“诗圣”（杜甫），有“诗佛”（王维），有“诗魔”（白居易），有“诗豪”（刘禹锡），有“诗囚”（孟郊），有“诗奴”（贾岛），还有“诗鬼”（李贺），很有趣。

《寻隐者不遇》是贾岛最为著名的诗歌，小学生必背。这是一首五言诗，“去”和“处”押的是仄声韵，所以这是古绝，不是律绝。这一点我们需要了解。

这首诗歌最有特点的地方就是对话体：二十字，有人物，有情节，有对话，语言朴实无华，完全是口语。

“松下问童子”，为什么是“松下”？因为这个隐居者的住处长着古松。所以第一句就把这个隐居者的身份和地点表达出来了。古松，令人遐想。

下面三句都是童子的答复，写得既有波折，又有情趣，把隐士的飘游生活和他所处的幽深环境生动地描绘了出来。

童子说，师父采药去了。但想来贾岛还有追问：在哪里采药？什么时候回来？诗歌没明说，贾岛只写了童子的答复：“只在此山中，云深不知处。”童子不知道师父在哪里，只知道他就在这座山上，在那个云雾缥缈的地方。寥寥数语就把一个世外高人的行止，用侧面描写的手法表现出来。

前文说“郊寒岛瘦”是个定评，贾岛的诗风以枯索萧瑟为主，但是，他也有偶露峥嵘的时候。比如这首《剑客》：

十年磨一剑，霜刃未曾试。
今日把示君，谁有不平事？

这首《剑客》颇有侠气，用语率真，直抒胸臆，是贾岛作品中非常不同的一首。

贾岛受到韩愈的器重，无奈科场不利，屡试不中。到了唐穆宗长庆二年（822），四十四岁的贾岛还在应试。想到每次都落榜，他终于愤愤难以隐忍，切齿于科场不公，提笔写下了《病蝉》这首诗。诗中把自己比作病蝉，黄雀、鸢鸟都要害他。这首诗得罪了当时那些掌管科举的人。结果贾岛被认为是无才之人，不得任用，落了个“举场十恶”的坏名。贾岛心知是《病蝉》一诗得罪了有权势的人，可又无可奈何。之后，他又写了《剑客》这首抒发胸臆的诗，来表达自己英雄失路、报国无门的情感。

“十年磨一剑”之“磨”，含有打造、磨制之意。打造一把剑竟然花了十年工夫，这剑自然非同一般。“霜刃未曾试”，即非常锋利的宝剑还没有用过，有“跃跃欲试”之意。“今日把示君，谁有不平事？”今天“我”把它拿出来给您看，如果您告诉“我”天下谁有冤屈不平的事，“我”就可以仗剑扶危。此处的“剑”，用的是比喻、象征意义，托物言志，写诗人十年寒窗、磨炼才干的生涯和远大的理想抱负。这两句咏物而兼自喻，意在以宝剑未试来比喻自己的抱负和才华不得施展。诗人未直接写自己十年寒窗刻苦读书的生涯，也未正面写自己出众的才能和远大的理想，然而通过托物言志，已可令人洞悉诗人的心理。这种寓政治抱负于鲜明形象之中的表现手法，是很高明的。

至今，我们也仍经常用“十年磨一剑”来表达自己在技艺上的磨炼。比如，写作需要“十年磨一剑”。所以，一般的作家如果不是早慧，都需要到三十岁开外，才会写出人生中最好的作品。这就是“十年磨一剑”的道理。

第二十六讲
谁言寸草心：孟郊《游子吟》

游子吟

孟　郊

慈母手中线，游子身上衣。
临行密密缝，意恐迟迟归。
谁言寸草心，报得三春晖。

孟郊，字东野，公元751年生于湖州武康（今浙江省德清县）。父亲孟庭玢是一名小吏，家境清贫。更要命的是，孟郊很小的时候，他父亲就去世了，可谓早年失怙。孟郊是跟着母亲长大的，日后也以孝著称。由单亲妈妈抚养长大的孩子，在传统宗法社会里，鲜有能挣脱母命的。直到近代的鲁迅和胡适，也是如此：观念相当前卫，行为相当保守，尤其对母亲，都是至孝。因为鲁迅和胡适都跟孟郊的身世比较像。

孟郊家贫，生性孤僻，很少与人往来，这种性格也对孟郊日后的交游产生了影响。父亲去世后，孟郊一家更加难以支持，他后来写过这样的诗句，回忆他当时的生活："一片月落床，四壁风入衣。"[《秋怀》(其四)]家徒四壁，并且四壁都不密封，风能吹进来。寒冬腊月，何等煎熬！

孟郊没有别的办法，只好勤奋读书，以期改变自己的命运，但是命途多舛，屡试不第。一直到四十六岁，他第三次赴京赶考，才考中进士。皇天不负有心人，高中之后，孟郊写下了那首著名的《登科后》，其中两句脍炙人口："春风得意马蹄疾，一日看尽长安花。"

但孟郊并非中了进士，从此就仕途坦荡了。时也命也，加上我们说过他不善交际，性格落落寡合，在需要交际的官场里，很难左右逢源。孟郊一辈子没做过什么大官，中了进士后，日子也没有多好。孟郊与韩愈交好，韩愈也是一个孤高耿直的大清官，跟孟郊很投契。韩愈写过文章《送孟东野序》，其中第一句就是"大凡物不得其平则鸣"。这就是"不平则鸣"这个成语的来历。韩愈一语成谶，"不平则鸣"就成了孟郊的命运。

孟郊工于诗。因其诗作多写世态炎凉、民间苦难，用字造句追求瘦硬，故有“诗囚”之称。你看，他连称号都那么惨：“诗囚”，诗歌的囚徒。

孟郊一直以孝顺著称。他几次赴京参加考试，都是奉母命。高中之后，他一直官职低微，俸禄很少。到五十岁左右，他结束长年漂泊流离的生活，便将母亲接来同住。

诗人仕途失意，饱尝了世态炎凉，此时愈觉亲情之可贵，于是写出这首发自肺腑、感人至深的颂母之诗。

全诗共六句三十字，采用白描的手法，通过回忆一个看似平常的母亲为临行的儿子缝衣的场景，歌颂了母爱的伟大与无私，一直以来为人所称道。

“慈母手中线，游子身上衣。”古代社会男耕女织，女子要会做衣服。孩子身上的衣服，一般都由母亲亲手缝制。这个传统持续了千年。甚至阿老师这一代，小时候也是很少有成衣店的，不像现在，大家只要去一次商场，什么衣服都有了。针织、刺绣之类，是当时女性的必备技能，所以才有“慈母手中线，游子身上衣”这样隽永的诗句。当然，大家族的女子是不需要亲自缝制衣服的，像《红楼梦》里的贾府。只有在孟郊这样处于贫困边缘的，还能有口饭吃、有新衣服穿的中下层之家，这个母亲的清贫和勤劳的形象才那么动人。

“临行密密缝，意恐迟迟归。”前一句是动作，后一句是心理。为什么这个母亲要“密密缝”？因为她担心孩子回来得迟，衣服上的线脱落，所以要把衣服缝得结实一点。“密密缝”，这是个寻常的动作，但这个动作里真是饱含了为人母者的深情，令我们感念。阿老师小时候，还是经常穿布鞋的。纳鞋底，就是母亲们的日常工作。小朋友们恐怕也不知道什么叫纳鞋底，可以请家里的长辈解释一下。纳鞋底，那细密的线路，正是“密密缝”的表现之一。

这种母爱，我们还是孩子的时候是感觉不到的；但当我们成年，乃至也成了父母时，我们就会突然感受到这种情感。这就是母爱与父爱——只是爱，只是付出，不要求任何回报。所以阿老师才经常引用一句话：“世界上所有的爱都是为了相聚，只有一种爱是为了分离，那就是父母对孩子的爱。”（西尔维娅·克莱尔语）

我有位朋友，女儿要去英国留学了，朋友送她到浦东机场。过了安检之后，孩子就一路前往候机厅，都没有回头看一眼。而我这位朋友跑到旁边的自动扶梯上，眼睁睁看着孩子的背影消失不见了，才怅然若失地回家。

但父母是不是就纯然那么伟大呢？其实也不是，在爱的付出中，父母也得到了自身存在的价值。因为父母付出爱，自己的生命才有了意义和价值。爱的付出，不是单向的；付出爱的同时，我们自己的内心也变得越来越富足。

年轻时，我们是不太能读懂这首诗的。这首诗显得婆婆妈妈的，有意思吗？好男儿志在四方，怎么可以被这点亲情羁绊？孟郊本人也是到了五十岁之后，才写出了这首诗。这就是说，我们历经沧桑再回头来读这首诗的时候，才会被简单质朴的诗句中蕴含的恒久力量所击中。

“谁言寸草心，报得三春晖。”“寸草”，形容非常微小。“三春”，指春天的三个阶段——孟春、仲春、季春。“晖”，阳光。“三春晖”，形容母爱如春天和煦的阳光。这两句的意思是说，母爱像阳光一般光明、敞亮、无私，我们像小草一样微小的心意，如何能报答母爱呢？这是诗人的愧疚之心。人同此心，心同此理，任何一个孩子，都没有不感念母爱的。

同时，我觉得不应该要求孩子们报答父母，而应该倡导孩子们向父母表达，表达什么？“你的爱，我接收到了。”

站在父母的角度，父母之爱真的需要报答吗？如果父爱、母爱的付出，就是指望着报答，我倒有些不以为然，甚至觉得指望回报的父爱、母爱，那简直有点像爱的勒索。陈志武教授有个著名的论述——“养儿防老”是不道德的。因为爱是父母的本能。父母的爱的付出，只是单纯因为爱孩子而已；在爱孩子的过程中，父母享受到了乐趣，感受到了生命的意义与价值。这就是爱的本质，也是爱的代价。

至于孟郊的所谓回报，其实大可不必。因为作为父母，他们育儿的本能是希望“你当像鸟飞往你的山”。父母“临行密密缝”，是可以的；但作为孩子，你也可以“迟迟归”。因为新时代的父母不绑架孩子，也不勒索孩子感情的回报。

第二十七讲
路上行人欲断魂：杜牧《清明》

清　明

杜　牧

清明时节雨纷纷，路上行人欲断魂。

借问酒家何处有？牧童遥指杏花村。

寒食过后，便是清明。清明是二十四节气之一，也是中国的四大传统节日之一。它和农耕文明有关，也是上古祭祀传统的遗留，显示了中国文化的特质。至今，扫墓和郊游踏青仍是清明节的两大主题，相信小朋友们都曾亲身经历。这里面，自然有一些令人悲伤的过往，但也有一些令人莞尔的趣事。关于清明，阿老师写过一篇文章，讲了我家的菜虫同学小时候跟我一起去扫墓的趣事，收录在阿老师的《我家有个小学生》一书里。你若看到，也会大笑。

不过，今天我们不讲别的，只讲杜牧的《清明》这首七言绝句。

杜牧，字牧之，京兆万年（今陕西省西安市）人。因为杜牧在樊川有别墅，晚年多居住在这里，所以后世也叫他“杜樊川”。其诗文集，叫作《樊川文集》。杜牧在家族中排行十三，因此根据唐人的习惯，他被称为杜十三。这种排行方式，各地都有。比如在绍兴，排行老大就叫阿大，排行老二就叫阿二。杜牧是杜十三，阿老师则自称蔡二，因为我排行老二。

杜牧只活了五十岁，留下的诗歌却很多，名篇佳作比比皆是。在这本书中，我们会多次讲到杜牧这个人。

杜牧年轻时，还没有科举登第，就已经天下闻名了。有这样一个故事：当时有个官居太学博士的人叫吴武陵，他看见一群文人围在一起读一卷书，一边读一边赞叹。他凑过去一看，原来他们读的是杜牧的《阿房宫赋》:“六王毕，四海一，蜀山兀，阿房出。覆压三百余里，隔离天日……”这么漂亮的文章，杜牧写出来的时候才二十岁出头。吴武陵惊叹于杜牧的才华，向这年科举考试的主考官崔郾推荐杜牧，杜牧得以高中。

杜牧以诗、文、赋著称于世，在我们后人看来，他也是晚唐的诗歌高峰。他和李商隐一起被称为“小李杜”。

这首名为《清明》的七绝，是一首专门写清明的节序诗，用词明白如话，一个典故也没有，一个冷僻深奥的词语也没有，即便隔了一千多年，我们现在读来也朗朗上口。杜牧的高明就在于，他用明白晓畅的话语，描绘了一幅极不寻常的画面，传达了难以言述的情感。

“清明时节雨纷纷，路上行人欲断魂。”这两句点明时间和环境。清明时节，下雨就是江南地区的常态。这属于气候特征、自然规律。清明前后，乍暖还寒、初晴又雨，一旦淅淅沥沥下起雨来，我们就会不由自主地说一句：“清明时节雨纷纷啊！”我说过，唐诗非常有生命力。你看，一千多年了，这句诗还活在现代汉语里，为我们日常所使用。这就是经典的力量。

但其实，我们不能单以自然景物描写来看待这一句。因为在诗歌里，写景跟表达的情绪是相关的。写景，就是为了衬托、渲染情绪。

雨，尤其是春雨，给人什么感觉呢？我们约略可以知道，春雨往往可以用来表达忧愁。因为春雨的连绵跟人的情绪的缠绵，有一种形式上的相似。比如，宋代词人秦观一首词中的名句，就可以说明这一点。那首词叫作《浣溪沙》，里面说道："无边丝雨细如愁。"这里的修辞手法叫作通感。你想一下：为什么通感可以成立呢？就因为丝雨和愁绪是有相似性的，是异质同构的。

这样我们就会明白，诗人开篇点明"清明时节"的用意：清明本来就是怀念家人的时候，再加上"雨纷纷"，自然就隐含了诗人的悲凉哀戚的情感，与下一句"路上行人欲断魂"恰成对照。

第二句里，阿老师小时候最搞不懂的就是"欲断魂"三个字：你一个诗人，下点雨就"欲断魂"了，何必呢？因为我觉得，"欲断魂"指的是情绪异常低落。比如，现代作家老舍写了一部小说，叫作《断魂枪》。枪枪制人于死命，那才叫"断魂"。杜牧这首诗里确实也有夸张，却夸张得很好。你想，清明时节人们一般要做什么？亲人团聚、回乡祭祖、扫墓踏青，总之，清明是要跟家人在一起的。清明本来就是一个情感色调很重的节日，诗人却成了一个"行人"，孤身在外，四处奔波，想念家人，触景生情，如何不伤心呢？尤其是这时又下起了雨，这种忧伤的情怀就自内而外，愈发严重起来。"欲断魂"的说法，可是一点也不差。

酒

阿老师成年以后才明白，为什么古代旅行的人总会想家。我们在讲《望月怀远》的时候说过，古代旅行是很难、很苦的。没有飞机、高铁，没有五星级大酒店，古人赶路不舒适，住宿不舒适，这次分别了，不知道下次什么时候相见。所以，说起离别之情，古人比我们沉重多了。

这样我们是不是就更能理解杜牧写“路上行人欲断魂”了？这其实就是成语“伤心欲绝”的意思。诗句里面有夸张，这种夸张恰好贴切地表达了诗人的沉重情绪。而这种情绪，我们每个人或多或少都曾经感知。就这样，一千多年前的诗歌因抒发了人类普遍的情感，而引起当下人的共鸣。

我们还可以举李重元的《忆王孙·春词》来比照。全词如下：

> 萋萋芳草忆王孙，柳外楼高空断魂，杜宇声声不忍闻。欲黄昏，雨打梨花深闭门。

这里的“柳外楼高空断魂”和“路上行人欲断魂”是非常相近的。两首作品也都选取了春雨这一意象。“雨打梨花深闭门”，再加上是黄昏——黄昏本身就是人容易情绪低落的时候——所以才“空断魂”。

“借问酒家何处有？牧童遥指杏花村。”“行人”心里有这么多忧愁，怎么办呢？那就只有借酒浇愁了。这两句也是独出心裁，给人眼前一亮的感觉。在“欲断魂”的前提之下，诗人要去寻求解脱，所以，“牧童遥指杏花村”一句特别能给人欣慰之感。

中国的文学审美讲究“乐而不淫，哀而不伤”，这首《清明》就是这样，虽然尽情抒发了“行人”的哀伤之情，但并不是一味地情绪沉重，而是巧妙地用一个动作描写——“遥指”，给人希望，也给人辽远的想象。所谓纸短情长，所谓言已尽而意未穷，说的就是这种一等一的诗歌。二十八个字，诗歌是结束了，但给我们留下的想象却从未停歇。这就是诗歌的高明。

杜牧这首诗也留下了一个文化符号。后来，无数卖酒的店，都叫“杏花楼”；无数出产好酒的地方，都叫“杏花村”。但究竟哪一个杏花村才是《清明》这首诗里牧童遥指的杏花村呢？后人恐怕无从考证。就阿老师的理解而言，诗歌是一种创作，这个杏花村很可能是虚指。如果我们一定要去实地考证，那可能就太拘泥了。

第二十八讲
一骑红尘妃子笑：杜牧《过华清宫绝句三首》（其一）

过华清宫绝句三首（其一）

杜　牧

长安回望绣成堆，山顶千门次第开。

一骑红尘妃子笑，无人知是荔枝来。

最近阿老师读了马伯庸的《长安的荔枝》一书，还蛮有启发的。马伯庸的书每一部都是畅销书，也都能拍成热门影视剧，这确实也是本事。如《长安的荔枝》，即便这是本小说，其中涉及的史料也相当广泛，需要有众多的涉猎，至少要有很强的文言文功底才能写成。所以马伯庸写一部火一部，也有其自身勤奋与才华的原因。

《长安的荔枝》序言是于赓哲老师写的，这也令人信服。因为我对于唐人的生活和唐代长安的了解，很多都来自于赓哲老师的著述。马伯庸信笔所写的《长安的荔枝》的情节构思，可能并非其主要创作精力所在，大量史实的阅读所涉及的边角料积攒起来，形成一本颇好看的小说，却是很难得的。而且,《长安的荔枝》对我理解杜牧这首《过华清宫绝句三首》(其一)有很大的启发。

《过华清宫绝句三首》中最著名的就是这第一首。华清宫是唐代帝王的别宫，唐玄宗和杨贵妃曾在这里居住，目前仍是西安市重要的景点。后代有许多诗人写过以华清宫为题材的咏史诗。

主流的观点认为这首诗歌是咏史诗。中国古代的文人，擅长使用“讽喻”的手法。历代解释者说这首诗讽刺唐玄宗和杨贵妃的骄奢淫逸，以致误国，聊备一说。总之，狐媚误国，这是古代文人的传统认知，不知道现在大家会有什么看法。

“一骑红尘妃子笑，无人知是荔枝来。”这是名句，讲杨贵妃深受君恩，皇帝看重她，连她吃个荔枝都要大张旗鼓，只为博她一笑。所以我们现代人来看，可以认为这其实是一首讲唐玄宗和杨贵妃的爱情的诗歌。白居易可以写《长恨歌》，把两人的情深义重、生离死别写得那么动人，为什么就不允许杜牧这么写？反正杜牧写爱情也是高手。

但问题在于荔枝，就是马伯庸写的这个“长安的荔枝”。我们需要知道，长安不出产荔枝——根据马伯庸的说法，这荔枝产地在岭南的广州。而且这种水果娇贵，不耐储存，一两天内就不新鲜了。数千里的距离，唐玄宗的时代没有冷链物流，可怎么运输呢？那就由专人加急送来，一路上换人换马，但是货物不停。

《新唐书》写道：“妃嗜荔枝，必欲生致之，乃置骑传送，走数千里，味未变已至京师。”但对于这个记载，其实我还是有疑问的：有学者考证，唐代每30里设一驿站。陆驿快马日行6驿，即180里，约等于96千米；再快也只能日行300里，约等于159千米[①]。荔枝的产地若在广州，则距离西安大约1600千米，大家可以自己算算要多久到达。劳民伤财，莫过于此。

这个运输成本的问题，可以参考车厘子。为什么每年我们能吃到的第一批智利车厘子那么贵？因为那是

① 根据陈梦家《亩制与里制》中的推算，唐代1里约等于531米。

空运来的，运输成本奇高。一两个月后，价格回落，大家都实现了“车厘子自由”，那是因为海运的那批到了。但二者的鲜洁度完全不同：空运的车厘子，基本上是在成熟之后才采摘，快速抵达；而海运的部分，摘下来的时候还没有全熟，要在运输过程中慢慢成熟。嘴巴刁的食客，自然能感觉到。

杜牧这首诗寓意很丰富，借古讽今，或者讥评时局，读者都可以理解；而客观上表现的唐玄宗对杨贵妃之爱，读者也感受到了。为了逗妃子一笑，不惜耗费巨资，不惜倾国倾城，这就叫“倾国之恋”。这个爱情故事，得由张爱玲来写。

那么问题来了：杨贵妃为什么喜欢吃鲜荔枝呢？当时可是唐朝，除了本地人，谁吃过鲜荔枝啊？

即便阿老师小时候，吃的也是泛黄发黑的荔枝干——南货店有售，很甜，很好吃。在我老家，长辈只有生病不舒服的时候，才有荔枝干吃。据说吃了荔枝，胃口会变好，吃得下饭，就有力气干活了。那是20世纪80年代。可是杨贵妃生活在一千多年前，她怎么能吃到鲜荔枝？以及，她凭什么爱吃鲜荔枝？这就涉及杨贵妃的身世之争。

一般而言，我们每个人的口味都是被驯化的。最喜欢吃的东西，要不就是童年的零食，要不就是家乡的食物。湖南人离开了辣，则无精打采；绍兴人没了霉干菜，就像失去了三魂七魄。

为什么？因为胃是最忠实的器官。你的脑子可以很开放，但你的胃不会骗人。童年时代，经由味蕾进入你的食道，暖暖地落到胃里的那些食物，恰恰是你成年之后唤起无边乡愁的奥秘所在。

因此，要是杨贵妃没吃过荔枝，她是否知道世界上有荔枝这个东西存在，还是存疑的。假设杨贵妃就是陕西本地人，她顶多爱吃石榴或者富平柿饼。可是，杨贵妃居然喜欢吃荔枝，还是鲜荔枝，还是冷链物流没有出现之前的鲜荔枝，很有可能是杨贵妃小时候就吃过鲜荔枝。这就是我上面说的杨贵妃的身世之谜。

第一个假说，杨贵妃的老家在今天的广西容县。如果这是事实，就没问题了。因为中国本来就是荔枝的原产地，广西属于亚热带，产荔枝。杨贵妃小时候吃过鲜荔枝，那就合理了。

第二个假说，杨贵妃是成都人。那有人就要问了：成都在我国的中西部，哪有荔枝？可是，我们不要忘了，当时是开元、天宝年间，中国的气温普遍偏高，就连辋川这个地方都像江南一带，那么纬度更低的成都附近出产荔枝，也是有可能的。事实上，根据史书记载，当时四川盆地确实出产荔枝。这大概就是杨贵妃爱吃荔枝的原因。

我们看中国气候史会发现，凡是国力强盛的时代，基本上气温都较高。唐朝国力强盛，其中有一个很重要的原因就是气候比较好，适宜农耕。因为，温度上升，农牧分界线就会向北推进，那么适宜耕种的土地就会更多。我们读唐诗，也可以结合气候史来读。

至于如何在数日之内把广东的鲜荔枝送到华清宫而保持色香不变，马伯庸在《长安的荔枝》里有很多描写，细节相当真实可信。这本小说整体上是虚构的，但其中很多情节却颇有来历，只不过小说家巧为安置，张冠李戴而已。杜牧的“一骑红尘妃子笑，无人知是荔枝来”，以极具动感的描述，写出了这一历史典故，这种诗艺的高明，确实值得后人夸赞。

第二十九讲
巴山夜雨涨秋池：李商隐《夜雨寄北》

夜雨寄北

李商隐

君问归期未有期，巴山夜雨涨秋池。
何当共剪西窗烛，却话巴山夜雨时。

《夜雨寄北》被收录在部编版语文教材七年级上册，可谓是“国民级”的诗歌了。但不知道大家想过没有：《夜雨寄北》这首诗究竟是写给谁的？这个“北”，到底是谁？或者，北方究竟有谁在？从诗歌的意思来看，这首诗很像是寄给一位亲密的人的，而且很可能是异性。比如“何当共剪西窗烛”，两个人若没有亲密的关系，这个动作做不出来。我们很难想象，两个男子在那里“共剪西窗烛”。

在南宋洪迈编的《万首唐人绝句》里，这首诗的题目为《夜雨寄内》，说明这首诗是李商隐寄给妻子的。现传各版本的李商隐诗集中，该诗题作《夜雨寄北》。一般注释说，“北”就是北方的人，可以指妻子，也可以指朋友。有人经过考证，认为这不是“寄内”诗，而是写给长安友人的。但从诗的内容看，按“寄内”解似乎更贴切些——如果寄给友人，那这个友人也许是异性，是李商隐的红颜知己。

考证归考证，鉴赏归鉴赏，总之，诗歌跨越千年，具有永恒的魅力。那我们就来看一下，这个永恒的艺术魅力在哪里。

“君问归期未有期”，“君”指的就是这个在北方的人，当然，女性也可以用“君”来指代。“君”在这里是第二人称，相当于“你”。你来信问“我”，何时可以回来，“我”这里却没有确定的消息，所以叫作“未有期”。

为什么这个“归期”还“未有期”？因为不能说，不知道，没办法预知。其实通过“未有期”三个字，李商隐已经表明自己的命运掌握在别人手里的处境——倒不是说被人控制了，而是身为幕僚，得顺从主官的行程；而这个主官的行程，作为幕僚的李商隐无法确知。

神来之笔不是“未有期”，而是“巴山夜雨涨秋池”。诗人没有办法以确切的消息回复这位“君”，那怎么办？于是他宕开一笔，好像是作为闲笔，来纾解情感。现代人也一样，两个人碰面，貌似没话说了，就讲天气，“今天天气如何如何”。这么说，一方面至少搭话了；另一方面，这句话对于两个人之间的深度连接毫无意义，无伤大雅，不至于有冲突，也不会有什么危险。所以大家都喜欢说“今天天气如何如何”。

但“巴山夜雨涨秋池”不一样，这不是没话找话，这是意犹未尽、欲说还休，是令人产生无穷遐想的句子。“君问归期未有期”，“我”说不上来，却说“巴山夜雨涨秋池”。这是以天气象征心情——回不去，不开心。下雨了，又是秋雨，而且是巴山，一个封闭的地方；这个雨，还不是白天的雨，是夜雨，就更令人惆怅了；而且，雨还下不完，点点滴滴，连池水都涨起来了。后人也常用秋雨来渲染心情，秋瑾有名句：“秋风秋雨愁煞人。”李清照也有名句：“到黄昏、点点滴滴。”（《声声慢》）

这是一种心理上的异质同构。你说愁像什么？李白说："抽刀断水水更流，举杯销愁愁更愁。"（《宣州谢朓楼饯别校书叔云》）愁怨和水的同质关系一旦被古人发现了，就成为诗歌的原型意象，他们一说起忧愁，就不断用雨、用水来形容。我们没见过谁说："这愁怨啊，像阳光一样，无远弗届。"阳光给人的情绪一般是积极开朗的，除非是落日。雨水跟愁怨是异质同构的，在情感上趋同，相呼应，彼此深化。

"君问归期未有期"，这是写事的；"巴山夜雨涨秋池"，这本是写景的。"我"没有办法明确回复你，就跟你说，来信已晤，最近这里正在下雨，连绵不断，下得连秋池都涨水了。诗人宕开一笔，看似闲笔，却正中人的情怀。这就是诗人的直觉。诗人当然不像我们现代人有文艺学的理论，知道格式塔心理学（又叫完形心理学），但诗人有直觉。在诗歌中，直觉是最重要的。

"巴山夜雨涨秋池"，耐人寻味之处就在这里。"我"没办法跟你说归期，于是跟你聊天气。这同时还表示"我"对这个友人的挂念、思念。因为即便说不上来，即使没什么话说，"我"还是要跟你说一下闲话。这可能没有具体意义，但是在爱里，没有意义就是浓情蜜意。

金庸的《神雕侠侣》写王重阳和林朝英没有结局的爱情。王重阳早年从军，从事抗金的军事斗争，戎马倥偬，但每次都给林朝英写很长的信。信的内容则事无巨细，娓娓道来，唯独没有“爱你”这个词。但林朝英感受到了王重阳深深的爱。这是为什么？你想：军中战事瞬息万变，但王重阳还是要写这么长的信，还是要写这么细小的甚至啰里啰唆的事，这不是对林朝英的爱吗？

因此，“巴山夜雨涨秋池”一则表达惆怅的情绪，二则又隐含了无限的眷恋和爱意。没话说，但又偏要找话说，因为在爱里，任何毫无意义的话，都是爱意的表达。所以阿老师不信，这诗是写给男人的。

“何当共剪西窗烛，却话巴山夜雨时。”这两句是写愿望：什么时候我们还能一起拿剪刀剪掉烛花？古人照明要用蜡烛，蜡烛的烛芯随着燃烧是需要剪短的。所以这个“共剪西窗烛”是很亲密的动作，甚至是相当有闺阁气息的，有一点情爱的意味在里面。后世苏轼的“小轩窗，正梳妆”（《江城子·乙卯正月二十日夜记梦》）大概可以比拟。但苏轼是悼亡，李商隐则是想念。

这一联，神来之笔仍是“巴山夜雨”。二十八个字，“巴山夜雨”出现了两次，李商隐用字可不俭省。但前面的“巴山夜雨”跟末句的“巴山夜雨”意蕴完全不同。末句的意味是什么？两个人分开很久之后突然相逢，但因为长久不见面，心里虽然有很多的话，嘴上却说不出来。这也是中国人含蓄的情感表达方式之一。

怎么办？仍是没话找话，“却话巴山夜雨时”。那个时间，不正是“我”最爱你、最想念你的时候吗？所以，两处“巴山夜雨”情感不同而又相似，以重复的方式加深，真的是神来之笔。

第三十讲
心有灵犀一点通：李商隐《无题二首》（其一）

无题二首（其一）

李商隐

昨夜星辰昨夜风，画楼西畔桂堂东。
身无彩凤双飞翼，心有灵犀一点通。
隔座送钩春酒暖，分曹射覆蜡灯红。
嗟余听鼓应官去，走马兰台类转蓬。

李商隐的无题诗，真是一系列杰作，就像抽“思”织锦，绚丽多彩、灿烂夺目，而又手感丝滑、柔若无骨。

读李商隐，阿老师还是要先聊聊自己的青少年时代。那是20世纪80年代，中国刚刚改革开放，神州大地上，每个人都精神抖擞。大家逐渐接触到一些新的音乐风格，都敞开心扉接纳它们，比如一些港台歌曲。

一开始，我们听到的港台歌曲的风格都特别缠绵婉转，尤其是女歌手的歌，跟我们从前所听的歌曲很不一样。我当时虽然小，但十多岁的年纪上，对音乐也是有直觉的。其中有一首叫作《昨夜星辰》，起首一句就叫人怅惘："昨夜的、昨夜的星辰已坠落，消失在遥远的银河……"

这首歌是电视连续剧《昨夜星辰》的主题曲。当时阿老师并不知道，这首歌的立意来自李商隐这首诗。后来年纪渐长，读到李商隐的诗，我深深地觉得，这个曲调和李商隐的诗歌魅力是那么吻合。

此诗可能作于李商隐任秘书省校书郎的唐文宗开成四年（839）之后。我们现在一般将其看作一首歌咏爱情的诗作。诗人追忆昨夜参与的一次宴会，表达了与意中人席间相遇、旋成间阻的怀想和惆怅。

"昨夜星辰昨夜风，画楼西畔桂堂东。"开头两句写对昨夜的追忆。我们可以想象一下：在一个美好的春夜，星光闪烁，和风习习，空气中充溢着令人沉醉的温馨气息，一切都似乎和昨夜相仿。但对诗人而言，昨夜在“画楼西畔桂堂东”和所爱者相见的那一幕，已经成为亲切而难以追寻的记忆。

“身无彩凤双飞翼，心有灵犀一点通。”三、四两句流传甚广，可以说是李商隐的名句之一。诗人由追忆昨夜回到现实，写今夕的相隔和由此引起的复杂微妙的心理。诗句的本意是说，自己尽管没有彩凤那样的双翅，无法飞越阻隔，与对方相会，但彼此的心像灵异的犀角一样，自有一线相通。彩凤比翼双飞，常用作美满爱情的象征，这里用“身无彩凤双飞翼”来暗示爱情的阻隔。而用“心有灵犀一点通”来比喻相爱的双方心灵的契合与感应，则是诗人的独创和巧思。

犀牛角在古代被视为灵异之物，特别是它中央有一道贯通上下的白线（实为角质），更增添了神异色彩。诗人正是从这一点展开想象，赋予它相爱的心灵之间有奇异感应的性质，从而创造出这样一个新奇而贴切的比喻。所以到现在，“心有灵犀一点通”还是用以形容恋人之间的互相理解、息息相通。

“隔座送钩春酒暖，分曹射覆蜡灯红。”五、六两句其实是一种想象：身受阻隔，不能陪伴在意中人身边，而激发了对意中人今夕处境的想象。“送钩”“射覆”，都是酒宴上的游戏。在诗人的想象中，对方此刻想必就在画楼桂堂之上参与热闹的宴会。宴席之上，灯红酒暖，觥筹交错，笑语喧哗，而主人公自己却只能寂寞独处。越是阻隔，渴望会合的感情便越热切，对于相隔的意中人处境的想象便越加鲜明，诗人此刻处境的凄清寂寞自见于言外。

这就自然引出末联的嗟叹：“嗟余听鼓应官去，走马兰台类转蓬。”可惜自己听见更鼓敲响，要去官署应卯，骑着马去兰台，心中像飞蓬飘零。这诚然是对那个人的恋恋不舍，但我们也需要知道，就像李商隐的一些有比兴寓托的无题诗一样，此联含有某种自伤身世的意味。所以，这首诗表面上是爱情诗，但其中的自我感喟、对自己身世的嗟叹，也是我们要理解的。

李商隐的无题诗，还有一首特别有名，就是“相见时难别亦难”那首。

相见时难别亦难，东风无力百花残。
春蚕到死丝方尽，蜡炬成灰泪始干。
晓镜但愁云鬓改，夜吟应觉月光寒。

蓬山此去无多路，青鸟殷勤为探看。

这首《无题》，我也要从20世纪80年代的一首流行歌曲说起。那就是1988年香港歌手徐小凤发行的专辑《别亦难》中的同名主打歌曲。

1988年，阿老师已经念高一了，知道李商隐了，所以就知道这首歌的歌词出自李商隐的诗歌。诗歌以歌唱的方式呈现，真是别具一格，直接击中了我的心灵。

那么，这首《无题》又是在讲什么呢？

当然，把这首诗看作爱情诗也没问题。毕竟，首联就是以缠绵悱恻的爱情落笔的，是极度相思而发出的深沉感叹，在聚散两依依中突出别离的苦痛。“相见时难别亦难，东风无力百花残”既写自然环境，也是抒情者心境的反映，物我交融，心灵与自然实现了精微的契合。

两个“难”字包含了不同的意义，前一个“难”字是写当初两人相聚的不易，有过多少思念与追求；后一个“难”字则写出离别时的难舍难分和离别后双方所经受的情感煎熬，可见这对恋人的爱情生活是多么艰难和辛酸。第二句写景，但我们知道，写景即抒情。这时明明是春天，总有欣欣向荣的气氛，但诗人偏说“东风无力百花残”，用暮春景象进一步表达了人世遭逢的深深感伤。

颔联又是名句：“春蚕到死丝方尽，蜡炬成灰泪始干。”我们现在经常借用来表达各种卓绝的追求。比如，你可以歌咏某位年高德劭的老师“春蚕到死丝方尽”，你也可以说某个工程师为了事业“春蚕到死丝方尽”。在一些省份里，最高的教育奖就叫春蚕奖，一般是颁发给年资较高的教师。

这首诗首先是用一种象征的手法，写出了自己的痴情苦意以及九死而不悔的爱情追求。“春蚕到死丝方尽”中的“丝”与“思”谐音，全句是说，自己对对方的思念如同春蚕吐丝，到死方休。“蜡炬成灰泪始干”是比喻自己为不能相聚而痛苦，无尽无休，仿佛蜡泪直到蜡烛烧成了灰方始流尽一样。思念不止，表明眷恋之深；但是终其一生都将处于思念中，却又表明相会无期、前途无望，因此，自己的痛苦也将终生相随。

可是，虽然前途无望，他却一辈子都要眷恋着；尽管痛苦，也只有忍受。所以，在这两句里，既有失望的悲伤与痛苦，也有缠绵、灼热的追求。追求是无望的，无望中仍要追求，因此这追求也有悲观色彩。这些感情，好像在无穷地循环，难以求其端绪；又仿佛组成一个多面体，光从一个角度是不能见其全貌的。

诗人只用两个比喻就圆满地表现了如此复杂的心理状态，表明他的联想是很丰富的。“春蚕到死丝方尽”一句首先是人的眷恋感情之缠绵与春蚕吐丝绵绵不尽之间的联想，又从蚕吐丝到死方止而推移到人的感情之生死不渝，因此写出了“到死丝方尽”，使这一形象具有了多种意义。

颈联“晓镜但愁云鬓改，夜吟应觉月光寒”，这是诗人对对方的体贴和关切，推测、想象出对方的相思之苦。上句写出了年轻女子晓妆对镜、抚鬓自伤的形象，从中暗示女方的思念和忧愁。“云鬓改”，是说女子因为痛苦的折磨，夜晚辗转不能成眠，以至于鬓发改了颜色，容颜憔悴。这句出自六朝诗人吴均的“绿鬓愁中改，红颜啼里灭”[《和萧洗马子显古意六首》（其三）]。下句“夜吟应觉月光寒”，诗人说“月光寒”，月光其实不冷，这只是心理上的感受，以此来表达凄凉之感。

尾联“蓬山此去无多路，青鸟殷勤为探看”，青鸟是仙人西王母的使者，蓬山是神话传说中的一座仙山，这里以蓬山用作对方居处的象征，而以青鸟作为主人公的使者。这个寄希望于使者的结尾，并没有改变“相见时难”的痛苦境遇，不过是无望中的希望，前途依旧渺茫。诗已经结束了，主人公的痛苦与追求还将继续下去。

这首诗从头至尾都熔铸着痛苦、失望、缠绵、执着的感情，诗中每一联都是这种感情状态的反映，但是各联的具体意境又彼此有别。这样的抒情连绵往复、细微精深，成功地再现了诗人心底的绵邈深情。

但这种感情仅仅是爱情吗？

这首诗当作于唐宣宗大中五年（851）。李商隐原在徐州武宁军节度使卢弘止幕府任判官。大中五年春，卢弘止病死，李商隐便从徐州回长安。李商隐一生陷于牛李党争，特别是到了晚期，更是过着游幕生活。卢弘止死去，李商隐又失去依附，所以回京后便向令狐绹请求推荐，写了几首无题诗陈情。此诗就是其中之一。从当时的心境看，他刚刚失去依靠，急需谋求一个新的职务。因此，关于这首诗，有人不同意“失恋”说，而认为是向令狐绹陈情所作。

无论如何，一首诗自其写出来的那一刻，自其流传于世的那一瞬间开始，就有了自己的生命。至于你如何解读，你从中得到了怎样的情感体会，那都是你自己的事情。因为，文学鉴赏本身就是由作者、作品、读者三方一起来完成的，读者在阅读的过程中，也参与了创造。

第三十一讲
此情可待成追忆：李商隐《锦瑟》

锦　瑟

李商隐

锦瑟无端五十弦，一弦一柱思华年。
庄生晓梦迷蝴蝶，望帝春心托杜鹃。
沧海月明珠有泪，蓝田日暖玉生烟。
此情可待成追忆，只是当时已惘然。

《锦瑟》大概是李商隐最负盛名的诗歌了。我曾说过，如果有一首最能代表唐诗的意象特点的诗，就是李商隐的《锦瑟》；而最能代表宋词特点的词，我以为有两首，一首是苏轼的《念奴娇·赤壁怀古》，一首是柳永的《雨霖铃（寒蝉凄切）》；最能代表元曲特点的曲，就是马致远的《天净沙·秋思》。以上都是个人私见，允许反驳。关于对《锦瑟》的评价，我会在下面列述理由。

为什么《锦瑟》最能代表唐诗？就因为意象。中国诗歌多数以意象取胜。意象之上再加意象，这可不是简单的叠加，而会产生如乘法甚至乘方般的艺术效果。如《天净沙·秋思》："枯藤老树昏鸦，小桥流水人家，古道西风瘦马……"三句话，九个意象，纯粹是名词，没有一个动词或者副词，就把一个场面渲染出来了，就造就了一个永恒的意境。这是中国诗歌突出的特点。

这种写法影响到日本俳句，影响到美国的意象派。日本俳句大师松尾芭蕉、小林一茶，都以隽永深邃的意象取胜。美国诗人庞德深为中国诗歌倾倒，开创了意象派，他最著名的一首诗就是《在地铁车站》。这首诗太知名了，在中国有不少于十八个译本，其中我比较喜欢的是飞白先生的译文："这几张脸在人群中幻景般闪现/湿漉漉的黑树枝上花瓣数点。"

什么是意象派？就是纯粹以意象取胜的诗歌流派。庞德的《在地铁车站》中，"脸""黑树枝""花瓣"都是意象，互相叠加，交织成了瞬间的景象，就像照相机拍摄的照片。这一刻，一旦被诗歌述说了，就成为永恒。我们不知道这张脸究竟是谁的脸，但这张脸已经永恒地凝固在文学史上，堪称不朽。

用西方的诗歌来解释李商隐，这也是特别有意思的一件事，也可以算是“他山之石，可以攻玉”吧。因为《锦瑟》一诗意象繁复绵密，象征性极强，对于后代读者而言，完全就是一个谜。其实，并没有多少诗论家能准确地描述这首诗究竟在说什么。我们可以理解李商隐在诗中表达的惆怅哀婉的情绪，但是他为了什么而惆怅，而哀婉，我们并不知情。因为这首诗歌只是意象的叠加，给读者创设了这样的意境，至于到底什么样的情感才是准确的，它是在讲述一件怎么样的事情，我们并不能确切地掌握。

这首诗难以理解的原因还在于有很多典故，我们先来解释一下这些典故。

“锦瑟”，装饰华美的瑟。“瑟”，拨弦乐器，通常有二十五弦。“无端”，就是无缘无故的意思，属怨怪之词。“五十弦”，这里是托古之词，古代的瑟是五十弦的。“锦瑟无端五十弦”，诗人的原意当是说，锦瑟本应是二十五弦的。

“庄生晓梦迷蝴蝶”，《庄子 · 齐物论》说：“昔者庄周梦为胡蝶，栩栩然胡蝶也。自喻适志与，不知周也。俄然觉，则蘧蘧然周也。不知周之梦为胡蝶与？胡蝶之梦为周与？”李商隐引用庄周梦蝶的故事，表达的是人生如梦、往事如烟之意。

“望帝春心托杜鹃”，《华阳国志·蜀志》记载：“杜宇称帝，号曰望帝……其相开明，决玉垒山以除水害，帝遂委以政事，法尧舜禅授之义，遂禅位于开明。帝升西山隐焉。时适二月，子鹃鸟鸣，故蜀人悲子鹃鸟鸣也。”子鹃即杜鹃，又名子规。

“珠有泪”的典故来自《博物志》：“南海外有鲛人，水居如鱼，不废织绩，其眼能泣珠。”

“蓝田”，地名，《元和郡县志》记载：“关内道京兆府蓝田县：蓝田山，一名玉山，在县东二十八里。”传说这里产玉。

这首《锦瑟》约作于唐宣宗大中十二年（858），李商隐四十六岁。李商隐在公元858年就去世了，一共才活了四十六岁，这几乎是李商隐最后一首诗歌，因此表现出李商隐在走到人生尽头之际回顾平生，缅怀前尘往事而悲欣交集、感慨系之的综合感受。作为将李商隐的艺术与人生表现得淋漓尽致的篇章，这首诗堪称笔力万钧，实为压轴之作。它既是一篇诗人亲手为自己作的墓志铭，也如一首凄美绝丽的天鹅之歌。

这首诗题为《锦瑟》，实际上只是仿照古诗，取首句前二字为标识，并非一般诗歌因内容而立题，所以其实质仍是一首无题诗。诗人有意隐晦其事而朦胧言之，谁都不知道诗人究竟在说什么。

这首诗的意旨历来众说纷纭，莫衷一是。有人说这是写给令狐楚家一个叫锦瑟的侍女的爱情诗；有人说这是睹物思人，写给故去的妻子王氏的悼亡诗；也有人认为中间四句诗可与瑟的适、怨、清、和四种声情相合，从而推断其为描写音乐的咏物诗；有人认为这是爱国诗篇，有影射政治之意；有人认为这是自伤身世、自比文才之论。大体而言，在各种说法中，以支持“悼亡”和“自伤”说者为多。

阿老师觉得，读者根本无须坐实这首诗歌的内容，或牵引具体事物来索解，只要将其中涉及的理想、爱情、人生、遭遇等进行整体感受，以体味其生存之感伤，就能切近其本质了。

关于这首诗，学者欧丽娟在《唐诗可以这样读：欧丽娟的唐诗公开课》一书中说：

李商隐在写作这类无题诗时，往往以精丽华美的意象和曲折间接的笔法，交织渲染出迷离朦胧与扑朔隐晦的诗境，充满了绝美而难懂的魅惑力。

意象繁复而寓意非凡，一旦写成，就是永恒——你说，《锦瑟》能不能代表唐诗的特点呢？

第三十二讲
天若有情天亦老：李贺《金铜仙人辞汉歌》

金铜仙人辞汉歌

李　贺

茂陵刘郎秋风客，夜闻马嘶晓无迹。
画栏桂树悬秋香，三十六宫土花碧。
魏官牵车指千里，东关酸风射眸子。
空将汉月出宫门，忆君清泪如铅水。
衰兰送客咸阳道，天若有情天亦老。
携盘独出月荒凉，渭城已远波声小。

今天我们讲李贺的代表作《金铜仙人辞汉歌》。

据朱自清《李贺年谱》推测，这首诗大约作于唐元和八年（813），当时李贺因病辞去奉礼郎职务，由长安赴洛阳，途中“百感交并，故作非非想，寄其悲于金铜仙人耳”。

我们先了解一下，“金铜仙人”指什么。汉武帝喜好神仙，听信方士的话，在建章宫前建造了一座神明台，台上放置高大的金铜仙人承露盘——金铜仙人用手掌举一个大铜盘，以承接露水。据说，将露水和玉屑一起服用可以长生不老。这就是“金铜仙人”的故事来历。

古代的皇帝有了至高无上的权力之后，就希望自己能长生不老。秦皇汉武，莫不如此。但生老病死是最公平的。秦始皇派徐福去寻找海外仙山，汉武帝制作金铜仙人，他们最终都无法战胜生命的规律。“茂陵刘郎”中的“茂陵”，就是汉武帝刘彻的陵墓。而秦始皇陵，则跟兵马俑一起成为如今的一个景点。

这首诗其实还有序言：

> 魏明帝青龙元年八月，诏宫官牵车西取汉孝武捧露盘仙人，欲立置前殿。宫官既拆盘，仙人临载，乃潸然泪下。唐诸王孙李长吉遂作《金铜仙人辞汉歌》。

这个序言说了什么？三国曹魏时代，魏明帝曹叡称帝，他在青龙元年（233）[①]想要把这个金铜仙人拆除，从西安搬到洛阳，结果金铜仙人“潸然泪下”。关于这个事情，东晋的《汉晋春秋》一书里有记录：“金狄或泣，因留霸城。”金狄就是金铜仙人。人们看见这个金铜仙人流泪了，就不再搬动它了。其实是因为金铜仙人太大太重，人们搬不动。毕竟当时没有大型机械，勉强搬也会造成折损。

李贺特别喜欢用典故，诗风又很诡异，他的诗读起来稍微有点难度，需要慢慢来讲。

“茂陵刘郎秋风客，夜闻马嘶晓无迹。”“茂陵”，上文已述。“秋风客”，一般认为就是汉武帝本人。汉武帝写过《秋风辞》，于是得了“秋风客”的称号。但即便从字面意思讲，秦皇汉武也好像秋风过客，匆匆而逝。后一句是说，有人夜里曾听到汉武帝的马嘶鸣，天亮却不见踪迹。后一句当然是想象，但给人一种奇诡之感。

“画栏桂树悬秋香，三十六宫土花碧。”画栏旁边，棵棵桂树依然散发着深秋的香气；长安城的三十六宫，

① 时间与史实不符，据南朝宋裴松之为《三国志》所作注解，这一事件应发生于景初元年（237）。

如今却是一片苔藓碧绿。汉武帝时期，长安是帝国的中心，如今却是一片“土花碧”，给人物是人非的感觉。

前四句慨叹韶华易逝、人生难久。汉武帝当日炼丹求仙，梦想长生不老，结果还是像秋风中的落叶一般，倏然离去，留下的不过是茂陵荒冢而已。尽管他在世时威风无比，称得上一代天骄，可是，“夜闻马嘶晓无迹”，在无穷无尽的历史长河里，他不过是偶然一现而已。

李贺诗中称呼汉武帝为“刘郎”，这也蛮有意思的，人家好歹是个皇帝。所以，李贺傲岸不羁的性格，由此可见一斑。

“魏官牵车指千里，东关酸风射眸子。”“东关”，长安东门，这里指明所去的方向——洛阳。“酸风”，令人眼酸的风。“眸子”，瞳仁。这两句是说，魏国的宫官把金铜仙人装在车上，送往遥远的魏都洛阳，出长安东门时，悲风迎面扑来，刺着金铜仙人的双眼。

“空将汉月出宫门，忆君清泪如铅水。”“君”，指汉武帝。这两句是说，金铜仙人离开汉宫时，只有天上的明月陪伴着它；因怀念武帝，它的泪如铅水洒落。

这里有最出彩的句子。“忆君清泪如铅水”照应上文的“东关酸风射眸子”。“酸风”是写景，也是写情。这个风是秋风，凛冽、寒冷，令人眼酸。没有“酸风”，就不会有“清泪”。但是这个泪水是什么材质的？铅质的。眼泪流出来，就像铅水，特别有重力感。这个想象力太雄奇了，但是又很恰切，为什么？因为这不是人的泪，这是金铜仙人的泪。它是个铜人，流下铅水一般的泪水。而且，青铜是一种合金，本身就含有铅，所以铜人流下铅水一样的泪水就很合理。李贺不但是个诗人，简直是个化学家。

“衰兰送客咸阳道，天若有情天亦老。”“客”，指铜人。“咸阳”，离长安不远，附近有渭水，汉代称咸阳为渭城，所以王维有“渭城朝雨浥轻尘”（《送元二使安西》）一句。这两句是说，金铜仙人从长安东去，唯有道旁枯败的兰草为它送行；天公如有感情，也将因这兴亡盛衰的变化而伤感衰老。“衰兰”，其实跟“酸风”是一样的，将人的情绪投射到景物之中，增添凄凉感。兰花和秋风本身都是自然事物，又有什么感情呢？但诗人一旦加一个“衰”字、一个“酸”字，就把人类的感情附着其上了。这就像杜甫的名句：“感时花溅泪，恨别鸟惊心。”（《春望》）

“天若有情天亦老”是李贺的名句，妙在反衬。无情的天公也会伤情变老，更何况富有感情的人类呢？东晋时的桓温有“木犹如此，人何以堪”（刘义庆《世说新语》）的名句，不知李贺是否读到过。这是诗人对兴亡变化的感叹，也反映出这个金铜仙人离京去国时的感伤。

“携盘独出月荒凉，渭城已远波声小。”这两句是说金铜仙人带着铜盘独自离开汉宫后，在月下荒凉之地行进；过了咸阳，越走越远，渭水的波声也逐渐听不到了。这都是诗人的想象之词。一个“独”字，照应了上文的“画栏桂树”“三十六宫”以及“汉月”“宫门”，点出金铜仙人不忍离别又只得离开汉宫的情状，也反映了诗人辞官离开长安时的孤寂心境。为什么？因为这是李贺因病辞去奉礼郎职务离开京城时所作的诗歌，自然把自己的情感投射了进去。这个金铜仙人，也真像李贺本人。

“渭城已远波声小”，有一种渐渐远离之感，有动态感，情感上更增添了不舍之情。用这样一句来结尾非常高明，给人言有尽而意无穷的感受。用我们现在的话来讲，这就叫隽永的结尾。

第三十三讲

为谁辛苦为谁甜：罗隐《蜂》

蜂

罗　隐

不论平地与山尖，无限风光尽被占。

采得百花成蜜后，为谁辛苦为谁甜？

今天我们要讲的诗人罗隐，是杭州新城（今杭州市富阳区新登镇）人。新城这个地方，后来改名叫新登。那是在五代十国时期，后梁开平二年（908），后梁篡位的皇帝朱温为避其父朱诚讳，改新城为新登。作为大诗人，罗隐在杭州留下很多传说。我小时候读过一个惊悚的故事，这个故事是关于罗隐的身世的。

据说，罗隐的父亲是个农民，夏日上山守望庄稼，与一头化成美女的老虎精相爱。此事被罗隐父亲的哥哥发觉，他将老虎精脱在草棚外面的虎皮偷走，埋于粪缸之下。老虎精没了虎皮，再也不能恢复原形，遂与罗父相偕回家，结为夫妇，生下一子。后来妯娌间发生争吵，嫂子一气之下，将虎皮从粪缸下挖出，扔在弟媳面前，说："你这个畜生，算什么东西！"弟媳便就地一滚，变成一头老虎，将嫂嫂、哥哥、丈夫都咬死了。老虎精再要咬孩子时，老祖母急忙用一只谷箩罩住孩子，并用拐杖打它的额头，骂道："畜生！连自己的亲骨肉也要咬吗？"虎毒不食子，这头老虎精眼中流出泪水，大吼一声，夺门而去。这孩子因是隐于谷箩下而生还的，所以就叫罗隐。现在的小朋友可能不太晓得什么是谷箩，阿老师解释一下，谷箩就是用竹子编制的用来装稻谷的一种箩筐。

这当然只是个传说而已，当不得真。阿老师小时候很喜欢看这一类故事书。其中一本书叫作《西湖民间故事》，讲述了很多有关杭州的故事，比如白娘子的故事，比如东坡肉、"油炸桧"的故事。于是我从小就想去杭州念大学。阿老师长大后，果然去了杭州念大学。

上述罗隐的故事，是我幼年时听来的，具体出处已经不可考。我姑妄言之，你姑妄听之。

罗隐参加科举考试十多次，终身没考上进士，史称“十上不第”。他是晚唐著名的大诗人。其实我们对他的诗歌名句耳熟能详，只是不知道作者就是罗隐而已。比如“今朝有酒今朝醉”这句话，就来自罗隐《自遣》一诗，全诗是这样的：

得即高歌失即休，多愁多恨亦悠悠。
今朝有酒今朝醉，明日愁来明日愁。

我们生活中常说“今朝有酒今朝醉”，后面其实还有一句“明日愁来明日愁”。这两句写出了一种及时行乐的心态，以前我们总觉得这是消极的，但这也是一种正常的情绪，是对人生的一种理解。

在小朋友们这里，罗隐的诗歌恐怕还是这首《蜂》更为著名。因为这首诗收录在小学四年级的课本里，是需要背诵的。

这首诗的意思很简单：无论是在平地，还是在山峰，那些美好的风景都被蜜蜂占有。蜜蜂啊，你采尽百花酿成了花蜜，到底为谁付出辛苦，又想让谁品尝香甜？

显然，这是一首咏物诗。大中十三年（859）年底，罗隐参加科举考试而落榜，心灰意冷。这可能是罗隐作这首诗的原因。

当然，我们现在来看，会发现其中有讽喻的味道：农民在田间地头辛苦劳作，而那些权贵阶层却不劳而获，表现了一种极其尖锐的社会阶层的对立。中小学课本里每一首诗歌的选入，都会考虑到其中的教育意义。讽喻权贵、不劳而获者，大概就是这首诗入选的原因。

咏物诗往往有别出心裁、独具寓意之处，讽刺深刻而犀利，同时又耐人寻味。清人沈祥龙在《论词随笔》中云：“咏物之作，在借物以寓性情，凡身世之感，君国之忧，隐然蕴于其内，斯寄托遥深，非沾沾焉咏一物矣。”罗隐正是在对物象深入细致的观察基础之上，将他强烈的家国之忧与身世之慨融进所咏之物，刺时讽世，使其能从晚唐诗坛脱颖而出。《蜂》通过吟咏蜜蜂采花酿蜜供人享用这一现象，表现了诗人对社会和历史问题的思考。

当然，这首诗除了讽喻农民与权贵阶层之间的矛盾，还有一种自伤身世的感慨。一年到头白忙，让人联想到一个成语——“为人作嫁”。“为人作嫁”这个成语出自唐朝诗人秦韬玉的诗歌《贫女》，最后两句是这样的：“苦恨年年压金线，为他人作嫁衣裳！”两首诗中的感慨颇有共通之处。

这一类托物言志、寄托身世，同时也能反映社会民生疾苦的诗歌，其实并不少。比如同样著名的诗歌《蚕妇》：“昨日入城市，归来泪满巾。遍身罗绮者，不是养蚕人。”作者是宋代的张俞。你看，揭示诗歌最核心的意蕴的，是一个对比：“遍身罗绮者，不是养蚕人。”那些穿了绫罗绸缎的人，恰恰不是真正的劳动者。而那些真正的劳动者食不果腹、衣不蔽体。所以这些诗歌里面真实地反映了当时的一些社会现实，揭露了很多社会矛盾。这类诗歌很值得一读，至少让我们看到了这些社会现实。

这种尖锐的矛盾冲突，该如何解决呢？我觉得，有一个很重要的办法，就是发展劳动生产力，加强科技发明，进行技术升级改造。比如，关于蜂蜜：最初，蜜蜂都是野生的，人类要吃蜂蜜，只能跟小熊一样去野外采蜜，不小心还会被蜜蜂蜇。后来，人类学会了人工养蜂，这样产量就提高了。但初始阶段，养蜂纯粹依靠人力，限于养蜂技术，蜂蜜还不到量产的地步。但是到了现代，你看，蜂蜜到处都是，我们想喝的话，随便在哪个超市都能买到蜂蜜。这样，大家都吃得饱、穿得好，古代社会那种尖锐的矛盾冲突，就能得到显著的缓解。“为谁辛苦为谁甜？”我们也可以为自己甜。

不过，在当代，工业文明特别发达，“甜”已经变得太过寻常，“糖”甚至已经成为人类的负担——一种“甜蜜的负担”。这是一千多年前的诗人想不到的吧。

非一般的

唐诗课

渭城曲

蔡朝阳　著

中国出版集团
東方出版中心

MAPS
方图

四方图志·心安一隅

目录

说“渭城曲”

《非一般的唐诗课》一共三册，每册均以一个旧题来命名，却希望能写出新意。

本册名为“渭城曲”。

“渭城曲”出自本册所选王维作品《送元二使安西》。这首诗又名《渭城曲》，后被改编为古琴曲《阳关三叠》，为中国十大古琴名曲之一。《渭城曲》一出，道尽了别离之情，千载之下，犹有回音。

以“渭城曲”命名，是因为本册所选的诗歌，无论是边塞诗、送别诗，还是贬谪之作等，题材不同，而核心精神一也：讲述了人和人之间的相遇与别离。

本册选诗，并不局限于前人的规制，但寻求一种精神价值上的殊途同归。唐诗与唐人的真实人生有关，也与我们当代人的真实人生有关。别离、从军，以及所谓宦游，无非都是“在路上”。那些与亲友离别的悲戚与达观，诗人以真实的细节作为底色，咏唱分外动人。

从第一首《送杜少府之任蜀州》开始，到最后一首《商山早行》，沿途的风光，成为诗人们舟车劳顿的安慰；而亲友的记挂与问候，体现出无比宝贵的真情。

《渭城曲》中抒发的情感，是唐诗的重要部分，也是你我普通人的重要部分。我们吟咏和追怀的，不是那些失落在路上的个人遭际，而是追寻命运跃升的崭新可能。从西域到江南，从岭外到漠北，从长安到洛阳，一路的歌咏之中，是先人们对生命的追思、对价值的探寻。

“渭城曲”在，人们之间的连接就不会消散。这是温暖人情的千古回声。即便“西出阳关无故人”，也仍有“夜雨剪春韭，新炊间黄粱”的喜悦。

唐诗历久弥新，正如李青在序言中所表达的，这是带着韵脚的民谣，至今仍回荡在人们火热的生活之中。

第一讲
天涯若比邻：王勃《送杜少府之任蜀州》

送杜少府之任蜀州

王　勃

城阙辅三秦，风烟望五津。
与君离别意，同是宦游人。
海内存知己，天涯若比邻。
无为在歧路，儿女共沾巾。

王勃是名门之后，幼有神童之誉。他的祖父王通是著名思想家，初唐另一位大诗人王绩则是他的叔祖——本书“江南弄”一册的第一篇，选的就是王绩的诗。王勃的名篇《滕王阁序》名垂千古。他才华横溢，然而年纪轻轻就蹈海而逝。他在不长的人生岁月里，留下了极其绚烂的篇章，可谓诗文俱佳。

“初唐四杰”之中，王勃是排在第一位的。这个就像梁山泊的座次，排在第一位的往往就是地位最高者。杜甫有《戏为六绝句》（其二），其中提到了“初唐四杰”：“王杨卢骆当时体，轻薄为文哂未休。尔曹身与名俱灭，不废江河万古流。”“初唐四杰”的排名顺序就是王、杨、卢、骆。“王”，王勃；“杨”，杨炯；“卢”，卢照邻；“骆”，骆宾王。后代公认王勃排在第一位。

不过，跟王勃同时代的人经常对王勃颇有微词，所以杜甫会说“轻薄为文哂未休”。“哂”就是哂笑、嘲笑。王勃做人可能确实有不够端正的地方，给人留下话柄，这是事实。

王勃本来在沛王李贤的王府中听用，当时宫中流行斗鸡游戏——斗鸡就是把两只公鸡放在一起，让它们斗。沛王李贤和英王李显聚在一起，就玩起了斗鸡游戏。王勃作为李贤的下属，年纪又轻，看到王爷开心，就写了一篇文章——《檄英王鸡》，来凑个趣。内容无非就是讨伐英王李显的那只斗鸡而已。这样的一篇文章，名义上是篇檄文，其实是游戏之作，为沛王助兴罢了。

一群少年斗鸡闹着玩，本无可厚非。谁料到，这件事情被皇帝知道了。当时的皇帝是唐高宗李治。李治很生气，觉得这些少年不学好；尤其是王勃，身为沛王的侍读，应该劝告沛王好好读书才是，居然怂恿他游戏，还挑拨皇子之间的关系。就这样，王勃丢掉了他侍读的职位。

现在的情况也差不多，大人总是不喜欢孩子贪玩，认为正经的事情就是学习，舍此无他。

其实，沛王也好，英王也好，王勃也好，当时都是少年。唐朝的时候，大人小孩都喜欢玩斗鸡游戏；明清的时候，宫里宫外都流行玩斗蛐蛐游戏。从性质上来说，这些游戏跟我们现在玩的电子游戏是不是也差不多？你想想大人看到我们在玩手机游戏时那种怒不可遏的样子，就可以想象唐高宗的态度了。

王勃丢了王府的职位，就去蜀地游历。后来，他在朋友的帮助下，谋得虢州（今河南省灵宝市）参军一职。任职期间，他又闯了一个大祸。

有一个叫曹达的官奴犯了罪，王勃看他可怜，就把他藏了起来。但后来，王勃又觉得藏匿一个罪犯是违法的，怎么办？一不做，二不休，他就把这个官奴给杀了。

这件事情，王勃确实做得不厚道。我们知道，一个人要为自己的行为负责。王勃起先因为善心而藏匿了曹达，之后又因为害怕而杀死了他，可谓敢做不敢当。后来东窗事发，王勃就被判了死罪。幸而运气好，遇到皇上大赦天下，在朋友的帮助下，他才侥幸活命。

因此，当时王勃的口碑、风评不好，也不无道理。但人归人，诗归诗，这首《送杜少府之任蜀州》千古流传，成为送别诗的代表作，那也是史有定论的。

杜少府是谁，现在已经不可考。但这不要紧，多少人因为诗人的一首诗就流传百世，其中著名的就有汪伦、魏万[①]等。

这是一首五言律诗。五律在王勃的手里已经初具规模了。一般而言，律诗分为四联，分别叫作首联、颔联、颈联和尾联。大多数情况下，颔联和颈联需要对仗。但是这首《送杜少府之任蜀州》，首联就对仗了。

“城阙辅三秦，风烟望五津”，对仗很工整。

“三秦”指的是当时长安附近的关中之地，古代是

① 汪伦、魏万，分别见于李白的诗歌《赠汪伦》《送王屋山人魏万还王屋》。

秦国的地盘，秦亡以后，项羽把这块地方分为雍、塞、翟三国，所以被称为“三秦”。“城阙”指的是长安。“城阙辅三秦”其实是个被动句，指长安城被三秦之地所拱卫、所护持。

“五津”指的是蜀地岷江的五个渡口，这里泛指蜀地。“风烟望五津”的意思是说，从长安遥望蜀地，视线被迷蒙的烟雾所遮蔽。首联暗含了杜少府远赴蜀地任职的意思，下文写别离之悲愁就顺理成章了。

因为首联是对仗的，大概是为了避免太板滞，颔联“与君离别意，同是宦游人”就选择了不对仗。所以从严格意义上来讲，这不是一首特别规范的五律。但我们需要理解，当时律诗尚在发展过程当中，还没有完全成熟。

颔联引发的是共情：和你惜别的情谊，我深为理解。为什么？因为你我“同是宦游人”。什么叫“宦游”？古人出任地方官，要远离故土，游历他乡，就叫作“宦游”。诗人与杜少府都是“宦游人”，于是共情就产生了，分别的愁绪，两人都是深有体会的。

古人的离别比我们当下的人要难受得多，因为分别后天长水阔，交通不便，信息传递也很不便利。这一次分别，完全不知道下次相聚在几时。所以，古人特别看重别离。南朝著名的文学家江淹，还专门为离别这件事写了一篇很长的文章，叫作《别赋》，开头第一句就是“黯然销魂者，唯别而已矣”。

离别总会令人伤心。金庸的小说《神雕侠侣》里，杨过跟小龙女离别后，杨过为了寄托自己的哀伤之情，就创造了一套掌法，叫作“黯然销魂掌”。这套掌法一施展出来，整个人的情绪都不好了。“黯然销魂掌”这个名字，就是从江淹的《别赋》化用而来的。

王勃这首诗别出心裁的地方，在于它的警句，即颈联“海内存知己，天涯若比邻”。这两句使得诗歌的境界得到了一个巨大的提升，如奇峰突起。这一联的对仗非常工整：“海内”对“天涯”，“存知己”对“若比邻”，没有什么比这更合适的了。这一联从格律上看，让人感觉很舒服；从意蕴上看，高出俗见。为什么高出俗见？因为远方总是陌生之地，没有人知道你，人们总是渴望被理解，而王勃却说“海内存知己”，就显得特别豁达。

这一联其实是从曹植的诗歌化用而来的。曹植的《赠白马王彪》一诗里说：“丈夫志四海，万里犹比邻。”

王勃化用了这个诗意，加上了自己杰出的创造，用一句“海内存知己”来提升“天涯若比邻”，整个境界一下子就高起来了，心胸变得无比开阔，超越了儿女情长和离愁别绪。诗人放眼世界，展望未来，心态变得积极，情绪变得达观，就从儿女情长的忧愁里超拔出来。

有学者说这两句诗是王勃“自铸伟词”，王勃创造了千古名句。这一点都不过誉。这两句诗在格局和气度上有巨大的提升。是以千古之下，中国的读书人中几乎没有人不知道这两句。这就是诗歌恒久的力量。

尾联“无为在歧路，儿女共沾巾”，是在劝慰杜少府：只要肝胆相照，我们有着知己一般的友谊，那么远隔天涯也像比邻而居一样亲密，所以不需要在临别之际像小孩子一样哭鼻子。

这首诗一反送别诗的悲酸愁苦，意境开阔、格调高雅，达观而大度，千年之后的我们真的可以想见王勃当时的英气勃发。

阿老师认为，其实只有到了当代，我们才真正理解“海内存知己，天涯若比邻”的意思。为什么？有的时候，你在自己的身边——你的同学那里，你的邻居那里，反而找不到跟你志同道合的人。可是，在互联网上，在千里之外，你却找到了那个跟你价值观相近的朋友，于是你们就成了网友。你看，王勃的“海内存知己，天涯若比邻”，是不是可以用来形容远隔千里却观念相近、一点都不觉得生疏的网友呢？

这是伟大的唐诗在我们当代留下的现实回响。

第二讲
风正一帆悬：王湾《次北固山下》

次北固山下

王　湾

客路青山外，行舟绿水前。

潮平两岸阔，风正一帆悬。

海日生残夜，江春入旧年。

乡书何处达，归雁洛阳边。

这首诗，题为《次北固山下》，“次”就是旅途中的短暂停留，这里指的是船只停泊。

北固山在如今的江苏镇江北部，主峰三面临江。这是一座在文学和历史上都非常著名的山。三国的时候，刘备和东吴联姻，“甘露寺刘备招亲”的故事就发生在这里。宋人辛弃疾在这里写了一首非常著名的豪放词——《永遇乐·京口北固亭怀古》，“凭谁问：廉颇老矣，尚能饭否？”这样的名句，便出自这首词。诸如此类的事迹，赋予了北固山厚重的历史文化内涵。喜欢历史文化名胜的阿老师，也曾多次到过这里。

诗人王湾，洛阳人，唐玄宗先天元年（712）前后，进士及第，授荥阳县（今河南省荥阳市）主簿，后转洛阳尉。他流传到现在的诗歌不多，只有十首。这首《次北固山下》非常著名，不管什么唐诗选本，十之八九都少不了这一首。

说起这首诗，我想先讲一点自己的回忆。我从小热爱文艺，早年尤其喜欢古典文学，后来果然读了中文系。现在大家熟悉的那些唐诗宋词，我也从小就喜欢。当时我没有老师指点，全凭自由阅读，也算自学成才吧。

王湾的这首《次北固山下》，跟阿老师的大学老师有关。那是大二的时候，我现在还非常清楚地记得那位古典文学老师是如何讲述“潮平两岸阔，风正一帆悬”这两句诗的。

那位古典文学老师是一位女教授，浙江诸暨人。讲到这两句，她就似乎感觉到了诗歌的古典之美，不由得微微眯起了眼睛，肩膀一耸，身子一摇，沉醉在诗句的意境里。她一点也没管我们这些学生有没有听懂，而是沉浸在自己的世界里。

当然，阿老师是听懂了，也被教授带进了古典诗歌的意境之中。阿老师不能忘记的，不是她讲解这首诗如何优美，不是诗艺的奥秘，而是她独自沉浸在自己的讲述里，沉浸在古典文学优美的世界里的场景——那一瞬间，她处于物我两忘的状态。

好的启蒙老师，并不一定会用很高级的讲课技巧来打动你，而是以真实的人生体验、真实的诗歌审美来感染你。

这位教授讲授这两句诗的场景，已经过去快三十年了，但对阿老师而言仍历历在目、恍如昨日。可见，教育对我们每个人的影响真的有可能长达一生。现在轮到我来讲唐诗，我想的也是要把真实的感受传递给读者，这是我的基本出发点。

这是一首五言律诗，我们逐句来讲解。

首联对仗，甚为严谨。“客路”指的是作者要前往的旅途。“青山”点题，即诗歌当中的北固山。诗人乘船，正朝着展现在眼前的绿水前进，驶向青山之外遥远的客路。“客路”和“行舟”，点明了诗人漂泊羁旅的状态。

颔联即“潮平两岸阔，风正一帆悬”。“阔”字表现的就是“潮平”。“潮平两岸阔”，春潮涌涨、江水浩渺，放眼望去，江面似乎与岸齐平了，船上的人的视野也因之而开阔。这一句写得气势恢宏。下句“风正一帆悬”愈加精彩。“悬”是指船帆高高悬挂的样子。这一句需要关注诗人对“风”的形容，即“风正”——为什么不是“风顺”，不是“风大”，不是“风高”？这就是诗人最高妙的地方，他找到了最合适的那个字，一个“正”字无可替代、不可更改。比如，我们试试用“风顺”，那么这个风大不大，是不是足以保证一帆高悬呢？如果风很大，那这个船帆就不是“悬”的形状，而是“鼓”起来的样子了。

因此，只有既是顺风，又是和风，船帆才能够悬挂在那里。妙就妙在这里。只有这个“正”字，包含了“顺”与“和”这两个方面的特点。就好像万千汉字罗列在诗人面前，他慧眼如炬，一下子就拈出这个字，于是写出千古名句。

后代学者王夫之在《姜斋诗话》里说，这句诗的妙处在于“以小景传大景之神”，大概就是用细节描写来反映辽阔境界的意思。这两句用了细节描写，由此可以想见，这不是在曲曲折折的小河里，也不是在风高浪险的三峡里。诗句的妙处就在“风正一帆悬”上，这样一种“小景”，把平野开阔、大江直流、风平浪静等“大景”都给表现出来了。这里写的就是长江中下游的那种开阔和豁达。

颈联“海日生残夜，江春入旧年”也是名句，情景交融，特别动人，被明朝的胡应麟赞为“形容景物，妙绝千古”（《诗薮》）。这两句仍然是在写景，但此景相比于颔联更具有恒久的性质，并在写景之中加入了诗人更多的感喟。时序匆匆交替，岁月流逝，让身在客路的诗人顿生思乡之情。海日生于残夜，新的一天到来，江上的景物呈现初春之感，但旧年还没有过去。在时序的变迁之中，蕴含了新旧交替的自然规律；在思乡的愁绪之中，有达观的情怀。

这一联历来为人称道，著名诗人张说也特别喜欢。《河岳英灵集》里记载：“‘海日生残夜，江春入旧年。’诗人以来少有此句。张燕公（张说）手题政事堂，每示能文，令为楷式。”张说亲手题写这两句诗并悬挂在政事堂上，将其作为非常标准的作诗的范式。

这两句炼字也非常出色，极见功力。“海日”与

“江春”相对，作为新生事物的象征，放到句首的位置以强调。“海日”之后用“生”字，“江春”之后用“入”字，两字均为动词，使之拟人化，赋予景物以人的意志和情感。妙就妙在，诗人只是为了抒情，并不刻意说理，却在描写景物之中，描写节令之中，含有一种自然的理趣。

尾联“乡书何处达，归雁洛阳边”，承接上文而作结，显得词短而情深，意犹未尽，像一个钩子，紧紧钩住读者的情感。

海日东升，春意萌动，诗人行舟于辽阔的长江之上，继续向青山之外的客路驶去。这时，一群北归的大雁正掠过天空。我们一看到大雁，就会想起鸿雁传书的故事，这是中国古人美好的想象和期待。洛阳，指家乡。诗人心想：那就托雁儿捎个信，烦劳你们回到洛阳的时候，替我问候一下家人。

尾联紧承前三联而来，遥遥呼应首联。诗歌全篇笼罩着一层淡淡的思乡之情，又有豁达之感。这也是唐诗意蕴丰富、层次分明的表现。不管你是不是初读此诗，相信王湾都能给你耳目一新的观感。

第三讲
春风不度玉门关：王之涣《凉州词》

凉州词

王之涣

黄河远上白云间，一片孤城万仞山。

羌笛何须怨杨柳，春风不度玉门关。

要讲王之涣，先要讲一个关于王之涣的著名故事。相信不少人都听过这个故事，但不妨碍我们一遍又一遍地讲述。

这个故事叫作“旗亭画壁”，最早收录在唐代典籍《集异记》里。故事是这样的：

大唐开元年间，诗人王昌龄、高适、王之涣三人都还很年轻，在诗坛齐名。他们意气相投，就经常在一起聚会、游玩。有一天，天气颇冷，下着小雪，三个人一起来到旗亭（即酒楼）喝酒。

此时，忽有梨园伶官十数人也登上了此楼，打算喝酒唱歌。三位诗人就躲到边上，拥着炉火，望着他们。一会儿，有四个美貌的歌女来了，开始演奏音乐，一展歌喉。

王昌龄等三人就互相约定说："我们几个都是诗人，以写诗闻名，但是我们三个之中谁写得最好，谁的诗歌流传最多，分不出高下。今天，我们可以偷偷地观看这些歌女们的演唱。谁的诗歌被演唱得最多，谁就是诗歌写得最好的那个。"

不久，有歌女就开始曼声唱道："寒雨连江夜入吴，平明送客楚山孤。洛阳亲友如相问，一片冰心在玉壶。"（《芙蓉楼送辛渐》）王昌龄很开心，用手在旗亭墙壁上画了一道，说："一绝句。"意思是，这一首诗是他的。

过了片刻，第二位歌女上场，唱的是"开箧泪沾臆，见君前日书。夜台今寂寞，犹是子云居"（《哭单父梁九少府》）。高适高兴了，也用手指在墙上画了一道，说："一绝句。"

一会儿，又一个歌女唱道："奉帚平明金殿开，且将团扇共徘徊。玉颜不及寒鸦色，犹带昭阳日影来。"

[《长信秋词五首》(其三)] 王昌龄很开心，又在旗亭墙壁上画了一道，说:“二绝句。”

王之涣成名已久，颇为自负，看到歌女唱的要么是王昌龄的诗，要么是高适的诗，心里很不服。他愤然变色，说:“这几个都是姿色很平庸的歌女，唱着下里巴人的歌词，哪里会懂得阳春白雪呢？那么俗气的人，怎么有资格来唱我的诗歌？”他指着众歌女里最漂亮的那位说:“等到她开唱，如果不是我的诗歌，我这一辈子都不再跟你们争高下；如果她唱的是我的诗歌，你们都要拜我为师。”

那两位诗人大笑，等了一会儿，最漂亮的歌女上来献唱。她转轴拨弦，果真一开口就是“黄河远上白云间，一片孤城万仞山。羌笛何须怨杨柳，春风不度玉门关”。

王之涣兴奋极了，说:“你们看，我说对了吧！”他嘲笑高适和王昌龄，说他俩是“田舍奴”，大概就是嘲笑他们是乡下人的意思。三个好朋友一起大笑。众歌女不知道他们为何狂笑，就起身去问。于是三人表明身份。众歌女知道后很惊讶，又很喜悦，于是洗盏更酌，与三位大诗人一起畅饮了一天。

这个故事流传至今，说明两个问题：其一，当时诗人还是广受尊敬的，有社会地位。其二，诗歌在唐朝是可以按照乐谱演唱的，只是时代太久远了，传到现在就只留下歌词，曲谱已经不可考，所以我们已不知道古人是怎么唱的。

今天我们讲的这首《凉州词》，是王之涣最负盛名的诗歌之一，和《登鹳雀楼》齐名，堪为千古绝唱。

你看“黄河远上白云间”一句，它跟我们熟悉的“黄河入海流”一句有什么区别？“黄河入海流”是写黄河从西往东流，对不对？“黄河远上白云间”是写黄河从东往西直上云霄之间，极言黄河的辽远漫长，具有一种画面感，非常了不起。文字是有刻印能力的，“黄河远上白云间”因其强烈的画面感而刻印在我们的脑海里。

第二句“一片孤城万仞山”，这个“孤城”大概指的是玉门关。这里，我们要先解决一个用词的问题。“一片孤城万仞山”，为什么诗人用“片”这个量词？众所周知，“一片”一般用来形容那些片状物。一片枯叶，是可以的；“孤帆一片日边来”，我们信服；一片羽毛，我们也信服。可是“孤城”为什么要用一片呢？用量词来形容孤城的话，得用“座”，对不对？

但是读者朋友要知道，这是诗歌。诗歌是可以打破汉语的常规用法的；或者说，诗人本来就是汉语的实验家。

我们来看“一片孤城万仞山”这句诗，“孤城”的背景是什么？是“万仞山”。远处是若隐若现的起伏的山峦，沙漠辽阔无边，其中有一座孤城，是不是就显得特别渺小、特别单薄？这个时候，用“一片”来形容就更加突出它的渺小、单薄，以及背景的无限辽阔，同时又和“孤”字相呼应。

于是，上一句“黄河远上白云间”和下一句“一片孤城万仞山”结合在一起，就是一幅壮阔、辽远而又苍凉的西域图景。

“羌笛何须怨杨柳”一句，我们需要先知道羌笛是什么；要知道羌笛，又需要先知道羌族。羌族是当时生活在西北地区的一个少数民族，在中国历史上非常有名，存在了很久。当代著名的学者王明珂先生写了很多书，来研究羌族。

羌笛大概就是羌族所用的一种乐器。我们从文化交流的层面看，“羌笛何须怨杨柳”写出了在这个地方、这个时间段，汉民族和西北各民族之间的文化交流是很密切的。羌笛这种乐器，就是文化交流的象征和见证。

即便在当下，从汉语词汇、汉语文学当中，我们仍可以看出当时文化交流的普遍性。你若多读几首唐诗，就会发现有趣的例子。比如，唐诗里出现的中原本土的乐器名，一般都只有一个字，比如笛、琴、瑟。而如果在这种乐器名前加一个表示地域、民族的词，就表示这种乐器是从别的民族那边传进来的。比如，羌笛是从羌人那里传进来的；胡琴，是胡人用的琴。中国古代在很长时间里，都把西北地区的少数民族叫作胡。

再举一例，有一种鼓叫作羯鼓。羯也是古代的一个少数民族。从羯人那里传进来的鼓，就叫作羯鼓。

"羌笛何须怨杨柳"，"杨柳"又有什么来历？在中国古人的诗歌当中，你会不断看到杨柳这种景物。"杨柳"相当于中国诗文作品的一个原型意象——这种意象带有普遍的象征性，如原型一般有代表性。

中国古人有一种风俗，即在送别时折柳相赠。"折柳"一词最早出现在汉乐府《折杨柳歌辞》中："上马不捉鞭，反折杨柳枝。"上了马不拿马鞭，反而去折了一根杨柳枝。为什么？因为"柳"和"留"谐音，古人就用折柳来隐晦地表达别离、留恋这样的情感。

“柳”也是《诗经》以来的一个普遍意象。《诗经·小雅·采薇》里说：“昔我往矣，杨柳依依。今我来思，雨雪霏霏。”主人公从军出征的时候，杨柳随风摇摆，好像依依不舍似的，诗句表达了主人公的留恋之情。这就是杨柳在中国的古诗当中具有特殊含义的根源。

“春风不度玉门关”，玉门关是汉武帝时期设置的，据说西域产玉，运到中原要经过这个关隘，因此得名玉门关。有人认为，其故址在现在甘肃敦煌西北的一个地方，叫作小方盘城。玉门关是古代的交通要道，也是非常边远的一个关隘，关外就是汉唐的势力所不能到达的地方，所以诗人说“春风不度玉门关”，在这个地方从军出征，比折柳送别更加令人难以承受。

玉门关离中原非常远，是边塞苦寒之地。这首诗虽然写的是戍守边关的战士不得还乡的那种哀怨之情，却写得悲壮苍凉，并没有颓唐衰飒的情调，表现了盛唐诗人广阔的心胸。即便诗人写的是悲情，但这种悲情当中有壮美，悲凉而慷慨，情调是悲伤的，却不失辽阔与博大，这就是盛唐之音的典型代表。

这首诗太有名了，后代便附会出很多传说。

据说，大学士解缙奉命为明成祖朱棣的一把象牙折扇题诗，他将王之涣的《凉州词》龙飞凤舞地写上了扇面，不小心漏了一个“间”字。明成祖朱棣拿到之后，受了太监的挑拨，大怒，要治解缙欺君之罪。解缙灵机一动，连忙跟皇帝解释道：“我写的不是王之涣的《凉州词》，而是一首新词。您听我念一遍：‘黄河远上，白云一片，孤城万仞山。羌笛何须怨，杨柳春风，不度玉门关。’”皇帝听了，觉得蛮通顺的，解缙因而得以脱罪。解缙的侥幸脱罪，实在是因为古代中国还没有现代的标点符号。古人读书全凭句读，停顿不同，句意便也不同。所以韩愈才说“句读之不知，惑之不解”（《师说》）。句子通顺，也有诗意，解缙凭着自己的机智躲过了一劫。

第四讲
公主琵琶幽怨多：李颀《古从军行》

古从军行

李　颀

白日登山望烽火，黄昏饮马傍交河。
行人刁斗风沙暗，公主琵琶幽怨多。
野云万里无城郭，雨雪纷纷连大漠。
胡雁哀鸣夜夜飞，胡儿眼泪双双落。
闻道玉门犹被遮，应将性命逐轻车。
年年战骨埋荒外，空见蒲桃入汉家。

一般而言，盛唐诗人的边塞诗都气贯长虹，因为那是一个进取的时代，诗人们渴望建功立业，渴望破敌平边，作品都张扬着大唐盛世的骄傲与自豪。所以论者说，盛唐气象，主要是一种豪迈的气概，是一种积极向上的壮美。这些都是盛唐边塞诗的特质。

但是盛唐气象也不是单一的，而是丰富多彩的，呈现为多面的属性，有渴望战斗的，有思念家乡的，也有抒发朋友离别之苦的。总之，人类的感情有多么丰富多彩，盛唐诗就有多么丰富多彩。很多边塞诗，其内容和主题里也含有人道主义精神，含有反战的思想，这也是边塞诗的一种类型，特别值得我们重视。

李颀的这首《古从军行》，就是具有这种反思精神的代表作。

李颀大约生于公元690年，卒于公元751年，基本上生活在开元盛世。他生在一个富裕的家庭里，但不慎结识了一些轻薄子弟，家财散尽。后来他隐居在颍阳（今河南省登封市）一带，苦读十年。唐玄宗开元二十三年（735），李颀考取进士，一度担任新乡（今属河南）县尉，这只是个小官，不久他就辞去了官职，长期隐居在嵩山、少室山一带的“东川别业”里，有时也来往于洛阳和长安之间。

李颀这个人性格超脱，讨厌世俗的生活，交友非常广泛，和盛唐时期一些著名的诗人，如王维、高适、王昌龄等都有诗歌的唱和。

这首《古从军行》写于天宝初年。虽然诗人所咏的内容是汉朝历史，但明眼人看来，也能发现李颀隐含的对唐玄宗的军事政策的看法：李颀不太认同唐玄宗总是兴兵打仗，给人民带去了无数痛苦。

《从军行》是汉乐府的旧题，李颀化用旧题，写的却是当代的事情。由于怕触犯忌讳，所以他在题目前面加了一个“古”字，表示咏史怀古。这首诗对帝王的好大喜功、穷兵黩武、视人民生命如草芥的行为有讽喻的意味。在当时看来，这首诗属于边塞诗中的另类作品，借古讽今，而不是一味地慷慨激昂。

这首诗用了很多典故，理解这些典故，就有了理解这首诗的钥匙。我们一联一联来看。

第一联，“白日登山望烽火，黄昏饮马傍交河”。“交河”是一个古地名，大概在如今的新疆吐鲁番西面。这两句诗用“烽火”来指代战事，用“交河”表明出征之地的距离——要从今天的陕西西安一直到新疆吐鲁番，可谓辽远。

第二联，“行人刁斗风沙暗，公主琵琶幽怨多”。“行人”，即出征的人。行人在昏暗的风沙中听到敲击刁斗的声音，又听到远嫁乌孙国的汉家公主幽怨的琵琶声。

古诗中经常出现“刁斗”这个词，比如高适的《燕歌行》里有“杀气三时作阵云，寒声一夜传刁斗”。它是指什么东西呢？刁斗是古代军中所用的由铜制成的炊具，容量大概为一斗，所以叫刁斗。因为刁斗是铜制的，敲击声音较响，所以它可替代更柝，白天用以煮饭，晚上用以打更。

“公主琵琶”也有一个典故。汉武帝时推行和亲政策，命江都王刘建的女儿刘细君以公主的身份嫁给乌孙国国王，因担心这位公主途中烦闷，汉武帝便命人弹琵琶来娱乐。这句“公主琵琶幽怨多”指的就是此事。我们可以想见，这个曲调肯定不是欢乐的，而是哀怨悲戚的，因为公主离别亲人，远嫁异族，所以满怀“幽怨”。

第三联，“野云万里无城郭，雨雪纷纷连大漠”，诗人着意渲染边陲的环境。军营所在，四顾荒野，无城郭可依，“万里”极言其辽阔；“雨雪纷纷”，以至于与大漠相连，其凄冷酷寒可见一斑。以上六句，写尽了从军生活的艰苦。

第四联，“胡雁哀鸣夜夜飞，胡儿眼泪双双落”。这两句字面意思是说，胡地的大雁惊飞着，哀鸣不已；胡人的士兵痛哭着，泪水滂沱。但我们一看就知道，这不是写胡人，而是写征人的苦难和哀戚。

诗人的高明在于，并不从正面描写征人的哀怨，而是别出机杼、反弹琵琶。因为胡雁和胡儿都是土生土长的，他们面对此情此景，尚且哀啼落泪，更何况远戍到此的征人呢？这种反弹琵琶就更加写出了征人的哀伤之情。所以两个“胡”字是有意的重复，以强调此情此景的悲伤与哀戚。“夜夜”和“双双”，则有意使用叠字，有烘云托月的艺术力量。

第五联，“闻道玉门犹被遮，应将性命逐轻车”。听说玉门关的交通还被阻隔，大家只好豁出性命，追随着将军去战斗。

这一句也有典故，讲的是《史记·大宛列传》中的故事。汉武帝太初元年，即公元前104年，汉军进攻大宛国，攻战不利，请求罢兵。汉武帝听说之后，非常生气，派人截断玉门关，下令“军有敢入者辄斩之”。所以这里其实在讲皇帝的一意孤行和穷兵黩武。征人不能进玉门关，只能“应将性命逐轻车”。“轻车”是将军名号“轻车将军”的简称。所以看懂了典故，我们就知道其实这两句非常高明，像一记重锤敲击在读者的心里：

你必须抱着必死的决心去战斗。

阿老师每年去玉门关时，会看到玉门关这个地方的偏僻之处：朔漠万里，不见人烟。但这里竟然是兵家必争之地。我曾想：汉族是一个农耕民族，为什么要走这么多的路，跑到戈壁滩这样一个完全不长庄稼的地方来打仗？这究竟是为什么？这个问题值得思考，也许你会有新的想法。

最末一联，“年年战骨埋荒外，空见蒲桃入汉家”。“汉家”就是汉宫。最后两句的意思就是，每年征战，不知道有多少尸骨埋于荒野之外，换来的结果只是西域的葡萄移植到了汉宫。“蒲桃”，就是我们现在的葡萄，汉字写法不同。这里其实也有一个典故。

汉武帝的时候为了求“天马”——一般认为是当时大宛国的汗血宝马——便派张骞出使西域。当时随着“天马”进入中国的还有葡萄和苜蓿的种子。为什么要把苜蓿引进来呢？因为苜蓿是“天马”的饲料，“天马”只吃苜蓿。汉武帝命人把苜蓿、葡萄的种子种在离宫别馆旁。“空见蒲桃入汉家”，就是用这个典故来讽刺好大喜功的皇帝，他牺牲了无数人的性命，换来的是什么呢？就是“空见蒲桃入汉家”，离宫别馆到处种满了葡萄。这一句非常有力，批判性很强。

这就是历史。我们后人从宏观的背景来看，自然不希望有战争，但有时候战争仍不可避免。你会发现，如果贸易还能持续，战争就会少很多。葡萄、苜蓿等西域的物种，基本上是通过丝绸之路、通过贸易和交换进入汉家的。而诗人李颀通过这些贸易的过程，看到了当时从军的那些个体的悲剧。他们，仅仅成了大时代的一个小小注脚。

第五讲
秦时明月汉时关：王昌龄《出塞》

出　塞

王昌龄

秦时明月汉时关，万里长征人未还。

但使龙城飞将在，不教胡马度阴山。

诗人王昌龄，大家也很熟悉。前文讲“旗亭画壁”，他是三位诗人之一。他被称为“七绝圣手”，意思是说，这位诗人的七言绝句很了不起。他又被称为“诗家天子”，在写诗的人里，王昌龄的地位宛如天子。这都是极高的赞誉。

王昌龄，字少伯，京兆长安（今陕西西安）人，大概生于公元 698 年，卒于公元 756 年或 757 年，这个时间段，主要还在盛唐时期。安史之乱发生不久，王昌龄就因故而殁。

王昌龄出身寒微，早年一直在务农，也曾经出家学道。在公元 724 年的时候，他还曾投笔从戎，西出河陇。王昌龄的边塞诗写得好，盛唐一代可谓首屈一指，重要原因就在于他有真实的从军经历，有西域边塞的生活体验。好的作品，必然来自真实的生活。

公元 727 年，他三十岁，这才考中进士，但也没有从此平步青云。在仕途上，王昌龄一直是个失意落魄之人。

王昌龄的《出塞》一共有两首，“秦时明月汉时关”是第一首，也是更为知名的一首。明朝的学者李攀龙曾经推崇它是唐代七绝的“压卷之作”，也就是最棒的一首。这个评价不可谓不高。

《出塞》其实是汉乐府的旧题。秦汉以来，边关多事，烽火不息，国与国之间战争频仍，战士长年不能回家。诗人关心边疆的战士，同情长期征战的士兵，于是就诞生了很多以边塞生活为主题的诗歌作品。王昌龄则借乐府旧题《出塞》来写他自己的思想感情。

“秦时明月汉时关”，起笔不凡。读者朋友要注意一下，我们不能将其理解为秦代的明月、汉代的关隘。这里，“秦”“汉”“关”“月”四个字交错使用，在修辞上叫作互文。

互文是古诗文中很常见的一种修辞手法。大家学习古诗文，慢慢地就会发现，很多作品都会使用互文。比如《木兰诗》里面的“将军百战死，壮士十年归”，就是互文句。

“秦时明月汉时关”的意思是，秦汉时候的明月、秦汉时候的关隘。明月也好，关隘也好，都是自秦汉时代就有的。诗人用这样的互文句，来强调一种历史的纵深感，并且暗示这里的战事自秦汉以来就一直未停歇过，突出了历史的久远、时间的漫长，以及战争的漫长。

阿老师除了讲古文和唐诗，暑假还有一个工作，就是带着小朋友去看世界。其中有一条经典的行走路线，就是沿丝绸之路去往敦煌。每年暑假，我们都会到敦煌看看玉门关和阳关。这其实也有一个用意，就是带孩子们去看看王昌龄的“秦时明月汉时关”究竟是什么样子的，是怎样苍凉的景象。阿老师自己第一次去那里，是在 1993 年，记忆已经很模糊了。现在再去，阿老师就想在黄昏的时候去，然后到那戈壁滩上看一下月亮，感受“秦时明月汉时关”的意境。

可惜天公常不作美，有两回，我们到的那天居然是阴天，还零星地下了几滴小雨。戈壁滩上雨水极少，却给我们碰上了，结果完全看不到月亮，所以真的很遗憾。

“万里长征人未还”，“万里”指的是边塞和内地相距万里，虽然是一种虚指，却突出了空间的辽阔。诗人的高明就在这里：第一句写时间的纵深，第二句写空间的辽阔，这么两句，就把读者带到了苍茫宇宙的立体画卷里面。

“秦时明月汉时关，万里长征人未还。”“人未还”这三个字，就使人联想到战争给人带来的离别之苦，这是边塞诗经常提到的一种情感，无非是王昌龄的格局更大而已。

“但使龙城飞将在，不教胡马度阴山”，后两句用侧面烘托的笔法来点出诗篇的主题。“龙城飞将”，有人认为是卫青，有人认为是李广——李广被匈奴人称为飞将军。他们如果还活着，绝不会让胡马度过阴山。边境安宁，征人也就可以回家和亲人团聚了。这里用假设句，对古代的英雄人物进行褒扬，表达诗人无限的敬仰之情，因为他们抗击匈奴的故事千百年来一直激励着将士们的士气。这也是边塞诗固有的慷慨激昂的特质。

此外，我们再来聊一下阴山。在汉唐的诗歌乃至民歌里，阴山常常出现，比如“敕勒川，阴山下，天似穹庐，笼盖四野”（《敕勒歌》）。阴山究竟是座什么山，有什么特别之处呢？

如果你去过内蒙古，在内蒙古坐过火车，从火车上往北眺望，就会看到一条山脉，东西纵横、连绵不绝。认识的人就会指给你看：那就是阴山山脉。

阴山在地理上，是草原与荒漠草原的分界线。阴山以北是荒漠草原，多有岩石裸露，土壤贫瘠、植被稀疏。特别是阴山西部，多为荒漠戈壁地貌。阴山以南，地势平坦，水资源比较丰富，土壤比较肥厚，有利于发展农业。

我们要知道，自然地理的特性，很大程度上决定了人类生产生活的方式。阴山以北以荒漠草原为主，适合游牧民族生活，阴山以南则适合农耕民族生活，这里就成为农、牧两种社会经济形态的自然分界线。于是，阴山一带自古以来就是游牧民族和中原农耕民族的争战之地，多少历史的烽烟在此燃烧。为什么古诗里面讲到阴山的篇目众多，大家也就能理解一二了。

第六讲
一片冰心在玉壶：王昌龄《芙蓉楼送辛渐》

芙蓉楼送辛渐

王昌龄

寒雨连江夜入吴，平明送客楚山孤。

洛阳亲友如相问，一片冰心在玉壶。

上文我们讲了王昌龄的边塞诗。王昌龄有去边塞从军的亲身经历，所见、所闻、所感都是真实的，所以他的边塞诗开一时之风气，千载之下读来，我们似乎还能听到金戈铁马的声音。尤其是“秦时明月汉时关”一句，真可谓千年回响。

王昌龄的边塞诗写得好，但我们也不要对他有刻板印象，认为他就只有边塞诗写得好。其实，唐诗的各类题材，王昌龄都有涉猎，且都有佳作。唐诗按照所写的内容，可以分为很多类——当然分类标准也不是绝对的，一般认为可以分为如下类型：边塞诗、山水诗、田园诗、怀古诗、闺怨诗等。《芙蓉楼送辛渐》属于送别诗，可以反映王昌龄的另一种创作风格。

《芙蓉楼送辛渐》中，“洛阳亲友如相问，一片冰心在玉壶”当属于不朽的名句，我们都耳熟能详。其实，关于这首诗，还有一段真实的故事。

王昌龄因为家境贫寒，只有勤奋读书一条出路。几经曲折，他终于在开元十五年（727）高中进士，不久被授予秘书省校书郎一职。但这个职位不高，王昌龄不甘心，觉得自己有才，这属于明珠暗投，于是在开元二十二年（734）参加博学宏词科的考试，并且再次考中。

进士和博学宏词科，都是当时科举的门类。唐朝的科举，其实跟明清时很不一样。唐代的科举主要包括常举和制举两种形式。常举又分为秀才、明经、进士、明法、明书、明算等科，其中以明经、进士两科最为重要。明经考试主要考查帖经、经义和时务策，而进士考试则包括帖经、诗赋和时务策，诗赋尤为重要。制举是一种选拔“非常之才”的考试，普通人和官吏都可以考，科目繁多，博学宏词科为其中一科。

第二次科场登第之后，王昌龄的官职仍然没有被提拔，仅仅被授予汜水尉，这个职位属于九品。科场得意，官场失意，王昌龄受到了极大的打击。

大约在开元二十七年（739），王昌龄被贬到地处偏僻的岭南。这次贬谪的原因我们不甚明了，王昌龄自述是“得罪由己招，本性易然诺”（《见谴至伊水》），但据后代学者研究，不排除与唐王朝当时的政治局势有关。王昌龄被贬岭南时，正是李林甫得势、张九龄失势之时。王昌龄一直非常仰慕张九龄的品行和为人，与之关系也比较密切，所以这一次遭贬谪，有可能就是受到了张九龄的牵连。

开元二十八年（740），王昌龄遇赦北返，第二年回到长安。这年冬天，王昌龄奉旨量移江宁（今江苏省南京市）丞。赴任之前，他向好友岑参辞行，作《留别岑参兄弟》：“江城建业楼，山尽沧海头。副职守兹县，东南棹孤舟……”因他曾在江宁为官，世人也称其为“王江宁”。

《芙蓉楼送辛渐》这首诗作于王昌龄任江宁丞之时。

当时他正遭受一些非议，送别亲友远行，凄切的心情可想而知。所以他说“寒雨连江夜入吴，平明送客楚山孤”，楚山也像他一样感到孤独，这是移情的修辞手法。楚山无知，当然不孤，孤独的是王昌龄自己，他把情感投射到了楚山上。

其实最重要的是后两句：“洛阳亲友如相问，一片冰心在玉壶。”他借“玉壶”“冰心”自明心迹，意思是说，他的心意就像冰心和玉壶一样，用所谓的玉洁冰清来表达他那种坚贞、纯洁的心境。

这两句诗流传至今，我们现在如果想要表明心迹，也会经常引用。

几年之后，王昌龄又因为“不矜细行，谤议沸腾”（殷璠《河岳英灵集》）的罪名再次遭贬。这一次被贬，史学家一般认为是小人谗言所致。“不矜细行”，主要是说王昌龄在生活作风上有一些好酒贪杯、游手好闲、私养歌姬的毛病。这一次王昌龄被贬为龙标尉，在天宝七载（748）春天，他到达了龙标。李白著名的诗作《闻王昌龄左迁龙标遥有此寄》就是作于王昌龄被贬龙标之时。

自从开元十五年进士及第，王昌龄担任的仅仅只是校书郎、县尉、县丞一类的小官，而且屡遭贬谪，不断迁移，他的仕进之路充满失意和悲剧。

后来安史之乱爆发，大唐江山岌岌可危。这时王昌龄年纪已经很大了，但他还是离开了他当时的贬谪地龙标，飞奔北上——一腔热血的他，还想要去报国。

可是，在北上的路途中，他遭遇了这辈子最大的不测：在路过今安徽亳州（一说为安徽凤阳）的时候，他被当地的刺史闾丘晓杀害了。一代诗人、“诗家天子”王昌龄的生命，就此走到终点。

这个闾丘晓为什么要杀王昌龄呢？这至今还是一个谜。《唐才子传》中记载王昌龄被杀的原因，只有一句话：“以刀火之际归乡里，为刺史闾丘晓所忌而杀。”也许是因为闾丘晓嫉妒他的才华，或者跟他有私人恩怨，我们不得而知。总而言之，一代大文豪死于一个宵小之手，怎么说都会让人感到惋惜。

在闾丘晓杀害王昌龄后，张镐为王昌龄报了仇，他诛杀了闾丘晓。

这个张镐大有来头，以布衣而任左拾遗，担任过一些地方的节度使，后来成为一代名相。他非常敬重王昌龄，也喜欢李白和杜甫。安史之乱爆发后，李白系狱，也获张镐救援。张镐听闻王昌龄被杀，非常愤怒。

公元757年八月，唐肃宗鉴于张镐是文武全才，让他兼任河南节度使，都统淮南等道诸军事。当时，叛军围困睢阳，守将张巡告急。张镐急速赴援，并传令闾丘晓出兵营救。闾丘晓却担心战事失败祸及自身，逗留不肯进军，坐视叛军攻城。同年十月，叛军攻陷睢阳，张巡遇害。张镐大怒，命人杖杀闾丘晓。

闾丘晓贻误战机，导致张巡战死，张镐就要处死他。这当然不算假公济私，恰恰是闾丘晓咎由自取。据说，当张镐下令处死闾丘晓之时，闾丘晓求饶道："我家有母亲妻儿，请饶我一命。"张镐道："你有母亲，王昌龄就没有吗？王昌龄的母亲又要谁来奉养呢？"

千载之下，自有公论。

第七讲
渭城朝雨浥轻尘：王维《送元二使安西》

送元二使安西

王　维

渭城朝雨浥轻尘，客舍青青柳色新。

劝君更尽一杯酒，西出阳关无故人。

王维是盛唐诗人当中非常重要的一位，重要到什么程度呢？

我们来玩一个游戏。其实这不是游戏，是阿老师在写《非一般的唐诗课》时真实遇到的两难问题。

本书因为篇幅所限，诗人和作品必须有所取舍。那么，先让我们在书桌上写三十个、二十个或者十多个盛唐诗人的名字吧。然后按照你喜欢的程度，或者你认为的重要程度，一个一个地画掉。我想你一定会跟我一样濒临崩溃，因为，删无可删。

好，硬起心肠，留下几个人。那么，王维可能就是你最后留下的几个诗人之一。王维、李白、杜甫，这三个名字你没有办法再画掉了。不但是你，全体中国人都不会再画掉。因为他们是我们的精神世界固有的构成部分，去掉他们，我们的人生就不完整了。

在《非一般的古文课》里，我讲了王维的《山中与裴秀才迪书》，大致交代过王维的生平。一般认为王维生于公元701年，跟李白同岁。我们知道王维系出名门，他家是太原王家，门第很高，因此王维从小就被寄予厚望。他十五岁来到长安，认识了岐王——就是“岐王宅里寻常见”（杜甫《江南逢李龟年》）的岐王——得到了岐王的保举，被引荐给当时深受皇帝宠爱的九公主认识。王维也不负厚望，考中了状元。

《唐才子传》里有很传奇的说法：

> 维将应举，岐王谓曰：“子诗清越者，可录数篇，琵琶新声，能度一曲，同诣九公主第。”维如其言。是日，诸伶拥维独奏，主问何名，曰：“《郁轮袍》。”因出诗卷。主曰：“皆我习讽，谓是古作，

乃子之佳制乎？”延于上座曰：“京兆得此生为解头，荣哉！”力荐之。

唐朝的时候，科举考试的试卷不是密封的，因为考生其人此前的名声和事迹也在考察的范围之内。王维结识岐王，岐王想要王维高中，就带他去结交九公主。这个九公主就是玉真公主，她是唐玄宗李隆基的亲妹妹，在当时很有权势，深受李隆基喜欢。所以，只要认识了玉真公主，得到了玉真公主的赏识，有她在皇帝面前美言一番，王维高中状元的事情就成了。

上述《唐才子传》的片段，讲的就是这个故事。岐王让王维带上几首诗作，新谱一首曲子，到玉真公主家里去演奏。王维演奏完，玉真公主问这是什么曲子，王维回答完，就呈上自己的诗作，给九公主看。

唐代文人想要求人引荐，或者要参加科举考试，会整理自己满意的作品，拿到长安献给主考官或朝中显贵，这就叫行卷。李白行卷，把自己的作品投给了贺知章，王维则直接投给了玉真公主。玉真公主一看，惊呆了，说：“哎呀，这些诗歌都是我平时熟读的，我还以为是古人写的，原来是你写的呀！”于是玉真公主就把王维请到上座，说:“有你这样的人才做状元，是京城的荣耀。”这就是王维状元及第的故事。

王维这一生，少年时代、中年时代和晚年时代，人生境遇完全不同，诗歌的风格也不同。

少年时代，他才华横溢，名动京城，诗歌比较艳丽，书写长安的繁华景象。后代的纳兰性德差不多有这个味道。我觉得这也是很正常的，少年时代谁不爱繁华呢?

中年时代，王维隐居辋川，写了极多的隐居题材的诗歌，比如光是写辋川的，就有二十首之多。我们讲过的《山中与裴秀才迪书》，是王维的散文，那种散淡、自然、质朴的风格里面，包含着很深的人生体会，是我最爱的古文名篇之一。

王维的晚年时代，就是公元 755 年安史之乱爆发之后。公元 756 年，安禄山进攻长安，唐玄宗带着少部分人马仓皇出逃，长安陷落，王维来不及逃跑，被陷于城中，沦于贼手。王维名气太大，于是叛军就要求王维出来担任伪职，来给叛军“站台”，以增加声势。同时，这样也可以增加这个叛军政府的合法性。王维就这样被武力胁迫去了洛阳，担任了给事中一职。他是被迫的，然而这段任伪职的经历，成为他晚年最大的心病，令他一再悔恨。

王维有一篇文章叫作《为薛使君谢婺州刺史表》，里面这么写道：

> 当贼逼温洛，兵接河潼，拜臣陕州，催臣上道，驱马才至，长围已合，未暇施力，旋复陷城。戟枝叉头，刀环筑口，身关木索，缚就虎狼。臣实惊狂，自恨驽怯，脱身虽则无计，自刃有何不可？而折节凶顽，偷生厕溷。纵齿盘水之剑，未消臣恶；空题墓门之石，岂解臣悲？今于抱衅之中，寄以分忧之重，且天兵讨贼，曾无汗马之劳，天命兴王，得返屠羊之肆，免其衅鼓之戮，仍开祝网之恩，臣纵粉骨糜躯，不报万分之一。

“我当时胆怯、害怕，虽然我不能逃跑，但是我还不能自杀吗？我还不如死了算了。”这是王维的心声，可见王维内心的惨痛真的是无以言表，所以他一再在这篇文章里面讲自己那种痛恨、后悔不已的心情。没多久，王维就郁郁而终了。当时是公元 761 年，离安史之乱的彻底平定还有两年。

这就是王维人生中的三个阶段：年少时代豪气干云；中年时代颇为好道，隐居终南山；而晚年则陷于深深的自责之中，郁郁而终。

为什么要在讲王维之前先讲一下安史之乱呢？

因为安史之乱从大的角度讲，对世界和中国的历史进程产生了深刻的影响；而从个人的层面而言，对这些生当乱世的诗人的一生也产生了深远的影响。

这首《送元二使安西》是王维最负盛名的诗歌之一，看风格大概就能知道，是王维第一个阶段的诗歌，大概写于公元 735—755 年，安史之乱之前。

阿老师前面讲我个人的“唐诗三大未解之谜”，其中第三个就是不知元二是何许人也，今天我们来解释一下元二是谁。

元二是王维的老朋友，名字叫元常，因为在家里排行老二，所以大家叫他元二。根据史料记载，元常是一个懂得兵法的人。

安西指的是安西都护府，府治在龟兹，也就是现在新疆的库车市，唐时就是边疆重镇。天宝六载（747），唐玄宗任命高仙芝为安西四镇节度使。高仙芝在西域战功赫赫，最后因被诿抵御安禄山的叛军不力而被赐死。

元二可能就是奉命出使到高仙芝驻守的那个地方。当时诗人王维在渭城，渭城在今陕西咸阳的东北，元常奉命前往安西，诗人就在渭城送这位好朋友启程，写下了《送元二使安西》——也叫《渭城曲》《阳关曲》《阳关三叠》。

后来，这首诗被编入乐府，广为传诵，成为饯别的名曲。

“渭城朝雨浥轻尘”，这一句很简单。早上刚刚下过雨，沾湿了尘土，空气清新，似乎扑面而来。

“客舍青青柳色新”，为什么要写柳色？因为“柳”和“留”谐音，表达了挽留之意。我们已经讲过，“柳”是一个原型意象，我们读中国的古典诗歌，一定要知道“柳”这个词的意思。古人有折柳送别的习俗，从《诗经》开始就有这样的咏叹：“昔我往矣，杨柳依依。”所以你看见柳，就要知道有一种留恋惜别之情。

“劝君更尽一杯酒，西出阳关无故人。”这里包含了诗人深厚而悠长的情感。“更”字特别有意思。“更”就是“再”的意思，说明作者已经和元二喝了很久了，这个“更”字有再敬一杯的意思，其中包含着诀别的意味，再喝一杯就要分离了。

下一句境界一下子扩大了，“西出阳关无故人”。阳关位于边塞之地。诗句包含着对远行之人的担忧，既是一种留恋，也是一种祝福。

王维这首诗，怎么赞誉都不过分。它为什么好？因为其轻盈而又动人，表达恰如其分，哀而不伤，情感节制。

写诗就是这样，诗人必须是第一个恰如其分地把要说的内容说出来的人。这样的人就是天才。比如，王维写了《送元二使安西》，这就是天才之作。你要不是第一个说出，而是在别人说出之后紧跟着说一句：“俺也这样想。”那你就仅仅是在“抄作业”。

第八讲
大漠孤烟直：王维《使至塞上》

使至塞上

王　维

单车欲问边，属国过居延。
征蓬出汉塞，归雁入胡天。
大漠孤烟直，长河落日圆。
萧关逢候骑，都护在燕然。

《使至塞上》是阿老师年轻时最喜欢的王维的作品之一，即便用排除法，这首诗都去不掉。这是王维边塞诗的代表作，其诗风也是阿老师年轻时代最喜欢的那种风格。

曹丕说："盖文章，经国之大业，不朽之盛事。"（《典论·论文》）"文章"这个词，其实也包括诗歌。曹丕说，看似没有实际价值的写作这件事，是这个世界上的“大业”，其中有深意存焉。我引申一下：不单单是写诗，我们读诗，也是很有价值的。阅读本身不仅仅是一种自我审美的提升，其实里面还有文化传承的意味。所以不要小看自己，当你开始读诗时，你就自动进入了一个伟大的文化序列里。

当然，年龄不同，我们阅读诗歌的“口味”也不同。年轻时，我们也许喜欢风格浓烈的诗歌，就像王维年轻时的诗歌有花团锦簇的风格；年纪大了，我们的心境渐渐就悠远起来，喜欢散淡平易的风格。我写过一篇文章，叫作《世间的苦》，讲人年纪大了口味偏苦。年轻时我喜欢吃甜食，热爱巧克力，而中年之后“唯二”喜欢的饮品就是清茶和苦咖啡。这种偏好反映了身体机能的一种需求，也意味着人生审美的一种转变。

对此，阿老师自己有很多体验，而在重读王维的过程中竟然也发现，原来王维的很多感受，我也体会到了。这真的是一次特别的旅程。

阿老师年轻时喜欢唐诗，喜欢古典文学，也读过王维的不少诗歌，这次写《非一般的唐诗课》，重新把王维的诗作拿出来读，前前后后费时不少，有了更多的收获。

其实，王维在人生不同的阶段也有不同的感悟，诗歌风格也有极大的不同，所见甚深。他晚年遭遇安史之乱，生当乱世，不能自主，苟且偷生，这实在是人生最大的痛苦。从对人生的认知而言，我尤其觉得，一个人的人生有一定的长度，是很有意思的一件事。为什么呢？因为你会在不同的人生进程里看到不同的风景，有不同的体验，尽管也可能会有痛苦，但这痛苦也是人生的况味之一。

这首《使至塞上》是王维什么时候写的呢？也许你还记得王维年纪轻轻就中了状元，但之后他一直仕途不顺，直到结识了张九龄，才拜了一个右拾遗的官职。可是不久，张九龄被李林甫排挤出了京城，于是王维在京城也待不下去了。

开元二十五年，即公元 737 年，王维前往凉州河西节度使的幕府去做幕僚，为监察御史兼节度判官。这是王维的边塞之行，如果他没有这一次的边塞之行，《使至塞上》这样的诗句恐怕也就写不出来了。

大家知道王维才华横溢、诗风多变，边塞诗的壮美风格，王维也不在话下。这首《使至塞上》是一时之翘楚，独树一帜。像高适、岑参，他们以边塞诗见长，慷慨激昂，书写建功立业的雄心壮志；像王昌龄，他不但写边塞的战争之激烈，也写家人的牵肠挂肚。王维的《使至塞上》也表现出了独特的艺术魅力。

边塞诗这个题材的范畴是相对固定的，但在不同的诗人笔下，有不同的意境。王维这一首诗的别具一格之处在于，他不同于任何一个人的书写，全诗用白描的写法，无一字涉及主观感情，而西域之雄壮辽阔跃然纸上，征人之落寞无助也有击中读者之处。关键是，诗歌的抒情非常有节制。节制，这是写景抒情最大的美德。

这是王维一个诗歌创作阶段的代表作，也和阿老师喜欢王维的那个阶段非常契合。我们知道，一个人无论什么时候都需要更多的阅历。人生要有长度，也要有宽度，去看，去听，去经历，得到感悟，加深思考。这样，无论作为作者还是读者，都能从中得到裨益。

你看，这首诗里最著名的诗句“大漠孤烟直，长河落日圆”，气象万千、纵横捭阖，这是一个心胸异常辽阔的人、胸中装着宇宙山川的人才可能写出来的句子。要是没有阅历，从何谈起？你需要去看到，你还需要去听到，去触摸到，这才是对世界的真实感受。

我们还要了解到，这一年王维三十七岁，已经是中年人了，所以中年风味在这首诗中也有所体现。

我们来看这首诗。“单车欲问边，属国过居延”，“单车”不是指我们现在说的自行车，而是指轻车简从。“欲问边”就是去慰问边塞。“属国过居延”，经过一个叫作居延的属国。这个居延，汉代称为居延泽，唐代称为居延海，在现在的内蒙古额济纳旗北部。这一句，一般的注本都说是王维路过居延，然而事实上王维这一次出塞的路线并不需要经过居延。因而林庚、冯沅君主编的《中国历代诗歌选》认为这一句并非实写，而是在状写唐朝疆域的辽阔，附属国直到居延海以外。

颔联“征蓬出汉塞，归雁入胡天”，这两句对仗，“征蓬”对“归雁”，“汉塞”对“胡天”。“征蓬”即飞扬的蓬草，像是在写实，因为在西域戈壁没有“客舍青青柳色新”，只有骆驼刺和芨芨草。其实“征蓬”也是在比喻诗人自己出征在外，命运就像蓬草，“走马兰台类转蓬”。“汉塞”即汉代的边塞，语义跟“秦时明月汉时关”相似，唐人经常喜欢以汉朝来自比。“归雁入胡天”，“胡天”，即胡人的天空，强调极其偏远。此外，我们需要知道，在古代诗歌中，大雁是用来表示思乡的。“鸿雁传书”传的是家书，给家里报平安。

这里有一个典故。汉武帝时，他的使臣苏武被匈奴扣押在北海苦寒之地多年。汉朝派使者要求匈奴释放苏武，匈奴的单于谎称苏武已死。有人暗地里告诉汉朝使者事情的真相，并给他出主意，让他对单于说，汉朝的皇帝在上林苑射下一只大雁，这只大雁的脚上绑着苏武的帛书，证明苏武确实未死，只是受困。就这样，单于再也没有办法谎称苏武已死，只好把他放了。从此“鸿雁传书”的故事就流传千古，而“鸿雁”就成了信差的美称。所以后代的词人李清照也会说：“云中谁寄锦书来，雁字回时，月满西楼。”（《一剪梅》）大雁是候鸟，年年南来北往，有一种恒定的意味，可以表示情感坚贞。

颈联“大漠孤烟直，长河落日圆”，是全诗最壮美的两句。“孤烟”为什么会直？以前我以为是因为没有风。但是，西域一天到晚都刮着风，那这个烟为什么会直呢？因为这是狼烟。古代边防报警时，就在烽火台把狼粪点燃，其烟直而聚，风吹之而不散。成语“狼烟四起”，就表示战争爆发。当然，有注释家有不同的说法，认为塞外多旋风，卷着烟尘盘旋直上。有人到新疆、甘肃等地考察，发现确实有这样的旋风，好像一种小的龙卷风。所以“大漠孤烟直”有这样两种解释。

“长河”，有人认为是经过凉州以北沙漠的一条内陆河，这条河在唐代叫作马城河，有人怀疑它是现在的石羊河，存疑待考。

曹雪芹在《红楼梦》里面写了一个情节，叫“香菱学诗”。香菱学习写诗，还向林黛玉谈及对这两句诗的评价：“‘大漠孤烟直，长河落日圆。’想来烟如何直？日自然是圆的。这‘直’字似无理，‘圆’字似太俗。合上书一想，倒像是见了这景的。若说再找两个字换这两个，竟再找不出两个字来。”香菱还说：“诗的好处，有口里说不出来的意思，想去却是逼真的。有似乎无理的，想去竟是有理有情的。”这就叫无理而妙。香菱对这首诗的理解，可谓准确。

我初读这首诗时年纪还小，也就十多岁，又生长在江南水乡，见惯了小桥流水、秋月春风，读此诗只觉得壮美，不曾想何以如此。从此我就有了一个愿望，要去西北看看戈壁和沙漠，体验吹面如刀的凛冽朔风。这个愿望在 1993 年得以实现，我果然和朋友一起去了西北。我们乘坐的是绿皮火车，几天几夜在漫漫黄沙之中行驶，我觉得世界很大，亚欧大陆如此之辽阔，心胸也随之而开阔——这也是我们要去丰富人生经历的理由之一。

尾联“萧关逢候骑，都护在燕然”，“萧关”是古代的一个关隘，又名陇山关，故址即现在的宁夏固原东南。“候骑”，负责侦察的骑兵。王维出使河西，其实并不经过萧关这个地方，他化用何逊的诗句“候骑出萧关，追兵赴马邑”（《见征人分别诗》），并非实写，却深入人心。

唐朝在西北边疆设置了安西、安北等六大都护府，其长官就叫作都护，负责辖区里面的一切事务，这里用来代指前敌统帅。“燕然”是古代的一座山的名字，就是现在蒙古国的杭爱山，这里代指前线。《后汉书》里面说，窦宪率军大破单于军，“遂登燕然山，去塞三千余里，刻石勒功，纪汉威德，令班固作铭”。

尾联这两句诗的意思是，诗人在途中遇到了候骑，得知主帅破敌后尚在前线未归。以这两句诗作为结尾，特别有意蕴，令人感到意犹未尽。诗歌的结语，有时候并不是一个完整的句号，而是一个省略号。诗歌结束了，但这不是这次旅程的终点；诗人描绘的景物到此为止，但诗歌之外还有很多惊喜或者很多未知的事情等着我们。

王国维也很喜欢这首诗，他在《人间词话》中评价颈联的两句，他说："'明月照积雪''大江流日夜''中天悬明月''长河落日圆'，此种境界可谓千古壮观。求之于词，唯纳兰容若塞上之作，如《长相思》之'夜深千帐灯'、《如梦令》之'万帐穹庐人醉，星影摇摇欲坠'差近之。"

读王维，我们从他中晚期的那些小绝句开始读，读到他年轻时候的《九月九日忆山东兄弟》，然后再回到他中年时代的《使至塞上》，就像经历了一次从晚年到少年再到中年的心理历程。

有一部电影叫作《本杰明·巴顿奇事》，它讲一个人出生时是个老头，却越活越年轻，最后回到了一个婴儿的状态。这是一个神奇的故事，肯定是虚拟的，但这里有迥然不同的人生体验，颇有意味，值得我们去深思。

就像我们，先认识了"诗佛"王维，接着发现了王维色彩斑斓、充满了生命力的青少年时代，这也是一种逆生长。

第九讲
葡萄美酒夜光杯：王翰《凉州词》

凉州词

王　翰

葡萄美酒夜光杯，欲饮琵琶马上催。

醉卧沙场君莫笑，古来征战几人回？

《凉州词》系乐府旧题，唐人喜欢用它来翻作新篇，前面讲的王之涣的《凉州词》就是名作。凉州就是现在的甘肃武威。甘肃这个省的名字，来自甘州和肃州。汉代打通前往西域的道路之后，就在河西设立了四个郡，由东到西分别是武威、张掖、酒泉、敦煌。四郡后来又分别称作凉州、甘州、肃州、沙州。

从地理位置上看，这一带位于祁连山脉脚下，地势狭长，被称为河西走廊，是通往西域的必经之路。在著名的丝绸之路上，这四个州每一个都是重镇。因为这些地方民族杂居，所以他们的艺术风格与中原有所不同。按照凉州的地方曲调来填词写诗，大概就是《凉州词》本来的意思。唐玄宗时，教坊大曲里就有甘州地方曲调，是唐朝的边塞音乐。你看，张骞出使西域，对于中原的文化影响是很大的。宋代还有个著名的词牌名，叫《八声甘州》，柳永就写过“对潇潇暮雨洒江天，一番洗清秋”的名句。

王翰这首诗相信大家都会背，今天我们主要聊一下诗歌里的葡萄酒和夜光杯。

“葡萄美酒夜光杯”，这其实是写实。阿老师每年带小朋友们一起沿丝绸之路游学，也到过武威和张掖。武威的旅游纪念品商店中，确实也有夜光杯出售，我拿起来看了看，标价并不贵，但也没有想象中那么好看。光是读诗歌的话，我们可能想象成它晚上肯定会发光。但其实不是。夜光杯的材质，其实是产于酒泉一带的一种玉，有莹白色的，也有灰褐色的，半透明。现在看来，这种夜光杯还没有水晶杯好看，但写在诗歌中就特别有感觉，这大概就是语言的力量。而且，仅仅一个杯子也许不够好看，但是如果有葡萄酒斟满这个夜光杯，感觉就完全不一样了。这就是“葡萄美酒夜光杯”成为名句的原因。

葡萄酒不是中国的原产物。我们说过，唐朝是一个开放而包容的时代，这种开放和包容，从当时的物产里也能看出来。一般认为葡萄原产于西域。汉朝初年，张骞将西域的葡萄种子引进了内地，在都城中广为栽种。李颀的诗句“空见蒲桃入汉家”说的就是这件事。

撇开李颀诗句里的情感意味，我们光从史实的角度也可以看出，西汉时已经有规模不小的葡萄种植了。但葡萄在当时还不是一种特别重要的农作物，与此相应，用葡萄来酿制的葡萄酒，也仍然是一种稀有的外来酒精饮料。

到了唐朝，由于唐朝的统治势力扩展到了突厥人的地方，葡萄和葡萄酒才在唐朝境内广为流传，逐渐为人们所知晓。但纵观整个唐朝，尽管后来已经把葡萄品种改良，并移植到现在的山西太原一带，但因为种植的限制和运输的困难，葡萄仍然是昂贵的水果。如此昂贵的水果酿制而成的葡萄酒，自然也多为宫廷御用，很少在民间流传。

因此，在读“葡萄美酒夜光杯”这句诗的时候，如果我们能够知道葡萄和葡萄酒的珍贵和难得，就能深层地理解这首诗。

一方面，葡萄酒来自异域，它带着浓浓的异域风情。中国本土的酒多用粟、稻米、大麦等粮食发酵酿制而成，无论是李白说的“金樽清酒斗十千”，还是杜甫说的“潦倒新停浊酒杯”，不管是清酒还是浊酒，都是粮食酿制的酒。只有葡萄酒才带有西域的风情，所以“葡萄美酒夜光杯”才如此色彩斑斓、馥郁芬芳，一下子就把人带进了这样的情境当中，一种异域风情扑面而来。

我们后人读这首诗的时候，可能体会不到这种异域风情，因为现在满大街都是葡萄酒，这是现代化酿酒工艺的产物，不可同日而语矣。

另一方面，我们要知道，当时葡萄酒很难得、很贵重，一般宫廷里的人才能喝到。在战场上，把葡萄酒分发给将士们痛饮，属于一种特别的赏赐，其中包含着豪迈的气概。为了激励将士们，连贵重的葡萄酒都不吝惜，而是让将士们喝个饱，为什么？这就是一种蔑视钱财而重视军功的追求。所以后两句“醉卧沙场君莫笑，古来征战几人回”表达的这种豁达的境界，就特别有说服力，也特别令人神往。

我们讲了很多次“盛唐气象”，这样一种一往无前的英雄主义气概，就是盛唐气象的表现。王翰这首《凉州词》的基调就是如此。为什么它千百年来为人所称颂，千百年来还能打动读者？就因为诗里所包含的那种英勇的、决绝的、一往无前的、毫无畏惧的英雄气概。

当然我们需要知道的是，宋代之后，丝绸之路一度被阻隔，在好几百年里，中原地区很难再见到葡萄酒。我们尚可以在唐人的诗歌当中看到葡萄酒，但在唐朝以后的文学作品中，就很少见到了。

我们如果研究唐诗，或者对唐朝的历史文化有兴趣，那么一定要了解一本书——《撒马尔罕的金桃：唐代舶来品研究》。这本书是研究唐朝时中外文化交流史的名作，作者是一个美国人，叫爱德华·谢弗，中文名叫薛爱华。

“撒马尔罕的金桃”是什么意思呢？我们要先知道撒马尔罕是什么地方。这个地方在现在的乌兹别克斯坦境内，是中亚最古老的城市之一，大概在公元前 5 世纪就已经人烟阜盛了。因为地理位置的特殊性，撒马尔罕成为交通和文明的要冲，连接着中国、波斯帝国和印度这三大帝国，成为中国通往欧洲大陆的必经之地。

这个地方处于中亚西部，在丝绸之路的主干线上，居民主要是粟特人。粟特人因地制宜，成为一个独具特色的商业民族，他们通过漫长的丝绸之路，频繁地往来于中亚与中国之间，成为中世纪东西方贸易的承担者。后来有很多粟特人就定居在中原，有人认为，安史之乱的始作俑者安禄山、史思明就是粟特人。

公元 7 世纪的时候，撒马尔罕向唐朝进献过当地的特产金桃。史书上记载说“大如鹅卵，其色如金”(《册府元龟》)。金桃又称黄桃，是当时中国外来物种的一种代表和象征。

我们今天在读唐诗的时候，从诗人写在诗句之中的名词里，还是可以看出当时中外文化的交流是如何丰富中原文明的。关于葡萄，关于葡萄酒，阿老师讲的这些故事基本上都来自《撒马尔罕的金桃：唐代舶来品研究》这本书，你要是有兴趣，可以找来读一读。

第十讲
天下谁人不识君：高适《别董大》

别董大

高　适

千里黄云白日曛，北风吹雁雪纷纷。

莫愁前路无知己，天下谁人不识君？

2023年，动画电影《长安三万里》热映，高适一下子热度飙升。我们今天就来讲他的《别董大》。

讲《别董大》之前，我想先问大家一个问题：你们读唐诗，有没有想过“唐诗三大未解之谜”之类的问题？

我小时候读唐诗，读着读着，心里就产生了疑惑。有三个疑惑一直得不到解决，就是我所说的“唐诗三大未解之谜”。当然，这只属于我个人，不知道各位读者朋友有没有类似的未解之谜。

中国的小学生有个普遍的学业要求，就是从小需要背诵唐诗。但是，小学生年纪小，而唐诗基本上是用古代的语言来书写的，有时候他们连大意都不懂，而大人却强行要求他们囫囵吞枣，像吃夹生饭一样把唐诗“吃”下去，美其名曰“童子功”。

于是经常会有一些很古怪的事情发生。比如，有小朋友在读《三字经》的时候就觉得很奇怪，拼命问爸爸：“爸爸，爸爸，狗为什么不叫啊？”因为他不懂“苟不教”一句的意思。

有时，孩子们把诗歌都背会了，却连诗歌的标题都还不懂。我的“唐诗三大未解之谜”，就是由此产生的。有三首著名的唐诗都需要我们背诵，诗歌标题里都有人名，但这三个人究竟是谁，却语焉不详，让我好生奇怪。

这三个人，第一个就是今天我们要学习的这首诗中的董大。这个董大是谁？有董大，有没有董二？

第二个，是汪伦。李白有一首诗叫作《赠汪伦》，汪伦又是谁？

第三个，就是王维著名的诗歌《送元二使安西》中的元二。这个元二又是谁？

造成这种困惑的原因有很多，比如阿老师小时候，唐诗的选本和工具书其实是不多的。我的诗歌启蒙是外祖父的一本《千家诗》，里面完全没有注解，因为这不是特意编给孩子读的，我只是没书读，才拿来翻看而已。像现在随处可见的《唐诗鉴赏辞典》这样的专业参考书，那时完全看不到。

这次我讲唐诗，在备课的时候就买了一堆现当代阐释唐诗的书，作者有林庚、王力、顾随、叶嘉莹，也有沈祖棻、葛兆光、葛晓音、欧丽娟等。这一方面是为了给大家讲唐诗，另一方面，我想借着给大家讲唐诗的这个名头，过一把买书的瘾。我小时候，一则很穷，没什么钱，二则出版业也不像现在这么发达，很多书都看不到。现在，我买书堆起来，堆到看不过来为止，这就叫作“为了报仇而买书”。

书读多了，这些未解之谜渐渐就解开了。我们今天先来解第一个未解之谜：高适的《别董大》，这个董大究竟是谁？

董大是当时一个有名的琴师，还会创作，用我们现在的话来讲，就是一个创作型音乐人。他原名叫董庭兰，因为在兄弟当中排行第一，所以叫董大。

董大这人蛮传奇的，他少年时代不爱读书，贪玩任侠，到处游荡，后来衣食无着，还做过一段时间的乞丐。他到了五十岁才开始用功读书，比苏轼的爸爸苏洵还要晚二十多年。但是，董大读书很用功，加上天资聪颖，几年之后，就渐渐被大家注意到了。我们要知道，读书还是很重要的，人即便老了也还是要读书的。读书使人有出息，读书能使人超越有限的人生。

董大在音乐上很有天赋，早年就师从凤州（今陕西省凤县）参军陈怀古学习音乐，不久便青出于蓝。当时的很多诗人都和董大有来往，因为诗歌是可以按照曲谱演唱的，董大可以给诗人们谱曲或者编曲，可以给他们伴奏，还可以演唱。如此一来，谁不愿意跟董大玩啊？

除了董大，当时著名的音乐人还有李龟年。杜甫写过《江南逢李龟年》，有“落花时节又逢君”一句，可见杜甫与李龟年是旧交。

再来讲讲高适这个人。在讲“旗亭画壁”的时候，阿老师讲到过高适。他官运亨通、青云直上，成了节度使，掌管着一整个地区的军政大权。在唐代的诗人群体当中，高适算官位比较高的一个。这些内容，在动画电影《长安三万里》中也有表现。

这首《别董大》，写于高适还没有发迹的时候。他写与董大经过短暂的聚会又各奔他方，因此这是一首送别诗。

“千里黄云白日曛，北风吹雁雪纷纷”为写景句，非常有画面感，其中有色彩，有动态，为下文的抒情做准备。我们也不一定要说这两句有多么好、多么了不起。诗歌是一个整体，往往单句很平凡，结合在一起却成了不朽之作。

比如有个诗人写“雪”，是这么写的：“一片两片三四片，五片六片七八片。九片十片无数片……”作为读者，读到这里你是不是已经气不打一处来了？这也叫诗？我一天能写一万首。但最精彩的是末句，他说：“飞入芦花都不见。”哇，神来之笔！这一下，前面的三句都成为衬托，是一种特意的修辞，以衬托尾句的精彩，是不是这个道理？

《别董大》这首诗，也有点类似。“千里黄云白日曛，北风吹雁雪纷纷”，写景尚佳，但不足以成为名句。关键是接下去的两句，非常了不起，没有这两句，这首诗立不住。但若是后两句没有前两句的铺垫也不行，这首诗也立不住。

这两句天下闻名，永在诗歌史上放光：“莫愁前路无知己，天下谁人不识君？”

你看，古人写离别都是愁云惨淡的，如“黯然销魂者，唯别而已矣”。但你看高适，多么豁达，有一种一往无前的豪迈之情。这种气概，也能体现高适那种高远的人生境界。所以，这样的人杰，才配得上和李白做朋友；这样的人杰，才配得上有“旗亭画壁”等传说来使他的名字永久流传。

“莫愁前路无知己，天下谁人不识君？”这两句好像在说董大名气大得很，到哪儿都不愁没有人知道他。但你仔细想想，这绝对不是奉承。在盛唐时期，“大道如青天”，每个满怀理想的人，都能出人头地，都有实现自己人生梦想的机会——这就是盛唐时期的“中国梦”。所以这两句才深深打动了古往今来的读者。那种一往无前的气概，那种自信，那种时代赋予的闪亮时刻，动人心魄。就像舞台上的一束光，打在这个主角的额头上，他自幽暗之中升起，成为这个舞台绝对的主宰。

第十一讲
男儿本自重横行：高适《燕歌行》

燕歌行并序

高　适

开元二十六年，客有从元戎出塞而还者，作《燕歌行》以示，适感征戍之事，因而和焉。

汉家烟尘在东北，汉将辞家破残贼。
男儿本自重横行，天子非常赐颜色。
摐金伐鼓下榆关，旌旆逶迤碣石间。
校尉羽书飞瀚海，单于猎火照狼山。
山川萧条极边土，胡骑凭陵杂风雨。
战士军前半死生，美人帐下犹歌舞。
大漠穷秋塞草腓，孤城落日斗兵稀。
身当恩遇常轻敌，力尽关山未解围。
铁衣远戍辛勤久，玉箸应啼别离后。

少妇城南欲断肠，征人蓟北空回首。
边庭飘飖那可度，绝域苍茫无所有。
杀气三时作阵云，寒声一夜传刁斗。
相看白刃血纷纷，死节从来岂顾勋！
君不见沙场征战苦，至今犹忆李将军。

高适系出名门，年轻时自命不凡，不肯向人低头，导致他的仕途颇为坎坷。后来机缘巧合，高适入哥舒翰帐下，多立军功，才得到重用，最终居于节度使的高位。在唐代的诗人中，他属于品阶非常高的了。

高适于诗歌一道，风格中正敦厚，并非少有才名，而是大器晚成，成为一代诗人的代表。因为自身从军的经验，高适最著名的还是边塞诗，这首《燕歌行》，就是高适的代表作。

这首诗还有一个序言，大意是说，唐玄宗开元二十六年（738），有一个随主帅出征打仗回来的人，写了一首《燕歌行》给高适看，高适感慨于边塞战守之事，于是写了这首《燕歌行》，来应和他。

因此，这首诗不是无源之水，不是突如其来，而是一首和诗，但写得太好了，光芒万丈，反而盖过了原诗。现在谁还知道原诗呢？

《燕歌行》也是乐府旧题，曹魏的时候就有了，据说由曹丕创制。曹丕有两首《燕歌行》，写妇女秋思，后人都学他，用《燕歌行》的曲调来作闺怨诗。

而高适，却用《燕歌行》的曲调来写边塞诗的题材，在这方面他是第一人。所以这首诗不但是高适的代表作，也是整个唐代边塞诗当中的杰作，被千古传诵，这不是偶然。

尤其可贵的是，诗歌在感叹征战之苦的同时，也谴责了将领骄傲轻敌、简慢失职的问题。将领因指挥不力造成战争失利，使得战士受到极大的痛苦和牺牲。诗歌也反映了士兵与将领之间的立场不同和苦乐不同。

因此，这首诗虽属于边塞诗，主题是战争，但重点不在于敌我矛盾，而是讽喻那些不恤士兵的将领，同时也写出了战士卫国御敌的辛劳。它的风格，仍然是慷慨悲壮的。

全诗以浓缩的笔墨描写了整个战役的过程。我们可以尝试把整首诗分为四个部分。

第一部分，前八句，写出师；第二部分，又是八句，写战败；第三部分，也是八句，写被围；第四部分，末四句，写殊死战斗的结局。各部分之间脉络非常清晰。全诗气息流畅，笔力矫健，气氛悲壮，主题也很深刻。比如“山川萧条极边土，胡骑凭陵杂风雨”“大漠穷秋塞草腓，孤城落日斗兵稀”等句子，着意于暗示和渲染悲壮的场面，以凄凉的惨状来揭露将军们的好大喜功。高适尤其注重描写士兵们复杂的内心世界，深化了整首诗歌的主题。

因为年代久远，有些句子中的词语跟现代汉语有距离，阅读时可以多加注意。比如“摐金伐鼓下榆关，旌旆逶迤碣石间”两句，“摐”就是撞击的意思，“伐”是敲击的意思。“摐金伐鼓”，大致上就相当于敲锣打鼓，行军时以壮声势。“旌旆”一词含有两个事物——旌是杆头饰羽的旗，旆是旗的末端下垂的装饰品，这里泛指各种行军的旗帜。“逶迤”，连绵不断的样子。

再如“铁衣远戍辛勤久，玉箸应啼别离后”两句，“铁衣”指的是将士的铁甲，《木兰诗》也有“寒光照铁衣”一句。“玉箸”，本来指玉制的筷子，这里比喻思妇的泪水如注。将士身着铁甲，在远方戍守边关，为时已久，十分劳苦；而家中的思妇，在丈夫征戍之后，泪水就像断了线的珍珠。

此外，这首诗里的警句非常多。比如“男儿本自重横行，天子非常赐颜色”，这两句诗非常有气魄。“男儿本自重横行”，一经写出就成为千古流传的名句，用来描述男子汉的英雄气概，这很像宋词中的豪放派，有种血脉偾张的气势。“天子非常赐颜色”，意思是天子也非同寻常地给予重点关照，温言劝勉。这样，将士们能不出死力吗？

还有“战士军前半死生，美人帐下犹歌舞”，这两句诗特别有画面感，对比尤其强烈。你想，“战士军前半死生”，描绘的是血战沙场、为国捐躯的场景；而“美人帐下犹歌舞”，写的则是饮酒作乐，是娱乐消遣。两幅画面突兀地拼接在一起，是不是有一种特别强烈的对比？就像电影的蒙太奇镜头一样，给人以视觉的冲撞感。

这两句揭示的道理很深，用对比的手法写出了主将骄惰轻敌、不恤士卒的问题。一面是寻常战士的拼死苦战，一面是将领和高官的恣意逸乐。这是诗中最有揭露性的描写，给读者强烈的冲击。

还有最后两句“君不见沙场征战苦，至今犹忆李将军”，那真是意味深长。“李将军”，大概指的是李广——抵御匈奴、关爱士卒的飞将军。这是一种呼唤、一种谴责、一种遗憾，言不尽意，启人深思。诗歌那种强烈的讽喻性，就表现在这里。

这首诗篇幅比较长，读者朋友可以多读几遍，也许能够更好地去理解边塞诗里面所包含的那种慷慨激昂的情绪。

高适此诗写得好，也因为有亲身经历之故。开元十五年（727），高适北上蓟门。开元二十年（732），信安王李祎征讨契丹，他又北去幽燕，希望到信安王幕府效力，未能如愿。即便不如愿，这些年来，高适对东北边塞军事也是下过一番功夫来研究的。

开元二十一年（733）之后，幽州节度使张守珪经略边事，初有战功。到开元二十四年（736），张守珪让平卢讨击使安禄山讨奚、契丹，“禄山恃勇轻进，为虏所败”（《资治通鉴》）。开元二十六年（738），幽州将赵堪、白真陀罗矫张守珪之命，逼迫平卢军使乌知义出兵攻奚、契丹，先胜后败。“守珪隐其状，而妄奏克获之功”（《旧唐书》）。高适对开元二十四年以后的两次战败感慨很深，因写此篇。可见，此诗虽然是应和之作，但也机缘巧合，高适有真实的经历要描述，有深沉的感喟要抒发。这才是这首诗悲凉雄壮，而又哀婉动人的根本原因。

第十二讲
凭君传语报平安：岑参《逢入京使》

逢入京使

岑　参

故园东望路漫漫，双袖龙钟泪不干。

马上相逢无纸笔，凭君传语报平安。

讲了高适，自然要讲岑参。高适和岑参一向齐名，号称“高岑”。他们的边塞诗成为整个盛唐时代最具有代表性的作品。

岑参，大概生于公元 715 年，卒于公元 770 年，江陵（今属湖北）人。

岑参从小就非常聪明，被视为神童。天宝三载，也就是公元 744 年，岑参高中进士，之后他就在各地任各种官职，主要是一些中小官吏，最后的一个职位是嘉州刺史。嘉州大概在现在的四川乐山一带。岑参晚年罢官东归，因为遇到流寇，行路不便，一时羁留在成都，最后客死在成都的一个客栈里。后人以他的官职相称，叫他“岑嘉州”。

岑参先后两次从军出塞：先是在安西节度使高仙芝幕府里面担任掌书记之职；天宝末年，封常清担任安西北庭节度使，岑参又任其幕府的判官。所以，边塞生活对于岑参来说乃是日常。

《逢入京使》大概写于天宝八载，即公元 749 年。诗人在西行的途中偶遇前往长安的东行使者，一个往西去，一个往东行，擦肩而过，勾起了诗人无限的思乡之情。

“故园东望路漫漫，双袖龙钟泪不干。”第一句表达了很多细节，“故园东望”说明作者是往西行，一边西行一边想念故园，所以要东望家乡，但因为已经赶了很久的路，所以离家乡已经很远了。诗人一片离愁，所以第二句才写“双袖龙钟泪不干”，这是思乡之泪。

我们会想：诗人的情感真的这么丰富吗？我们去旅游，坐高铁一路向西，那可是开心得很哪！但古代，交通工具是很落后的，只有马车、牛车等，到西域还有骆驼，速度和今天没法比。普通的旅行，在路上动辄数月，所以这次离开，不知道下次何时归来；这次分别，不知道下次何时相聚。这也是古人离别之情、思乡之情特别强烈的原因之一。

我们看历史小说，会看到里面讲宝马“日行千里，夜行八百”，这都是虚构的，有夸张的成分。但不排除有些驿站之间有专业的马匹，可能会快一点。否则，“一骑红尘妃子笑”又如何能实现呢？

这首诗的三、四两句特别奇妙，讲了一个动人的小场景、小细节。一个是西征的军人，一个是去长安的使者，两人擦肩而过，侧过身一看，居然是老朋友。但两个人都骑在马上，可能因为军务紧急，各自有要事在身，不能下马多聊一会儿。诗人只好拱拱手，托入京的使者带个口信给家人：我很健康、很安全。

岑参这首诗高明的地方就在于能捕捉住这个瞬间——只是一个瞬间，就像按下了暂停键，于是即便一秒的时间也化为永恒。这就是文学的力量，在滔滔不绝的时光的水流中凝固一个片段，这个片段就成了永恒。我们在千年之后，也能体会到当时事件中的人物的深切情怀。这种写法也可以叫作“延宕”。明明是一小会儿，是小小的一个时间片段，但作者抓住了细节，用凝练的笔法，凝固了这一瞬间，这个瞬间就变成永恒。这种写法，在唐诗中有，在现代诗中也不少。比如，徐志摩的《偶然》写道：

你我相逢在黑夜的海上，
你有你的，我有我的，方向；
你记得也好，
最好你忘掉
在这交会时互放的光亮！

当然，徐志摩写的是爱情，岑参写的是乡情，但在写法上，都是用如椽之笔凝固了这瞬间的交会，于是这一刹那变成永恒。

当然，除了表现旅途的颠沛流离、思乡的肝肠寸断，这首诗也表达了岑参想要建功立业的那种开阔、豪迈、乐观、豁达的胸襟。

这仍是盛唐气象的主旋律：即便是有离愁，有思念，但并不留恋不舍，而是有一种向前看的乐观精神。“凭君传语报平安”是告诉所思念的人：我很好，我没事，请放心。尽管留恋家乡，但也正是家乡给了我力量，我还要向外开拓，去实现自我的生命价值，去建功立业。这里隐藏着一种开朗向上的豪情。

第十三讲
忽如一夜春风来：岑参《白雪歌送武判官归京》

白雪歌送武判官归京

岑　参

北风卷地白草折，胡天八月即飞雪。
忽如一夜春风来，千树万树梨花开。
散入珠帘湿罗幕，狐裘不暖锦衾薄。
将军角弓不得控，都护铁衣冷难着。
瀚海阑干百丈冰，愁云惨淡万里凝。
中军置酒饮归客，胡琴琵琶与羌笛。
纷纷暮雪下辕门，风掣红旗冻不翻。
轮台东门送君去，去时雪满天山路。
山回路转不见君，雪上空留马行处。

岑参于唐玄宗天宝十三载（754）到达边塞，然后在唐肃宗至德二载（757）东归。这首诗就写于这个时期。当时西北边疆战事频繁，岑参怀着到塞外建功立业的志向，两度出塞，前前后后在边疆、在军队里生活了六年，对鞍马风尘的征战生活与冰天雪地的塞外风光有长期的观察与体会。

天宝十三载，岑参第二次出塞，担任安西北庭节度使封常清的判官。武判官是前任判官，诗人在轮台送他回京，于是就写下了这首诗。这首诗是边塞诗的代表作，也是岑参的名篇。

全诗的逻辑很清晰，分为三个部分：前四联为第一部分，主要讲塞外雪景。中间两联为第二部分，从自然环境，转到描写人的感情。最后三联为第三部分，正面描写送别友人。

“北风卷地白草折，胡天八月即飞雪。”这个八月指的是农历八月，大概是我们现在的公历九月。八月飞雪，身在内地的人或者南方的读者，听起来觉得是夸张，认为是一种修辞手法——可能也有点夸张，但更多的是写实，因为岑参所处之地是西北边塞，公历的九月底开始下雪，也不是不可能。诗人用这句话提挈全诗，一起笔就突出极端的寒冷，接下去就反复描写这里的冷。

“忽如一夜春风来，千树万树梨花开。”这两句是本诗的名句。突然就像一夜之间春风吹来，千树万树的梨花竞相开放。玉树琼枝，银装素裹，塞外的树枝上都披上了一层白雪。我们后人反复形容、不断描述，都没办法比得过岑参的这一名句，后代的文人写雪景，还是经常引用。“千树万树梨花开”，有一种惊喜之感扑面而来，那是不经意的、没有期盼的，给你一个意外之喜。

接下去的几句，写的都是这里的寒冷。为什么？强调环境之恶劣。越是强调环境之恶劣，就越是反衬出征人之慷慨激昂。

“散入珠帘湿罗幕，狐裘不暖锦衾薄”，这是写冷，连狐裘和真丝被褥都不能保暖。

“将军角弓不得控，都护铁衣冷难着”，弓箭冻硬了，拉不开；铠甲为金属所制，根本就穿不进去。

第一部分从开头一路都在描写寒冷，有从正面写的，有从侧面写的；有写人物的角度，也有写大自然的角度。核心词就是“冷”。诗人这么强调冷，其实也是在蓄势，有个成语就叫作“蓄势待发”。接下去从第二部分开始，诗人的笔锋就转了。

第二部分紧承第一部分而来。“瀚海阑干百丈冰，愁云惨淡万里凝”，这一联很高级，承上启下，上句采用夸张的手法继续写冷，以收束所有自然环境描写的内容。而下一句，则由外界转向人物的内心。外界自然条件寒冷，人的内心则充满了愁怨。这个冷，首先是外界自然环境的冷，到这里我们发现，原来人的情感世界也很冰冷。岑参的描写笔锋微微一转，就从写自然转向了写人的情绪和情感，环境氛围和主观愁绪极其贴合。

确实，这是一个冰冷的、战事频仍的边塞，谁会开心呢？“愁云惨淡”这个词，到现在也仍然是一个常用的成语，用来形容令人发愁的景象或气氛。

这么冷，这么不开心，诗人还要送一个朋友归京，怎么办？那就饮酒作乐吧，强行作乐、苦中作乐。喝酒、唱歌、抒发情感，这是在边塞唯一的娱乐方式。

诗歌的第二部分一共只有两联，核心是“中军置酒饮归客，胡琴琵琶与羌笛”，笔墨不多，却表现了送别的热闹、隆重和慷慨激昂。“中军”，就是主帅或主帅的营帐。主帅设宴，足见待遇之高。“胡琴琵琶与羌笛”，所有的乐器都演奏上，大家唱歌跳舞、开怀畅饮。这个宴会一直持续到暮色来临。这一部分，内在的热情迸发出来，达到了欢乐的极点。我们说前面是“蓄势”，这个“蓄势”就是为了用极寒来反衬这里的极热。

“胡琴琵琶与羌笛”这句诗非常耐人寻味，为什么？我们之前已经说过，如果乐器的名字是一个字的，那一般就是中国原有的；如果前面加一个“胡”字，那就说明是从胡人那里传入的。胡琴，来自西域胡人；羌笛，来自羌人。所以“胡琴琵琶与羌笛”这句诗写得特别好，只是列举三种乐器的名字，就营造了一种热闹的氛围。尤其这里是各民族文化的大融合，不同的民族文化在中军帐里面融为一体，也表现出当时大唐治下的那种丰富、包容与大度。

最后的六句是第三部分，写傍晚送朋友踏上归途。

“纷纷暮雪下辕门，风掣红旗冻不翻。”归客在暮色中迎着纷飞的大雪步出帐幕，冻结在空中的旗帜在白雪中显得尤其绚丽。“风掣红旗冻不翻”，表示旗帜在寒风中毫不动摇，这种意象令人印象深刻。这两句一动一静、一白一红，互相映衬，画面非常生动，色彩非常鲜明。

“轮台东门送君去，去时雪满天山路。”虽然雪越下越大，但送行的人仍然千叮咛万嘱咐，迟迟不肯回去。

“山回路转不见君，雪上空留马行处。”这一联用平淡质朴的语言表现了将士们对战友的那种真挚的情感，每一个句子、每一个字都在传达某种精神，含蓄而隽永。诗人在讲那种友人之间的惜别之情，也表现了边塞将士那种视死如归的豪迈精神。所以这首《白雪歌送武判官归京》不仅是岑参的代表作，也是边塞诗的代表作，一直为我们后人所传唱。

第十四讲
安能摧眉折腰事权贵：李白《梦游天姥吟留别》

梦游天姥吟留别

李　白

海客谈瀛洲，烟涛微茫信难求；越人语天姥，云霞明灭或可睹。天姥连天向天横，势拔五岳掩赤城。天台四万八千丈，对此欲倒东南倾。

我欲因之梦吴越，一夜飞度镜湖月。湖月照我影，送我至剡溪。谢公宿处今尚在，渌水荡漾清猿啼。脚著谢公屐，身登青云梯。半壁见海日，空中闻天鸡。千岩万转路不定，迷花倚石忽已暝。熊咆龙吟殷岩泉，栗深林兮惊层巅。云青青兮欲雨，水澹澹兮生烟。列缺霹雳，丘峦崩摧。洞天石扉，訇然中开。青冥浩荡不见底，日月照耀金银台。霓为衣兮风为马，云之君兮纷纷而来下。虎鼓瑟兮鸾回车，仙之人兮列如麻。

忽魂悸以魄动，恍惊起而长嗟。惟觉时之枕席，失向来之烟霞。世间行乐亦如此，古来万事东流水。别君去兮何时还？且放白鹿青崖间，须行即骑访名山。安能摧眉折腰事权贵，使我不得开心颜？[①]

《梦游天姥吟留别》是李白的一篇杰作。天姥山在浙江新昌，传说登上这座山，就能听到仙人天姥唱歌的声音，山因此得名。因为新昌离绍兴很近，阿老师自然也去登过，但没有听到仙人唱歌，倒是有各种鸟鸣，甚为寂静。

这是一首游仙诗，意境雄伟，变化多端，缤纷多彩

① 这首诗的段落是按照本书作者的解读来划分的，与部编版必修上册教材中的分段有所不同。

的艺术形象、新奇的表现手法向来为人所称道，被视为李白的代表作之一。这首诗写于李白第二次长安之旅之后，唐玄宗说他“非廊庙器”（孟棨《本事诗》），乃赐金放还。自此，李白由布衣而卿相的梦幻完全破灭，这是他政治抱负的一次大溃败，但无意间又开启了他诗歌创作的一个新高峰。

告别帝都之后，李白重又踏上漫游之路，开始了他自己所说的“一朝去京国，十载客梁园”（《书情题蔡舍人雄》）的十年漫游生涯。其间李白再度娶妻，子女留居东鲁（今山东一带），而出世抑或入世的矛盾纠结始终伴随着他。李白的漫游，一是为了求仙访道，二是为了寄情山水，此外也是为了继续寻求为国效力的机会。

学者李长之说李白是个“道教徒”，这个判断很到位。一般而言，当中国古代文人的政治抱负不能实现、精神上的苦闷抑郁凝结于怀的时候，他们就遁入山水之间去寻仙访道，或者就遁入酒杯之中。而李白则同时遁入这两者之中，游山玩水、饮酒买醉。由此我们一方面可以看出李白不拘一格的性格特点，另一方面也可以看出李白的痛苦之深、痛苦之大。

初读李白的人，总是觉得李白是诗仙，过着潇洒的日子，殊不料这种潇洒的背后是英雄失路的莫大隐痛。所以李白这首游仙诗，讲述他跟很多神仙的邂逅，有明显的遁世思想。不过这种描述在一定程度上也表现出了李白在精神上摆脱尘世桎梏的努力。李白在诗的最后发出了“安能摧眉折腰事权贵，使我不得开心颜”的心声，这是李白高蹈的人格的表现。这种坚决不妥协的精神和强烈的反抗意识，是这首诗的基调，也是李白的人生追求。

我们知道，李白尽管受到世俗功名思想的影响，但其人格依然是特立独行的。知人论世，我们一方面可以看到李白隐藏在诗中的某些不平之意；另一方面，李白更高的、更玄妙的那种精神追求，也一直使我们折服。这才是李白在后世受人敬仰和喜爱、成为本民族最杰出的文化代表的最重要的一个原因。

这首七言古诗，形式上以杂言相间，整饬之中杂以散句，音节抑扬顿挫，结构错落有致，笔随兴至，兴随情迁，情随境迁，是李白最富个性的诗歌佳作之一。

诗歌按照内容可以分为三个部分，分别用“入梦”“梦境”“梦醒”三个词来形容。

第一部分：入梦，从“海客谈瀛洲”到“对此欲倒东南倾”。

“瀛洲”，古代传说中东海里的三座仙山之一。另两座叫作“蓬莱”和“方丈”。海外来客谈起瀛洲，说它烟涛微茫，实在难以寻觅。

“越人语天姥”，“越人”，指今浙江一带的人。越人说天姥山在云霞忽明忽暗间，或许有人可以看见。这里以虚写实，虚实相生，突出了天姥山的盛景，蕴含着诗人对天姥山的向往，富有神奇色彩，引人入胜。

这是一个很好的开头。天姥山和天台山相对，峰峦陡峭，仰望如在天表，就像仙境一样，容易引起旅行者的遐想。浙东山水，李白在青年时代就十分向往，刚刚出四川时，他就说过：“此行不为鲈鱼鲙，自爱名山入剡中。”（《秋下荆门》）李白在入翰林前也不止一次前往越地旅游，他对这里的山水不仅热爱，也非常熟悉。

天姥山号称奇绝，是浙东的灵秀之地。不过在当时，天姥山和其他的山川相比名气并不大，此外，天姥山主峰拔云尖的海拔不到一千米，天台山主峰华顶山海拔则有一千多米，李白为何在诗中说“天台四万八千丈，对此欲倒东南倾”呢？可见在李白心中，天姥山另有一种高度，他要借这个高度，攀爬自己的理想之峰。李白在这首诗中夸大了天姥山的形象，这也是李白最为擅长的夸张风格的体现。

第二部分：梦境，从“我欲因之梦吴越，一夜飞度镜湖月”到“仙之人兮列如麻”。

李白开始正面描写梦游之境，写法是移步换景，即一边走一边看，最后达到梦境的高潮。

什么“熊咆龙吟殷岩泉，栗深林兮惊层巅”，什么“青冥浩荡不见底，日月照耀金银台”，什么“霓为衣兮风为马，云之君兮纷纷而来下”……这些奇异的境界，这些奇思妙想，已经使人惊骇，但诗人并未就此停止，诗境由奇异而转入近乎荒唐，全诗也进入高潮。

在令人惊悚不已的幽深暮色中，一个神仙的世界“訇然中开”，洞天福地由此出现。“云之君”披彩虹为衣，驱长风为马，虎为之鼓瑟，鸾为之驾车，皆受命于诗人之笔，奔赴仙山的盛会而来，呈现出一个盛大而热烈的场面。

“仙之人兮列如麻”，群仙好像列队迎接诗人的到来一样。“金银台”上，日月交相辉映，景色壮丽，色彩缤纷。那么，李白真的来到了一个神仙的世界吗？

这只是一个梦境，只是一种想象，或者说仙山的盛会正是人世间生活的反映。这里除了有他长期漫游观览过的千山万壑的印象，除了有古代传说、屈原诗歌的启发与影响，还有长安三年宫廷生活的印记。这一切通过浪漫主义的非凡想象凝聚在一起，才有了这样辉煌灿烂、气象万千的描述。

第三部分：梦醒，从“忽魂悸以魄动，恍惊起而长嗟”到末尾。

最辉煌的时刻也有梦醒的那一瞬，“忽魂悸以魄动，恍惊起而长嗟。惟觉时之枕席，失向来之烟霞”，梦醒了，烟霞没有了，神仙也没有了，只有睡觉的枕席，而梦境中的那种气象万千早已消失不见。

这正是一个伟大的象征。诗句看起来在写梦中的游历，但事实上你转念一想：这不是对长安一梦的伟大隐喻吗？李白奉诏进京，一时间深受皇帝的宠爱。唐玄宗赐饭，亲自为之调羹，这是何等的荣耀。其间李白也写下了千古绝唱《清平调词三首》。但这短暂的人生经历转瞬即逝，不正像一场梦吗？

苏东坡有首诗写道：“人似秋鸿来有信，事如春梦了无痕。”（《正月二十日与潘郭二生出郊寻春忽记去年是日同至女王城作诗乃和前韵》）世事正如大梦一场，引发了李白无穷的感慨，于是他借这样一场游仙来表达对世事的态度：繁华也是一场梦。

“安能摧眉折腰事权贵，使我不得开心颜？”最后两句，正是全诗的主旨，一吐其在长安的郁闷之气，直如神来之笔，点明了全诗的主题。

李白对于名山仙境的向往，正是出于对权贵的抗争，他唱出了在一个帝王专制的社会当中多少怀才不遇之人的心声。在等级森严的专制社会里，有多少人湮没无闻，有多少人在权贵的门下受辱！

唐朝比之其他朝代，至少还是开明的，较为重视人才，也开始突破门阀制度，但也只是“比较”而已。“折腰”一词出自东晋的陶渊明，他不愿意“为五斗米折腰”，于是挂印辞官，写下《归去来兮辞》。李白虽然受到唐玄宗的宠爱，但也不过是一个弄臣，跟李白的政治抱负相去甚远，而他在宫廷中所遭受的种种令他不悦的经历，我们也可以从这两句诗中看到一些端倪。李白在这里所表现的决绝的态度，是对权贵阶层的蔑视，更是对过去的自我的告别。

任何一个普通人，很难不受到功名利禄的诱惑，而李白的伟大之处就在于他没有被功名利禄所奴役，一个敏感的灵魂依然清晰可辨，并不断自我升华，且借由诗歌创作，终获自由之境——这才是这首诗最真实的内涵，也是被后人传诵不已的奥秘之所在。

李白就是李白，他有一个痛苦、自由而高贵的灵魂。

第十五讲
随君直到夜郎西：李白《闻王昌龄左迁龙标遥有此寄》

闻王昌龄左迁龙标遥有此寄

李　白

杨花落尽子规啼，闻道龙标过五溪。

我寄愁心与明月，随君直到夜郎西。

关于王昌龄，我们其实已经知道了他的身世：他先是被贬官，后来遭遇不测，于乱军中被小人所杀害。

王昌龄比李白大三岁，他们是好朋友，在同一个时代的诗人之中，他们之间多有交游。公元740年，王昌龄被贬岭南后遇赦北归，路过岳阳，偶遇李白。李白和王昌龄一见如故，二人泛舟饮酒，畅谈文学与政治、理想与现实。临别之际，王昌龄赋诗一首，题为《巴陵送李十二》，诗曰："摇曳巴陵洲渚分，清江传语便风闻。山长不见秋城色，日暮蒹葭空水云。"可见，王、李二人以诗订交。

这以后，王昌龄还是仕途不顺，甚至遭到弹劾，从江宁丞被贬为龙标尉。龙标这个地方，大致是现在的湖南省洪江市。李白当时在扬州，听到好友被贬后，写下了这首诗，以表达对友人的关心。这首诗情真意切，令人感动，在诗歌艺术上也有极高的造诣。

第一句，"杨花落尽子规啼"。"杨花落尽"，正是春末时分。"子规"就是杜鹃鸟，据说杜鹃鸟叫声凄切。这里有一个典故，相传杜鹃鸟是古代蜀国国君杜宇的精魂所化，啼叫时口角流血，所以"子规啼血"就渲染了一种凄凉的气氛。

第二句，"闻道龙标过五溪"。"龙标"指王昌龄，他被贬为龙标尉，李白就用龙标这个地名来指代王昌龄，这是古时常见的对人的称代方式。"五溪"大概就是指五条溪流，具体不可考，应在现在的湖南西部、贵州东部，指王昌龄被贬官的目的地。

为什么李白要描写"杨花落尽子规啼"这样特定的景物呢？为的是说明春末这个时节。春末本就是一个令人伤感的时节，突然又传来了坏消息，怎么不令人惊讶且感伤呢？

全诗最动人的诗句，或者说最出色的地方，就在于末两句：“我寄愁心与明月，随君直到夜郎西。”什么叫“我寄愁心与明月”？字面意思很简单，就是“我”要把愁心寄托给明月；其实用我们现代的话来讲，就是“月亮代表我的心”的意思。“夜郎西”，夜郎国的西部。古时的夜郎国，大概位于现在的贵州、湖南一带，这里指王昌龄的贬官之地。这两句用现代汉语来重新诠释，大概就是“让我真诚的挂念和祝福，一直陪伴着你的旅途”。这样，王昌龄就不会觉得孤苦伶仃了。诗句中有一个时间的限定，不但有挂念，这种挂念还很长情，殊为难得。

20世纪90年代，周星驰的电影一度流行，有一部电影叫《大话西游》，其中的一段台词是这么说的：

> 曾经有一份真挚的爱情放在我面前，我没有珍惜，等到失去的时候我才后悔莫及，人世间最痛苦的事莫过于此。……如果上天能够给我一个再来一次的机会，我会对那个女孩说三个字：“我爱

你！”如果非要在这份爱上加一个期限，我希望是一万年。

这段话为什么动人，为什么让人无法抵挡？关键之处就在于，主人公为这份爱情附加了一个期限，而这个期限几乎接近永恒。

李白这首诗的妙处即在这里。李白为他对王昌龄的祝福也加了一个期限，这个期限就是王昌龄赶赴贬谪地的路上。这也太动人了！虽然期限没有一万年那么长，但真挚之处就在于“当你悲伤的时候，我一直陪伴着你，始终陪伴着你”。这是多么了不起的深情的诗句！

《月亮代表我的心》是一首名曲，我们现在一般用它来表达爱情。其实从这首诗乃至更久远之前的诗歌来看，古人早就敏锐地把握住了月亮可以传情达意的特点，并且不仅用月亮来表达爱情，也表达别的更为丰富的情怀。

《诗经·陈风·月出》里说：“月出皎兮，佼人僚兮。”这是借月亮来抒发爱慕之情。曹操则说：“明明如月，何时可掇？”（《短歌行》）这也是借月亮来表达自己的情感，但这肯定不是爱情。可见月亮作为一个象征物是永恒的，而象征的情感却并不单单指爱情。李白对王昌龄说："让月亮代表我的愁怨吧，一直伴随着你的旅程！"这是深挚友情的表达。

关于月亮，我们已经不止一次说到了，为什么月亮总是可以寄托我们的情感呢？因为古代没有视频电话，没有各种即时通信工具。有什么是即使我们远隔千里也可以同时拥有的呢？无非就是夜晚的月亮。

张九龄说："海上生明月，天涯共此时。"（《望月怀远》）为什么"海上生明月"，就"天涯共此时"了？这就是共时性，大家都在抬头看着那轮明月。这里有一个重要的词叫"天涯"，我们在地理空间上相隔万里，但此刻我们在做同一件事情，这样，彼此之间才发生了关联，才有了情感上的纽带。

李白的"我寄愁心与明月"也是这个意思。一个物象，却寄托了人类的深情，所以月亮才让我们那么挂念，一再咏叹。

第十六讲
千里江陵一日还：李白《早发白帝城》

早发白帝城

李　白

朝辞白帝彩云间，千里江陵一日还。

两岸猿声啼不住，轻舟已过万重山。

这首诗饱含惊喜、轻快豁达，尤其是末句“轻舟已过万重山”，有一种历尽磨难而终于豁然开朗的喜悦之感，就好像有一种欢欣要从李白心底跃出，他迫不及待地要捧给我们看。

我们现在知道，这首诗作于唐肃宗乾元二年（759）的三月份。

在前一年，即公元758年，李白因为受到了永王李璘案件的牵连而被流放到夜郎。根据《旧唐书》记载，永王李璘是唐玄宗第十六个儿子，他少年丧母，由兄长李亨——也就是后来的唐肃宗抚养长大。在安史之乱时，李璘获得父亲唐玄宗的任命，成为山南东路、江南西路、岭南、黔中四道的节度使。至德元载十二月，李璘在没有接到命令的情况下，擅自率领水师东巡，就被定性为谋反，并被唐玄宗下诏贬为庶人。李白因为加入了李璘的幕府而落了个附逆的罪名，被判流放夜郎。

动画电影《长安三万里》中也涉及了这个故事。李白成为戴罪之人，踏上了流放之路。第二年，走到白帝城的时候，他忽然收到了被赦免的消息。李白惊喜交加，随即乘舟东下江陵，这首诗就作于诗人遇赦之后离开白帝城，顺江而下，抵达江陵的旅程之中。所以，此诗的标题也叫作《白帝下江陵》。

我们知道，李白是在四川长大的，如果不去考证，我们可能会误以为这首诗是李白出蜀的时候写的。但从诗意而言，这首诗其实有一种意外之喜扑面而来，有一种大悲之后的大喜。我们读诗，要知道诗歌背后的故事，这样才能更准确地理解诗意。

正因为这是大悲之后的大喜，诗人的情感投射其中，所以这一段山水就显得特别壮美。凡中国人，有生之年总得去长江三峡壮游一次。

本诗的第一句，“朝辞白帝彩云间”，言白帝城之高、美——高，高入云霄；美，在彩云之间。地势必须是高的，要是没有这么高，就不会有江水快速流动的感觉。这也写出了中国地势西高东低的特点。白帝城是刘备临终向诸葛亮托孤的地方，本来就是历史名城，又有李白这首脍炙人口的诗篇的“加持”，更成了中国人有生之年一定要去的经典景观。

第二句，“千里江陵一日还”，极言速度之快。这当然是夸张，但因为前面有白帝城之高，水从上而下奔流，就显得“千里江陵一日还”是可信的了。这就是诗歌的力量，有一种心理上的真实。由此我们也可以想象到李白迫切的心情：急于回到文化中心，急于见到家人，急于见到故交好友。他的心情之焦急和期待，从“千里”到“一日”的对举之中就表达出来了。

“两岸猿声啼不住”，猿声其实是很悲戚的。中国的古典诗歌，一旦涉及猿猴的鸣叫，就说是哀鸣。阿老师确实在三峡航行过，第一次是 1995 年，第二次是 2014 年，两次都没听过猿猴的鸣叫，只看到天空中老鹰在飞。但关于猿猴的哀鸣，有诗歌文献做证，南北朝时期的《巴东三峡歌》是这么写的："巴东三峡巫峡长，猿鸣三声泪沾裳。""巴东三峡猿鸣悲，猿鸣三声泪沾衣。"（郭茂倩《乐府诗集》）

我们需要知道，在中国古典诗歌中，有一些意象是常见的，带着约定俗成的情感色彩。比如桃花落，就是伤春；比如菊花开，就是隐逸；比如杜鹃啼血、猿声哀鸣，都寄托着悲伤的情感。

这些约定俗成的意象，诗人写作时都会运用，李白自然也不例外。但李白毕竟是李白，他当然有更高明的地方。他要是止步于此，那就不是"诗仙"了。在这里，李白写猿哀鸣，却不是为了表现哀戚，而是一种反衬：一方面猿哀鸣，而另一方面"轻舟已过万重山"，是一种非常愉快、畅达的感受。舟行迅速，而猿声此起彼伏，李白在写速度快的同时，也形成一个情感上的反衬，来表现自己的喜悦之大。

千古以来，这首诗为什么被后人传诵不已？因为它有内在的依据，因为它有艺术性，因为它有对大好河山的描绘，因为它不仅传达了个人情感，也包含了人类普遍具有的那种情感，更因为它有一种伟大的象征意义，至今仍能击中我们。

人在一生当中，总是免不了会堕入困厄，或者因为个人的因素，或者因为社会的因素，或者因为时代的因素。有句俗话叫作“人生不如意事十之八九”，那么面对困厄，我们该怎么办？也许你可以学学李白。当你面对自己的命运、直面自己的人生、真诚地去生活的时候，你就会发现，在不知不觉之中，你已经脱离了困厄。然后你再回头看过去的经历，就会觉得云淡风轻，诗句“轻舟已过万重山”就是这个意思。

因此，不要被你面前暂时的困难所打倒，要展望远方，相信未来。这首诗千古流传，几乎每一个中国人都会背诵，就因为其中有动人的、不屈的、乐观的力量。

第十七讲
夜雨剪春韭：杜甫《赠卫八处士》

赠卫八处士

杜　甫

人生不相见，动如参与商。
今夕复何夕，共此灯烛光。
少壮能几时？鬓发各已苍！
访旧半为鬼，惊呼热中肠。
焉知二十载，重上君子堂。
昔别君未婚，儿女忽成行。
怡然敬父执，问我来何方。
问答乃未已，驱儿罗酒浆。
夜雨剪春韭，新炊间黄粱。
主称会面难，一举累十觞。
十觞亦不醉，感子故意长。
明日隔山岳，世事两茫茫。

赠别诗是唐诗中的一大题材，几乎每个诗人都会写。李白的《赠汪伦》、王维的《送元二使安西》等，都属于赠别诗，表达留恋之情，表达朋友之间的高谊，抒发人生的感慨。

杜甫这首《赠卫八处士》，自然也有赠别的主题，但这首诗的沧桑感特别强烈，有一种劫后重逢的感慨，有很多由时光流逝积累而来的感喟。你可以想象一下：年轻时代一起玩耍、求学的朋友，隔了好多年不见，突然又见面了，两个成年人看看对方，发现彼此头发都白了，于是不由得感慨人生的短暂、时光的飞逝。

当下跟杜甫的时代已经不同了，杜甫那时候“行路难”，比我们现在难得多。而且，杜甫当时正在经历安史之乱，安史之乱是一场巨大的、旷日持久的内战，导致的后果可谓天翻地覆、十室九空。在这样的背景之下，故友重逢，真有一种恍如隔世的感受。

这个被赠诗的卫八处士到底是谁，现在很难再去考证，我们从诗歌里约略知道，这个人是杜甫年少时的好友。为什么他叫“卫八处士”？“八”是这位姓卫的朋友在兄弟中的排行；“处士”说明他是个读书人，但没有出来做官。杜甫和卫八处士多年未见，又历经丧乱，突然相遇，惊喜交加。

这首诗大概是唐肃宗乾元二年（759）春天，杜甫担任华州（今属陕西省渭南市）司功参军时写的。这一年的三月，杜甫回华州时经过奉先县（今属陕西省渭南市），访问了居住在乡间的少年时代的友人卫八处士。他们只相聚了一个晚上，就又匆匆告别。杜甫有很多不舍，又有很多感慨，于是写下了这首动情的诗歌赠给友人。

“人生不相见，动如参与商。”“动”，就是动不动、常常的意思。“参”“商”，是两颗星星的名字。商星居于东方卯位，在早上五点到七点出现；参星居于西方酉位，在下午五点到七点出现。两颗星一出一没，永不相见。所以杜甫拿它们来比喻，第一句就是很深的感慨：人生啊，动不动就像参星和商星那样永远不能相见！我们只有理解这个“参与商”的典故，才能理解这首诗里面的那种恍如隔世的感慨之情。

“今夕复何夕，共此灯烛光。”今天晚上是什么样的夜晚呢？我们居然能坐在一起，在这“灯烛光”之下把酒言欢。“今夕复何夕”这句化用了《诗经·唐风·绸缪》里面的句子：“绸缪束薪，三星在天。今夕何夕，见此良人。”杜甫读书多，经常会在诗歌中化用各种典故。所以我们讲他的诗，就经常要讲典故，有时候典故里套典故，往往会越讲越多，短短几十个字，却要用几千字的篇幅来解释。

“少壮能几时？鬓发各已苍！”青春的日子能有多少天呢？不知不觉，你我都已经白发苍苍了。这是人生感慨，没有一定的年龄和阅历的人写不出这样的句子。因为杜甫跟卫八处士交往时还是少年，一晃二十年就过去了。

杜甫写这首诗时快五十岁了，他和友人都已经头发斑白，所以叫“鬓发各已苍”。这里需要说明的是，古人的平均寿命其实不长，一般五十岁左右就是老人了，跟现在没有什么可比性。唐朝的诗人中，贺知章活了八十多岁，那是罕见的高寿；杜甫只活了五十九岁，这首诗写完十一年之后，杜甫就去世了。

“少壮能几时？鬓发各已苍”，阿老师现在重读这两句，其实特别感慨。我在讲唐诗时，也讲了很多自己年少时阅读、旅行的经历，少年时代的经历仍历历在目，但现在我“鬓已星星也”。

“访旧半为鬼，惊呼热中肠。”彼此打听朋友们的情况，发现有一半竟然已经去世了，但是故友重逢时那声惊呼，还是使人内心感到热乎乎的。这里也有一种对比：对死者的哀悼和对还健在的朋友的那种庆幸。这是一种深挚的友情的表现。

“焉知二十载，重上君子堂。”诗人没有想到，阔别二十年了，还能再次到友人家里来拜访。

“昔别君未婚，儿女忽成行。怡然敬父执，问我来何方。”诗人说：“还记得当年分别时你尚未成亲，今日重逢，你却已儿女成群。他们态度和顺，敬重父辈挚友，热情地问我是从什么地方来的。”这里也是一种对比：当年友人还没有结婚，现在孩子都已经有好几个了。而从孩子们能够“怡然敬父执”里也看得出，孩子们已经很大了，懂事了，这一方面强调时间之久远，另一方面说明这些孩子有教养，家风家教很好，这是对卫八处士的称赞。

“问答乃未已，驱儿罗酒浆。”简短的寒暄还没有完毕，友人就开始吩咐孩子们去置办宴席了。这一方面是在讲孩子们长大了，暗指二人分别时间之久远；另一方面是在称赞卫八处士的盛情款待，感谢老朋友的情谊。

“夜雨剪春韭，新炊间黄粱。”这是《赠卫八处士》这首诗里最著名的句子，清新可喜，你一旦读到，就很难再忘却。前一句讲的是郭林宗冒雨剪韭、招待好友范逵的故事，也是一个典故。郭林宗就是东汉名士郭泰，他自己耕地种菜。有一天晚上，友人范逵来看他，天上还下着雨，郭泰就冒雨去剪韭菜，做汤饼给范逵吃。这件事，《幼学琼林》里也有记载：“冒雨剪韭，郭林宗款友情殷；踏雪寻梅，孟浩然自娱兴雅。”你看，韭菜历来就是中国的特色物产，怪不得很多地方的人都爱吃韭菜盒子或韭菜炒蛋。

“黄粱”，就是黄米。那什么是“间黄粱”呢？“间”，就是夹杂的意思。这说明饭里面有两种米，叫作二米饭，就相当于我们现在做大米饭时加入一点小米。“新炊间黄粱”，就是刚煮的饭里夹杂着黄米。

“主称会面难，一举累十觞。十觞亦不醉，感子故意长。”主客二人难得有机会见面，就端起酒杯来接连喝酒，喝了十杯也不醉，是因为友人的情谊深厚。

“明日隔山岳，世事两茫茫。”明天两人就要分别了，以后就江湖相隔，彼此都不通信息了。这是极言会面之难，也衬托出这次相会之难得。

这个时间段，安史之乱最动荡的时期虽然基本上结束了，但是天下还没有完全太平，所以杜甫有此感慨，也是世事难料、人生飘蓬的真实感受。

在动乱的年代、动荡的旅途中，暌违二十年，一对少年时代的老朋友居然又见面了，这就是这次短暂的一夕相会特别不同寻常的地方。

于是，这一晚的昏黄灯光就变成了乱离之中幸存的美好，这个晚上是烽火连天中难得的和平与宁静时刻。仅有的一瞬间，短暂而美好。

世事纷扰、战争杀伐，就更显出了人情之美、人性之光彩。像“今夕复何夕，共此灯烛光”这样的句子，把战乱推得遥远，恍如隔世的和平生活似乎一下子又来到了诗人的眼前。可以想见，这样一个夜晚，烛光融融，房间里散发着黄粱与春韭的香味，饱含着人情的温暖，这对于饱经离乱的杜甫而言，多么值得眷恋和珍重。

第十八讲
文章憎命达：杜甫《天末怀李白》

天末怀李白

杜　甫

凉风起天末，君子意如何？
鸿雁几时到，江湖秋水多。
文章憎命达，魑魅喜人过。
应共冤魂语，投诗赠汨罗。

李白和杜甫一向齐名，韩愈的诗歌说："李杜文章在，光焰万丈长。"（《调张籍》）可见，他们受到几乎同等的推崇。但事实上，李白在世之日就已诗名远播，杜甫的"诗圣"地位，则要到北宋时代江西诗派独尊杜甫才得以完全确立。到了后代，关于这两位大诗人的纷争一直不断。有人尊李抑杜，有人尊杜抑李，各执一词，互相攻讦。其实，李杜二人不分轩轾。他们基本上生活在同一个时代，李白比杜甫大十一岁，他们还是好朋友，把手言欢、惺惺相惜。他们要是知道后世为了分出他俩谁更好而大起纷争，估计在九泉之下也会笑醒。

我们初读杜甫的诗歌，总觉得杜甫过得很苦。杜甫一生不得志，他的诗歌也因此有沉郁顿挫之气。杜甫并非出身于社会底层，而是出自名门。他的祖父叫杜审言，是初唐时期数得上的大诗人。他的父亲叫杜闲，曾任朝议大夫、兖州司马。这是典型的书香门第。因为少年时家庭环境优越，杜甫过着较为安定富足的生活，有机会接受很好的教育。

杜甫和李白第一次见面应该是在天宝三载（744）的春夏之交，相遇于洛阳。事实上，李白和杜甫一共见过三次，都发生在公元744—745年。初次见面，李白刚遭到谗毁，由长安被“赐金放还”，时年四十四岁。杜甫则是在“忤下考功第”（《壮游》）后的第十年，时年三十三岁。他们都正值壮年，怀才不遇，同时目空一切。唯一的区别是，这时李白已经名满天下，而杜甫诗名未著。所以很多人认为，这时的杜甫对李白颇有几分仰慕之情。

杜甫仰慕李白，也同情李白，这毫无疑问。在杜甫现存的一千多首诗中，和李白有关的有将近二十首，其中专门寄赠或怀念李白的至少有十首:《赠李白》前后两首、《与李十二白同寻范十隐居》一首、《冬日有怀李白》一首、《春日忆李白》一首、《梦李白》两首、《天末怀李白》一首、《寄李十二白二十韵》一首、《不见》一首。

这些诗都是极好的，每一首都表达了杜甫对李白的深情厚谊。李白和杜甫一个被称为“诗仙”，一个被称为“诗圣”，居然私底下交情也这么好，真可谓千古佳话。

《天末怀李白》这首诗写得实在太好了，讲友情、讲身世、讲时事，感时伤世，非常动人。

这首诗大概写于唐肃宗乾元二年（759）的秋天，当时杜甫弃官远游，客居秦州。秦州，就是现在的甘肃天水。网上有人制作了一个叫“杜甫行迹图”的文件——根据杜甫的生平以及他的诗歌，凡杜甫到过的地点，都做了一个图示。由此我们会发现，即便当时交通不便，杜甫还是踏遍了大江南北。这也从侧面证明了杜甫“诗史”的称号。

杜甫的行迹以黄河、长江为核心，也就是当时经济文化繁荣的主要地区，往各个方向都曾涉足：往南，到达了湖南的衡阳、耒阳一带；往西，到达了四川成都，甚至更边远的雅安一带；往西北，到达了甘肃天水；往东北，到达了山东泰安；往东南，则到达了浙江绍兴，也就是阿老师的家乡。

那杜甫写这首《天末怀李白》的起因是什么呢？当时，李白受永王李璘案牵连，被流放夜郎。杜甫僻居甘肃，得到的消息是相当滞后的，很晚才知道李白被流放；知道李白被免罪，就更晚了。其实杜甫写这首诗的时候，李白已经被赦免了，但是杜甫还不知情。诗歌本身的深情厚谊感人肺腑，表现了两人的友谊之深，值得我们深读。

“凉风起天末，君子意如何？”首句起兴。关于起兴，我们在本书“江南弄”一册中讲过，这是《诗经》中常见的写法，比如《诗经》第一首《关雎》中的“关关雎鸠，在河之洲”，就是起兴，歌咏眼前所见的景物，目的在于将后面的“窈窕淑女，君子好逑”引出来。这种写法自《诗经》之后，在中国的传统文学里就被广泛使用。

“凉风起天末”，说明这是秋天。“悲哉，秋之为气也。”（宋玉《九辩》）秋天在中国人的传统情感基调里是悲伤的，刘禹锡也有诗歌说“自古逢秋悲寂寥”[《秋词》（其一）]。风起于天末，杜甫有感于怀，开始想念李白。两人友情深厚，而且杜甫小李白十一岁，他一直把李白视为兄长。一个人在年轻时代，有一个兄长存在是很重要的，尤其兄长还是李白这样的人杰。《西京杂记》里有这样的句子：“凉风起兮天陨霜，怀君子兮渺难望。”杜甫在这里化用了前人的诗句。凉风从天边吹来，吹拂到杜甫身上，他突如其来地想起了那位长他十一岁的好友：“李白啊，你还好吗？”如果你有这样的好朋友，你会不会也有这样的瞬间突然想起他呢？

“鸿雁几时到，江湖秋水多。”“鸿雁”指书信，古代有鸿雁传书的传说；“江湖”指充满风波的路途，杜甫这是为李白的行程担忧。当时的信息传播不方便，杜甫满怀担忧，但是没有办法实时收到李白的信息，只能在诗中表达忧思。

“文章憎命达，魑魅喜人过。”这是本诗的名句，一经写出，即成不朽，并在一定程度上被后人服为确论。前一句的意思是，文才出众的人总是命途多舛。的确，历史上几乎绝大多数才华横溢的人都有很多不幸的遭遇。

记得有小朋友在读完阿老师的《非一般的古文课》之后，就跟爸爸说："爸爸，我以后不要做文人。"爸爸很好奇地问："为什么呀？""因为，所有的文人命运都不好，都要吃苦的。"我听到这位家长的反馈，不由得笑了。

当然，这个孩子很有思想，能从不同角度考虑这个问题。但其实，在那个帝王专制的时代，可能大多数人乃至绝大多数人的命运都不太好，因为"苛政猛于虎"。而文人的命运，其实已经算好的了。为什么？一方面，文人大多出身于社会的中上阶层，因为这样他们才有机会受教育。另一方面，文人有能力将自己的困难和悲惨的命运用诗文表达出来，被大众看到，留下不朽的作品。更多的命运不好的人可能都没机会上学，不识字，遭受了苦难，连说都说不出来，更不能为后人所知道，于是就湮灭了。

因此，命运好不好，关键不在于你去不去做文人。一个好的时代可以让每一个人不论才华大小，不论是否成为文人，都能机会均等地去展示自己的才能，去获得幸福的生活。所以，只要还是“文章憎命达”的时代，那么这个我们想象中的美好的时代就可能还没有到来。

“魑魅喜人过”，“魑魅”就是鬼怪，这里指坏人或邪恶势力。“过”就是过错、过失。这句话指的是魑魅喜欢幸灾乐祸，说明李白被贬是被诬陷的。也有另外的解释，认为“过”是“经过”的意思，魑魅喜欢有人经过，好趁机做坏事。大意不同，指向还是一致的。

“应共冤魂语，投诗赠汨罗”，这一联很有意思，打通了古今。李白被流放的地方跟屈原当年被流放的地方很近，都在湖湘之地，杜甫很自然地就会把这两人联系起来，尤其是李白的遭遇和屈原的身世还真有某些共同点。李白才华横溢，屈原也一样，两人都怀才不遇。事实上，我们的文学史认为屈原是第一位浪漫主义诗人，李白则是继承了屈原的浪漫主义而又集大成的那个人。

杜甫自然就会联想：李白到了楚地，应该会向屈原的冤魂倾诉内心的愤懑吧？这不是事实，完全属于想象，而想象又特别神奇，特别有道理、有依据。“应共冤魂语”，这个“冤魂”指的就是屈原了。那李白要怎么和“冤魂”对话呢？屈原不能死而复生，所以跟屈原对话的方式，就是“投诗赠汨罗”——李白写诗一首，扔到汨罗江里。这也是两个伟大而痛苦的灵魂在千年之后的共鸣吧。

爱之深，关心之切。杜甫此诗写得恻然心伤，那是因为里面有真爱。

第十九讲
姑苏城外寒山寺：张继《枫桥夜泊》

枫桥夜泊

张　继

月落乌啼霜满天，江枫渔火对愁眠。

姑苏城外寒山寺，夜半钟声到客船。

1999年12月31日，这个日子对我来说，大多数记忆都已经模糊不清了，但有两个细节我仍印象深刻。一个细节是这天下午我与朋友在苏州的十全街闲逛，街上的摊贩都在卖一种像蜈蚣一样长长的、有很多只脚的毛绒玩具。这些玩具是绿色的，摸上去很柔软、很温暖，不像蜈蚣那么让人讨厌。商家说，这叫千年虫。那一年流行一个预言：因为进制不兼容的原因，进入2000年的那个午夜零点，有一种叫作千年虫的计算机病毒将会爆发，导致全世界的计算机都瘫痪。这种满大街在卖的毛绒玩具，就脱胎于这个预言。不过，当天零点，千年虫病毒并没有爆发。令人没想到的是，自从步入 2000 年，我们以前所未有的速度跨入了网络时代。

另一个细节就是跨入新千年的那一瞬间，我跟朋友在寒山寺的围墙外聆听新千年的钟声。不记得我们为何没有进寺院，可能是因为门票贵，而那个时候我们还只能穷游；也可能是因为限流，寒山寺跨年的夜晚需要预约，而我们去晚了。我记得那天有很多日本友人在寒山寺，看起来都彬彬有礼的样子。

总之，那个夜晚，我在寒山寺的围墙外聆听新千年的钟声，心情就和千年前夜泊枫桥的张继差不多——惆怅、感伤，看不到未来。

因为《枫桥夜泊》这首诗，我把跨入新千年的这唯一的、有纪念意义的瞬间，留在了姑苏寒山寺的山墙之外。

我现在已不记得，为什么在跨入新千年的那个夜晚我会去苏州，而且还跑去寒山寺听钟声。当然，作为文艺青年，“月落乌啼霜满天，江枫渔火对愁眠”这样的伟大诗句一直占据我的心是最主要的原因。这也是我旅行喜欢去人文景点、走前人走过的路途的原因。那里，有历史的余温。

倏忽二十多年就过去了，“人生天地间，忽如远行客”（《青青陵上柏》）。过去的记忆会失去时间的纵深感，变得扁平而无法区分，而残存的记忆却如昨日重现，闪亮而不可磨灭。那些千年虫，那晚寒山寺的钟声，就像一个生命的刻度，牢牢地焊在我的 2000 年。

这首《枫桥夜泊》，如果我只是诵读，那它只是张继的作品；只有我亲身来到了故事的发生地，聆听了新千年的钟声之后，这首诗对我来说才是独一无二的、不可比拟的作品，伴随我深刻的情感体验。

讲这首诗，我们要厘清一个问题，就是这首诗的写作时间。很多人认为，张继是落榜以后，乘船南下来到姑苏才写了这首诗。古代读书人为了求仕而参加科举考试，其中能上榜的只有少数，像王维这样一下子就考中状元的就更少了，绝大多数都会落第。所以落榜的痛苦，英雄失路、报国无门的痛苦，这些读书人大都经历过，深有体会。张继这首《枫桥夜泊》中，愁绪浓得化不开，说是因落榜而起也合乎情理。但其实，张继在写这首诗时已经考中了进士。根据《唐才子传》的记载，张继于天宝十二载，即公元753年及第。天宝十四载（755）发生了安史之乱，天宝十五载（756），唐玄宗仓皇奔蜀。因为当时江南的政局还比较稳定，所以不少文人纷纷逃到现在的江苏、浙江一带避乱，其中也包括张继。所以，张继这首诗大概是在公元756年写的，而非他落榜之时。

张继虽然中了进士，但是一直仕途不顺：先是经历了安史之乱，后来战乱平息，也没有大的起色。在生命的最后阶段，张继在洪州任盐铁判官。洪州就是现在的江西南昌。张继到任一年多就病逝了。

就诗歌艺术而言，张继这首诗以意象取胜，有中国诗歌最大的特点：用意象来说话。

“月落乌啼霜满天，江枫渔火对愁眠”，十四个字中有五个密集的意象：“月亮”“乌鸦”“寒霜”“江枫”“渔火”。夜深月落，乌鸦悲啼，满目寒霜，这都是悲戚的、哀伤的，营造了整首诗的氛围。

在密集的意象里，有一个失眠的人，构建出了一种意蕴浓郁的审美意境。

后两句意象疏宕，“城”“寺”“钟声”，是一种空灵旷远的意境。江畔秋夜，渔火点点，羁旅客子静卧舟中，夜听钟声，所有景物的选择都别具一格，有静有动，有明有暗。江边岸上景物的搭配与人物的心情有高度的默契与交融，共同形成这个成为后世典范的艺术境界。

据说，张继停泊之地原来不叫枫桥，因为有了张继的这首诗，后世才将其改名为枫桥。这个枫桥附近也未必就有很多枫树。江南一带，江边湖畔特别常见的是一种叫作乌桕的树。时值深秋，乌桕树的叶子也会变红。《西洲曲》里说“日暮伯劳飞，风吹乌桕树”，这是江南最常见的景象。金庸先生想必对此印象深刻，《射雕英雄传》一开头就写到了这种树：“钱塘江浩浩江水，日日夜夜无穷无休地从两浙西路临安牛家村边绕过，东流入海。江畔一排数十株乌桕树，叶子似火烧般红。”

“江枫渔火对愁眠”里有色彩。“月落乌啼霜满天”是惨白的，而“江枫渔火对愁眠”却在惨白之中有一道亮色、一抹鲜红。

这首诗的神来之笔，无疑是寒山寺的钟声。前两句写尽“月落乌啼”“霜天寒夜”“江枫渔火”“孤舟客子”等意象，但这些仍然只构成一个千古佳句的背景。在暗夜中，人的视觉受到阻碍，听觉则变得特别敏锐。安静的夜、漆黑的天、突然的钟声，给人以灵魂的震撼。这样，夜半钟声不但衬托了夜的静谧，也揭示了夜的深永。而诗人想要表达的情感，种种复杂难以言说、文字不足以形容的部分，都被这钟声表达了。

“夜半钟声到客船”，多么了不起的诗句。没有钟声，就没有这首诗的隽永，也就没有这首诗最夺人心魄的地方。钟声袅袅，可谓余音千古。

最后我想讲一讲京杭大运河。

阿老师家住绍兴，从理论上说，我从家门口乘一条乌篷船，是可以通过京杭大运河直接抵达北京的。但从现实来说，恐怕还有一些障碍。毕竟，京杭大运河还有很多年久失修之处。

张继停泊的地方——枫桥，就在京杭大运河边上。大运河，是中国当时的经济大动脉，至今仍承载着很重要的航运功能。这条河上，也诞生了很多悲欢离合的故事。

为什么会有这么一条大运河？这也是一件很有意思的事。因为中国的地理环境很有特点：西高东低，西边靠近中亚，都是高原；东边靠近大海，都是平地，海拔低。所以中国主要的大河都是从西往东流的。黄河、淮河、长江、钱塘江、珠江都是这样的。

但是，中国经济的发展却是南北不同。先秦两汉的时代，农业主要集中在黄河流域，所以《诗经》中的作品一般就出自这些地方，因为这里是中国最早的文明开化地。但是随着文明的演进，经济中心渐渐向南迁移；尤其是长江流域和长江中下游地区的开发，使得经济的重心从黄河流域变成了长江流域。

隋朝时期主要的大城市还是集中在中原，比如长安和洛阳，人口聚集地主要还在北方，但粮食的主要产区却移到了南方。隋炀帝为了解决粮食漕运问题，就开凿了京杭大运河。京杭大运河成为南北交通的主要枢纽，运河流域的一些城市也成为经济异常繁华的地方，比如扬州。

我们学习唐诗，会发现其中提到扬州的篇目不计其数，比如“故人西辞黄鹤楼，烟花三月下扬州”（李白《黄鹤楼送孟浩然之广陵》）。这其实跟隋炀帝开凿京杭大运河的举措有关。当然，在演义小说里，隋炀帝是个昏君，这一观点部分来源于成王败寇的思想。在政治、经济和文化上，隋唐两个时代具有连续性，所以叫作“唐承隋制”。隋朝的两任皇帝——隋文帝和隋炀帝其实都为唐朝的制度奠定了基础，比如隋文帝时代开始的科举制度。

从公元前486年，吴国开始开凿邗沟，以便运兵打仗，到京杭大运河最终完成于隋炀帝之手，中间经历了千年。这一壮举对中国文化影响久远，以至于我们在唐诗里也可以听到历史的回声，比如这首《枫桥夜泊》。

第二十讲
大雪满弓刀：卢纶《塞下曲》

塞下曲

卢　纶

月黑雁飞高，单于夜遁逃。

欲将轻骑逐，大雪满弓刀。

今天我们讲一首五言绝句，卢纶的《塞下曲》。

卢纶生于公元 739 年（一说为公元 748 年），卒于公元 799 年，比李白这一代盛唐诗人小四十岁左右。卢纶生活的这个时代，盛唐诗人逐渐凋零，曾经闪耀天空的璀璨群星一个个退隐，只留下一片寂寥的天空。

这里有一个唐朝诗人的代际问题。代际是一个客观存在的事实，“江山代有才人出，各领风骚数百年”[赵翼《论诗五首》（其二）]，盛唐诗人这一代则发出了诗坛的最强音，以李白、杜甫、王维、孟浩然、高适、岑参等人为代表。

孟浩然其实早在公元 740 年就去世了，原因是他的后背长了一个大疮。传说，那次王昌龄经过襄阳，孟浩然设宴款待，结果没管住嘴，吃了河鲜，导致毒疮发作病死。当然这只是传说，没有医学上的准确依据。

李白死于公元 762 年，死在今安徽当涂，据说是酒醉后去水中捉月而死，这也是一种传说，比较浪漫。因为李白是“诗仙”，所以后人也给李白之死赋予了神奇的色彩。

杜甫死于公元 770 年。据《旧唐书》记载，杜甫“啖牛肉白酒，一夕而卒于耒阳，时年五十九”。《新唐书》的记载更加详细一点：“大历（766—779）中，出瞿唐，下江陵，溯沅、湘以登衡山，因客耒阳。游岳祠，大水遽至，涉旬不得食，县令具舟迎之，乃得还。令尝馈牛炙白酒，大醉，一昔卒，年五十九。”总之，当时因为战乱或者水灾，杜甫流离失所已经很久了，连续很多天没吃东西，一下子吃太多，消化不良，就这样死在汉江的一艘船上。这也是一个传说。

在这一代诗人之后，大家所喜欢的盛唐气象开始式微。但好在这时唐朝基本的水准还在那里，“江山代有才人出”，大历诗人开始登上历史舞台，鼎鼎有名的“大历十才子”崭露头角。

“大历十才子”指的是活跃于大历时期的一个诗人群体，其称号及所指人名，最早见于姚合的《极玄集》：“李端，字正己，赵郡人，大历五年（770）进士。与卢纶、吉中孚、韩翃、钱起、司空曙、苗发、崔峒、耿沣、夏侯审唱和，号十才子。”

“大历十才子”主要的诗歌创作时间大约在公元770年到790年。其实按照时间的标准，他们生平跟之前的盛唐诗人以及之后的韩愈、柳宗元、孟郊、贾岛互有交集，但我们主要依据的是他们诗歌创作的年代。

从整个唐代的诗人代际来说，大历诗人的诗歌水准未必是最高的，毕竟此前此后都是明星闪耀，相对而言，大历诗人的光芒就被遮蔽不少。这当然也是因为唐朝的诗歌基准太高了，若放在别的时代，这些大历诗人都是十分耀眼的。

卢纶是“大历十才子”的代表性人物，祖籍范阳涿县，即现在的河北涿州。他出身于范阳卢氏，是北齐济州刺史光禄大夫卢尚之的后人。但卢纶命途多舛，一生过得不太得意，考进士没中，后因高层的推荐才做了很短时期的官。他所结交的一些官员被唐代宗除去了，比如元载，于是卢纶也随之去职，郁郁而终。

卢纶的诗歌以五言、七言近体诗为主，大多是唱和酬答之作。但他在从军生活中所写的诗，如《塞下曲》，风格雄浑、慷慨激昂，历来为人所称颂。他年轻时因避乱寓居各地，对现实有很多的接触，所以有些诗篇也反映了战乱后人民生活的困苦和社会经济的萧条，比如《村南逢病叟》。

今天讲的《塞下曲》是卢纶最广为人知的作品，它的原名叫作《和张仆射塞下曲六首》（其三），这也是一首应和诗。《塞下曲》是乐府旧题，内容多写边塞征战。唐人都喜欢化用汉乐府的旧题，我们在李白、高适、岑参的作品中都看到过。

卢纶曾任幕府中的元帅判官，对行伍生活有体验，描写此类生活的诗都很充实，风格雄劲。这首诗写将军雪夜准备率兵追敌的壮举，气概豪迈。一般认为盛唐之气在安史之乱后就逐渐消亡了，但也不是完全不见了，卢纶这首诗就英气勃发，充满了必胜的信念，直追盛唐的边塞诗。

“月黑雁飞高，单于夜遁逃。”为什么夜晚大雁反而高飞呢？这就是诗人的高明之处。大雁在白天迁徙，在夜晚应该休息，它们反而高高地飞起，肯定是被什么动静给惊动了。这就是一种暗示——有异动。于是后面接了一句“单于夜遁逃”。

“单于”是匈奴的首领，他们夜间行动，并非率兵来袭，而是借着夜色的掩护仓皇逃遁，这暗示汉军的胜利。诗歌的语气非常之肯定，判断明确，充满了对敌人的蔑视和必胜的信念，这就是盛唐之气的余波。

后两句写将军准备迎敌的场面，气势不凡，“欲将轻骑逐，大雪满弓刀”。将军发现敌军潜逃，想要率领轻装的骑兵去追击。这不仅因为轻骑比较快捷，同时也显示了一种高度的自信。当将士们列队准备出发时，一场纷纷扬扬的大雪下了起来。虽然他们伫立不过片刻，但就在那一瞬间，雪花落满了弓箭和战刀，掩盖了武器的寒光。

最后一句“大雪满弓刀”非常之神奇，称得上神来之笔。这是对严寒景象的描写，雪那么大，一会儿就积满了兵器，但是战士们毫不畏惧，反而奋勇争先。这是一种豪迈乐观的战斗精神，一种开拓进取的必胜信念。

《礼记》里有这样一段话："是故治世之音安以乐，其政和；乱世之音怨以怒，其政乖；亡国之音哀以思，其民困。"一个时代有一个时代的音乐风格，诗歌也是如此。盛唐、中唐、大历年间的诗风各不相同，那是必然。但是盛唐之气到了大历年间仍然余音未绝，我们也可以从卢纶的边塞诗里面看出端倪。如这首五言绝句，一共才二十个字，但是写景抒情毫厘不爽，每一个字都有独特而不可替代的价值，这种高超的艺术魅力，需要我们去深入体会。

第二十一讲
云横秦岭家何在：韩愈《左迁至蓝关示侄孙湘》

左迁至蓝关示侄孙湘

韩　愈

一封朝奏九重天，夕贬潮州路八千。
欲为圣明除弊事，肯将衰朽惜残年！
云横秦岭家何在？雪拥蓝关马不前。
知汝远来应有意，好收吾骨瘴江边。

这是韩愈最负盛名的七律，一直有非常高的历史和艺术方面的评价，奠定了他在诗坛卓尔不群的地位。这首诗情景交融，是情与理的完美统一，不仅表现了韩愈高超的诗歌技艺，也表现了韩愈的气节和追求。

韩愈写这首诗的起因是，他之前写了《论佛骨表》

一文，给自己惹了祸。

当时，法门寺有一座佛塔，塔内藏有释迦牟尼指骨一节，被称为舍利。该佛塔每三十年开一次，传说开塔则岁丰人安。

元和十四年（819），正是开塔之年。正月里，唐宪宗派人持香花将佛骨迎接到宫内，供养三日。这一事件在全国引发一场浩大而狂热的礼佛风潮，社会各阶层趋之若鹜。韩愈时任刑部侍郎，又是虔诚的儒家信徒，为了维护儒家思想的正统地位，他特别反对这件事，于是就写了《论佛骨表》一文呈给皇上，加以谏阻。

韩愈的这篇文章内容很激烈，他说："佛本夷狄之人……不知君臣之义，父子之情。"如今，佛已死久，"枯朽之骨，凶秽之余，岂宜令入宫禁"。他认为，应该将这骨头"投诸水火，永绝根本，断天下之疑，绝后代之惑"。

唐宪宗大怒，韩愈自然大祸临头，后果就表现在诗里："一封朝奏九重天，夕贬潮州路八千。"

"朝奏"，早上上奏；"夕贬"，傍晚马上就被贬官，极言时间之快。韩愈早上还在西安，下午就要启程去广东，也可以看出皇帝翻脸的速度简直比翻书还要快。“九重天”指的就是朝廷。“路八千”是虚指，不一定是八千里路，只是指路途遥远。

愤怒出诗人。这首诗充满真情实感，成了韩愈的名篇。

“欲为圣明除弊事，肯将衰朽惜残年！”颔联直抒胸臆，表明自己为什么明知道会吃苦头、逆龙鳞，甚至可能引来杀身之祸，却还要上奏。因为他想要为圣上去除那些不好的事情，为了这个目的，他哪肯顾惜自己衰朽的性命？这里，韩愈作为虔诚的儒家信徒，那种知其不可而为之的信念可谓老而弥笃。

写这首诗时，韩愈已经五十多岁了。韩愈很有才华，名声也很大，执当时文坛之牛耳，但仕途蹉跎，五十岁才因参与平淮而被擢升为刑部侍郎，所以他写“衰朽”“残年”这样的词，心情是很沉痛的。

韩愈上《论佛骨表》事出突然，触怒了唐宪宗，几乎要被定为死罪。后来有很多人出来说情，他才被贬到千里之外的潮州——基本上就是现在的广东潮州，在当时算是瘴疠之乡。

路程艰辛，韩愈最终到达潮州。韩愈在潮州为官一任，清正廉明，为当地做了许多好事，比如驱除鳄鱼、开垦农田，将当时甚为先进的中原农业经验带到了潮州。所以，客观来说，这对韩愈本人而言，是一次不折不扣的贬谪，但对当时身处“化外之地”的潮州人民来说，却像是天降文曲星。

直到如今，潮州还有很多与韩愈有关的遗址。潮州人民对韩愈充满了感情，还根据韩愈当时的一首诗整理出了一个“韩公宴”。这首诗就叫作《初南食贻元十八协律》，讲述了韩愈初次看到这里稀奇古怪的海鲜时的那种惊诧。当然不久之后，他就入乡随俗，爱上了潮州菜。有诗为证：“我来御魑魅，自宜味南烹。调以咸与酸，芼以椒与橙。”（《初南食贻元十八协律》）

我们现在当然知道，潮州菜特别好吃，无论是海鲜，还是牛肉火锅，都全国知名，其连锁店也开遍了大江南北。潮州人民有深情，怀念着韩愈；潮州人民也有智慧，从韩愈的诗歌里发掘出了唐朝的菜系。

再说回韩愈的被贬谪。他收到圣谕，即刻出发，孤身上路，来到了蓝关这个地方，就踌躇起来。

蓝关大概是现在陕西蓝田附近的一个关隘。蓝田在唐诗里面经常出现，如李商隐有“蓝田日暖玉生烟”的名句。阿老师带娃去西安游学，其中有一站就是去蓝田，一到那里，很多人就围上来问我们要不要买玉器，说蓝田玉很好，李商隐都写过。

到了蓝田，韩愈的妻子、孩子还没有跟上来，只有他的侄孙韩湘跟上来了。韩湘是韩愈长兄韩会的孙子。韩会的儿子叫韩老成，韩湘是韩老成的儿子，所以是韩愈的侄孙。韩愈从小丧父，是由长兄养大的，所以跟韩老成相依为命，跟韩湘也很亲近。

这里又有另外一个故事。中国神话传说“八仙过海”中有个韩湘子，其原型就是这个“侄孙湘”——在《非一般的古文课》里，我们也提到过。韩湘来了，韩愈就给他写了这首诗。

“云横秦岭家何在？雪拥蓝关马不前。”颈联是名句，工整有力、音韵铿锵，强调贬官路上行路之难。蓝田的关隘恰好下大雪，马都走不动，这有点类似于李白的诗句“欲渡黄河冰塞川，将登太行雪满山”[《行路难》（其一）]。韩愈喜欢李白，说“李杜文章在，光焰万丈长”，李白这两句诗他肯定读过，所以这里既有化用又有新意。

马都走不动，暗示前途茫茫，也暗示自己的心情晦暗。这是环境描写，雪大，无法爬坡；同时也是心理描写，表明韩愈对命运充满踌躇与思虑——人生之路啊，就一定是这样雨雪交加，不得不止步吗？

这一联中，更重要的是上联“云横秦岭家何在”。问苍茫云水：我的家又在何处？这是一个触及灵魂深处的问题，是灵魂之问。偌大的天下，竟无韩愈容身之地，是何等苍凉的感受！

前一句、后一句，上联、下联互相搭配、相得益彰，显示了无与伦比的艺术力量。一面是故乡无望，一面是前途茫茫，韩愈就这样被困在了人生的一个关隘，困在了人生的一个节点。

诗句苍凉遒劲，困境无法突围，但韩愈百死无悔。因为这是这位有骨气的正直文人“自找的”。他出于一个知识分子的良知，上书的时候就已经料到会有这个后果了，尽管这个后果很严重，但是他还是会去承担。我们说儒家那种“不撞南墙不回头”乃至撞了南墙还要继续撞的气概，就在这里。

“知汝远来应有意，好收吾骨瘴江边。”在尾联中，韩愈跟他的侄孙韩湘讲：“你要来收我的这把老骨头。”这两句尽管很沉痛，但有屈原那种“虽九死其犹未悔”

(《离骚》) 的气概，抒发了英雄之志，表达了骨肉之情，悲痛凄楚溢于言表。

韩愈这老头儿我喜欢。他是一个硬骨头，有一种一往无前、视死如归的无畏精神，我们可以从他的诗作里面看出来。

第二十二讲
海天愁思正茫茫：柳宗元《登柳州城楼寄漳、汀、封、连四州刺史》

登柳州城楼寄漳、汀、封、连四州刺史

柳宗元

城上高楼接大荒，海天愁思正茫茫。
惊风乱飐芙蓉水，密雨斜侵薜荔墙。
岭树重遮千里目，江流曲似九回肠。
共来百粤文身地，犹自音书滞一乡！

“一身去国六千里，万死投荒十二年”，这是柳宗元一生的写照，诗句出自他的《别舍弟宗一》，和我们要讲的这首诗写于差不多同一时期。

永贞革新失败后，柳宗元被一贬再贬，先到永州，再到柳州，之后客死于柳州，终身没能回到中原。他写给弟弟的诗句“一身去国六千里，万死投荒十二年”，真是一语成谶。

贬官与流放，是中国文学史上著名的话题，似乎从屈原被放逐以来，历代正直的士大夫就没有办法逃过这个命运。李白被流放到夜郎，韩愈被流放到潮州，柳宗元被流放到永州、柳州。到了宋代，苏轼甚至在《自题金山画像》一诗中说：“心似已灰之木，身如不系之舟。问汝平生功业，黄州惠州儋州。”末句“黄州惠州儋州”，说的就是苏轼不断被流放的地点，一个比一个远：黄州还在湖北，惠州已在广东，而儋州都到了海南岛。好在苏轼一生随遇而安，他仍是乐观地对待人生。

中国的文人每当仕途遇到挫折时，就想像屈原那样在后世留下名声。李白说：“屈平词赋悬日月，楚王台榭空山丘。”（《江上吟》）权力其实并不长久。千年之后，流放屈原的那个楚王早就化作史册中的寥寥数笔，而屈原的不朽诗篇就像太阳、月亮一样悬挂在空中。

公元 805 年，柳宗元被贬永州。永州今属湖南，相传是舜帝南巡崩殂的苍梧之野，舜死后就葬在永州的九嶷山，至今永州还有很多关于舜的遗迹。柳宗元到了这里后，一段时间里寄情于山水，这也是逃避和消解痛苦的一种方式。这一时期，他的诗文多有贬谪之感。

经历了十年的流放生涯，公元 815 年，柳宗元接到回京的诏书，立刻启程北归，心中又燃起了希望。但是柳宗元到达京城才一个月，就因为执政者的阻挠而被外放为柳州刺史。从永州司马到柳州刺史，官职是升了，但是去的地方更加偏远。柳州，在现在的广西境内。到达柳州之后，柳宗元登上了高高的城楼，面对着满目荒凉，遥想四位同一时期被贬谪的好朋友韩泰、韩晔、陈谏和刘禹锡，写下了这首脍炙人口的七言律诗。

“漳、汀、封、连四州”，“漳”就是漳州，今属福建；“汀”就是汀州，大概是现在的福建长汀县；“封”就是封州，大概是现在的广东封开县；“连”就是连州，今属广东。

《旧唐书》记载：“乙酉，以虔州司马韩泰为漳州刺史，以永州司马柳宗元为柳州刺史、饶州司马韩晔为汀州刺史、朗州司马刘禹锡为播州刺史、台州司马陈谏为封州刺史。御史中丞裴度以禹锡母老，请移近处，乃改授连州刺史。”历史事实就是这样的。

柳宗元来到了柳州，登上了柳州的高楼，向远处望去，只见眼前是无边的荒原，海天一般的茫茫哀怨愁苦就油然而生。

诗人经过长途跋涉，好不容易才到柳州，却急不可耐地登上高处，为的是什么？是要遥望他的难友们的贬所，抒发难以言说的情绪。“接大荒”的“接”字，说的是城上高楼与“大荒”相接，是楼上的人眼中所见。诗人于是感悟起兴，“海天愁思正茫茫”一句就出来了。诗人眼前是辽阔而苍凉的空间，极目望去，海天相接，而自己的愁思茫茫也就充满了这个辽阔无边的空间。

“惊风乱飐芙蓉水，密雨斜侵薜荔墙。”颔联写的是近处所见，因为是近景，诗人看得很真切，所以写得很细致，就有了这种急风暴雨的景象。这处景物描写里面又有比兴：“芙蓉”“薜荔”象征着高雅、贞洁。“惊风”“密雨”象征着奸佞小人。

颈联写远景，由近景过渡到远景的契机，就是近景所触发的联想——自己此时处于这样的情境之中，好友们的处境又如何呢？于是诗人心向远方，目光也随之向漳、汀、封、连四州望去。“岭树”“江流”两句同样写遥望，却一仰一俯，视野各异：仰观则丛林密布，遮断了千里之目；俯察则江流曲折，似九曲之回肠。景中包含着情感。从字面上看，以“江流曲似九回肠”来对“岭树重遮千里目”，非常工整。从意义上看，上联是实写，下联是虚写，前因后果，用骈偶之词来对仗，颇有流水对的特点。

尾联从颈联生发而来，除了表现对好友的关怀及望而不见的惆怅，有更深一层的意思：望而不见，自然想到要互访或者互通音信。但是陆路上山岭重叠，水路则江流迂回，不要说互访，即便是互通音信也十分困难，所以最后诗人就说“犹自音书滞一乡”。

柳宗元的高明之处在于，他先用“共来百粤文身地”一句作为铺垫，再用“犹”字一转，归结到“音书滞一乡”，起到了沉郁顿挫的艺术效果。

这首诗情景交融，而诗人的境界又很广大，愁思如茫茫云海弥漫而至。

柳宗元的情绪沉重而愤懑，岁月匆匆，北归无望。在这之前，他的老母亲、妻子和女儿相继去世了，而跟随他来到柳州的从弟宗直也病故。家事国事都让柳宗元悲伤莫名，于是才有了这首凄恻至极的作品。这首诗写完之后不到五年，柳宗元未等到朝廷召他回京，就在柳州刺史任上去世了，年仅四十七岁。

因为柳宗元的遭遇，柳州在阿老师的唐诗地图里有重要的位置。机缘巧合，阿老师去过那里好几次，最近一次是 2021 年 4 月。柳州城里现在有柳侯祠，就是专门用来纪念柳宗元的，里面有柳宗元的衣冠冢。阿老师和朋友在那里凭吊怀古，心里默默诵读的就是这首《登柳州城楼寄漳、汀、封、连四州刺史》。

第二十三讲
到乡翻似烂柯人：刘禹锡《酬乐天扬州初逢席上见赠》

酬乐天扬州初逢席上见赠

刘禹锡

巴山楚水凄凉地，二十三年弃置身。
怀旧空吟闻笛赋，到乡翻似烂柯人。
沉舟侧畔千帆过，病树前头万木春。
今日听君歌一曲，暂凭杯酒长精神。

《酬乐天扬州初逢席上见赠》这首诗写于公元826年。公元805年，刘禹锡参与王叔文领导的永贞革新，在革新失败后被贬出京；公元815年被短暂召回，待了个把月又被贬。他的贬谪生涯前后有二十三个年头，最后才得以返京。这首诗就写于这次返京途中，当时他在扬州初次遇见白居易。

“乐天”，就是白居易，白居易字乐天。“酬”表示酬谢、酬唱之意。“见赠”，“见”字表示被动。白居易先写了一首诗给刘禹锡，而后刘禹锡才写诗回应。白居易写的那首诗叫《醉赠刘二十八使君》：

为我引杯添酒饮，与君把箸击盘歌。
诗称国手徒为尔，命压人头不奈何。
举眼风光长寂寞，满朝官职独蹉跎。
亦知合被才名折，二十三年折太多。

单就这一次酬唱而言，刘禹锡的诗写得更好一些。千年之后，他这首诗更有名，而白居易那首诗反而湮没不彰。

刘禹锡这个人很厉害，我们说他是“诗豪”，绝不是泛泛之语。因为他坚韧不屈、百折不回、豁达大度，同时还有点管不住嘴。最有意思的是，他贬官前后十几年间写了两首“玄都观桃花诗”，被传为美谈。

紫陌红尘拂面来，无人不道看花回。
玄都观里桃千树，尽是刘郎去后栽。

这是著名的《元和十年自朗州至京，戏赠看花诸君子》，写于公元815年。被贬官十年之后第一次回京，刘禹锡的游戏心态可见一斑。那个时候，尽管没有“朋友圈”，但这首诗还是像长了翅膀一样，迅速飞到了朝廷，引起一片哗然。诗的最后两句正是在戏弄和影射那些当朝新贵，流露出对这些新贵的不屑一顾。这也是那帮得势的人所不能容忍的，当初他们使刘禹锡被贬到荒僻之地，就是要打击他的傲气，没想到他死性不改，还是这么硬气。于是，他们向皇帝打各种小报告。刘禹锡屁股还没坐热，又被贬到了更远的连州——上一讲我们也讲到了这件事。这一年，刘禹锡已经四十四岁了。我们说“四十不惑”，按理说生活应该已经给他教训了。可是刘禹锡“死鸭子嘴硬”，于是迎接他的就是继续贬官。

一直到公元826年，刘禹锡才奉诏回到洛阳；公元828年，刘禹锡终于回到长安。那么，这一回他该老实了吧？论年龄，他都五十多岁了，接近耳顺之年，该收一收锋芒了。

结果，他又去玄都观了。故地重游，刘禹锡大吃一惊，满园的桃树竟然荡然无存，大半个庭院长满了青苔，原来盛开桃花的地方现在开满了野菜花，种桃的道士也都作鸟兽散，与十几年前的景象形成巨大的反差。于是《再游玄都观》横空出世：

百亩庭中半是苔，桃花净尽菜花开。
种桃道士归何处？前度刘郎今又来。

你看，当年那些弄权之人、那些打压刘禹锡的新贵们都不见了，但是刘禹锡又回来了。一句“前度刘郎今又来”，简直就是王者归来。

一千多年以后，我们了解了这段历史的原委，读到这首诗，仍然感到那么畅快、那么过瘾。俗话说“江山易改，本性难移”，倔强而又“淘气”的刘禹锡以前不改，现在不改，将来也不改。所以，刘禹锡叫“诗豪”是有道理的。他是一个可以拿自己的生命开玩笑的人，这种境界也令人仰望。

言归正传，我们来看这首《酬乐天扬州初逢席上见赠》。

“巴山楚水凄凉地，二十三年弃置身。”这两句讲的是自己的身世——二十三年被贬谪的人生，地方则是“巴山楚水”，一言以蔽之，非常荒凉的地方。

“怀旧空吟闻笛赋，到乡翻似烂柯人。”这里有两个典故。上联是向秀《思旧赋》的典故。三国曹魏末年，向秀的朋友嵇康因不满司马氏篡权而被杀害。后来向秀经过嵇康的故居，听到邻人吹笛，不禁悲从中来，就写了《思旧赋》。刘禹锡借用这个典故，来怀念已经死去的王叔文、柳宗元等老朋友。

下联“烂柯人”指的是晋人王质的故事。相传晋人王质上山砍柴，看见两个童子在下棋，就停下来观看，等到棋局终了，手中的斧柄已经朽烂。回到村里，他才知道已经过了一百年，同代人都已经亡故了。作者用这个典故来表达对自己遭贬二十三年来世事沧桑、人事全非的感慨。

“沉舟侧畔千帆过，病树前头万木春。”诗风为之一转，刘禹锡用“沉舟”“病树”比喻自己。他虽然感到惆怅，但又相当达观，因为“沉舟侧畔”有千帆竞发，“病树前头”正万木逢春。这两句诗形象生动，至今还被人经常引用，形容新生事物必将取代旧事物。刘禹锡根据白居易的赠诗而写，反其意而用之，翻出了这两句，劝慰白居易不必为自己的寂寞蹉跎而忧伤。面对世事的变迁和仕宦的沉浮，刘禹锡表现出了豁达的胸襟。

正像他在另外一首诗里所写的“莫道桑榆晚，为霞尚满天”(《酬乐天咏老见示》)，他要重新打起精神，迎上春光。

“今日听君歌一曲，暂凭杯酒长精神”点明了酬答白居易的题意，诗人并没有一味地消沉，对生活并没有完全丧失信心。诗中虽然对世事感慨很深，但给人的感受不是消沉，而是振奋，这就是“诗豪”的境界。

我们要知道，这个时候刘禹锡都已经快六十岁了，而他的精气神仍像个少年。

第二十四讲
还君明珠双泪垂：张籍《节妇吟》

节妇吟

张　籍

君知妾有夫，赠妾双明珠。
感君缠绵意，系在红罗襦。
妾家高楼连苑起，良人执戟明光里。
知君用心如日月，事夫誓拟同生死。
还君明珠双泪垂，恨不相逢未嫁时。

韩愈有一首著名的绝句，叫作《早春呈水部张十八员外》。这个“水部张十八员外”，就是张籍。张籍大约生于公元767年，卒于公元830年，世称“张水部”“张司业”，其乐府诗与王建齐名，二人并称“张王乐府”。

张籍有一个很好笑的故事流传至今。他一度迷恋杜甫的诗歌，就把杜甫的名诗一首一首地烧掉，烧完的纸灰拌上蜂蜜，每天早上吃三匙。一天，张籍的朋友来拜访他，看到张籍正在拌纸灰，很是不解，就问他为什么这么做，张籍说："吃了杜甫的诗，我便能写出和杜甫一样的好诗了！"可见张籍还是蛮上进的。中国人说"吃什么补什么"，至于这个法子有没有效果，至少在张籍身上，我们看到了他作诗的才华。

《节妇吟》乍一看是一首情诗。尤其是末两句"还君明珠双泪垂，恨不相逢未嫁时"，看似在描写错过的真爱，充满了遗憾，非常感人。

阿老师有时候在网上看电影，发现这些视频播放软件都设置了弹幕。有一次，我看的是一部爱情片，没关弹幕。结果，这部电影快结束的时候，弹幕里充满了各种关于爱情的感慨，我的关注点完全被弹幕吸引，还看出门道来了。当然，这些弹幕都是用大白话写的，但阿老师是一个讲唐诗的人，可以将这些表白分为三类，分别用唐诗名句来概括。

第一类是元稹的"曾经沧海难为水，除却巫山不是云"[《离思五首》（其四）]。第二类是李商隐的"此情可待成追忆，只是当时已惘然”。第三类就是张籍的“还君明珠双泪垂，恨不相逢未嫁时”。可见不管过了多久，我们人类的情感总是共通的，而爱情的遗憾也往往有相似之处。

说回《节妇吟》，我先来把这首诗解释一下——

你明知我已经有了丈夫，偏要送给我一对明珠。

我心中感激你情意缠绵，把明珠系在我的红罗短衫上。

我家的高楼就连着皇家的花园，我丈夫拿着长戟在皇宫里守卫。

虽然知道你真心朗朗无遮掩，但我已发誓与丈夫同生死、共患难。

归还你的明珠我双眼泪水涟涟，遗憾没有遇到你在我未嫁之前。

从字面意思来看，诗歌描写了一位忠贞的妻子经过思想斗争，终于拒绝了一位多情男子的追求，守住了自己的爱情。这是很好的，值得赞赏。我们初读这首诗，也可以将这首诗单纯地作为情诗来理解。因为卓越的诗歌有丰富的可阐释性，这才是诗歌之所以经典的根源。

除了爱情，我们也许还可以有别的理解。其实，这是一首双关之作，张籍的本意可不一定是讲爱情，而是讲自己的政治立场：在喻义层面上，表达了自己忠于朝廷，不被藩镇高官拉拢、收买的决心。

这首诗还有一个题目，叫《节妇吟寄东平李司空师道》。诗题里的李司空叫李师道，他是当时的平卢淄青节度使，又有检校司空、同中书门下平章事等头衔，其权势炙手可热。李师道知道张籍的才华，就派人去劝说张籍，希望张籍为自己效命，并许以高官厚禄。但是张籍忠于自己的政治信仰，不为所动。

我们现在可能会对这件事感到奇怪：节度使不是地方官吗？怎么可以这样越权？其实，中唐以后，皇权渐渐旁落，在藩镇割据的局面之下，地方豪强势力坐大。这些地方势力，就会用各种手段，勾结、拉拢文人和中央官吏。而一些不得意的文人和官吏也往往会依附他们。韩愈曾作《送董邵南游河北序》一文，婉转地批判了这一现象。

张籍是韩愈的好友，也曾受韩愈提携，可以说是“韩门大弟子”，他主张维护统一，反对藩镇割据分裂，一如韩愈。因此，面对李师道的收买，张籍不为所动，这首诗便是一首为拒绝李师道的收买而写的名作。

张籍以节妇自比，表达了对中央政府的忠心。“还君明珠”，这个“明珠”大概就是李师道对他许下的高官厚禄。但奈何自己已经有“爱人”了，诗人只好婉拒。张籍这首诗，委婉而又坚决，恰如其分而又别有特点，堪称名作。

第二十五讲
一夜征人尽望乡：李益《夜上受降城闻笛》

夜上受降城闻笛

李　益

回乐烽前沙似雪，受降城外月如霜。

不知何处吹芦管，一夜征人尽望乡。

李益大约生于唐玄宗天宝五载（746），卒于唐文宗太和三年（829），享年八十四岁，是唐代较长寿的诗人之一。李益初因仕途失意，弃官在燕赵一带漫游，有了从军边塞的经验。李益是大历年间著名的边塞诗人。

关于李益，最有意思的，也被后人说得最多的，是他与霍小玉的爱情故事。这个爱情故事的名气一度盖过李益的诗名。

这个始乱终弃的故事，最早见于唐传奇——蒋防所写的《霍小玉传》，后来被收录在《太平广记》里。我们知道唐传奇是文言文小说的开端，元稹的《莺莺传》、白行简的《李娃传》等，都是有代表性的作品。

霍小玉，传说是唐玄宗时霍王的女儿。霍小玉的母亲净持本是霍王家的歌伎，因容貌秀美，被霍王纳为侍妾，不久就有了霍小玉。小玉虽然自小深受宠爱，但是好景不长，不久霍王就死了。因为霍小玉是侍妾所生，霍王别的子女不待见她们母女，就给了她们一点钱，把她们驱逐出了王府。后来，霍小玉迫于生计，流落风尘，成为长安著名的娼女。

李益才名在外，之后又考中进士，颇得时人的称许。比如，李益有首诗叫《竹窗闻风寄苗发司空曙》，其中的名句“开门复动竹，疑是故人来”当时在京师流传，也受到了霍小玉的喜欢。

李益见到霍小玉，据《霍小玉传》原文里说，霍小玉一坐下，李益“但觉一室之中，若琼林玉树，互相照耀，转盼精彩射人”。而霍小玉本来就熟读李益的诗歌，于是两人一见钟情，山盟海誓，许下爱情的诺言。

但是李益后来官位高升，为了自己的前途，最终娶了门当户对的官宦家族的女儿为妻，做了一个负心薄幸的人。霍小玉则忧愤成疾，最终郁郁而亡，留下了一个凄美的故事。而李益始乱终弃的名声，也就流传了下来。

从道德层面来评价，李益确实对不起霍小玉。李益后半辈子也没过好，因为按照《霍小玉传》的说法，李益一直受良心的谴责，之后的婚姻生活也不和谐。当然，这些都是小说家言，我们在这里说，只是为了增加讲述的趣味性。

就事论事，作为诗歌的读者，我们要把诗歌的艺术和诗人的私德分开。诗歌是诗歌，人品是人品。再说，唐传奇中有很多的虚构成分，我们不能视其为真实的历史。

回到李益的诗歌本身。

“回乐烽前沙似雪，受降城外月如霜。”受降城在哪里？唐初名将张仁愿为了防御突厥，在黄河以北筑受降城。受降城分东、中、西三城，都在今内蒙古境内。另有一种说法是，贞观二十年（646），唐太宗亲临灵州（今属宁夏），接受突厥一部的投降，“受降城”之名由此而来。回乐烽，烽火台名，在西受降城附近；一说当作“回乐峰”，为山峰名，在回乐县（今宁夏灵武西南）。

我们读这首诗，如果去研究这是李益在何时何地的创作，就会知道这两个地方都是虚指：用地名来象征边塞，象征极其边远的地方。

从字面来看，这两句是说回乐烽前的沙地白得像雪，受降城外的月色犹如秋霜。但这么理解可能就不对了，因为这两句用了互文的修辞手法。回乐烽前和受降城外，都是沙地白如雪，月色亮如霜。互文在唐诗中很常见。

这两句中的比喻，则未必有多么独特——“大漠沙如雪”(《马诗》)，类似的诗句，李贺信手拈来——但这是一种情绪的渲染，一种背景的烘托。“雪”“霜”，都是冷色调，一则符合北地的寒冷的特点，二则象征了人心的悲凉。诗人如此运笔，是为了借这寒气袭人的景物来渲染心境的愁惨凄凉。正是这似雪的沙漠和如霜的月光使受降城之夜显得格外空寂惨淡。

全诗的亮点在于第三句，“不知何处吹芦管”。你看，一片辽阔、寒冷、荒凉、空寂之中，突然有人吹响了芦管。芦管的声音，大概在江南农村生活过的孩子都不陌生。凡有河流，必有芦苇，用芦苇可以制成各种简单的乐器。芦管吹奏起来，声音有种呜呜咽咽的感觉，算不上悦耳动听，大概和白居易在《琵琶行》里形容村笛的声音差不多，是“呕哑嘲哳难为听”；而在这难听之中，还蕴含了一种情绪，这种情绪叫作悲戚。

因此，最后一句“一夜征人尽望乡”就特别出色。芦管的声音勾起了征人的思乡之情。“征人尽望乡”这个动作描写有夸张的成分，却特别符合诗人的心境。

前三句已经蓄势有余，末句一般就直抒胸臆。李益独辟蹊径，让前面三句充满情感的底蕴，最后在结尾处打个回旋，用想象中的征人望乡的镜头加以表现，使人感到句绝而意不绝，在戛然而止处，荡开一个又一个涟漪。这就是一首好的作品的高明之所在。

这是一首特别动人的诗歌，曲尽婉转，道尽征人心事。清代学者朱之荆在《增订唐诗摘钞》里说：“沙飞月皎，举目凄其，于此而闻笳声，安有不思乡念切者。”这个评论很简短、很到位，和阿老师这篇鉴赏文章的中心意思多有契合之处。

第二十六讲
野火烧不尽：白居易《赋得古原草送别》

赋得古原草送别

白居易

离离原上草，一岁一枯荣。
野火烧不尽，春风吹又生。
远芳侵古道，晴翠接荒城。
又送王孙去，萋萋满别情。

中国古典文学中有很多形容词是叠音词，专门用来形容某一种事物。比如，自从有了“江南可采莲，莲叶何田田”（《江南》），后世形容荷叶大多用“田田”；而自从有了“彼黍离离，彼稷之苗”（《诗经·王风·黍离》），“离离”就用来形容草了。所以，白居易的“离离原上草，一岁一枯荣”一联，是有典故的。

据说，当时的诗坛元老顾况读了这首诗，立即对白居易刮目相看。这个故事原本出自《新唐书》：

> （白居易）未冠，谒顾况。况，吴人，恃才少所推可，见其文，自失曰："吾谓斯文遂绝，今复得子矣！"

确实，从盛唐群星落幕之后，唐朝的诗坛沉寂了许久，一直到白居易横空出世，才既能比肩盛唐，又能翻出新意。这首《赋得古原草送别》，就是白居易登上诗坛，莺声初啭，为世人所熟知的第一声。

这首诗作于唐德宗贞元三年（787），白居易当时只有十六岁。此诗是应考的习作——按科举考试的规矩，凡限定的诗题，题目前必须加"赋得"二字，作法与咏物诗相似——但是一经写出，便成不朽。

首联先声夺人，惊为天人。从野草之荣枯，诗人看到了历史的纵深、宇宙的无穷，那种强烈的时间感扑面而来，显得境界非常辽阔。野草"一岁一枯荣"，这是生命的规律，也是历史的规律，隐含了人生无常、生命短暂的感慨。读者若是想想，这是诗人十六岁时的作品，是不是也会感慨白居易的早慧？

颔联也很出色。“野火烧不尽，春风吹又生”，自然流畅，浑如天成，从修辞上看属于流水对。这一联表面上只是讲了一个自然现象，但是其中蕴含了很深的哲理，以一种象征的方式来表达，让人感到一种强大的生命力和不屈不挠的精神意志。这一联在意义上紧承首联，高明之处在于，看似在否定自己，却又在新的高度上生出了新意。所以，这一联千百年来被人们传诵不已，已经成为汉语的重要组成部分。

颈联“远芳侵古道，晴翠接荒城”，对仗也很工整。“远芳”对“晴翠”，“古道”对“荒城”。尤其是两个动词——一个“侵”字、一个“接”字，强调了野草的生命力：野草无边无际，长到了古道上，也长满了荒城的四周。这一联似乎不像首联和颈联那样有力，似乎没有什么深刻的含义，但事实上，这两句很重要。因为一首诗的情感表达是需要有起伏的，就像一条曲线。曲线向上的部分，是直接表达情感的部分；曲线向下的部分，则是沉潜和蓄势的部分。这两句全是写景，看似跟传情达意无关，但恰恰这个看似“闲笔”的部分，这种“下沉”之势，才是飞扬的助力。而且，这两句即便全是写景，也没离开主题的范围之内，仍是写野草之景，须臾不离。

这样，经过颈联的蓄势，才有了尾联的点题："又送王孙去，萋萋满别情。"这里有个典故，出自淮南小山（一说为刘安）的《招隐士》："王孙游兮不归，春草生兮萋萋。"白居易直接化用《招隐士》的诗句，把"王孙"和"萋萋"都写进去了。诗人在写春草，但是春草生处，思念不断；连绵的春草，正象征了离别之情。相对于永恒的宇宙而言，人生是多么短暂，而离别又是多么频繁。尾联也呼应了首联，使得这种情感变得尤为深沉。

十六岁的白居易真是有大才：熟读古书，而又能翻出新意。在立意上，这首诗看似没有特别高妙的地方，但凭借首联将境界打开，就有令人心胸开阔的力量。整首诗借景抒情、情景交融，情感十分真挚；韵律优美，朗朗上口，让人过目不忘，堪为千古绝唱。

白居易所写的这样隽永的小诗特别多，比如五绝《问刘十九》：

绿蚁新醅酒，红泥小火炉。
晚来天欲雪，能饮一杯无？

有一种说法是，刘十九名叫刘禹铜，是刘禹锡的堂兄。在讲刘禹锡的《酬乐天扬州初逢席上见赠》时，我们讲到白居易给刘禹锡写了一首诗，叫《醉赠刘二十八使君》。估计刘禹锡的家族中兄弟众多，刘禹锡只能排到第二十八位，而这位刘禹铜则排名第十九。

刘十九是白居易在江州时的朋友，《问刘十九》是白居易晚年隐居洛阳，思念友人时所作。

“绿蚁新醅酒”是什么意思呢？一般认为，唐朝时还没有现在的那种高度白酒，大家喝的主要是酒精度比较低的米酒。新酿的米酒未过滤时，酒面浮起酒渣，色微绿，细如蚁，因此称为“绿蚁”。杜甫“潦倒新停浊酒杯”中的“浊酒”，差不多就是同一种酒。

下一句“红泥小火炉”，语言很平实，是口语化的，写的是日常的甚至有点简陋的生活用具；但是“红泥”和“绿蚁”一对比，整首诗的色彩感就出来了。

“绿蚁”是家酒，说明主人设的是家宴；“小火炉”三个字，也表达了温暖的感觉。家酒、家宴、小火炉，可见主人和客人之间的温暖情感。

最后两句很传神。“晚来天欲雪”，这个“雪”用作动词，是下雪的意思。下雪天，做点什么好呢？诗人就发出了一个邀请：“能饮一杯无？”有了雪，更显得

“红泥小火炉”的温暖，更显得人情的温暖。所以，前两句的铺垫一定要有“雪”这个寒冷的意象才会显出其珍贵。末句尤为动人：不是两个人相对饮酒，而是诗人准备好了一切，才向友人发出邀请。此情此景，这位友人还能拒绝吗？

白居易的这两首诗，都不是什么大作品，其高妙之处就在于以日常生活入诗，以常用字入诗，创造的艺术境界却恒长隽永，令人回味无穷。

第二十七讲
垂死病中惊坐起：元稹《闻乐天授江州司马》

闻乐天授江州司马

元　稹

残灯无焰影憧憧，此夕闻君谪九江。
垂死病中惊坐起，暗风吹雨入寒窗。

元稹，字微之，诗名早著，与白居易并称“元白”，两人同为新乐府运动的倡导者。

元稹与白居易于公元803年同登书判拔萃科，同被分配到秘书省任校书郎，两人自此订交，垂三十年而弥笃。他们同声相应，同气相求，情同手足，唱和不绝。

比如，元稹曾给白居易写过这样的诗句：“昔岁俱充赋，同年遇有司。”（《酬翰林白学士代书一百韵》）元稹说："我们两人能在同一年考中，又同在秘书省做官，这是何等的缘分啊！"

白居易也和道："身名同日授，心事一言知。"（《代书诗一百韵寄微之》）白居易说："我们不仅同地做官，而且彼此的思想、抱负都如此相同，这又何尝不是一件乐事呢！"

两位诗人屡遭贬谪的坎坷仕途也很相似。因为他们不仅在诗歌追求上接近，在政治主张上也很接近。

公元 806 年，元稹因上书议政，锋芒毕露，触犯了权贵，被贬为河南县尉。不久，他收到了母亲病逝的消息，回家丁忧。官员丁忧是没有俸禄的。这时候，白居易便拿出自己的俸禄来资助元稹，连元稹母亲的墓志铭也是白居易写的。

五年后，白居易的母亲病逝，元稹投桃报李，也为白居易的母亲写了墓志铭。当时元稹被贬江陵（今湖北省荆州市），无法亲自吊丧，便委派侄子代表自己前往吊祭。元稹深知好朋友守丧期间经济拮据，尽管自己手头也不宽裕，还是三次寄钱资助白居易。

关于这一段经历，白居易在《寄元九》一诗中这样写道：

三寄衣食资，数盈二十万。
岂是贪衣食？感君心缱绻。

白居易和元稹真可谓难兄难弟。公元815年，白居易被贬到江州。这次贬谪与一宗震惊朝野的谋杀案有关：当时的宰相武元衡遇刺身亡，白居易上书主张严缉凶手，被认为是越职言事，遭诽谤而被贬为江州司马。

元稹知道白居易被治罪、被贬官，就给他寄了一首诗来表达关切之情，即这首《闻乐天授江州司马》。

其实这个时候，元稹也不在都城，他几年前就被贬到了现在的四川达州。当好友白居易被贬的消息传到达州时，元稹正身患重病，卧床不起。这段时间，元稹本来就心情不好，此时忽然听到挚友也蒙冤被贬，内心更是震惊不已，于是万般怨苦、满腹愁思一齐涌上心头，他便提起笔创作了这首诗。

第一句，“残灯无焰影幢幢”。一般而言，诗歌的第一句是用来奠定全诗基调的。元稹作此诗时心境极度悲凉，一则自己被贬谪他乡，二则又听到了白居易被贬的坏消息，以这种悲凉的心境观景，一切景物也都变得阴沉昏暗了。后世在理解诗歌的写法时，认为“一切景语皆情语”（王国维）。写景，往往会包含个人的感情。在坏消息的影响之下，元稹心情沉重，于是，他写的灯乃是“残灯”，将灭未灭；连灯影也是“幢幢”的——昏暗的、摇曳不定的样子，不禁令读者想起“鬼影幢幢”这样的词语。

“此夕闻君谪九江”，就在这样的情境之下，元稹听闻了白居易被贬九江的消息。其实这一句和第一句在时间上有先后之分，也有因果之分。元稹是先听说了白居易被贬九江的消息，他那么痛惜挚友的命运，才会看到灯火也变得昏暗。逻辑顺序应该是这样的。但元稹把“残灯无焰影幢幢”一句写在了前面，这样的倒装，就是为了强调自己的震惊，尤其强调这个消息之突兀、他受到的打击之大、心情之悲愤和沉重。律诗的字数不多，篇幅不长，我们在读的时候，一定要注意其结构安排：从诗句的先后次序之分，也可见诗人的讲究。

下一句，“垂死病中惊坐起”是传神之笔。这一句有点夸张，说自己“垂死”，言明在病中。事实上，元稹的身体确实不太好。他比白居易小七岁，又比白居易去世早十五年。这次生病，其实也令元稹元气大伤了。但即便诗句有夸张成分，也让我们看到了元稹的控诉——一个已遭贬职，另一个也被远放江州，究竟是为什么？因为消息令人震惊，同时出于对友人的关心，元稹重病在身，还要从病床上坐起，这是极言两人的感情之深，以及对好友不幸遭遇的感同身受；同时，也是为了自己的身世，他与好友可谓同病相怜。

“暗风吹雨入寒窗”，最后一句仍是写景，但用了三个表达凄凉之意的意象——“暗风”“雨”“寒窗”。这些仍与诗人的心情有关。刘禹锡写秋天，说“我言秋日胜春朝”[《秋词二首》(其一)]，那是因为他自己心情好。而元稹心情沉重，除了残灯、黑影，就只有“暗风吹雨”和“寒窗”了——诗人用这一类同质的意象，一层又一层地推进自己的情感。

白居易也曾写诗关心元稹：“枕上忽惊起，颠倒着衣裳”(《初与元九别后忽梦见之及寤而书适至兼寄桐花诗怅然感怀因以此寄》)。这是白居易在元稹遭到贬谪前往江陵时写的，表现了他听到送信人敲门，迫不及待地想看到元稹来信的情形。“颠倒着衣裳”一句，十分传神。

而这一次轮到元稹写，元稹这四句诗也是如此。两个人互相关心，可谓息息相通；其情谊之深、爱护之切，是相互的。

据说，白居易在江州读到元稹此诗后深受感动，后来在《与元微之书》中写道："此句他人尚不可闻，况仆心哉！至今每吟，犹恻恻耳。"

以上我们都是"正说"唐诗，也剖析了这首诗的深意。最后，我还是要来"戏说"一下，讲点好玩的。

现在的小朋友每天都要写很多作业，于是就戏仿甚至"恶搞"古诗，创作了一些"作业诗"，例如："少壮不努力，老大写作业。""垂死病中惊坐起，今天还没写作业。""恶搞"的诗句流行之广，以至于很多人只知"垂死病中惊坐起"，却对不出下一句是什么。现在，你应该能对出来了吧。

第二十八讲
满天风雨下西楼：许浑《谢亭送别》

谢亭送别

许　浑

劳歌一曲解行舟，红叶青山水急流。

日暮酒醒人已远，满天风雨下西楼。

许浑的《谢亭送别》，阿老师特别喜欢，视若珍宝——我最喜欢的宋词，则是陈与义的《临江仙》——尤其是“满天风雨下西楼”一句，道尽人之所不能言。人类为什么要有诗歌？AI（人工智能）都能写诗了，为什么我们还要读唐诗？至少有一个理由：这里有人类传之已久的情感，你能敏锐地捕捉到，但往往不能恰如其分地传达。许浑恰好用这七个字，在一个特定的情境中，帮你表达出来了——用现在互联网上的话说，这就叫作“嘴替”。

许浑是晚唐最负盛名的诗人之一，一生不作古体诗，专攻格律体；题材以怀古、田园为多。后人也有把许浑与“诗圣”杜甫并提的，以“许浑千首湿[1]，杜甫一生愁”这样的话来评价。当然，我们现在知道，总体而言，这还是有点过誉，但具体到《谢亭送别》这首诗，并不过誉。

许浑多有名句传世，其中最知名的应该是七律《咸阳城东楼》中的“溪云初起日沉阁，山雨欲来风满楼”。这句“山雨欲来风满楼”，现在还一直为人所化用，表示在重大的事情发生之前已经有预兆了。这就是许浑为汉语做出的贡献，诗人就是语言的实验者。

许浑大约出生于公元 791 年，卒于公元 858 年。他去世后五十年左右，唐朝就结束了。

关于唐代主要的诗人究竟属于哪一个代际，我们曾专门讲过，但很多人还是经常会搞混。其实有一个很好记的方式：我们只要记得李白的生卒年就可以了。之后的诗人以李白为参照，我们就知道他处在哪个代际了。

---

① 因许浑诗中多写水、雨之景，故后人以“许浑千首湿”来调侃。

李白是公元 701 年出生的，死于公元 762 年。按照我们现在的说法，李白就是“00 后”，只不过是公元 8 世纪的“00 后”。王维大概跟李白同岁。杜甫比李白小十一岁，他是“10 后”。韩愈是公元 768 年出生的，他是“60 后”。白居易是公元 772 年出生的，他是“70 后”——阿老师也是“70 后”，但我是在 20 世纪 70 年代出生的，白居易比我大 1201 岁。许浑是公元 791 年出生的，他就是“90 后”，跟白居易、韩愈比，是个小伙子。

这样一对比，公元 8 世纪的唐朝诗人，是不是就齐刷刷地待在一条坐标轴上了？

《谢亭送别》，顾名思义，是一首送别诗，意境好，被千古传唱。这首诗的具体创作时间不详，但是地点是明确的——谢亭。谢亭在今安徽宣城北面。许浑在宣城送别友人，之后写了这首诗。谢亭又叫谢公亭，是南齐诗人谢朓任宣城太守时所建。谢朓曾在这里送别朋友范云，后来谢亭就成为宣城著名的送别之地。

“劳歌一曲解行舟”，“劳歌”，就是送别之歌。“劳歌”的“劳”，原本指的是劳劳亭，旧址在今南京市南面，也是一个著名的送别之地。“劳歌”是人们在劳劳亭送客时唱的歌，后来就成为送别歌的代称，就像“长亭外，古道边”那么有名。

“劳歌一曲解行舟”，一曲送别歌唱完，远行的船只就要启程了。“解行舟”，就是解开船的缆绳。船只就要远行，从送别者的角度来看，就有一种匆遽而无奈的气氛。

“红叶青山水急流”，写友人乘舟出发后所见的江上景色。这里有三种景物：红叶、青山、河水。时值深秋，两岸青山夹杂着红彤彤的树叶。满目红叶，映衬着一江碧绿的秋水，显得色彩格外鲜艳，对比非常强烈。所以这句是从视觉着眼，特别鲜艳明丽。

但这明丽的景色，我们会不会觉得与别离之情不大协调呢？实际上，前者恰恰是对后者的有力反衬。景色越美，越显出欢聚的可恋、别离的难堪，秋高气爽反倒成为离愁别绪的反衬了。

这也是中国诗人写送别的传统手法，从《诗经》中的《采薇》就开始了，一直到江淹的《别赋》。江淹说：“春草碧色，春水渌波，送君南浦，伤如之何！”借美好的春色反衬别离之悲，这与许浑的写法完全一致。这也正是王夫之《姜斋诗话》所揭示的：“以乐景写哀，以哀景写乐，一倍增其哀乐。”

但这里我要说的另有一点。“红叶青山水急流”一句，三个意象叠加，红叶、青山是不动的，水是流逝的，而且诗人加了一个形容词“急”。“红叶青山”依旧，而诗人送别的友人顷刻就要上船，急匆匆地离去了。这是一种反衬，揭示了一个无解的矛盾，即恒定的宇宙和易于流逝的生命之间的矛盾。相对于红叶青山的永恒而言，相聚是多么短暂，而分别是多么迅速。宇宙是那么无情，人生是那么有限，这就从离别之情上升到了一个生命哲学的高度。要说阿老师为什么喜欢这首诗，就在于这里有对人生意义的追寻，有个体生命的觉醒。

“日暮酒醒人已远，满天风雨下西楼。”送别，自然要喝酒。酒醒后，友人已经被行舟带走，“水急流”，去往千山之外了，而“我”呢，仍留在原地。

诗人给了我们两个远眺的背影。第一个是送别的友人的背影，“人已远”，但这还在诗人自己的视野内。第二个则是诗人自己的背影。诗歌的视角为之一变，上一句还是凡人视角，这一句变成了“上帝视角”。谁“满天风雨下西楼”？诗人自己。那诗人怎么可以看见自己下西楼？这就叫“上帝视角”。这个观察的角度，有了极高的提升，从空中俯瞰众生，也包括满怀愁绪的诗人自己。

因此，这里高妙的是什么情绪也不写。写愁怨、离别、遗憾，任何表达情感的词语在这里都会落入下乘，而诗人只要呈现两个背影就已足够。这两个背影，一个是诗人可以想见的，“日暮酒醒人已远”；另一个则由超拔的“上帝视角”看见，一个落寞的背影慢慢下楼，而且是伴随着“满天风雨”，而且是下“西楼”。

“西楼”，这里应该指的就是送别的谢亭。在古典诗歌中，“西楼”常常与月联系起来，用来表达悲伤、怀念等情感，从而成为一种原型意象，一再为古代诗人所使用。

唐人张籍在《西楼望月》中写道：

城西楼上月，复是雪晴时。
寒夜共来望，思乡独下迟。
幽光落水堑，净色在霜枝。
明日千里去，此中还别离。

韦应物在《寄李儋元锡》中写道：

去年花里逢君别，今日花开已一年。
世事茫茫难自料，春愁黯黯独成眠。
身多疾病思田里，邑有流亡愧俸钱。
闻道欲来相问讯，西楼望月几回圆。

“西楼”，可能并不是一个确定的楼阁，但一定是古代诗人们旧日生活情景的写照，或许是登临处，或许是欢聚场，又或许是行吟之所在。它可以是故乡的小楼，可以是情感的码头，也可以是思念和遥想的地方。

如南唐后主李煜的《相见欢》：

无言独上西楼，月如钩，寂寞梧桐深院锁清秋。　剪不断，理还乱，是离愁，别是一般滋味在心头。

“独上西楼”“月如钩”“梧桐深院”“锁清秋”——字字凄清幽冷。李煜当时可能确实独自上了西楼，也可能并无西楼可上，无非是百感交集，沉吟想象，寄托离愁别绪、故国忧思罢了！

这样，“西楼”就不再是实指，而是一个若有若无、虚实之间、似是而非的意象。李清照也写过，比如她的《一剪梅》：

> 红藕香残玉簟秋，轻解罗裳，独上兰舟。云中谁寄锦书来？雁字回时，月满西楼。　　花自飘零水自流，一种相思，两处闲愁。此情无计可消除，才下眉头，却上心头。

“人生不如意事十之八九”，如之何？慢慢消受。

第二十九讲
提携玉龙为君死：李贺《雁门太守行》

雁门太守行

李　贺

黑云压城城欲摧，甲光向日金鳞开。
角声满天秋色里，塞上燕脂凝夜紫。
半卷红旗临易水，霜重鼓寒声不起。
报君黄金台上意，提携玉龙为君死。

说到李贺，又有很多故事可讲。这位才华横溢而又短命的天才，我们在《非一般的古文课》里说起过，李商隐的《李贺小传》，主人公就是他。有个词语叫作"天妒英才"，在我的词库里，这个词就是用来形容李贺的。大概是因为，我在很小的时候就读过一本小书——《李贺》，对这个短命的天才有了初步的了解。这是中华书局 1981 年出版的“中国文学史知识丛书”中的一本，当时售价为两毛六。

李贺出生于公元 790 年，比许浑大一岁，也是当时的“90 后”。李贺算是皇族后裔，他的远祖是唐高祖李渊的叔父，但是到了李贺这一代，他们家族早已经败落了。

李贺一辈子都在苦苦挣扎。这个挣扎表现为才华横溢而又不得志。为什么呢？因为李贺要避父亲的名讳，所以他不能参加科举考试。李贺的父亲叫李晋肃，跟杜甫认识，杜甫还为他写了《公安送李二十九弟晋肃入蜀，余下沔鄂》一诗。杜甫在今天的湖北公安遇见李晋肃，是在大历三年（768），当时杜甫五十七岁，李晋肃当在三十岁左右。至李贺生时已过去二十多年，李晋肃当已年过半百，李贺的母亲尚年轻，故疑非原配。

“晋肃”这两字的读音，跟“进士”的读音很像，一些嫉妒李贺才华的人，就以避讳为理由，不允许李贺考进士。这就是古代害人不浅的避讳制度。李贺郁郁不得志，乃至于英年早逝，与这个也有莫大的关系。你想：一个才华横溢的诗人，早早地就注定不能有前途，你让他怎么活？

李贺的诗歌里总是充满郁结，充满浓浓的化不开的悲愤之气；又因为诗歌所选用的意象大多数奇异古怪而有森森然的鬼气，所以，李贺被后代叫作“诗鬼”。

我们今天讲的这首七律，是李贺的代表作之一。

唐朝有个叫张固的人，整理了一部笔记体文集，叫《幽闲鼓吹》，里面说到了这首诗的故事：“贺以歌诗谒韩愈，时愈送客归，极困，解带读之，首篇乃《雁门太守行》，即束带见之。”李贺拿着自己的诗歌去拜见韩愈，韩愈刚送朋友回来，累极了，已经宽衣解带。李贺的诗集，第一篇就是《雁门太守行》。韩愈读了这首诗，就又穿戴起来，去见李贺。可见这是对李贺才华的肯定。

李贺的诗歌风格多样，不一定都是“老鱼跳波瘦蛟舞”（《李凭箜篌引》）、“天若有情天亦老”（《金铜仙人辞汉歌》）之类，像这首《雁门太守行》，我们可以将其看作边塞诗。中唐时期，也就是李贺主要生活的时代，皇权旁落，藩镇之间以及中央政府与藩镇之间的战火此起彼伏，从未终止。这首诗是对当时的社会现实的一种反映。

“黑云压城城欲摧，甲光向日金鳞开”，“黑云压城”

是写景，也是象征，象征敌军逼近，像一大片乌云，指战事紧张。“甲”，指铠甲、战衣。“甲光”，铠甲迎着太阳闪出的光。“向日”，迎着太阳。“金鳞”是说铠甲像金色的鱼鳞。

这两句形容敌军兵临城下的紧张气氛和危急形势。一个“压”字，气氛就出来了。敌军人马众多，来势凶猛，交战双方可能力量悬殊，守军将士处境艰难。

“甲光向日金鳞开”一句，写忽然间风云变幻，一缕日光从云缝里透射下来，映照在守城将士的甲衣上，只见金光闪闪，耀人眼目。此刻他们正披坚执锐，严阵以待。这里借日光来显示守军的阵营和士气，情景相融，也表现出了守军极大的勇气。

据说王安石曾批评这两句说：“方‘黑云压城’时，岂有‘向日’之‘甲光’？”王安石认为这一联有矛盾：第一句写“黑云压城”，第二句就“甲光向日”了，哪来的太阳呢？但后代的杨慎则声称自己确实见过此类景象，指责王安石说：“宋老头巾不知诗。”（《升庵诗话》）

那我们怎么理解呢？当然，王安石是一个比较偏执的人，他有此见解不足为奇。但我们不能这么一板一眼地去理解诗歌，因为诗歌艺术并不一定完全符合事实本身。李白说自己“白发三千丈”，是不是还要拿尺子量一下？诗歌的艺术和生活的真实之间不能单纯地画等号。我们可以这么去看，诗中的黑云和日光，是诗人用来造境造意的手段，一暗一明，有特别震撼的效果。这就是诗歌的高明之处。

“角声满天秋色里，塞上燕脂凝夜紫”，“角声”指军队的号角声，从听觉来描写惨烈的战地气氛。时值深秋，万木摇落，在一片死寂之中，那角声呜呜咽咽地鸣响起来，就像李益的“不知何处吹芦管”，辽阔的战场上，一个突如其来的声音就把气氛调节出来了。

战斗从白昼持续到黄昏。诗人没有直接描写短兵相接的激烈场面，只对双方收兵后战场上的景象进行了极富表现力的点染：鏖战从白天进行到夜晚，晚霞映照着战场，那大块大块的胭脂般鲜红的血迹，透过夜雾凝结在大地上，呈现出一片紫色。“燕脂”，即胭脂，这里指暮色中塞上泥土有如胭脂凝成。“凝夜紫”，在暮色中呈现出暗紫色。

后四句写驰援部队。“半卷红旗临易水”，表明交战的地点，用了“荆轲刺秦”的典故，暗示将士们具有

“风萧萧兮易水寒，壮士一去兮不复还”那样壮怀激烈的豪情。

“霜重鼓寒声不起”一句，描写苦战的场面：驰援部队一迫近敌军的营垒，便击鼓助威，投入战斗。无奈夜寒霜重，连战鼓也擂不响。但面对重重困难，将士们毫不气馁。

“报君黄金台上意，提携玉龙为君死”，“黄金台”也有典故。黄金台是战国时燕昭王在易水东南修筑的，传说他曾把大量黄金放在台上，表示不惜以重金招揽天下人才。诗人用这个典故，写出将士们报效朝廷的决心。

李贺这首诗色调沉重而丰富，其中金色、胭脂色和紫色，是非常鲜明而浓艳的，它们和黑色、玉白色等秋天的色调交织在一起，构成色彩斑斓的画面，意境奇诡，非常有李贺诗歌的特色。

第三十讲
春风十里扬州路：杜牧《赠别二首》（其一）

赠别二首（其一）

杜　牧

娉娉袅袅十三余，豆蔻梢头二月初。
春风十里扬州路，卷上珠帘总不如。

《赠别二首》（其一）这首绝句，写的是扬州的生活，赠别的是一位歌女，主要内容则是书写杜牧在扬州的冶游，现在看来颇有些放浪形骸。大约十年之后，杜牧又写了《遣怀》，我们就可以想见诗人究竟遣的是什么怀了。

《赠别二首》中，我们主要讲第一首。第二首其实也很好："多情却似总无情，唯觉樽前笑不成。蜡烛有心还惜别，替人垂泪到天明。”一说出来，大家都不陌生。蜡烛垂泪这个比拟，可能并非杜牧独创，但也很精妙。

第一首写歌女的姿态，乃是一绝。绝在何处？就在虚实相生，而又用一个名垂千古的比喻，锁定了少女的曼妙。小诗有小诗的可爱，有一处见长，便可以流传；更何况，杜牧才华横溢，这首诗的每一句都有可圈可点之处。

第一句，“娉娉袅袅十三余”。“娉娉袅袅”，是身姿轻盈美好的样子。其实，要形容身姿美好，古人一般用“娉婷”这个词。例如，汉朝辛延年的《羽林郎》里有“不意金吾子，娉婷过我庐”的句子。“袅袅”，形容细长柔软的东西随风摆动的样子。用“袅袅”形容女子大概始于晋代的左思，他在《吴都赋》里说：“蔼蔼翠幄，袅袅素女。”杜牧把两个词合而为一，写成“娉娉袅袅”，也是词语的创新。“十三余”，指的是年纪。这句相当于实写、正面写，写歌女的年龄与身姿。

第二句，“豆蔻梢头二月初”。这一句看似不再写女子，转而写春花，其实还是以花比女子，仍是言女子身姿曼妙，无非是用了比喻的手法。因为用白描的手法摹写人物的面貌时，总会失之于拘泥；用比喻、拟人等手法，则让读者有更多想象的空间。

这里说的“豆蔻”，原产于南方，是姜科多年生草本植物。豆蔻的外形很普通，株高 2~3 米；叶片狭长，宽约 8 厘米，长约 50 厘米，形象地说，犹如玉米的叶片。豆蔻的花很特别，可谓花中极品，极具观赏性。其花成穗时，嫩叶卷之而生，穗头深红；叶渐展开，花渐放出，颜色稍淡——总而言之，非常漂亮。

经杜牧这么一写，从此“豆蔻年华”就变成了一个成语。我们现在形容一个女孩年华正好，就会用“豆蔻年华”这个词。你猜，“豆蔻年华”究竟指几岁呢？对，就是十三岁。

“春风十里扬州路，卷上珠帘总不如”，后两句是虚写、侧面写，用衬托的手法，与前两句形成虚实相生的效果。

“春风十里扬州路”渲染出扬州大都会富丽豪华的气派：十里长街，车水马龙，歌台舞榭密布，美女如云。歌楼中设有珠帘，“卷上珠帘”则能看见“高楼红袖”。扬州路上不知有多少珠帘，帘下不知有多少美人，但“卷上珠帘总不如”。

扬州自大运河开通，便成为繁华之地。这些繁华，杜牧若是实写细节，用二十八个字是写不完的。那怎么办？虚写。于是就有了这句“春风十里扬州路”。杜牧什么景物、什么细节都不写，只写一个“春风十里”，供你的想象驱驰。

“不如”谁呢？或者，谁“不如”呢？诗中都未明说，含而不露，压低扬州所有女子来突出一人之美，有众星拱月的效果。

当代有个作家叫冯唐，他的那句“春风十里不如你”，出处就在这里。可是，“春风十里扬州路，卷上珠帘总不如”，就是好；“春风十里不如你”，就是显得直白。

为什么？因为杜牧的诗歌隐约而写意，他可没明说“不如”谁，但我们都猜得到。诗歌最大的特质就是象征性。诗歌有了象征性，就有了无穷的美，委婉闪烁、欲说还休，里面有无穷的想象空间。而“春风十里不如你”就“坐实”了，把诗歌隐约的象征性弄没了，就落到无趣里面去了。

讲《赠别二首》（其一），就不能不讲《遣怀》，这两首诗很相近，前后之间也有一定的关联：

落魄江湖载酒行，楚腰纤细掌中轻。
十年一觉扬州梦，赢得青楼薄幸名。

此诗大约作于杜牧在黄州刺史任上，为追忆十年前的扬州岁月而作。

杜牧出生于公元803年，在扬州任职时，大概三十岁出头。我们知道，“三十而立，四十而不惑”（《论语》），但是杜牧到了四十多岁，自己年轻时的志向已恍然不可寻，如梦幻泡影。杜牧年纪轻轻就写出了《阿房宫赋》，也曾有疆场杀敌、建立不朽功业的想法。但是，时代并没有给予杜牧这个机会。他在洪州、扬州、宣州等地做幕僚，一直不甚得意。人生蹉跎，杜牧不由得感慨万千，追忆自己年轻时的浪游，有无穷的追悔以及自嘲。

“落魄江湖载酒行”，这个“载酒”的做法，有点像“竹林七贤”中的刘伶。据《名士传》记载，刘伶内心痛苦，就驾着鹿车载着酒，叫仆人带着铁锹跟在后面。他对仆人说：“死便掘地以埋。”这种对自己肉身的自戕里，蕴含无穷的痛苦。所以，从这首《遣怀》的第一句里，我们就窥见了杜牧痛苦的心灵。

“楚腰纤细掌中轻”，要想理解这句诗，先要了解两个典故：楚灵王喜欢细腰，宫中女子就束腰忍饥以求腰细，“楚腰”就成了细腰的代称；汉成帝的皇后名叫赵飞燕，她身体轻盈，相传能在人掌上翩翩起舞。从字面看，这句诗虽是夸赞扬州歌女之美，但本诗以“落魄”两字开头，在对昔日放荡生涯的追忆中，有一种才华难以施展、志向难以实现的苦闷——因为没有寄托，诗人只好纵情于声色，这是对自己的一种麻醉。

“十年一觉扬州梦，赢得青楼薄幸名”，“十年”和“一觉”在一句中相对，有“很久”与“极快”的鲜明对比感。人生像一场大梦，十年才醒来，显示出诗人的感慨之深。而这感慨又完全归结在“扬州梦”的“梦”字上：往日放浪形骸、沉湎酒色，所见是繁华热闹，骨子里却是烦闷抑郁，其中既有痛苦的回忆，又有醒悟后的感伤。

什么叫“遣怀”？这种痛苦，就是诗人所“遣”之“怀”。忽忽十年过去，《赠别》中的扬州往事不过是一场大梦而已。那么，这场人生大梦又留下了什么呢？“赢得青楼薄幸名。”“赢得”二字，在调侃之中又含有辛酸、自嘲和悔恨。十年，在人的一生中不能算短暂，但诗人除了浮名，一事无成。这是带着痛苦吐露出来的诗句，有一种意在言外的情绪。

因此，阿老师经常说一句话：“要把每一天都过得饱满有质地。”当这个世界带给我们痛苦的时候，我们怎么办？不要光是等着这个世界变好，在世界变好之前，我们要修炼自己，做好准备，至少每一天都不要虚度。因为人生不是等出来的，人生的机会属于那些时刻做好准备的人。

当然，杜牧其实也没有虚度。就杜牧的主观意志而言，在帝王专制时代，唯一的出路就是为国家建功立业，建立万世不拔之功——像盛唐诗人高适那样，既写边塞诗，又成为封疆大吏。杜牧最终也没有实现自己的理想，从这个意义上来说，杜牧的痛苦和李白的痛苦是相似的。

但就事实来说，杜牧已成不朽。他没有成为想要成为的人，却成为他应该成为的人——一个在后世非常受欢迎的诗人。比如，阿老师本人就特别迷恋杜牧。我想说，杜牧变成我们所知道的杜牧，已经很了不起了。因为他在诗歌史上留下了名字，他的作品千百年来仍在感动着我们。我倒是觉得，如果纠结于那些尚未完成的抱负而不能释然，那么杜牧也许还没能好好认识自己。你说呢？

第三十一讲
留得枯荷听雨声：李商隐《宿骆氏亭寄怀崔雍崔衮》

宿骆氏亭寄怀崔雍崔衮

李商隐

竹坞无尘水槛清，相思迢递隔重城。
秋阴不散霜飞晚，留得枯荷听雨声。

《宿骆氏亭寄怀崔雍崔衮》这首诗中的句子，阿老师自小熟悉，但不是从李商隐的诗集里看来的，而是从《红楼梦》里看来的。阿老师小时候没什么书读，就瞎读，并非少儿文学读物的《红楼梦》，也在我的阅读范围内。《红楼梦》第四十回“史太君两宴大观园，金鸳鸯三宣牙牌令”讲刘姥姥进大观园，贾宝玉、薛宝钗、林黛玉等人乘船游玩，居然提到了这首诗。

宝玉道："这些破荷叶可恨，怎么还不叫人来拔去。"宝钗笑道："今年这几日，何曾饶了这园子闲了，天天逛，那里还有叫人来收拾的工夫。"林黛玉道："我最不喜欢李义山的诗，只喜他这一句：'留得残荷听雨声'。偏你们又不留着残荷了。"宝玉道："果然好句，以后咱们就别叫人拔去了。"

注意，林黛玉说不爱李商隐的诗，却只喜欢他的"留得残荷听雨声"。但是我们发现，李商隐的原诗写作"留得枯荷听雨声"。我不清楚是曹雪芹记错了，还是故意将诗中的"枯荷"改成了"残荷"，来表示林黛玉记错了。

但这无妨，重要的是我对这句诗有了一个很深刻的印象，之后读到全诗，当年的记忆就全部被唤起。这句被林黛玉拈出来的诗，也是李商隐具有代表性的名句。

这首诗大约作于唐文宗太和八年（834），当时李商隐大概二十二岁。这个时间的确定，对我们理解这首诗很有帮助。

这首诗由标题可见是寄人的，被寄对象是崔雍、崔衮两兄弟。这两人是李商隐的从表兄弟，比李商隐小几岁，属于一起学习、成长的玩伴，他们的父亲就是崔戎。李商隐初从令狐楚，在这位赏识他的上级调走之后，又投奔他的表叔崔戎。不久之后，崔戎让他去王屋山潜心读书备考。

崔戎对李商隐非常照顾，这一点他在《安平公诗》中说得很清楚："丈人博陵王名家，怜我总角称才华。"崔戎是博陵郡王之后。在这首诗中，李商隐还称赞了两位小伙伴："仲子延岳年十六，面如白玉欹乌纱。其弟炳章犹两丱，瑶林琼树含奇花。"

太和八年，李商隐离开崔家去苦读。旅途之中，他寄宿在骆姓人家的庭院里，寂寥之中，就怀念起崔雍、崔衮两位从表兄弟，写下了这首很有情韵的小诗。

而崔戎本人，在此之前已经去世了。所以这首诗应该是李商隐在办完崔戎的丧事之后，告别两兄弟回山继续苦读的旅途中写的。作为年长几岁的大哥，李商隐在路上偶有所感，写首诗安慰一下两个小兄弟，合情合理，也是自己悲伤情感的一种排遣。

"竹坞无尘水槛清"，"坞"，是小码头，水边小建筑。"槛"，就是栏杆的意思；"水槛"，指临水有栏杆的亭榭，也就是骆氏亭了。碧竹掩映的骆氏亭干净无尘，水色清清。这一句写的景色清雅、清爽，却也透着一丝丝冷冽。

“相思迢递隔重城”，“迢递”，遥远的样子。“相思”，就是思念的意思。思念之情飞向远方，却隔着重重的高城。这一句直接从写景进入情绪表达。

“秋阴不散霜飞晚”，结霜有两个条件，一是地面温度低于零度且干燥，二是空中有足够结霜的水汽。那为什么“秋阴不散”反而会导致“霜飞晚”呢？因为要下雨了，地面潮湿，自然就不具备结霜的条件了。

时值深秋，空中阴霾常聚不散，一场秋雨呼之欲来，估计看不到结霜了。

义山在这里果然与众不同，他在第三句又开始写景了，但是他的写景其实都是构思精巧的“预埋”，也就是为了创造出绝世金句在挖坑、做铺垫。

“留得枯荷听雨声”这一句就是绝世金句，水中的荷花早已凋零，只留了满池枯叶供人聆听雨珠滴响的声音。那这句诗好在哪里呢？好在令人遐想，产生无穷的想象空间：诗人说了七个字，而没说出来的，则是整个宇宙。

中国诗歌的特点就在于意境，意境就是你可以体会但不能说破的。所以，“留得枯荷听雨声”同时也是一种心境、一种遐想、一种令人仰望的空灵世界。所以人们在鉴赏诗歌时才常说一句话：“只可意会，不可言传。”

欧丽娟在《李商隐诗歌》的序言里说，陈子昂是一位勇者，王维是一位智者，李白是一位仙者，杜甫是一位仁者，李贺是一位患者，而李商隐则是一位弱者。纤弱而敏感，就是李商隐的特质。写下了皇皇巨著《追忆似水年华》的普鲁斯特，可以与之一比。

李商隐形成这样的诗风，跟他自觉追求诗歌之美有关，跟晚唐整个时代的审美风格转变有关，也跟他的身世遭遇有关。李商隐一生在仕途上不得志，这是无可奈何的事，不受自己的主观意愿左右。这些背景，我们在阅读李商隐的时候，需要有所了解。

我们也可以引用绝句《乐游原》来说明。

向晚意不适，驱车登古原。
夕阳无限好，只是近黄昏。

《乐游原》是李商隐公认的代表作之一，也是李商隐当时心境郁闷的真实写照。清代诗人程梦星在《李义山诗集笺注》中说:“此诗当作于会昌四、五年(844、845)间,时义山去河阳退居太原,往来京师,过乐游原而作是诗。”

前两句“向晚意不适,驱车登古原”,点明登古原的时间和原因。“向晚”指天色快黑了,“不适”指不悦。诗人心情忧郁,为了解闷,就驾着车子外出散心,于是登上乐游原,以舒心结。

后两句“夕阳无限好,只是近黄昏”是千古名句,字面意思是在描绘一幅画面:余晖映照,晚霞满天,山凝胭脂,气象万千。但这个境界深远,象征极为丰富:诗人将时代没落之感、家国沉沦之痛、身世迟暮之悲,一起熔铸于黄昏夕照下的景物中。于是,短短十个字,就有了无与伦比的恒久的力量。

特别有意思的是,别人看日出,李商隐却去看日落。这是什么原因?因为感时伤世。李商隐对生命的感知是非常敏锐的,这里有和李商隐自身情感异质同构的东西。“夕阳无限好”,确实,落日熔金,这是十分美好的景象,非常漂亮、壮观。我们每个关注大自然的人,都应该看过落日。像阿老师,我看过大漠上的落日,看过海上的落日,看过山林里的落日,看过飞机上的落日，也看过高速公路上的落日。那种辉煌与气象万千，令人动容。这就是“夕阳无限好”的意思。而这种美好，仅仅只有一刻，转瞬即逝，融入漫长的暗夜。这就像人的生命，璀璨与辉煌的时间也只有美好的一瞬，终究是尘归尘、土归土。所以，李商隐接着说了一句：“只是近黄昏。”这是将个人的生命意识与宇宙的千古一律结合在了一起，于是有一种超越时空的、动人心魄的力量。而这一切，都在区区二十个字中。

第三十二讲
可怜无定河边骨：陈陶《陇西行》

陇西行

陈　陶

誓扫匈奴不顾身，五千貂锦丧胡尘。

可怜无定河边骨，犹是春闺梦里人。

唐朝的一些诗人一辈子只写出了一首乃至一句好诗，让《全唐诗》不得不收录，这是真正的幸运。

唐朝是一个诗歌的时代，随便哪个诗人，换到别的时代都是一流的诗人。但是限于篇幅，他们的诗篇，我们不能收录更多；而那些只有一首好诗的诗人，因为这首诗又不能避开，我们也要给他留下一席之地。

晚唐诗坛也是群星璀璨，我们多次讲到“小李杜”，但阿老师仍有遗珠之恨，因为选了这首，就不能选那首。这一直在困扰阿老师。杜牧和李商隐，我们讲到的都只能窥豹一斑，他们的好诗像珍珠一般散落，但是总不能全讲，对不对？而陈陶的诗，我们也不能不选，即便他只有两句诗是经典，就是这首《陇西行》中的名句："可怜无定河边骨，犹是春闺梦里人。"

陈陶大概生于公元 812 年，卒于公元 885 年，时间并不确切。陈陶字嵩伯，自号三教布衣，相传为现在的福建南平人，据说他是《全唐诗》唯一收录的福建诗人。陈陶早年游学长安，研究天文学，于诗也颇有造诣，举进士不第，遂耽于山水。后来，他隐居在洪州西山学仙，不知所终。

《陇西行》是乐府旧题，内容主要写边塞战争。陇西，即陇山以西的地方，在今甘肃一带。这首《陇西行》反映了唐代长期的边塞战争给人民带来的痛苦和灾难，虚实相对，宛若电影中的蒙太奇手法，用意工妙，诗情凄楚，令人潸然泪下。

这首诗的意思很简单：

将士誓死横扫匈奴奋不顾身，五千身穿锦袍的精兵战死在胡尘。

真可怜啊那无定河边成堆的白骨，还是少妇们春闺里思念的梦中人。

“可怜无定河边骨，犹是春闺梦里人。”全诗最出彩的就是这两句，你可能没听过陈陶，但你一定听过这两句诗。

这里没有直接写战争带来的悲惨景象，也没有渲染家人的悲伤情绪，而是匠心独运，把“河边骨”和“春闺梦”联系起来，写闺中妻子不知征人战死，仍然在梦中想念已成白骨的丈夫，两者形成强烈对比，使全诗产生震撼心灵的悲剧力量。

我们读过高适的《燕歌行》，里面有两句：“战士军前半死生，美人帐下犹歌舞。”陈陶这两句跟高适这两句颇有相似之处，主要在于对比的强烈。但是，《燕歌行》的气氛和情调，跟陈陶的这首《陇西行》颇为不同。高适的诗句还是很壮烈的。将士出生入死，而“美人帐下犹歌舞”，尽管也有对将领们骄奢淫逸的暗讽与批判，但作为盛唐诗歌，诗句中的壮怀激烈也是需要被我们看到的。所以，高适气概豪迈，也有信心，他的诗句像是在为前线战士壮行、鼓劲，这么理解也有道理。

相近的场面，情感却大为不同。我想，很大一个原因，在于时代不同。因为高适那个时代正当盛唐，唐王朝的国力扩张，到处都是胜利的喜讯。尽管战争一定会有死亡，但是那种悲壮里仍有建功立业的信念和豪气。所以，同样面对死亡，高适诗句中的盛唐气概有一种一往无前、视死如归的豪迈。

而陈陶这个时代已经完全不同了。“可怜无定河边骨”，征人已经死去，而尸骨还在无定河边，都没有人来收，可见战事的惨烈以及征人命运的悲惨。

“犹是春闺梦里人”，这句的艺术力量更为恒久。知道亲人死去，固然会引起悲伤，但确知亲人的下落，毕竟是一种安慰。而这里，长年音讯杳然，征人早已变成无定河边的枯骨，妻子却还在梦境之中盼他早日归来团聚。灾难和不幸降临到身上，人不但毫不觉察，反而满怀着热切美好的希望，这才是真正的悲剧。

那么，陈陶这首诗的气氛、情调，跟高适的作品相比，区别何在呢？高适写的死亡有崇高之感——战士的死亡是有价值的，成就了大唐王朝民众的安居乐业。而到了陈陶所处的时代——晚唐，绝大多数战争都是不义的战争，军阀混战，争权夺利，战士命如草芥，那种庄严崇高之感早已丧失，只剩下无尽的悲剧、纯粹的悲剧——除了悲惨，一无所有。

陈陶这首诗的跌宕处全在三、四两句。一边是现实，一边是梦境；一边是悲哀凄凉的枯骨，一边是年轻英俊的战士，虚实相对，荣枯相生，产生强烈的艺术效果。时代变迁，盛唐风骨不再，积极进取的民风不再，晚唐民不聊生的社会现实，从陈陶这首诗歌里便可以看出来。

因此，诗歌真是时代精神风尚的载体。读唐诗，从盛唐诗和晚唐诗的审美气质的不同，我们便可以看出这两个时代精神风貌的不同。

第三十三讲
鸡声茅店月：温庭筠《商山早行》

商山早行

温庭筠

晨起动征铎，客行悲故乡。
鸡声茅店月，人迹板桥霜。
槲叶落山路，枳花明驿墙。
因思杜陵梦，凫雁满回塘。

温庭筠是晚唐重要诗人，跟李商隐齐名。杜牧和李商隐合称“小李杜”，温庭筠和李商隐则合称“温李”。

温庭筠原名岐，字飞卿，太原祁县（今属山西）人。温庭筠出身贵族家庭，为唐初宰相温彦博后裔，可惜到温庭筠这里，家境早已不及当时。温庭筠富有天赋，文思敏捷，每次入考场考试，按照考官的要求押韵写诗，“凡八叉手而八韵成”（孙光宪《北梦琐言》），故有“温八叉”之称。叉手一次成一韵，叉手八次则成八韵，极言其才华横溢，倚马万言。

其实，说到温庭筠，就要讲到唐五代词了。温庭筠被尊为“花间派”词之鼻祖，对词的发展贡献很大。在词史上，温庭筠与韦庄齐名，并称“温韦”。阿老师本人也非常喜欢唐宋词，我曾经写过一篇文章，讲我怎么会变成一个读书人的——一本书改变了我的人生轨迹，这本书就是龙榆生的《唐宋名家词选》。这本书至今还在我老家的书架上，被我翻烂了，封面也掉了。我对这本书充满了感情，后来看到龙榆生的全集，阿老师马上照单全收。

但我们这套书是《非一般的唐诗课》，那还是得讲诗；至于阿老师同样喜欢的唐宋名家词，等以后有机会再说。虽然温庭筠更以词著名，但其诗歌也相当有水准，比如这首《商山早行》，脍炙人口，也是殿堂级的作品。其中“鸡声茅店月，人迹板桥霜”，更是不朽的名句。

阿老师开始识字、读书，大概是在 20 世纪 80 年代中前期。那时候，在浙江农村，电视机都是很少见的，我的娱乐工具，就是一台西湖牌收音机。我用它听故事和小说连播，比如，孙敬修爷爷讲的《西游记》、单田芳老师的评书，都是我童年成长的记忆。偶尔，我也会听到一些讲诗词的节目。苏轼的《江城子·乙卯正月二十日夜记梦》，就是我从收音机里听来的。“鸡声茅店月，人迹板桥霜”，也是我从收音机里听来的——这两句诗实在太妙了，使人听一遍就能记住，像一张犁犁过你的心田，留下深刻的印记。所以我一直主张，诗歌是不用背诵的，好的句子自然有刻印的力量。

但我们也都知道，那时候，在农村，书籍很难得到，信息匮乏，我其实并不知道这两句的出处。一直到很久以后，我读到唐诗选，读到《商山早行》，才发现：哦，我小时候就听说过的这两句诗，是温庭筠写的。

你可以想象，在漫长的暑假的午后，家里的大人都在外面干农活，我一个人百无聊赖，在家里拨弄收音机——就是这么一个画面。这也许就早早地种下了我喜欢古典文学的种子。古典文学是生长在农业文明的土壤里的，所以阿老师这一代人，大概是最后一代对古典诗歌有切身之感的人。逛 shopping mall（购物中心）长大的孩子，玩电动玩具长大的孩子，还能理解“山深闻鹧鸪”（辛弃疾《菩萨蛮》）的意味吗？

《商山早行》这首诗准确的写作年代已不可考，但联系温庭筠生平可知一二。他曾任随县（今属湖北）尉，徐商出镇襄阳（今属湖北），他被辟为巡官。据夏承焘《温飞卿系年》，这两件事均发生在唐宣宗大中十三年（859），当年温庭筠四十八岁。温庭筠自长安赴随县，要从商山经过，此诗当是温庭筠途中所作。

“晨起动征铎，客行悲故乡。”“征铎”，车行时悬挂在马颈上的铃铛。“铎”，大铃。这首诗的标题有个“早”字，这是诗歌主题，说明这首诗要描写的是早间的景色。首联就用“晨起”这个词来点题。诗人早上起来打算出发，车马已经在准备了，铃铛响起，他就要离开家乡，不由得悲从中来。温庭筠虽是山西人，但久居长安，已视之为故乡。

“鸡声茅店月，人迹板桥霜。”这两句是脍炙人口的名句。这两句为什么有名，能让我们记住呢？你看这两句的特点就知道了，两句诗全是名词，列举了六种景物：鸡声、茅店、月、人迹、板桥、霜。这像不像我们讲过的《天净沙·秋思》？“枯藤老树昏鸦，小桥流水人家……”中国诗歌的特点就在这里——以意象取胜。

画面多重组合，可以形成各种景象。这种叠加不是单纯的加法，而是有化学反应的，比如这两句诗渲染了旅途中的辛酸、艰苦。

“鸡声”，雄鸡啼鸣，说明天色很早，早到什么程度呢？月亮还没有下去，还挂在天上。“茅店”，盖着茅草屋顶的旅店，可见旅店的简陋，看来一定不是在一个大都市，而是在一个乡村。所以，一句话，三个意象，叠加起来，我们就明白这趟旅途多么艰难，怪不得诗人要怀念家乡了。

“人迹板桥霜”这句话其实应该这么理解：因为板桥上结了霜，所以人经过板桥就留下痕迹。这是作者看到的景象，可能在作者动身之前，已经有人走过了，所以留下了人迹。这真是“莫道君行早，更有早行人”（《增广贤文》）啊！

这两句强调清早、残月、荒野旅店的荒凉，用霜、月等作为主要意象，用冷色调来渲染氛围，可谓做到了极致。在古代，蒸汽机出现之前，行路总是很难的。这两句就把行路的艰难写了出来，呼应了首联中的“客行悲故乡”。古人不愿意宦游，因为路上实在太苦了，很多人老病交加，在路上就去世了。

“槲叶落山路，枳花明驿墙”两句，也是阿老师特别喜欢的句子，写的是刚上路时所见的景色。槲树的叶片很大，冬天虽干枯，却存留枝上，直到第二年早春树枝将发嫩芽的时候，才纷纷脱落。而这时候，枳树的白花已在开放。因为天还没有大亮，驿墙旁边的白色枳花就比较显眼，所以用了个“明”字，可见诗人始终没有忘记“早行”二字。

这里，“枳花明驿墙”是很小的一个细节。“枳花”，即枳树的花——“橘生淮南则为橘，生于淮北则为枳”（《晏子春秋》）中的“枳”就是枳树，开的花为白色，有清香。所以“枳花明驿墙”这句给人眼前一亮的感觉，也有一种暗香袭人的感觉，这都建立在生活经验之上。这一句使得全诗的情绪不再一味向下，而是有了突如其来的喜悦。你看，“明”是亮色，而枳花有清香，是不是让人心情也好了一点，足以宽慰游子的思乡之情？

“因思杜陵梦，凫雁满回塘。”“杜陵”，其实是汉宣帝刘询的陵墓，在长安边上，这里代指长安。温庭筠久居长安，早已把长安视为故乡，所以这里的“杜陵梦”，大致指的是梦见了故乡。梦中有何种景物？“凫雁满回塘”。

什么叫“回塘”？就是曲曲折折的池塘。这里也很有意思。为什么是“凫雁满回塘”，而不是“凫雁满西塘”“凫雁满池塘”或者“凫雁满高塘”？一方面，“回塘”可能是实写，这个池塘确实曲曲折折的。我们知道，西安有个曲江池，就是曲曲折折的。另一方面，“回塘”的曲曲折折，正象征了诗人思乡之情的缠绵婉转。所以这又是炼字，这个字的高明之处就在这里。

此外，为什么是“凫雁”，而不是其他的禽类，比如仙鹤、天鹅？“凫”是野鸭，“雁”是大雁。“鸿雁传书”，在中国古代是一个通用的意象，以至于我们看到大雁，就会想到书信。所以，“凫雁满回塘”表达了诗人对家乡亲人的思念以及寄书不达的缠绵怅惘。

这两句诗无一字可删，无一字可改，千锤百炼，经历了历史的淘洗，和“沧海月明珠有泪”这样的句子一样，成为我们汉语的有机组成部分，永远在那里闪光。